KB144835

비명 지르게 하라, 불타오르게 하라

비명 지르게 하라, 불타오르게 하라

Make it scream, Make it burn

레슬리 제이미슨

송섬별 옮김

반비

MAKE IT SCREAM, MAKE IT BURN: Essays
by Leslie Jamison

내 아버지 딘 테쿰세 제이미슨에게

차례

I 갈망의 글쓰기

II 관찰의 글쓰기

III 거주의 글쓰기

일러두기
* 본문의 각주는 모두 옮긴이가 단 것이다.

I

갈망의 글쓰기

52 블루

52 Blue

1992년 12월 7일, 퓨젓사운드만의 위드비섬. 세계대전은 끝났다. 한국전쟁과 베트남전쟁도 끝났다. 냉전 역시 마침내 종식되었다. 위드비섬 해군항공기지는 남아 있다. 그리고 산호해 해전에서 시신을 남기지 않고 전사한 전투기 조종사 윌리엄 올트의 이름을 딴 비행장 너머로 한없이 넓고 깊게 펼쳐진 태평양 역시 그대로다. 이것이 세상의 이치다. 바다는 사람의 몸을 통째 삼켜 불멸의 존재로 만든다. 윌리엄 올트는 다른 이들을 하늘로 실어 보내는 활주로가 되었다.

해군항공기지에서는 해저에 설치된 수중음파탐지망이 수집한 무한한 데이터의 형태로 무한한 태평양을 읽어낸다. 애초 냉전시대에 소비에트 잠수함을 감시하는 데 썼던 이 수중음파탐지기는 냉전이 끝난 이후로는 바다 자체에 귀를 기울이며 형체 없는 소음을 측정 가능한 형태로 변환해왔다. 스펙트로그램* 출력

---

* 파형과 스펙트럼을 조합해 소리나 파동을 시각화한 그래프.

기에서 밀려 나오는 그래프의 형태로.

1992년 12월 어느 날, 해군 병장 벨마 론킬의 귀에 이상한 소리가 들렸다. 그는 이 소리를 자세히 살피려 다른 스펙트로그램으로도 출력해보았다. 믿기지 않게도 이 소리의 주파수는 52헤르츠였다. 벨마는 손짓으로 음향기술자에게 가까이 오라는 시늉을 했다. 다시 와봐요, 다시 한번 보세요. 음향기술자가 다가왔다. 그가 그래프를 다시 한번 확인했다. 음향기술자의 이름은 조조지였다. 벨마가 말했다. "고래 소리 같은데요."

조는 생각했다. *말도 안 돼.* 있을 수 없는 일이었다. 소리의 패턴은 대왕고래 울음소리와 비슷했지만, 대왕고래의 주파수는 일반적으로 15~20헤르츠, 즉 인간의 주변청각 범위에 존재하는 식별하기 어려운 웅웅 소리다. 52헤르츠는 고래의 주파수 범위를 벗어난다. 그런데 홀로 높은 소리로 노래하며 태평양을 누비는 어떤 생물의 음성기호가 이 두 사람의 눈앞에 펼쳐진 것이다.

고래가 우는 이유는 여러 가지다. 길을 찾는 울음, 먹이를 찾는 울음, 소통하려는 울음. 혹등고래나 흰수염고래 같은 특정 종은 짝짓기 상대를 찾으려 노래한다. 수컷 흰수염고래의 울음소리는 암컷보다 큰데, 180데시벨이 넘는 소리를 내는 이 수컷 흰수염고래는 세상에서 가장 큰 소리를 내는 동물이다. 수컷 흰수염고래는 쩍쩍 소리, 쿵쿵 소리, 굴리는 소리, 윙윙 소리, 꿍꿍 소리를 낸다. 뱃고동 같은 이 울음소리는 바닷속에서 수천 킬로미터를 달려나간다.

52헤르츠 주파수의 울음소리는 전례 없었기에, 위드비섬 연구원들은 수년간 이동철마다 알래스카에서 멕시코를 향해 남쪽을 향하는 이 고래를 추적했다. 교미기에 노래를 부르는 것은 수 컷뿐이므로 고래는 수컷일 것이었다. 고래의 이동경로에는 특색 이 없었고, 특이한 것이라고는 울음소리, 그리고 주변에서는 다 른 고래의 존재가 단 한 번도 탐지된 적 없다는 사실이었다. 이 고래는 늘 혼자인 듯했다. 그의 높은 울음소리를 듣는 이, 적어 도 그의 울음에 대답하는 이는 없는 듯했다. 음향전문가들은 그 를 52 블루라고 불렀다. 이후 한 연구 논문을 통해 기존에 그와 유사한 울음소리 특성을 가진 고래가 발견된 일은 단 한 번도 없 었다는 사실이 알려졌다. 그 논문의 결론은 이렇다. "받아들이 기 어려운 일일지 모르나, 그와 같은 종의 고래는 단 한 마리뿐 일 수도 있다."

시애틀에서 위드비섬까지 차를 타고 이동하는 동안 눈앞에 워 싱턴 산업지대의 꾸밈없지만 다채로운 장관이 펼쳐졌다. 거대한 재목 더미, 어장에 갇힌 물고기처럼 강줄기를 메우고 있는 나무 줄기들, 스캐짓 항구 근처에 탑처럼 쌓여 있는 사탕 빛깔의 운송 용 컨테이너들. 그리고 퓨젓사운드만 위로 웅장하게 버티고 있는 디셉션패스브리지 인근의 지저분한 흰색 저장탑들이 보였다. 61 미터 높이 다리 아래를 흐르는 물이 부서지는 햇살을 받아 선명 하게 반짝였다. 다리 건너편에 자리한 섬은 목가적인 동시에 세상 과는 동떨어진 듯 방어적으로 보였다. "쓰레기 투기 시 대가를 치 를 것."이라고 써진 표지판이 보였다. 또 다른 표지판에는 "난방

장치 주변에는 아무것도 두지 마시오."라고 적혀 있었다. 위드비섬은 자칭 미국에서 가장 긴 섬이지만 엄연히는 사실이 아니다. "위드비섬은 길다. 그렇다고 그 길이를 과장하지는 말자."《시애틀 타임스》의 2000년 논평이다. 위드비섬은 연날리기 축제, 홍합축제, 연례 자전거 경주 투르 드 위드비가 열리고, 내륙호가 네 개 있으며, 매년 1035명이 사는 랭글리 전체를 범죄현장으로 꾸미는 살인 미스터리 게임이 열릴 만큼은 길다.

52 블루의 존재를 최초로 식별해낸 음향기술자 조 조지는 아직도 항공기지에서 10킬로미터 정도 떨어진 위드비섬 북쪽 끝 나지막한 언덕에 살고 있다. 조지는 웃는 얼굴로 나를 맞았다. 그는 머리가 하얗게 센 건장한 남성으로, 친절하고 담백했다. 항공기지 근무를 그만둔 지 20년이 지났지만 아직도 해군 신분증으로 보안을 통과해 우리를 기지 안으로 데리고 들어갈 수 있었다. 그는 지금도 재활용 쓰레기를 버릴 때면 이 신분증을 사용해 기지로 들어간다. 장교회관 앞 목제데크에서 비행복을 입은 남자들이 칵테일을 마시고 있었다. 들쑥날쑥한 해안선 너머로 펼쳐진 바다가 아름다웠다. 짙은 모래에 파도가 부서지고 소금기 섞인 바람이 상록수를 훑고 지나갔다.

항공기지에서 일하던 시절, 수중음파탐지기로 수집한 음성데이터를 처리하는 조의 팀은 기지 내에서 격리되어 있었다고 그는 설명했다. 보안 때문이었다. 그가 일하던 건물에 도착하자 그말뜻을 알 수 있었다. 꼭대기에 날카로운 철선이 쳐진 철책이 두겹으로 건물을 둘러싸고 있었다. 몇몇 군인은 이곳을 감옥이라 여겼고, 대다수는 이 건물의 용도를 까맣게 몰랐다. 1992년 당시, 귀에 들어온 소리가 고래 울음이라는 사실을 알기 전에는 무엇이라고 생각했느냐고 묻자 조는 대답했다. "답변할 수 없습니다. 기밀이어서요."

다시 조의 집에 돌아오자, 그는 52 블루를 쫓던 시절의 서류 다발을 꺼냈다. 10년에 달하는 기간의 이동패턴을 기록한 이 컴퓨터 지도에는 1990년대 중반 컴퓨터 그래픽기술로 이루어진 조악한 선으로 매해 고래의 여정이 노랑, 오렌지, 보라 같은 다양한 색으로 표시되어 있었다. 조가 52 블루의 노래가 담긴 차트를 보여주면서 선과 측정 기준을 설명한 덕에 나는 52 블루의 특징적인 울음을 보통의 흰수염고래가 내는 낮은 주파수, 혹등고래의 훨씬 높은 주파수 등 전형적인 고래의 것과 비교할 수 있었다. 흰수염고래의 노래는 목구멍을 길게 울리는 소리, 끙끙 소리, 규칙적으로 이어지는 소리, 억양이 있는 소리 등 다양한 음으로 이루어져 있는데, 52 블루가 내는 소리는 특징적인 패턴은 같았으나 튜바의 가장 낮은 음보다 높은 것으로, 다른 고래들과는 완전히 다른 주파수였다. 조는 52 블루의 노래를 인간의 귀로 들을 수 있도록 속도를 빠르게 조정한 짧은 녹음본을 들려주었다. 유령 소리처럼 으스스했다. 달이 뜬 밤 짙은 안개 너머로 흐릿하게 보이는 빛줄기를 귀로 듣는다면 이럴 것 같은, 격렬하게 고동치는 새된 소리였다.

조는 차트와 지도를 즐겁게 설명했다. 정돈과 질서를 사랑하는 성격인 듯싶었다. 그가 자랑스레 보여준 다양하면서도 뜻밖인 취미의 산물들(그가 수집한 인상적인 벌레잡이식물들, 그리고 먹이로 주려고 직접 키우는 벌들, 그리고 18세기 모피 사냥꾼

모임 재연을 위해 키트로 만든 새것 같은 머스킷 소총)에서 다정하고 정성스러운 성격이 묻어났다. 조는 무슨 일을 하건 정확하고 정교하게 임하는 사람이었다. 가장 좋아하는 식물이라는 코브라 릴리를 보여주며 이 식물의 반투명한 포충낭이 파리의 눈을 속여 빛을 향해 날아들게 만든다고 설명하고는(코브라 릴리의 형태가 가진 경제성과 독창성에 깊은 감명을 받았음이 역력한 말투였다.) 휘어진 줄기 뒤쪽에 한파를 대비한 서리방지포를 조심스레 고정했다.

조는 오래된 고래 차트를 꺼낼 기회가 생겨서 기분 좋아 보였다. 차트는 52 블루의 이야기가 아직 세상에 펼쳐지기 전, 조가 그 이야기의 한가운데에 있었던 시절로 그를 돌려보냈다. 위드비섬에 가기 전 조는 몇 년간 아이슬란드의 어느 항공기지에서 서류상으로 "고된 임무"라고 분류되는 일을 했는데, 그의 설명에 따르면 딱히 고되지는 않았다. 그의 아이들은 블루 라군 옆에 눈사람을 만들었단다. 조는 위드비섬 임무에 적임자였다. 숙련된 음향기술자로, 날카로운 철책에 둘러싸인 작달막한 벙커 안에서 이루어지는 일을 할 준비가 되어 있었다.

음향감시체계(Sound Surveillance System) 또는 SOSUS라는 이름으로 알려져 있는 수중음향장치 추적 시스템은 일종의 "사생아"였다. 냉전이 끝나고 도청할 소비에트 잠수함이 없어지자 해군은 이 값비싼 수중음향장치를 유지할 설득력 있는 이유가 필요했다. 그런 처지에 있던 장치가 애초 이 작업을 시작한 이들조차도 깜짝 놀랄 만한 성과를 이뤄낸 것이었다. 위드비섬에서 조와 함께 음향기술자로 일했던 대럴 마틴은 그 성과를 이렇게 묘사했다. "쇳덩이로 된 상어 전문가였던 우리가 살아 숨 쉬는 동물을 추적하게 된 겁니다. 바다가 들려주는 소리는 무궁무진합니다." 그렇게, 자기 집 부엌에 앉아 낡아빠진 폴더 속 특별할 것 없어 보이는 그래프에 기록된 특별한 노래를 짚어준 한 남자 덕분에 한 고래의 수수께끼는 살아남았다.

**
**

2007년 7월, 뉴욕 할렘. 리어노라는 자신이 죽으리란 사실을 깨달았다. 언젠가 죽는 것이 아니라, 곧 죽으리란 사실을. 자궁근종으로 몇 년이나 출혈이 있었는데, 때로는 집 밖에 나가기 꺼려질 만큼 출혈이 심했다. 리어노라는 점점 피에 집착하게 되었다. 피를 떠올렸고, 피가 나오는 꿈을 꾸었고, 피에 대한 시를 썼다. 10년 이상 해온 뉴욕 사회복지사 일을 그만두어야 했던 것은 리어노라가 마흔여덟 살 때다. 리어노라는 열네 살부터 일을 해 오랫동안 생계를 스스로 꾸려왔다. 결혼하자는 이들이 있었으나 하지 않았다. 혼자 힘으로 삶을 꾸릴 수 있다는 사실을 확인하고 싶었다. 새로운 차원의 고립이기도 했다. 가족 한 사람은 "너는 깜깜한 어둠 속에 있어."라면서 앞으로 만나지 말고 살자고 했다.

그 여름, 리어노라의 건강이 한층 나빠졌다. 몸이 너무 아팠다. 구역감이 치밀었고, 변비가 심했고, 온몸에 통증이 있었다. 손목이 붓고, 복부가 팽창하고, 시야가 흐려지며 눈앞 색채들이 깔쭉깔쭉한 소용돌이를 만들었다. 누워 있으면 숨 쉬기가 힘들었고, 자연히 잠을 이루지 못했다. 잠이 들면 악몽을 꿨다. 한번은 꿈속에서 말이 장의차를 끌고 먼 옛날 할렘의 자갈 깔린 거리를 달리는 모습이 나왔다. 말고삐를 붙들고 빤히 보다가, 그것이 자신을 태우러 온 장의차라는 사실을 알았다. 죽음을 확신한 리어노라는 이웃이 시신을 치워야 할 때를 대비해 현관문 잠금장치를 열어두었다. 그다음에는 주치의에게 전화를 걸어 *전 분명 곧 죽을 거예요*라고 말했고, 주치의는 성을 내며 구급대원을 부르라고 살 수 있다고 했다.

구급대원들의 들것에 실려 집 밖으로 나가다가 리어노라는 들것의 방향을 돌려달라고, 현관문을 잠가야 하니 등을 좀 받쳐달라고 부탁했다. 살아나리라는 믿음이 생겼음을 알아차린 순간이었다. 죽지 않을 거라면 현관문을 잠가놓고 싶었다.

구급대원에게 들것의 방향을 돌려달랬던 부탁을 마지막으로 리어노라는 두 달간 암흑을 헤맸다. 7월의 그 밤은, 닷새간의 수술, 7주간의 혼수상태, 6주간의 입원으로 이루어졌으며, 끝내는 그를 그만의 시간에 그만의 방식으로 52 블루의 이야기로 데려다줄 의학적 오디세이의 시작점에 불과했다.

조와 대릴이 52 블루를 쫓던 시절, 두 사람의 감독관이자 우즈홀 해양연구소의 음향전문가이던 빌 왓킨스가 몇 달에 한 번꼴로 위드비섬을 찾아 추적 결과를 보고받았다. 내게 왓킨스 이야기를 해준 사람들은 다들 신화에나 나올 법한 표현으로 그를 묘사했다. 왓킨스가 구사하는 언어의 가짓수는 들을 때마다 갱신되었다. 여섯 개였다가 열두 개였다가 열세 개가 되었다. 왓킨스의 연구보조원 한 명은 그가 스무 개 언어를 구사한다고 했다. 왓킨스는 프랑스령 기니에 파견된 기독교 전도사 부부의 아들로 태어났다. 대럴의 말로는 왓킨스는 어린 시절 아버지와 함께 코끼리 사냥을 했다. "그는 인간 귀에 들리지 않을 만큼 낮은 20헤르츠 주파수까지도 들었어요. 당신과 내게는 안 들리지만…… 그에겐 멀리 있는 코끼리 소리도 들렸죠. 그러면 그는 아버지에게 어느 쪽으로 가야 할지 알려주었고요."

왓킨스는 음향전문가로 살아가면서 고래 태그*, 수중재생 실험**, 위치 확인 기법같이 고래의 노래를 기록하고 분석하는 여러 기술과 방법론을 개발해냈다. 고래의 음성을 담는 최초의 녹음 장치를 개발한 장본인이 바로 그다.

조와 대럴이 52 블루의 독특한 주파수에 흥미를 느낀 데는 이 주파수 덕분에 추적이 쉽다는 이유가 컸다. 그의 울음소리는 늘 구분되었고 그가 어디서 움직이는지도 알 수 있었다. 그에 비해 다른 고래들은 구별하기가 어렵고, 움직임 패턴도 파악하기 어려웠다. 수많은 고래 중 이 고래만이 지니는 특성 덕분에, 익명 집단에 묻혀 흐릿해지는 다른 고래들과 달리 52 블루라는 개별 생물과는 지속적인 관계를 맺을 수 있었다.

52 블루의 특정성은 그가 혼자라는 사실처럼 그에게 개성을 더해주었다. "녀석을 쫓아갈 때마다 우리는 웃었죠." 대럴이 말했다. "'흰수염고래 아가씨들을 만나러 바하로 가는 거겠지.' 하

---

* 고래에게 전자 장비를 부착해서 데이터를 전송해 분석하는 연구 방법.

** 물속에서 녹음된 소리를 재생하여 연구 대상이 반응하도록 하는 연구 방법.

면서요." 애정과 허풍 섞인 대럴의 묘사는 이성에게 인기 없고 왜소한 신입을 놀리는 남학생 클럽 멤버가 할 법한 것이었다. *52 블루가 또 물 먹었군, 한번 더 쳐다보고, 한번 더 도전하네. 52 블루는 노래를 결코 멈추지 않아.* 52 블루는 그들에게 일거리 이상이었다. 그 시절 대럴은 아내에게 고래 모양 목걸이를 사주었고, 그의 아내는 아직도 그 목걸이를 한다.

조 역시 집착하는 부분이 있었다. "한번은 녀석이 한 달 넘게 사라졌어요." 여전히 그 수수께끼에 사로잡혀 있는 듯한 말투였다. 그달 말쯤 드디어 다시 찾아낸 52 블루는 여태껏 가본 적 없는 태평양 먼 곳까지 나가 있었다. 어째서 이런 공백이 생긴 걸까? 조는 알 수 없었다. 그사이 무슨 일이 있었던 걸까?

왓킨스는 고래를 쫓는 작업의 주역이었으나, 그래도 영원히 이 작업을 지속할 수는 없는 노릇이었다. 9·11 이후 연구비는 완전히 끊기고 말았다.

그러나 알고 보니 52 블루의 일대기는 이제 시작이었다. 연구비가 끊기고 3년이 지난 2004년, 최초로 52 블루를 다룬 우즈홀 연구자들의 논문이 게재되자 이 고래에 대한 편지들이 쇄도했다. 빌 왓킨스가 논문 승인 후 한 달 뒤 사망했기에, 밀려드는 편지들을 받은 것은 그의 연구보조원이었던 메리 앤 다어였다. 편지들은 일반적인 학술 서신이 아니었다. 당시 《뉴욕 타임스》 기자였던 앤드루 레브킨이 쓴 표현대로라면, "고래목의 세계를 떠도는 한 고독한 존재에 슬퍼하는 고래 애호가들" 또는 멈추지 않고 움직이며 독립적으로 혼자만의 노래를 부르는 52 블루에게 자신을 동일시한 이들이 보낸 편지였다.

　그해 12월, "바다의 노래, 대답 없는 아카펠라"라는 제목을 단 레브킨의 기사가 나오자 우즈홀로 더 많은 편지가 쏟아졌다. 이 기사에서 인용한 해양포유류 연구자 케이트 스태퍼드의 말이 의도치 않게 불 난 데 부채질을 했는지도 모르겠다. "그는 말하고 있어요. '이봐, 나 여기 있어.' 그런데 응답하는 이가 아무도 없는 거죠." 편지를 보내온 이들은 사랑을 잃은 이들과 청력을 잃은 이들, 버림받은 이들과 혼자인 이들, 한번 거절당하고는 다음을 머뭇거리는 이들, 다음번에 거절당하고서는 영영 머뭇거리고 마는 이들이었다. 고래에게서 자신을 보거나 고래를 안타까워하는 이들, 투사한 감정에 아파하는 이들이었다.

　세상에서 가장 외로운 고래라는 전설이 탄생한 순간이었다.

　그 뒤로 수년간 52 블루, 또는 그를 사랑하는 이들이 붙인 이름인 52헤르츠의 이야기는 눈물겨운 헤드라인을 수없이 만들어 냈다. "세상에서 가장 외로운 고래"에서 "특이한 울음 탓에 짝을 찾지 못한 고래", "외로운 고래의 보답 없는 사랑 노래", "다른 고래에게 닿지 않는 소리로 노래하는 한 마리 고래는 너무나 외롭다: 슬프디 슬픈 이 고래에게 과학이 말 걸어야 한다"에 이르렀다. 짝 없이 고독한 수컷 고래가 현존하는 가장 큰 포유류 애인을 찾아 구슬픈 노래를 부르며 멕시코 리비에라 해안을 향해 가는 이야기를 상상해 쓴 기사도 있었다. "구애의 노래가 깜깜한 심해에서 몇 시간이나 울려 퍼지며…… 마음에서 우러나온 다채로운 레퍼토리를 흩뿌렸다."

　첨단기술업계에서 일하는 삶에 지친 뉴멕시코의 가수는 52 블루에게 앨범을 헌정했다. 미시간의 한 가수는 이 고래의 처지를 노래하는 동요를 만들었다. 뉴욕 변두리의 미술가는 낡은 플라스틱병을 모아 만든 조소에 "52헤르츠"라는 제목을 붙였다. 로스앤젤레스의 음반제작자는 중고품 시장에서 사들인 카세트테이프 위에 52 블루의 노래를 덧씌웠다. 52 블루의 노래는 순식간에 다양한 줄거리를 품은 감정의 지진계가 되어버렸다. 소외와 투지, 자율과 갈망, 소통의 실패뿐 아니라, 그 실패를 목도하면서도 끈질기게 매달리는 집요함이라는 줄거리 말이다. 52 블루를 주제로 삼은 트위터 계정도 생겨났는데, 그중 @52_Hz_Whale이라는 계정은 단도직입적이다.

헬로ㅗㅗㅗㅗㅗㅗㅗ? 유ㅠㅠ후ㅜㅜㅜㅜㅜㅜ! 거기 누구 없어요? #슬픈인생

외롭다. :'(#고독 #영영홀로

2007년 9월, 리어노라는 7주간의 혼수상태 끝에 세인트루크스루스벨트 병원에서 눈을 떴다. 아직 그를 52 블루에게로 데려다줄 의학적 오디세이의 극초반부에 불과했다. 수술은 닷새간 이어졌고, 장폐색 부위의 괴저 조직을 제거하기 위해 장을 1미터 가까이 절제했다. 수술 후 의사들은 순조로운 회복을 위해 리어노라를 혼수상태에 빠뜨렸다. 아직 기나긴 회복 과정이 남아 있었다. 리어노라는 걷지 못했다. 단어를 떠올리기도, 말을 하기도 힘

들었다. 혼수상태에서 이루어진 여러 번의 삽관으로 기도가 상처투성이였기 때문이다. 열 이상 숫자를 셀 수가 없었다. 열까지 세기도 어려웠다. 그럼에도 리어노라는 그 사실을 숨기고 멀쩡한 척했다. 힘겨워하는 모습을 다른 이들에게 보이고 싶지 않아서.

리어노라는 힘겨운 성장기를 보냈다. 150센티미터 작은 키에 당뇨로 눈이 보이지 않는 완강하고 영리한 할머니 손에 자랐다. 첸나이 출신 이민자로 트리니다드를 거쳐 미국에 온 할머니는 고향 인도에서 미국에 가면 길에 황금이 깔려 있는 줄 알았다는 이야기를 입버릇처럼 했다. 그러나 리어노라가 자란 할렘 브래드허스트는 리어노라가 고등학생이던 1970년대, 하늘을 찌를 듯한 살인 건수로 자체 경찰 기동대까지 보유했던 우범지대였다. 어느 해 여름엔가 사진 찍는 취미가 생긴 리어노라에게 "죽음의 사진사"라는 별명이 붙었는데, 그의 사진에 등장한 인물 다수가 폭력의 희생자가 되었기 때문이다.

떠나겠다고 굳게 마음먹은 리어노라는 바텐더 일을 해서 모은 돈으로 파리에 갔고, 한 손에는 코르크 따개를 든 채 와인에 흠뻑 취해 생미셸 대로를 돌아다니며 한 해를 보냈다. 한 친구와 카프리 여행을 가서 두 사람에게 추파를 던지던 수상인명 구조요원 두 명과 함께 버려진 별장에 숨어든 뒤 먼지 쌓인 부엌 식탁에 앉아 빵에 잼을 발라 먹기도 했다. 뉴욕으로 돌아온 리어노라는 한 남자를 만났고 결혼할 뻔했지만, 함께 법원을 찾은 날 지독한 복통으로 화장실에 갔다가 지금 자신의 몸이 *이 결혼은 안 돼* 라는 신호를 보낸다는 사실을 깨달았다. 리어노라는 몸의 경고를 들었다. 법원이 닫는 시간까지 화장실 안에 있다가 한 경찰관의 도움으로 밖으로 나올 수 있었다.

그는 뉴욕의 사회복지사로 일하면서 푸드 스탬프나 복지혜
택을 필요로 하는 이들을 상대했으나, 사생활 면에서는 점점 고
립되었다. 세상을 멀리해온 나머지 2007년 입원했을 때에는 입
원 생활이 갑작스러운 균열보다는 단계를 밟아온 몰락으로 느
껴질 정도였다.

회복 과정에서 리어노라가 가장 힘들었던 점은 자립의 능력
을 잃은 것, 더는 독립적일 수도 스스로를 돌볼 수도 없음을 깨
달은 것이었다. 다시 목소리를 낼 수 있게 된 뒤로는 필요한 것을
타인에게 전보다 편하게 부탁하게 되었다. 어디선가 풍겨오던 악
취의 근원이 피가 말라붙은 자기 머리카락이라는 사실을 알고는
의사에게 머리카락을 잘라달라고 요청했는데, 자른 뒤가 썩 보
기 좋았다. 미용사로 제2의 인생을 시작해도 되겠다며 의사에게
농담을 건네기도 했다.

병원을 비롯한 여러 회복시설에서 6개월을 보내는 내내 리어
노라는 버림받은 기분을 느꼈다. 병문안을 오는 이들은 얼마 없
었다. 여태 알고 지내던 모든 사람들이 자신의 아픔에 다가오고
싶지 않아서 자신의 병으로부터 달아나고 자신을 밀어내는 것처
럼 느껴졌다. 저들 역시 언젠가 죽을 운명임을 환기하는 병 자체
를 불편해하는 듯싶었다. 병문안을 온 몇 안 되는 이들은 어두운
기운을 뿜었다. 그러면 리어노라는 토기가 일었다. 아버지는 병
문안을 와서 리어노라가 어머니를 닮았다는 말을 몇 번이나 했
다. 오랫동안 아버지가 입에 올린 적 없었던 어머니인데도. 자신
의 병이 아버지의 가슴속에 오랫동안 묻혀 있던 분노와 상실의

감정을 일깨운 기분이었다.

리어노라는 타인으로부터, 또 세상으로부터 단절되어 있었다. 두통이 도지는 바람에 TV도 볼 수 없었다. 어느 늦은 밤, 혼자 인터넷을 떠돌던 그는 52 블루의 이야기를 접했다. 이미 그 고래 이야기가 인터넷을 휩쓴 지 몇 년이나 된 시점이었다. 하지만 이 이야기가 리어노라의 마음에는 각별히 간절하게 다가온 것이다. "그는 다른 누구도 말하지 못하는 언어로 말하고 있었어요. 저 또한 언어를 잃은 채였어요. 제게 무슨 일이 있었는지 설명할 언어를 잃었던 거예요…… 저도 그와 같았어요. 저한텐 아무것도 없었어요. 이야기를 나눌 사람도 없었어요. 제 말을 듣는 이가 없었어요. 그의 말을 듣는 이도 없었죠. 그래서 전 속으로 말했죠. *내가 듣고 있어. 너한테도 내 말이 들렸으면 좋겠어.*" 리어노라가 내게 한 말이다.

리어노라는 고래의 언어와 마찬가지로 자신의 언어도 표류하고 있다고 느꼈다. 자아감을 되찾는 것만으로도 고군분투였으니, 하물며 생각과 느낌을 표현할 말을 찾을 리 없었다. 세상이 자꾸만 자신을 밀어내는 것만 같던 그때, 그는 고래에게서 같은 곤경을 읽어냈다. 당시에 그는 이런 생각을 했다. *내가 고래 말을 할 줄 알면 좋을 텐데.* 그는 52 블루가 자신이 혼자가 아님을 알 수도 있다는 가능성에서 묘한 희망을 느꼈다. "전 생각했어요. 여기 그가 있어. 말을 하고 있어. 무언가를 이야기하고 있어. 노래하고 있어. 이해하는 사람은 없지만, 듣는 사람이 있어. 듣고 있다는 사실을 분명 그도 알 거야. 반드시 느낄 거야."

*
**

도저히 잡히지 않는 한 마리 고래를 추적하는 이야기는 미국 문학사에서 가장 유명한 것이다. *그 흰 고래를 보았소?* 그러나 『모비딕』은 한 마리 동물을 쫓는 탐색, 복수를 향한 탐색인 만큼 이해할 수 없는 것을 이해하고자 하는 시도, 즉 은유를 향한 탐색이다. 이슈메일은 고래가 띤 새하얀 색을 "의미로 가득 차 있는 공백"이라고 말한다. 그 의미는 여러 가지일 테다. 신성과 신성의 부재, 원시의 힘과 이에 대한 거부, 복수의 가능성과 전멸의 가능성. "이 모든 것의 상징이 그 새하얀 고래다. 그런데도 이 맹렬한 추적에 의문을 품겠는가?" 하고 이슈메일은 설명한다.

처음 내가 52 블루의 이야기를 찾아보기 시작했을 때, 나는 어떻게 이 고래 이야기가 과학의 경계 너머로 뛰쳐나와 하나의 구호에 가깝게 변했는지 알고 싶어 우즈홀의 앤 다어에게 연락했다. 다어가 이 이야기에서 맡은 역할은 기묘했다. 오래전 보조원으로 참여한 연구를 담은 논문에 그의 이름이 실렸다는 이유만으로 다어는 부지불식간에 자꾸만 늘어가는 신도들의 고해성사를 들어주는 신부 역할을 맡게 됐다. "갖가지 이메일이 왔죠. 그중에는 진심으로 가슴을 울리는 편지도 있었어요. 읽는 것만으로도 가슴이 미어졌죠. 어서 바다로 가서 그 고래를 도와달라는 부탁이었어요." 그러다 마침내 다어는 언론의 주목에 질릴 대로 질려버렸다. 2013년 또 다른 기자에게 다어는 말했다. "괴롭기 짝이 없었어요. 나라 이름을 아무거나 하나 대보시겠어요? 그곳에서도 고래에 대해 알려달라는 전화가 왔을걸요. 그런데 제가 그 일을 그만둔 건 벌써 2006년쯤이고…… 아무리 좋게 표현한들 (왓킨스는) 경악할 일이죠."

그럼에도 나는 다어와 이야기하고 싶은 마음이 간절했다. 나는 우리 두 사람이 우즈홀이 있는 바닷가에서 만나 커피 잔을 든 채 눈을 마주보며 소금기 어린 바람을 맞는 모습을 그려보았다. "그런 편지를 받고 기분이 어땠나요?" 나는 물으리라. 그러면 다어는 받은편지함이 고해성사실로 변하는 순간순간마다 가슴이 아려왔다고 대답하겠지. 어쩌면 가장 기억에 남는 감동적인 편지 하나를 읊어줄지도 몰라. *그는 희망인 동시에 상실입니다.* 그는 살짝 목이 멜 것이다. 나는 그 말을 받아쓸 것이다. 그 목 멘 소리까지도. 외로운 낯선 이가 보내온 속수무책의 경이감 앞에서 다어가 지닌 과학적 중립성은 솔기가 드러나리만치 팽팽해져 튿어질 지경이었다고 메모할 것이다.

그럴 수도 있었을 것이다. 다른 세상에서라면 말이다. 그러나 우리가 사는 이 세상에서 다어는 내 메일에 답하지 않았다. 우즈홀의 언론홍보담당자는 입장을 분명히 했다. 다어가 이제 더는 고래 이야기를 하지 않을 거라고. 고래에 대해 그 어떤 추측도 하지 않을 거라고. 고래에 대한 타인의 추측을 고쳐주는 일도 더는 하지 않을 거라고. 그는 해야 할 말을 다 했다고 말이다.

다어와 마지막으로 인터뷰를 한 사람은 작가 키런 멀베이니였다. 두 사람의 인터뷰 녹취록에는 다어의 경계심과 짜증이 역력하다. "저희도 뭔지 도저히 모른다고요." 52 블루가 부르는 독특한 노래의 근거를 묻자 다어가 들려준 답변이다. "그가 혼자냐고요? 몰라요. 사람들은 그 고래가 홀로 헤엄치며 노래하지만 그 누구도 귀를 기울이지 않는다고 상상하고 싶어 하죠. 하지만 전 그렇게 말할 수 없습니다······ 그가 번식에 성공했냐고요? 아는 바가 없습니다. 그 질문에 답할 수 있는 사람은 없어요. 그가 외롭냐고요? 전 인간의 감정을 그렇게 가져다 붙이는 게 정말 싫어요. 고래가 외로움을 느끼느냐고요? 모릅니다. 그런 주제에 대해서는 입도 벙긋하고 싶지 않네요."

다어는 나와의 대화에 응하지 않았다. 고래에게 감동한 온갖 사람들이 보낸 편지를 내게 전해주는 일도 없었다. 그래서 나는 내 나름의 방법대로 그들을 찾아 나서기로 했다.

처음에 그들은 그저 디지털 에테르를 떠도는 목소리에 불과했다. 폴란드 타블로이드 신문의 사진기자. 아일랜드 농업협동조합원, 52 블루를 예언자 유누스와 연관 지은 미국인 무슬림 여성. 52 블루를 위해 만든 페이스북 페이지에 모인 사람들이었고, 이 페이지에 올라오는 글들은 대체로 두 갈래로 나뉘었다. 52가 안타깝다는 내용이거나 52를 찾아내고 싶다는 내용이었다. 드니스는 "52헤르츠를 찾아라"라는 제목의 글을 어느 날 아침 8시 9분, 8시 11분, 8시 14분, 8시 14분(두 번째), 그리고 8시 16분에 반복적으로 올렸다. 젠이라는 여성은 "그냥 한번 안아주고 싶어."라는 제목의 글을 올렸다.

영국 켄트에 사는 스물두 살 여성 쇼나는 52 블루의 존재를 접한 순간, 열세 살 때 오빠가 죽은 뒤 자신이 느낀 고립감을 이

해했다고 말해주었다. 그의 고립감은 자신의 슬픔을 어느 누구
도 이해하지 못하리라는 확고한 믿음에서 온 것이었다. 가족은
오빠 이야기를 입 밖에 내기를 꺼렸다. 심리치료사들은 그가 어
떤 감정을 느껴야 한다고 말했다. 고래는 쇼나가 어떤 감정을 느
껴야 한다고 하지 않았다. 그저 그가 이미 느끼던, "다른 이들과
는 다른 주파수"로 살고 있다는 기분에 형태를 부여해주었을 뿐
이다. 토론토대학교 영문학과 학생인 열아홉 살 줄리아나는 자신
이 이해하는 52 블루는 "사랑받지 못하는 모든 괴짜들의 전형"이
라고 했다. 줄리아나에게 52 블루는 "홀로 떠도는" 모든 사람, 어
쩌면 줄리아나 자신을 포함해 "우리의 약점과 잘못까지도 받아
줄 누군가를 찾고 싶은" 모든 사람을 대변했다.

　폴란드에서 가장 큰 타블로이드 일간지의 사진부 편집자인
스물여섯 살 즈비그뉴는 6년 연애가 끝난 뒤 자기 등에 52 블루
의 윤곽을 타투로 새기기로 마음먹었다.

　　저는 사랑에 흠뻑 빠져 있었어요. 그런데 알고 보니 그에
　　겐 내가 그만큼 중요하지 않았죠…… 저는 그에게 제가 가
　　진 모든 걸 주었고, 그도 그렇게 해줄 줄 알았기 때문에
　　상처받았죠. 그 때문에 가까운 친구들과도 연락을 끊었어
　　요. 낭비한 세월을 떠올리면 슬퍼져요…… 52헤르츠 고래
　　이야기를 접하고 전 기뻤어요. 저에게 52 블루는 긍정적
　　인 혼자를 상징해요…… 그 고래는 혼자이지만 꿋꿋이 살
　　아가겠다는 선언 같아요.

스스로를 '지'라고 부르는 그에게 52 블루는 연애가 끝난 뒤 고양이 푸마와 푸가와 함께 집에 틀어박혀 슬픈 영화를 보던 외로운 나날의 표상이 되었다. "오랫동안 저는 주변 사람들과는 다른 주파수로 노래하고 있었어요." 지가 내게 보낸 메시지다. 지에게 52 블루는 회복탄력성을 의미한다. "지난 2년간의 제 모습이 그랬어요. 저만의 바다를 느릿느릿 헤엄치며, 저와 같은 사람들을 찾아 헤맸죠. 제가 무능한 게 아니라 긍정적인 의미로 특별하다 믿으며 침착하게 삶을 헤쳐나갔어요."

지에게 몸에 타투를 새기는 것은 그 고래가 자신에게 가지는 의미를 기리는 방법이자 그 의미를 전달하는, 즉 타인이 이해할 수 있는 주파수로 노래하는 방법이었다. 고래 타투는 "내 몸에서 타투가 돋보일 만큼 널찍한 유일한 부위인" 그의 등 윗부분에 크게 새겨져 있다. 지가 집착하는 또 하나의 대상인 모비딕을 세밀하게 그려낸 타투 뒤쪽에 새겨진 두 번째 고래는 유령 고래다. 잉크로 표현한 윤곽선 속 맨살이 드러난 공백에 불과하다. 지의 타투는 52 블루의 모습을 보여주기보다는 아직 그 고래를 누구도 본 적 없다는 사실을 환기한다.

미시간에 사는 스물여덟 살 의료 배우 사키나에게 52 블루는 또 다른 종류의 상실과 결부된다. 그리고 이는 보다 영적인 투쟁이다. 내가 처음 사키나를 본 것은 그가 히잡을 쓴 채로 52 블루의 이야기를 듣자마자 고래 배 속으로 들어간 예언자 유누스가 떠올랐다고 이야기하는 유튜브 영상에서였다. "가장 외로운 고래가 외로워하는 건 당연하죠. 그 안에, 그의 몸속에 예언자가 있었는데, 지금은 없으니까요." 나는 앤아버 시내의 한 커피숍에서 사키나를 만났다. 그는 52 블루를 알게 된 뒤 어린 시절 특히 외롭던 시기가 떠올랐다. (사키나는 뉴멕시코에서 무슬림으로 자라났다.) 그러나 사키나는 그 고래가 사랑에 굶주린 것이 아니라 예언자를 삼키고자 예언을 이루고자 갈구하는 목적의식에 굶주려 있다고 생각했다. "그는 신을 구하느라 아파하는 게 아닐까요?"

두 아이 아버지인 아일랜드의 데이비드는 20년 넘게 일했던 워터포드크리스털을 그만두고 나서 52 블루에게 자신을 깊이 동일시하게 되었다. 자신이 "52헤르츠 고래처럼 슬픔을 따라갔다"며 애도하는 곡을 만들었고, 그 뒤에는 새로운 삶을 시작할 작정으로 아내와 함께 골웨이로 이사했다. "다들 골웨이에서 제가 잘 지낼 것 같다는군요." 당시 그가 내게 보낸 메시지다. 데이비드는 마흔한 살에 음악 그룹을 결성했고, 다시 학교에 다니기로 했다. "그 고래와의 만남을 곧 제가 마주하게 될 깊은 진실의 신호로 여겼습니다…… 제가 아는 건 52헤르츠 고래가 어딘가에서 노래하고, 그 덕에 제가 덜 외롭다는 사실뿐입니다."

6개월 뒤, 데이비드는 25년의 결혼생활 끝에 아내가 자신을 떠났다는 소식을 내게 전해왔다. 이제 두 사람은 대화조차 나누기 어려운 사이였다. 골웨이 생활은 기대와는 달랐다. 음악 그룹 역시 실패로 돌아갔다. 그럼에도 데이비드는 여전히 고래에게서 위안을 찾았다. "그가 아직도 어딘가에 있다는 걸 알아요." 그는 고래가 암컷이라고, 어쩌면 자신의 소울메이트일 거라고 상상하며 썼다. "다른 이들도 그를 찾더군요. 조만간 저도 혼자가 아니게 될 거예요."

*
**

자연계는 언제나 인간의 투사를 위한 스크린으로 존재해왔다. 낭만주의자들은 여기에 감상적 허위라는 이름을 붙였다. 랠프 월도 에머슨(Ralph Waldo Emerson)은 "천국과 대지의 교제"라고 불렀다. 우리는 우리의 공포와 갈망을 동물이나 산처럼 우리가 아닌 것에 투사하고 이로써 그들을 어느 정도 우리와 동류로 만든다. 이는 굴복시키는 행위인 동시에 갈망하고 요구하는 행위다. 그런 행위를 하고 있음을 자각조차 못 하는 때도 종종 있다. 아마추어 천문학자 퍼시벌 로웰이 화성에서 운하를 관측했으며 금성에서는 어렴풋한 "빗살"을 관측했다 주장하며 이를 외계 생명체의 흔적이라 주장한 이래 수십 년이 지나고서야, 한 검안사가 로웰이 사용했던 망원경의 배율과 조리개 때문에 관측하던 행성의 표면에 그의 안구 내부가 투사되었다는 사실을 알아냈다. 로웰은 외계의 생명체를 본 것이 아니었다. 자신의 시선이 남긴 흔적을 보았다.

"자연의 모든 외양은 정신의 상태와 조응한다."라고 주장한 에머슨은 이 조응이 일종의 완성이라는 사실을 이해했다. 그는 "자연사의 모든 사실은 그 자체로는 아무런 가치가 없고 한쪽 성별만 있는 것처럼 열매 맺지 못한다."라며 인간의 투사가 수정란을 효율적으로 착상시킨다고 했다. 이를 통해 자연사라는 "열매 맺지 못하는" 몸에 의미가 생기고 그뿐만 아니라 "일용할 양식의 일부"가 되어 인간에게도 자양분을 준다는 것이다.

에머슨은 이 과정을 찬양하는 한편으로 여기 담긴 함의에 질문을 던졌다. "따라서 우리는 특정한 의미를 표현하려 자연물의 도움을 받지만, 후추 열매만 한 정보를 전달하기에 언어란 그 얼마나 위대한 것인가!"라고 그는 썼다. "우리는 고작 달걀을 익히려고 화산재를 쓰는 여행자와 같다." 에머슨은 자연세계를 은유로 이용할 때 자연의 순수성이 사라지는지에 의문을 품었다. "우리가 산, 파도, 하늘을 인간의 생각을 표현하는 상징물로 이용한다면, 이들에게는 우리가 의도적으로 부여한 것 외에는 어떠한 의미도 없단 말인가?" 달걀을 익히는 데 화산재를 쓰는 것은 어쩌면 기숙사 방에서 앓는 향수병이나 이별 뒤에 찾아오는 권태를 거대한 고래에 담는 것을 빗대기 딱 좋은 표현일지 모르겠다. *그가 외롭냐고요? 전 인간의 감정을 그렇게 가져다 붙이는 게 정말 싫어요.*

　동물을 놓고 과장되게 이야기하길 좋아하는 사람들을 자연 날조자라고 부른다. 테디 루스벨트는 이런 이들을 "숲속의 황색 언론"이라 일컬으며 공공연하게 통렬한 비난을 했다. 이렇게 자연세계를 감상적으로 해석하는 일들은 인간의 논리를 동물의 행동에 투사해 야생조류가 부러진 다리에 진흙으로 깁스를 한다거나 까마귀들이 새끼를 위해 교실을 연다고 지어내는 것이다. 루스벨트는 "대통령으로서 이렇게 해서는 안 된다는 것을 안다."라고 쓰면서도 이들을 비판했다. "그는 결코 자연의 학생이 아니며, 예리하게 보지 못하고 허투루 보며, 흥미로우나 진실하지 못한 글을 쓰고, 사실을 해석하기 위해서가 아니라 사실을 지어내기 위해 상상력을 이용한다." 루스벨트는 특히 "사실에 대한 무자각", 즉 자연에 대해 거짓된 이야기를 하는 행위 때문에 사람들이 진실을 보지 못할 가능성을 우려했다. 고래를 외로운 존재 또는 예언자를 갈구하는 존재로 삼고, 오리더러 부러진 다리에 직접 깁스를 하라고 요청할 때 발생하는 위험이 바로 그것이다. 우리가 지어낸 자연에 과도한 경외심을 느끼는 바람에 우리가 살아가는 자연을 인정하지 못하게 될 가능성 말이다.

오늘날에 와서 루스벨트의 메시지는 묘하게도 @52Hurts라는 트위터 계정에서 되풀이된다. 이 계정의 자기소개란에는 고래가 자신이 처한 상징적인 위치에 저항하고 있다는 상상이 담겨 있다. "나는 상징도, 은유도 아니다. 나는 당신들 안에서 끓어오르는 형이상학도, 당신들 집착의 대리물도 아니다. 나는 한 마리 고래다." 이 계정에 올라온 트윗들은 Ivdhggv ahijhd ajhlkhds 식으로 대개 말이 안 되는 것들이지만 자못 진실하게 느껴진다. 이 트윗들은 어째서 자신이 트위터에 있는지 알 수 없는 고래가 남긴 것이며, 그의 무질서한 언어는 자신에게 투사된 언어에 전면적으로 저항한다. 그가 횡설수설 지껄이는 말들은 미지의 것을 거짓으로 읽어내도록 강요하기보다는 읽어낼 수 없는 것에 몰두한다. 간극 속에서 우리가 늘어놓은 투사를 말로 표현하기보다는 그 간극 자체를 인정한다.

내게 연락을 받자마자 리어노라는 나를 52 블루의 추종자로 이루어진 "진동하는 거대한 웅덩이"로 초대했다. 겨울이 가고 봄이 오기 전인 3월의 오후, 할렘의 리버뱅크 스테이트파크에서 리어노라를 만났다. 허드슨 강가의 바람이 쌀쌀했다. 리어노라는 몸을 조심스레 움직였고, 말을 고를 때도 마찬가지로 신중을 기했다. 리버뱅크는 그에게 특별한 장소인 것 같았다. 오수처리시설 위에 지은 공원이라고 그는 열심히 설명해주었다. 보기 흉한 필수시설에 가능성을 부여했다는 사실이 흡족한 듯했다. 리버뱅크는 리어노라의 재활 과정에서 큰 부분을 차지한 곳이다. 혼수상태에서 깨어난 뒤 그가 걷기 연습을 한 곳이 이곳이다. 요양보호사의 눈앞에서 한 걸음 한 걸음 비틀거리는 모습은 생각만 해도 창피해서, 공원에 왔다고 했다. 공원은 그를 재단하지 않았다. 그저 연습할 수 있도록 가만히 두었다.

시들어버린 텃밭이 즐비한 곳을 지나치면서 리어노라는 비타민을 많이 섭취해서 겨우내 한 번도 감기에 걸리지 않았다고 이야기했다. 그는 한 번 죽었던 이후로 비타민을 "어마어마하게" 복용하기 시작했다. 리어노라는 병을 앓고 혼수상태에 빠졌던 일을 죽었다가 살아난 과정으로 묘사했다. "삶으로 돌아오는 티켓은 조건부였죠." 그는 자신을 돌보는 법을 배우게 되었다. 비타민을 먹고, 미술 수업을 받고, 오는 봄에는 텃밭에서 직접 채소를 길러보고 싶다는 마음을. 그는 공원협회가 여름 전에 경매에 부칠 예정인 작은 텃밭 하나를 분양받고 싶어 했다. 육상 트랙 옆에 위치한 텃밭은 겨울이 남긴 잔류물로 가득했다. 시든 줄기, 버석하게 말라버린 잎, 지난해 토마토의 지지대로 쓰였고 올해도 마찬가지일 휘어진 격자틀. 리어노라는 후추와 파슬리를 심고 싶다고 했다. 하수처리시설 위에다 작은 농사를 짓는다면 *우리가 가진 것으로 할 수 있는 일을 한다*고 이야기되는 사례가 될 터였다. 혼수상태에서 깨어났을 때 그는 산산조각 난 상태였다. 그리고 지금도 그 조각을 이어 붙여 다시금 삶을 만들어가는 중이다.

배가 빨간 울새 한 마리가 우리 눈앞에 있던 텃밭을 경중경중 가로질러 갔고, 리어노라는 그 모습이 믿기지가 않는다고 했다. 울새가 돌아다니기엔 아직 이른 봄철이었다. 울새를 봤으니 소원을 빌자고 했다. 그건 리어노라가 믿는 사흘의 법칙이었다. 우주에게 질문을 던지면 반드시 사흘 안에 답을 받는다고 했다. 꿈으로, 아니면 동물이나 라벤더 향기처럼 단순한 무언가로 찾아오는 형태로 말이다. 리어노라의 마음은 모든 것으로부터, 언어임을 인식할 수조차 없는 언어로 다가오는 메시지에 항상 열려 있었다.

우리는 초등학교 하키 팀이 연습하고 있는 아이스링크 옆 구내식당에 들어가 자리를 잡고 앉았다. 스쿼츠라는 이름의 식당이었다. 리어노라의 말로는 뉴욕에서 아직도 1달러로 커피를 마실 수 있는 유일한 곳이다. 이곳이 리어노라의 홈그라운드다. 카운터의 사내들은 리어노라가 무엇을 주문할지 알았다. 전동 휠체어를 타고 지나가던 남자는 인사를 건넸다. 계산대에 있던 남자는 공원관리인 후보로 출마하고 싶으니 리어노라에게 추천인 서명을 해달라고 했다.

자리에 앉은 리어노라는 큼직한 공책을 한 권 꺼내더니 펜과 연필로 그린 52 블루의 스케치를 몇 점 보여주었다. "계속해서 고래를 생각했어요. 어떻게 생겼는지 상상해보려 했죠." 그러나 초기에 그린 그림들은 "혼란 그 자체"였다. 그래서 그는 다른 고래들의 사진을 찾아보았다. "하지만 아직 그를 찾진 못했어요. 수수께끼 같은 존재니까요." 그럼에도 그는 그림 그리기를 멈추지 않았다. 지금은 공원 레크리에이션센터에서 수강하는 미술 수업의 학기말 전시회에 출품할 52 블루 그림을 그리는 중이었다.

처음 52 블루의 노래를 접했을 때, 리어노라는 그 노래를 적어도 쉰 번쯤 되풀이해 들었다. 그와 함께 헤엄치는 꿈을 꾼 적도 있다. 52 블루는 혼자가 아니라 고래 떼 속에 있었으며, 리어노라는 그를 따라 시속 수백 킬로미터는 되는 엄청난 속도로 헤엄쳤다. 꿈속에서 자신의 머리는 커다랗고, 미끈한 몸에는 털 한 가닥 없었다. 혼수상태에서 깨어나 회복되는 동안에는 물이 나오는 꿈을 많이 꾸었다. 호수나 연못이 아니라 항상 강이나 바다가 나왔고, 고여 있거나 잠잠한 물이 아니라 흐르는 물이었다. 52 블루가 나오는 꿈을 꾼 밤, 리어노라는 흠칫 놀라 잠에서 깼다. "그 꿈을 꾼 날엔 동요했어요. 할 수 있는 일이라고는 가만히 누워서 *이게 무슨 일이지? 이게 무슨 일이야?* 생각하는 게 다였죠."

리어노라에게 52 블루와 연결되어 있다는 감각은 소통 그리고 자율이라는 두 가지를 동시에 의미했다. 52 블루는 회복 과정에서 리어노라가 겪은 곤혹(말을 하려 애썼으나 잘되지 않던 것)을 나타내면서, 곤혹이 앗아간 독립성을 나타냈다. 동료가 없으니 52 블루가 슬픔에 잠겨 있다고 상상하는 이들이 많았지만, 리어노라는 그에게 동료는 필요 없다고 생각했다. 52 블루는 홀로 살아갈 수 있는 힘을 상징했다. 리어노라가 아끼던 힘이자, 병 때문에 위태로워진 바로 그 힘이었다.

리어노라는 사람들이 52 블루가 혼자라고 해서 고독하리라 지레짐작하는 것이 불편했다. *자신이* 혼자라고 해서 고독하리라보는 것이 불편하듯이. 그는 느닷없이 말했다. "2000년대 이후로 연애를 한 적이 없어요. 사귄 사람이 없죠." 주변 친구들이며 가족들은 그 사실 때문에 걱정이 되는 나머지 자꾸만 누굴 소개해주려고 했다. "마치 여자는 남자가 없으면 완전한 인간이 아니기라도 한 것처럼요." 그러나 리어노라 자신은 걱정하지 않았다. "전 외롭지 않았어요. 혼자라고 해서 꼭 외로워야 하나요? 저는 혼자예요. 그렇다고 외롭진 않아요, 그럴 수도 있잖아요? 친구 집에 놀러 가고, 와인을 사고, 사람들을 집으로 초대하고, 요리도 한다고요."

그렇게 우기는 리어노라가 *과도하게 반발한다는* 느낌을 무시하기는 어려웠다. 그러나 그의 말에는 겸허함의 인식 역시 깃들어 있었다. 다른 사람의 심장이 어떻게 생겼는지 함부로 짐작하지 말라. 그 마음이 품은 열망을 짐작하지 말라. 혼자라면 고독하리라고 짐작하지 말라. 리어노라는 52 블루가 영영 발견되지 않았으면 좋겠다고 했다. "발견하지 못했으면 좋겠어요. 꿈속에서 만날 거라고 믿고 싶으니까."

"사람들이 그 고래한테 홀딱 빠진 게 이해가 안 가요." 조 조지의 집 식탁에 마주앉아 있을 때 그는 말했다. "저한테 그 고래는 과학일 뿐이거든요." 그 말 때문에 식탁 위 쟁반에 가득 담긴 쿠키가 더 매력적으로 보였다. 고래 모양 쿠키였다. 꼬리에 초록색, 분홍색, 남보라색 같은 파스텔 빛깔 설탕옷을 입혔고, 그 위에는 어울리는 색 아이싱으로 52라고 적었다. 조의 딸이 만든 쿠키였다. 우리에게 쿠키를 내주는 조는 뿌듯하면서도 조금은 겸연쩍은 기색이었다. 이 쿠키는 조가 아직도 완전히 이해하지 못한 엉뚱한 현상의 공모자였기 때문이다.

고래를 추적하는 연구 지원금이 단숨에 완전히 끊겼을 때 그는 기분이 이상했다고 한다. 자신들이 하는 일에 그 누구도 관심이 없다는 기분이었다. 그러다 오랜 시간이 지난 뒤 갑자기 *모두가* 이 고래한테 관심을 보였는데, 자신이 하는 일에서 은유를 찾기보다는 일을 제대로 하는 걸 중요하게 생각하는 조는 이 관심을 도저히 이해할 수 없었다.

52헤르츠였던 고래의 노래는 어느 시점부터 더는 52헤르츠가 아니었다. 마지막으로 그를 추적했을 때, 그가 내는 소리의 주파수는 49.6헤르츠에 가까웠다. 어쩌면 때늦은 사춘기를 맞았거나 체구에 변화가 생긴 듯했고, 덩치가 커지면서 발성의 주파수가 낮아졌을 가능성이 있었다.

이 이야기 역시 겸허함에 관한 교훈을 준다. 포착할 수 없던 동물이 어느 순간 더는 신호를 보내지 않을 수 있다는, 실제 생물이 자신에 대한 신화적 투사를 전면적으로 무화할 수 있다는 가능성 말이다. 우리는 어쩌면 더는 존재하지 않는 신호에 매달리고 있는지 모르겠다. 그러니까 이제 우리가 찾는 그 고래를 찾을 방법은 없고, 기껏해야 아마도 예전에 그 고래였으나 지금은 달라진 존재를 찾을 방법이 있을 뿐이리라.

*
**

리어노라를 알아가며 봄을 보낸 뒤, 나는 그가 참여하는 미술 수업 학기말 전시회를 보러 또다시 리버뱅크 스테이트파크를 찾았다. 축제 분위기로 가득한 이른 여름날이었다. 키보드 초급반 학생들이 거대한 베이지색 공업용 팬 환풍기 아래서 「웬 더 세인츠 고 마칭 인(When the Saints Go Marching In)」을 연주했다. 흰색 카프리 팬츠에 밝은 사파이어색과 코럴핑크색 셔츠를 입은 노년 여성들이 똑같은 부채를 들고 경쾌한 팝송에 맞추어 싱크로 댄스를 선보였다. 공원관리인 하나가 내 쪽으로 몸을 기울이더니 귀에 대고 속삭였다. "저희 할머님들이세요. 즐길 줄 아는 분들이죠."

라벤더색 바지를 입고 분홍색 곱창밴드로 머리를 묶은 리어노라는 작품을 잔뜩 실은 쇼핑 카트를 끌고 다니며 사진을 찍었다. 그가 복도 벽에 전시된 자신의 52 블루 그림을 내게 보여주었다. 평면 아크릴화에 담긴 고래는 바다 위 무지개 너머로 날고 있었다. 데쿠파주 기법으로 표현한 한 여자가 고래를 타고 있었는데(고래와 함께 나는 것 같았는데 분명치는 않다.) 리어노라 말로는 오래전 자기 사진의 얼굴을 흐릿하게 만들어서 그 사람이 자신을 벗어나도록 표현했다. 그림 속 여자는 마치 고래의 말에 귀를 기울이듯 고래를 향해 고개를 숙인 채였다. "누가 묻더라고요. '고래가 당신한테 키스하는 모습이에요?' 그래서 대답했답니다. '그럴 수도 있죠.'"

공원관리인 제복인 초록 셔츠를 입은 젊은 여자가 지나가자

리어노라는 양해를 구하거나 소개말도 덧붙이지 않고 설명을 시작했다. "52헤르츠 고래예요. 상상해서 그렸죠." 마치 모든 사람이 그 고래를 알거나 알아야 한다는 듯한, 아득한 그의 몸을 상상하는 프로젝트를 우리 모두 잘 알고 있어야 한다는 듯한 말투였다.

지난 몇 달 동안 리어노라와 대화를 나누면서 나는 그가 고래에게 갖는 애착은 여태까지 그가 평생 쌓아 올린 목표와 같다는 사실을 알았다. 그가 의학적으로 겪은 위기가 하나의 정점이었다면(장폐색은 평생 쌓인 트라우마가 응축된 것이다. 한 번도 마음껏 울거나 입 밖에 내지 않은 채 참아왔던 경험들이 몸 안에서 뭉쳐 병이 되어버린 것이다.) 고래는 그에게 또 다른 형태의 수확을 주었다. 평생 느껴왔던 갈망이 쌓아온 감정을 담을 그릇이었다. 리어노라는 자신의 삶을 패턴으로 이루어진 무엇, 기호와 신호와 목소리로 엮인 무엇으로 이해하고자 하는 깊은 소망을 지니고 있었다. 동떨어진 경험의 점들을 이어서 읽어낼 수 있는 별자리로 만들어줄 논리에 목말라 있었다. 우리가 나누었던 어떤 대화에서 그는 울새를 볼 때마다 내가 떠오른다고 했다. 함께 울새를 본 적 있기 때문이다. 나는 우리가 그 울새를 보고 나서 2주 뒤 결혼하고 싶은 남자를 만났다는 이야기를 그에게 해주었다. 사흘은 아니었지만, 그래도 의미가 있었다.

레크리에이션센터 구내식당에서 만났던 또 다른 어느 날, 리어노라는 그 고래가 자신의 종족 중 마지막 한 마리 같다고 이야기했다. 아이가 없는 자신 역시도 자신의 종족 중 마지막인 것처럼 말이다. 그는 사람들이 아이가 없는 걸 결핍이라 여기는 게 싫었다. 리어노라가 그려낸 작품들은 자식이나 마찬가지였고, 그걸로 충분했다. 혼수상태에서 깨어난 뒤를 가리켜 그가 "부활, 새로운 탄생, 제2의 탄생" 같은 표현을 쓴 것도, 우리의 대화가 자꾸만 아이를 갖느냐 갖지 않느냐 하는 주제를 맴돈 것도 우연이 아니었을 것이다. 이 모든 일들에 관한 그의 견해에서 탄생이라는 개념이 큰 부분을 차지하는 것도 우연이 아니었을 것이다. 리어노라는 오랫동안 피를 흘렸다. 그러다 그 피가 멎었고, 죽었다 살아남으로써 그는 자기 자신을 탄생시켰다.

우리의 마지막 만남이었던 그날, 리버뱅크 스테이트파크를 떠나는 나에게 리어노라가 작은 그림 한 점을 건네주었다. 가슴이 빨갛고 발톱이 조그맣고 구슬 같은 눈 하나가 달린 울새 그림이었다. 리어노라는 가슴의 빨간색이 활력을 상징한다고 했다. 나는 그 울새를 본 뒤 만나게 된 남자를 생각했다. 마술적 사고는 전염된다는 생각을 했다. 삶은 이제 일련의 징조로 이루어진 것처럼 느껴진다. 그 징조들이 우리 삶의 질서를 만드는 어떤 존재가 있음을 암시한다면, 적어도 이야기가 된다면 좋겠다.

"*바야 콘 디오스.** 당신은 나중에 꼭 아이를 가지세요." 리어노라가 말했다.

"영적인 것 앞에서 물질은 타락한다."라는 에머슨의 탄식은 우리

---

* 직역하면 "신과 함께 가라."라는 뜻의 스페인어 작별 인사.

가 "자연을 정신으로 옮기면서 물질을 버림받은 시체처럼 남겨
둔다."라는 뜻이었다. 우리의 모의가 끝난 뒤 52 블루의 실제 몸
은 남겨진 물질과 마찬가지로 버림받은 시체가 되고 말았다. 이
런 연금술에는 폭력과 아름다움이 둘 다 깃들어 있다. 에머슨은
둘 다를 이해하고 있었다. "모든 영혼은 스스로 집을 지으며, 그
집 너머에 세계가 있다. 그리고 그 세계 너머에 천국이 있다. 오직
우리만이 볼 수 있는 우리의 진정한 모습이다."라고 그는 썼다.

고래에 향한 궁금증을 이야기하던 리어노라가 이렇게 물은
적이 있다. "그가 우리를 치유하려 보내진 존재가 아니라고, 그의
노래는 치유의 노래가 아니라고 어떻게 확신하시죠?"

어쩌면 모든 노래가 듣는 상황에 따라 치유의 노래가 될지도
모른다. 혼수상태에서 보낸 7주가 끝난 직후에 듣는다면, 아니
면 최악의 상황, 영영 돌아가고 싶지 않은 날에 듣는다면. 어쩌면
열망과 필요란 다른 주파수로 울려 퍼지는 같은 노래일지 모른
다. 언젠가 리어노라는 그저 말했다. "그 고래는 모든 것이에요."

52 블루는 고독의 메타포가 되는 한 마리의 고래를 넘어 고
독의 치료제로서의 *메타포*로 자리매김한다. 은유는 언제나 동떨
어진 두 점을 잇는다. 고립 속에는 파토스가 존재하지 않음을, 타
인의 역경과 무관한 역경은 존재하지 않음을 시사한다. 고독이
은유를 찾아다니는 것은 정의 내리기 위해서가 아니라 공명할
수 있는 동반자, 즉 비유 속에서 싹트는 동류의식이라는 약속을
위해서다. 그리고 이 특정한 동류의식 안에서 수많은 이들이 하
나가 되었다. 미니밴만 한 크기를 가진 심장이 내보내는 박동 소
리를 추적하는 이들이다. 어쩌면 이들을 텅 빈 중심을 두고 모여

든 공동체로 여기는 사람들도 있을 것이다. 우리가 52 블루에게 연민을 쏟아붓는 것은 정확히 말하면 고래를 가엾게 여기는 것과는 다르다. 우리는 그와 마찬가지로 우리가 쌓아온 것들을 가엾게 여기는 것이다. 그럼에도 이 감정은 여전히 실재한다. 그럼에도 이 감정은 여전히 중대하다. 죽음의 목전에서 7주를 보낸 뒤 돌아온 한 여성을 도울 만큼.

위드비섬에서 조와 이야기를 나누었을 때 나는 그에게 리어노라 이야기를 했다. 처음에는 그가 내 말을 못 들은 게 아닌가 했는데, 그날 방문이 끝날 무렵 그가 내게 말했다. "선생님이 이야기한 사람 말입니다, 혼수상태에 빠졌다는 사람이요." 그가 말을 멈췄다. 나는 고개를 끄덕였다. "그분 이야긴 정말 굉장하네요." 그가 말했다.

고래는 고래일 뿐이라는 조의 말은 맞았다. 마찬가지로 고래는 모든 것이라는 리어노라의 말도 맞다. 고래가 고래일 수 있도록 인정하여 우리가 떠안기는 은유로부터 쉽게 하는 동시에, 우리가 만들어준 두 번째 자아의 윤곽선도 포용해 그가 우리에게 해준 일들을 인정한다면 어떨까? 그 고래가 자신의 실제 형상과 우리가 그에게서 필요로 한 형상 둘로 쪼개지게, 그 둘이 따로따로 헤엄치게 한다면. 우리는 그 둘을 서로의 그림자에서 해방한다. 그리고 두 개의 다른 길을 따라 바다를 건너가는 모습을 지켜본다.

우리는 다시금 살기 위해 스스로에게 이야기한다

We Tell Ourselves Stories in Order to Live Again

2000년 4월, 루이지애나에 사는 제임스 라이닝어라는 한 어린이가 항공기 추락 사고가 등장하는 악몽에 꾸준히 시달렸다. 아이를 달래러 침실에 들어온 어머니의 눈에 아이가 몸을 마구 뒤틀고 어딘가에서 벗어나려는 것처럼 팔다리를 도리깨질하는 모습이 보였다. 제임스는 같은 말을 수없이 되뇌었다. "비행기 추락! 비행기에 불났어! 작은 남자가 갇혔어!"

그 뒤로 몇 년 동안 이 꿈에서 시작된 이야기는 점점 더 구체화되었다. 나중에 제임스는 부모에게 그 이야기가 전생의 기억이라고 이야기했다. 전생에서 자신은 일본군이 격추시킨 전투기 조종사였다는 것이다. 아이는 부모에게 종잡을 수 없는 고유명사를 말하기 시작했다. 코세어를 몰았다고 했다. '나토마'라는 배에서 이륙했다고 했다. 부모는 아이에게 2차 세계대전 이야기를 해준 적이 없었기에 이런 용어가 도대체 어디서 나왔는지 상상도할 수 없었다. 제임스는 배를 함께 탄 동료들 이야기도 했다. 잭라슨, 월터, 빌리, 리온이 모두 천국에서 자신을 기다린다고 했

다. 아이는 그들의 이름을 따서 자신이 가진 「지.아이.조」 피규어
들의 이름을 지어주었다. 어머니 앤드리아는 제임스가 전생을 기
억하는 거라고 확신하게 되었다. 아버지 브루스는 회의적이었다.

그러나 브루스는 조사 끝에 더는 아들의 말을 의심하기 어
렵게 만드는 정보를 맞닥뜨렸다. 1945년 이오지마 수역에 배치
된 항공모함의 이름이 '나토마베이'였다. 나토마베이 선원 중에
는 잭 라슨과 제임스 휴스턴이라는 조종사가 있었는데, 휴스턴
은 그해 3월 3일 지치지마 인근에서 격추로 전사했다. 나토마베
이에 승선한 인원 가운데는 월터 데블린, 빌리 필러, 리온 코너가
있었고, 모두 휴스턴이 전사하기 얼마 전에 전사했다. 아이는 도
대체 어떻게 이 사람들의 존재를, 심지어 그 배의 이름과 이들이
전사한 순서까지도 안 걸까?

2002년 브루스는 나토마베이 전우회 모임에 참석해 여러 질
문을 했다. 아들의 기억을 남들에게 말할 생각은 없었으므로, 자
신이 이 항공모함의 역사를 다룬 책을 집필하고 있다고 했다. 한
편 앤드리아는 전쟁 역사에는 아무 관심도 없었다. 그저 아들의
악몽이 끝나기만을 바랐다. 앤드리아는 제임스에게 네 말을 믿지
만 전생은 끝난 것이므로, 현생을 살아야 한다고 했다.

제임스가 여덟 살 때, 가족 모두 함께 떠난 일본 여행의 계기
가 바로 전생을 끝맺음한다는 아이디어였다. 제임스 휴스턴의 위
령제를 치러주기로 한 것이다. 제임스 가족은 도쿄에서 페리로
열다섯 시간 걸리는 지치지마로 향했고, 작은 배에 올라 휴스턴
의 전투기가 추락되었다고 추정되는 지점을 찾았다. 제임스는 보
랏빛 꽃다발을 바다에 던진 뒤 "경의를 표합니다, 잊지 않을게

요."라고 말한 다음 어머니 품에 안겨 20분이나 흐느꼈다.

"여기 다 두고 가는 거야, 아들." 아버지가 말했다. "전부 여기 다 두고 가자."

한참 뒤 고개를 들고 눈물을 닦은 제임스는 자신이 던진 꽃다발이 어디로 갔느냐고 물었다. 누군가가 저 멀리 바다 위 보랏빛 점 하나를 가리켰다. 꽃다발이 멀지만 아직까지 보이는 지점에 떠서 수면을 따라 흘러가고 있었다.

2014년 1월의 화창한 날, 나는 버지니아에 있는 지각연구부서(Division of Perceptual Studies)라는 작은 연구소를 방문했다. 지난 14년간 전생을 기억한다고 주장한 아이들의 데이터베이스를 수집해온 아동정신과 전문의 짐 터커를 인터뷰하기 위해서였다. 내가 터커를 만났을 무렵 그의 데이터베이스에는 2000가족 이상의 사례가 담겨 있었으나, 그의 말대로라면 제임스 라이닝어가 그중에서도 두드러지는 사례였다.

나는 뉴욕에서 발간하는 어느 고급 잡지의 의뢰로 터커를 인터뷰하게 되었는데, 편집자들이 원하는 것은 전생 연구의 실체를 폭로하는 것이었다. 전생의 기억, 임사체험, 초능력을 연구하는 지각연구부서에 관한 글을 쓴다고 이야기하면 사람들이 "잠깐만, *뭐라고?*" 할 때가 많았다. 지각연구부서는 쉽게 우스갯소리 취급을 받았다. 하지만 나는 애초에 환생에 방어적인 감정을 품고 있었다. 내가 꼭 환생을 믿어서는 아니었다. 회의주의를 깊이 회의하는 사람으로 자라나서였다. 사람들, 프로그램, 믿음 체계에 구멍을 뚫는 일은 언제나 그것들을 만들어내거나 옹호하거나 적어도 진지하게 받아들이기보다 쉽다. 준비된 경멸은 너무 많은 수수께끼와 불가사의를 묵살한다.

전생에 대한 믿음 자체는 드물지 않다. 우리 모두 죽고 나서 어떤 일이 일어나는지를 궁금해해왔으니까. 2018년 퓨 연구센터의 조사에 따르면 미국인의 33퍼센트가 환생을 믿으며, 2013년 해리스폴 조사에 따르면 64퍼센트가 느슨한 정의인 "영혼이 사후에도 살아남는다는 사실"을 믿는다. 내가 사는 뉴욕에서는 지하철만 타면 그해 10월 실종된 자폐가 있는 열세 살 남자아이 사진이 보였다. 아이는 퀸스 출신이었다. 퀸스를 지나가는 열차마다 아이 사진이 붙어 있었다. 비논리적이지만, 나는 그 아이를 분명 찾을 수 있을 거라고, 아니면 그 아이가 어디에 있든 안전할 거라고 생각했다. 그런 믿음이 바보 같다면 기꺼이 바보가 되고 싶었다.

샬러츠빌 시내의 위풍당당한 벽돌 건물에 있는 지각연구부서에서 나를 맞이해준 터커는 괴짜나 신비주의자처럼 보이지는 않았다. 매력적이고 명철하며 한눈에 보기에도 지적이었다. 중년 나이에 머리숱은 줄고 있었지만 잘 가꾼 늘씬한 몸을 가진, 마라톤을 즐기는 고등학교 동창 아버지 같은 외모였다. 터커는 공손하고 격식 있는 태도를 가진 침착한 사람이었다. 영매가 죽은 자의 영혼을 전달한다는 이야기, 출생 모반이 전생의 상처를 입증할 수 있다는 이야기를 할 때 그는 신중하게 말을 골랐지만 망설이지는 않았다. 토양의 구성성분을 사실에 바탕을 두고 설명하는 지질학자의 말을 듣는 느낌이었다.

1967년 설립된 지각연구부서는 서류상으로는 버지니아대학교 부설기관이나 자금은 대부분 개인 기부로 충당하는 곳으로, 이곳에 최초로 100만 달러를 쾌척한 이는 복사기술의 창시자 체스터 칼슨(Chester Carlson)이었는데 그의 아내는 칼슨이 초능력을 쓴다고 믿었다. 2013년 버지니아대학교 소식지에서 지각연구부서의 연구 내용을 다뤘을 때 온라인 댓글은 대부분 이 연구소의 존재 자체가 말도 안 된다거나, 이런 연구소가 버지니아대학교와 연관되어 있다는 사실이 "경악스럽다"는 반응이었다.

터커가 내게 사무실 안을 구경시켜주는 동안 나는 특이해 보이는 세부사항을 노트에 끄적거렸다. 제도권 생활이 남긴 습관에서 그리 힘들지 않은 일에 속했다. 연구소의 옛 소장이 전생을 기억하는 달라이 라마(Dalai Lama)에게 저서 『임사체험 핸드북(The Handbook of Near-Death Experiences)』을 건네는 사진이 액자에 담겨 있었다. 게시판에는 영감을 주는 명언("정신과 물질에 대한 우리의 관념은 아직은 상상할 수 없는 수많은 단계를 거쳐야 한다.") 그리고 진행 중인 연구 프로젝트를 다룬 유인물(「사자(死者)에 대한 정보를 줄 수 있다고 주장하는 영매 조사」, 「간질환자의 신비 체험」)이 붙어 있었다. 우리는 초감각 지각 실험을 위해 설계된 "차폐실"을 지나갔다. 실험대상자가 이 건물 다른 곳에 있는 "발신자"의 메시지를 수신할 때까지 대기하는 곳이었는데, 레이지보이 리클라이너가 놓였을 뿐 음산한 굴 같았다. 터커는 뒤늦게 생각난 듯 이 방의 구조를 설명해주었는데(핸드폰의 간섭을 방지하기 위해 벽에 금속판을 설치했다.) 마치 내가 초능력 실험실이 어떻게 작동하는지 알고 있을 것이라는 투였다.

지각연구부서를 돌아보는 동안 나는 성교육 시간에 새어나오려는 웃음을 참는 청소년이 된 기분을 종종 느꼈다. 그러나 반사적으로 터져 나오려는 웃음이 전적으로 진실하게 느껴지지는 않았다. 오히려 내가 내면화된 집단적 판단, 이런 일을 조금이라도 진지하게 받아들이는 건 바보짓이라고 말하는 익명의 "분별 있는" 관점을 표출하는 데 가까웠다. 어쩌면 우리가 완전히 이해할 수 없는 것을 목도하는 순간 터지는 초조한 웃음 같았다.

지각연구부서 도서관에는 전 세계의 무기를 전시해놓은 인상적인 유리 진열장이 있었는데, 나이지리아산 커틀래스*, 태국산 단검, 스리랑카산 장검 같은 이 무기들은 현생의 몸에 전생의 영혼이 남아 있는 사례들과 관련된 전시품이었다. 미얀마산 징채 아래에 붙은 꼬리표에는 한 승려가 정신이상이 있는 참배객에게 머리를 맞아 사망하고 몇 년이 지난 뒤 유달리 평평한 두개골을 가진 남자아이로 환생했다는 이야기가 적혀 있었다. 근처 통로에는 지각연구부서가 수행한 여러 연구를 기록한 팸플릿이 쌓여 있었는데 그중에는 "타이타닉호 침몰과 관련된 그 밖의 초자연적 체험 7건"이라는 제목이 붙은 것도 있었다. 우리는 숟가락 두 개가 장식된 벽을 지나쳤는데, 둘 중 하나는 불에 녹은 듯 뒤틀려 있었다. 이 숟가락들이 무엇인지 묻자 터커는 태연하게 "저것들 말입니까?" 하더니 대답했다. "숟가락 구부리기 실험이지요."

다음으로 등장한 건 자물쇠였다. 지각연구부서의 초대 소장

---

* 칼날이 휘고 폭이 넓은 단검.

이언 스티븐슨은 2007년 타계하며 자물쇠 하나를 남겼는데 비밀
번호 조합을 누구에게도 알리지 않았다. 영혼이 사후에도 살아
남는다면 비밀번호를 전달할 방법을 찾겠다는 심산이었다. 낯선
이들이 터커와 동료들에게 전화를 걸어와 번호를 말하는 일이 여
러 번 있었음에도 자물쇠는 아직까지 풀리지 않았다. 이 자물쇠
이야기를 할 때, 터커의 목소리에는 처음으로 쓴웃음이 배어났
다. 그러나 내가 지각연구부서를 방문한 시간 내내 터커는 윤회
와 관련된 농담은 삼가다시피 했다. 그날 저녁식사 자리에서 그
는 소설 습작 경험을 이야기했다. 다시 소설을 써볼 생각은 없느
냐고 내가 묻자 그는 미소를 지었다. "아마도 다음 생에서나요."

　터커는 지각연구부서에서 일하는 것 외에도 아동정신과 전
문의라는 전문직을 가지고 있는데, 이 때문에 그는 분리된 두 개
자아로 살아가는 기분이라고 했다. "아동정신과 일은 저에게 있
어 클라크 켄트에 해당하는 온순한 정체성입니다. 그런데 한편으
로는 완전히 다른 세상과 연결된 비밀스러운 정체성도 있는 셈이
지요." 그는 자신의 데이터베이스가 어떻게 구성되었는지 설명해
주었다. 그가 수집한 사례는 대개 두 살에서 일곱 살 사이 아동
과 그들의 기억인데, 종종 그 기억은 공포, 사랑, 슬픔이라는 광
범위한 감정이 서린 생생한 꿈의 형태로 나타났다. 대부분은 외
국인이었고, 연락을 취해 오는 새로운 가족들과 정기적인 면담
을 하지만 데이터베이스 속 아동 대부분은 실제 만난 적이 없었
다. 그는 타당해 보이는 전생을 확인한 경우를 "해결된" 사례라
고 일컬었는데, 아동은 보통 전생에 가족 구성원 중 한 사람이었
다. 물론 제임스처럼 때로는 전혀 모르는 사람이 전생의 자신인

경우도 있었다.

터커는 어쩌다 보니 세상의 호레이쇼들 앞에서 햄릿을 연기하게 된 분별 있는 조연 같았다. *천국과 지상에는 ······ 그대의 철학으로는 꿈도 꿀 수 없는 더한 일들이 있다.* 터커는 노스캐롤라이나의 남부침례교과 집안 출신이며, 두 번째 결혼을 할 때까지는 윤회에 대해 생각해본 일이 없었다. 그와 마찬가지로 고등교육을 받은 두 번째 아내 크리스는 초능력과 윤회를 믿는 사람이었고, 터커는 아내와 함께하며 여태까지 한 번도 생각해본 적 없던 일들에 눈뜨게 되었다. 급기야는 아동정신과 일이 "대가는 있지만 보람차지는 않은" 일이라고 여기게 되었다. 아이들이 치료를 받고 나아지는 것이 흐뭇하기는 했으나 궁극적으로는 "진료를 반복하는 데 지나지 않았지요. 숲을 보지 못하는 상태였던 겁니다."라고 그는 말했다. 전생의 기억에 관한 연구는 한층 포괄적인 작업으로 느껴졌다. 제 시각의 한계를 성큼 뛰어넘는 큰 그림의 흐릿한 패턴을 따라가는 일로 말이다.

몇 주 뒤, 인터뷰 녹음본을 듣던 나는 터커를 향해 "불가사의한 것에 열린 마음"을 지녔다고 몇 번씩이나 선언한 걸 듣다가 부끄러워졌다. 진심이었으나, 설득에 능하고 전략에 밝은 사람 특유의 날카롭고 극성스러운 말투였다. 어떤 면에서 나는 터커에게 내가 당신이 여태껏 만나온 회의주의자가 아니라고 납득시키려 애쓴 셈이다. 재닛 맬컴(Janet Malcolm)이 기자를 가리킨 "타인의 허영, 무지, 외로움을 먹잇감 삼아 신뢰를 얻은 뒤 가차 없

---

* 『햄릿』 1막 5장 호레이쇼의 대사.

이 배신하는 신용 사기꾼"이라는 묘사는 유명하다. 터커와의 인터뷰를 듣고 있자니 나는 내가 그에게 지레 이렇게 털어놓는 것임을 알았다. "그 어떤 사람도 타인에 대해서는 자기 자신에 대해 하는 것과 똑같은 이야기를 할 수 없다."

*
* *

지각연구부서에서 터커를 만날 무렵 나는 12단계 회복 과정*에 참여한 지 3년이 넘은 때였다. 12단계 회복 과정이 수많은 회의를 단숨에 없애거나 최소한 유예한다는 사실을 안 뒤였다. 도그마와 클리셰, 통찰 및 양산형 자기인식 프로그램, 타인이 제 삶을 이야기하는 겉보기에 정형화된 서사에 대한 회의였다. 회복 과정에서 우리는 "탐구하기 전에 경멸하는 것"을 피하라고 배웠고, 윤회에 관한 글을 쓰는 것은(지각연구부서를 찾아가서 구부러진 숟가락을 본 것은) 열린 마음을 유지할 의지를 다시금 시험받는 것처럼 느껴졌다.

　글을 쓰며 어른이 된 나는 존 디디온(Joan Didon)의 에세이 「화이트 앨범」을 오래전부터 좋아했다. 이 글의 "우리는 살기 위해 스스로에게 이야기를 한다."라는 도입부는 유명하지만, 이 글이 디디온이 이 모든 "이야기", 그리고 그 거짓된 일관성에 관한 의혹을, 여러 번 강조한 적 없었던 것처럼 다시금 되풀이하며 거의 같은 지점에서 끝을 맺는다는 사실은 그만큼 잘 알려져 있지

---

*　알코올중독자 자조 모임인 익명의 알코올중독자들(AA)에서 제시해 널리 쓰이는 기법으로, 수용, 신뢰, 고백 등으로 이루어져 회복으로 나아가는 12단계의 단주 과정이다.

않다. 마침내 나는 디디온이 품었던 의심을 의심하게 되었다. 나는 디디온이 스스로를 자기기만으로 가득한 세계 속 현명한 회의주의자로 상정하는 그 의기양양함이 싫었다. 나는 회의주의에는 그 자체로 윤리적인 실패가 내포되어 있다고 믿게 되었다. 회복 모임의 클리셰에 반기를 들거나, 타인이 자신의 삶을 이야기하는 지나치게 말끔한 서사를 경멸하고 싶은 충동 밑바닥에 깔린 것과 동일한 우월의식이 있다고 말이다.

나는 글을 쓰면서 다른 이들이라면 조롱거리로 치부할 법한 삶이나 믿음에 대한 글을 쓰는 데 점점 몰두하는 스스로를 알아차렸다. 웬만한 의사들은 인정하지 않는 피부병을 앓는다고 주장하는 이들, 정체불명의 고래와 영적 동류의식을 느끼며 스스로를 아웃사이더로 여기는 이들에 관한 이들. 그러나 솔직히 말하면 이들에 대한 이끌림에는 희미한 독선이 묻어 있다. 어쩌면 나는 내가 패배자들을 변호하고 있다고 생각하고 싶은지도 모르겠다. 아니면 나는 겁쟁이인지 모른다. 어쩌면 사람들이 각자의 삶에서 살아남고자 스스로에게 하는 이야기를 반박하기에는 너무 겁이 많은지도 모른다.

터커가 설명한, 겉보기에 "물리학에 근간을 둔" 윤회의 원리에 설득당한 것은 아니다. 내가 인터뷰한 어느 물리학자는 물리학사에서 끌어온 여러 실험을 바탕으로 한 윤회 이론이 "유리한 증거의 선별"이며 선택적 오독이라고 칭했다. 아무튼 터커는 정신과의사이지 물리학자는 아니니 말이다. 따지자면 오히려 내가 자신이 더 현명하다는 양, 무엇이 가능하고 불가능한지 안다는 양 업신여기는 특정한 말투에 정서적, 영적, 지적 알레르기 반응을 일으킨 탓이다. 의식 자체에 대해 그것이 무엇이며 어디에서 왔는지, 우리의 몸을 떠난 의식은 어디로 가는지 안다고 가정하는 것이 오만하게 느껴진 탓이다.

버지니아에서 나는 터커가 두 가족을 면담하는 자리에 동행했다. 두 가족 모두 청소년 자녀가 어린 시절 전생을 기억했다. 헐벗은 겨울 숲이 내다보이는 커다란 집에서, 스무 살 대학생 애런은 어린 시절 자신이 담배 농장 농부였던 기억을 갖고 있었다는 이야기를 했다. 그는 농장, 심술궂은 누이, 불의 환영을 보았다. 잔가지든 지푸라기든 아이스크림 막대기든 손에 뭐라도 집히면 그것을 가지고 담배 피우는 시늉을 했다. 타투와 오토바이에 몰두했고, 카우보이 부츠를 고집했다. 심지어 수영복만 걸친 맨몸에 카우보이 부츠를 신고 수영장에도 가곤 했다.

애런의 어머니 웬디가 또래 친구를 잘 사귀지 못하는 애런을 이해한 것은 애런의 "오래된 영혼" 때문이었다. 애런에게 생일파티를 열어주고 싶어도 누굴 초대하면 좋을지 알 수가 없었다. "애야, 너한테 상처주기는 싫지만 너는 어디서도 잘 못 어울리잖니."라고 웬디는 아들에게 말했다. 애런 자신은 최근 일어난 연애 문제들을 오래된 영혼 탓이라 여겼다. 주변 여자들은 파티가 주된 관심사인데 자신은 정착해 가정을 꾸리고 싶어 한다는 것이었다. 이야기를 나누는 동안, 창밖 숲 언저리에 서서 털을 바짝 세운 세 마리 개를 향해 막대기를 던져주는 남자가 보였다. 남자가 몸을 돌려 집 쪽을 향하자, 웬디는 그 사람한테는 윤회 이야기는 입도 벙긋하지 말아달라고 부탁했다. 웬디의 남자친구는 제트기 기술자였다. 이런 이야기들이 얼토당토않다고 생각하는.

애런과는 대조적으로 노동계층 거주지역에 해당하는 동네에 위치한, 앞뜰에 바람 빠진 플라스틱 순록 인형들이 널브러져 있는 더 작은 집에 사는 줄리라는 여성은 딸 캐럴이 말이 늦게 트인 데다가 그 뒤로도 말을 잘 하지 않았다고 이야기했다. 캐럴이 네다섯 살쯤 되었을 때, 왜 그렇게 말이 없느냐고 줄리가 묻자 아이는 드디어 자신의 다른 가족 이야기를 해주었다. 약초를 기르고 민트색 다이얼 전화기를 갖고 있는 긴 머리 부모 얘기였다. 캐럴은 그 부모와 함께 살고 있지 않아 혼란스럽다고 했다. 그들이 보고 싶다고 했다. 줄리는 그때를 떠올렸다. "그때 '난 진짜 네 엄마야.'라고 말해야 할 것 같았어요." 딸이 학교에서 발표 시간에 전생 이야기를 하다가 놀림이라도 받지 않을지 걱정이 됐다.

그 뒤로 10년이 넘는 세월이 지난 지금, 스무 살이 되어가는 캐럴은 얼마 전부터 식품 알레르기가 있는 사람들이 먹을 수 있는 케이크 장식을 배우려고 조리학교에 다니기 시작했다고 우리에게 이야기했고, 줄리는 딸의 창조적인 성향 역시 전생에서 이어졌으리라 추측했다. 캐럴이 가진 전생의 기억 중 가장 선명한 것은 부엌 식탁에 앉아 그림을 그리던 기억이다. 이런 이해에는 별자리점을 읽을 때 작용하는 의지가 담겨 있었다. 원한다면 인생이라는 퍼즐에는 무엇이든 끼워 맞출 수 있다.

짧은 침묵 끝에 캐럴은 어머니의 이야기를 부드럽게 고쳐주었다. 기억 속 자신은 부엌 식탁에서 그림을 그리던 게 아니라 벽

이 유리로 된 고층빌딩 안에서 이젤을 놓고 그림을 그렸다는 것
이다. 대화가 잠시 멎었다. 우리는 모두 캐럴의 기억과 줄리가 스
스로에게 해준 이야기 사이 모호한 지대에 머물렀다. 고층빌딩이
부엌으로, 이젤이 그림으로 뒤바뀌고, 기억의 만화경이 다시금
반짝이는 조각을 뒤섞었다.

*
**

뉴욕으로 돌아가는 비행기가 버지니아에서는 드문 눈보라에 취
소된 탓에 나는 공항 근처 비즈니스호텔에 이틀을 묵으며 로비
의 바에서 연신 탄산수나 마시면서 시간을 때웠다. TV 속 끝을
모르고 지나가는 종말의 소식들을 보면서 바텐더와 괴로운 표정
을 주고받았다. 부패, 성추행, 일본의 어느 후미진 만에서 바닷
물을 피로 물들이며 죽은 돌고래들. 언어로는 표현할 수 없는 내
마음 깊은 곳에서 나는 불가지론과 수용이 그 자체로 도덕적 규
범이라 믿고 있었으나 실제로는 그만한 확신이 없었다. 그 무엇이
든 똑같이 중요하게 여길 만큼 관용적인 믿음체계를 가진 척한
들, 누구에게 무슨 소용이 된단 말인가? 어쩌면 세상에는 내가
공감할 수 없는 경험, 내가 결코 믿지 못할 일이 있을지도 몰랐다.
　애초에 어째서 나는 이런 전생 이야기를 변호하려 들었던 걸
까? 그건 내가 전생이 실재한다고 입증할 수 있다고 믿어서가 아
니라, 전생을 믿는 것이 어째서 매혹적인가를 알고자 했기 때문
이리라. 우리가 살기 위해 스스로에게 이야기를 한다면, 우리가
다시금 살기 위해 하는 이야기에서 우리는 무엇을 얻었나? 그 이

야기들은 죽음이라는 무시무시한 최후에 대한 완충재가 되어주는 데서 그치지 않는다. 이야기들은 우리가 볼 수도 이해할 수도 없는 어떤 힘이 우리를 빚어낸다는 사실을 인정하는 것과 관련되어 있다.

잠자리로 돌아가기 전, 눈보라가 휘몰아치는 공항 호텔 바의 텔레비전에서, 퀸스에서 실종되었던 소년인 아본테 오쿠엔도의 얼굴을 보았다. 이스트리버에서 그의 시신을 발견했다는 소식이었다. 그가 아직 살아 있을지도 모른다고 생각한 시절, 경찰은 그의 신뢰를 얻기 위해 아이어머니의 목소리를 녹음해 송출했었다. "아본테. 엄마란다. 넌 안전해. 빛을 향해 걸어오려무나."

몇 주 뒤, 나는 라퍼엣에 있는 라이닝어 가족의 집으로 가려고 루이지애나의 시골길을 달리며 군데군데 반짝이는 시내가 있는 숲을, 스스로의 무게로 무너지기 직전인 샷건식 오두막*들을 지나쳤다. 렌터카의 라디오는 악마에 관한 이야기를 들려주었다. 한 남자가 말했다. "저는 영혼의 적이 있다고 믿습니다. 그는 대리인을 통해 힘을 미칩니다."

남부로 내려오기 전 나는 앨런 래비츠라는 아동정신과 전문의를 만나 전생의 기억이 가능한지 물었는데, 래비츠는 예상처럼 이런 가능성을 즉각 묵살하지 않았다. "그 누가 알겠습니까? 불

---

* 미국 남부, 특히 루이지애나에서 인기 있었던 건축물 형태로, 각 방을 일렬로 배치한 좁은 직사각형 주택.

가능이란 없습니다." 그는 터커가 "설명하기 어려운 특정한 유형의 현상"을 발견했음을 인정했고, 이렇게 보고된 전생의 기억 중 다수는 "아동이 전형적으로 떠올리는 상상의 소재"가 아님을 강조했다. 그러나 래비츠는 이런 "전생"이 생각의 강화라는 미묘한 과정에서도 생겨날 수 있음을 상정했다. 이야기를 할 때, 특이한 기억 또는 진짜 같았던 이상한 꿈 이야기를 했다가 관심을 얻은 아이들은 자연스레 그 이야기에 살을 붙인다.

　부모와 아이 둘 다에게 가해지는 강화라는 역학 작용이 내가 이런 사례들에 사로잡힌 이유의 하나다. 우리는 어째서 우리가 외로운지, 무엇이 우리의 뇌리를 떠나지 않는지 이야기한다. 그리고 이런 부재의 이야기들은 실재하는 현실만큼이나 충만하게 우리를 정의한다. 아이들은 유령을 중심으로 정체성을 만들어간다. 엄마는 아들이 친구를 잘 사귀지 못하는 이유가 아이의 몸속에 어느 노인의 영혼이 들어 있어서라고 믿는다. 전생에 관한 이야기가 이번 삶을 설명해준다. 우리의 하루하루가 가진 평범한 토양보다 깊은 곳까지 뻗어 있는 특별한 뿌리를 약속하는 이야기다. 이 이야기들은 우리에게 가장 가까운 현실, 즉 우리 삶의 리듬과 우리가 가장 사랑하는 사람들은 우리의 눈에 보이지 않는 힘이 빚어낸 것임을 인정한다. 짜릿하면서도 공포스럽다. 확장이며 항복이다.

루이지애나에서 나는 아노드빌의 오두막을 한 채 빌려 머물렀다. 49번 주간고속도로에 있는 다이커리 드라이브 스루와 바이커 반 살룬*을 지나, "예수님은 안아주시는 분"이라고 적힌 교회 차양을 지나, "중고 설탕 주전자 판매"를 광고하는 손 간판을 지나, "시속 12킬로미터"라고 적힌 밝은 보라색 속도표지판이 있는 작은 골목을 지나면 나오는 곳이었다. 내가 빌린 오두막은 피칸나무와 목련나무로 둘러싸인 목조 오두막으로, 변기 위에는 "닥터 킬머스 스왐프 루트"라는 오래된 나무 간판이 붙어 있고, 침대 옆에는 황동 램프가 놓여 있었는데, 나는 그 침대에 누워 더는 같이 자지 않는 모든 남자들과 자는 상상을 했다. 그들의 유령이 오두막을 가득 메웠다. 오두막은 내가 이전에 가졌던 온갖 자아를 담은 그릇 같았다.

　　라이닝어 가족은 치렁치렁한 스페인 이끼로 뒤덮인 검은자작나무 그늘 아래 소박한 집에 살았다. 문간에서 나를 맞이한 브루스는 커피 한 잔과 바나나 빵 한 조각을 권하더니 곧장 자신이 수집한 총들을 보여주겠다고 했다. 내가 노트에 메모를 하는 걸 보고 그는 조심스러워진 모양이었다. 양손에 총을 든 채로 "전 총기광은 아닙니다."라고 말한 걸 보면 말이다. 화장실을 쓰고 나왔더니 그가 수집한 탄환이 이불 위에 펼쳐져 있었다. 탄환을 만지고 싶지 않았지만, 머릿속에 그것들을 "강력한 세부사항"이라고 기록했다. 내 팔에 길게 새긴 타투는 이 사람에 대해, 이 순간에 대해, 이 탄환들에 대해 질문을 던지는 말이었다. *Homo sum: humani nil a me alienum puto(나는 인간이다. 인간에 관한 그 무엇도 내게 낯설지 않다).* 나는 어떤 사람들이 실제로 낯설다는 사실을 차마 인정하지 못할 만큼 어리석었던 걸까? 내가 이 세상에 사는, 총을 사랑하는 남자들 모두와 나 자신을 동일시할 필요가 있

---

　*　모두 루이지애나에만 있는 업소들.

나? 그 누구와도 공통점을 찾을 수 있으리라고, 그것이 가능하리라고 믿은 건 순진한 일, 어쩌면 윤리적으로 무책임하기까지 한 일이 아니었을까?

브루스는 나를 맞이하기 전 나토마베이와 이 배에 승선했던 조종사들에 대한 자료들을 미리 꺼내두었다. 10년 이상 해온 조사의 산물이었다. 부엌 식탁에는 노트와 폴더들이 가득했지만, 벽장 안에 있는 자료의 "극히 일부"일 뿐이었다. 그는 이 배에서 사망한 군인 한 사람 한 사람에 해당하는 노트를 따로 마련해두었는데, 이 안에는 그가 찾을 수 있었던 모든 신상정보는 물론 군에서 발행한 사후보고서까지 집대성되어 있었다. 이 배의 사가가 보내온, 샴페인을 담는 나무 상자 하나를 가득 채울 만한 마이크로필름도 있었다. 브루스는 "여기에 완전히 빠졌습니다." 하고 무람없이 털어놓았다. 이 모든 자료에 "브루스 라이닝어의 재산 『운 좋은 배 한 척(*One Lucky Ship*)』을 위한 연구자료 ©"라는 딱지가 붙어 있었다. 『운 좋은 배 한 척』이란 브루스가 집필 중이던 나토마베이를 다룬 책으로, 오래전 퇴역군인들에게 다가가기 위해 지어낸 이야기가 마침내 가시화된 셈이었다. 이제 그는 전사한 조종사들의 가족에게 사랑하던 이가 어떻게 싸우고 죽었는지, 군에서는 결코 얻을 수 없었던 상세한 정보를 손에 넣는 족족 보내주었다. 브루스는 제임스 휴스턴이 자기 아들의 몸으로 환생한 데는 이유가 있다고 믿었다. 자신과 앤드리아로 하여금, 영영 잊힐 뻔했던 미국사의 한 조각을 복구하도록 하기 위해서라고 말이다.

브루스는 서재로 개조한 벽장을 보여주었다. 오래전 아들 제

임스는 이 벽장형 서재가 전투기 조종석이라도 되는 양 캔버스
천으로 만든 쇼핑백을 낙하산처럼 등에 메고 뛰어나오곤 했다.
그다음에는 수년간 모은 유물들을 꺼내주었다. 이오지마의 흙
이 담긴 작은 병, 1945년 나토마베이를 향해 날아든 가미카제 전
투기의 녹아 붙은 엔진 파편이었다. 브루스는 녹아내린 타르와
함선의 갑판에서 떨어져 나온 레드우드 조각으로 범벅된 이 쇳
조각을 성물처럼 다루었다.

수년간 조사 끝에 브루스는 마침내 제임스 휴스턴의 누이 앤
휴스턴 배런의 소재를 파악했고, 평소처럼 책을 집필하는 중이
라는 핑계로 그와 친분을 쌓았다. 하지만 처음 연락을 취하고 6
개월 뒤, 브루스와 앤드리아는 자신들이 제임스 휴스턴에게 관심
을 가진 진짜 이유를 앤에게 털어놓았다. 두 사람은 초조했다. 앤
에게 전화를 걸어서, 일단 이야기를 듣기 전에 와인부터 한 잔 따
르라고 말했다. 앤이 충격을 심하게 받을 때를 대비해 그 지역 응
급구조대 전화번호까지 찾아놓은 뒤였다. 브루스와 앤드리아로
부터 와인 한 잔이라거나 응급구조대 번호 같은 이런 세부사항
을 듣고 있노라니, 두 사람이 2009년 출간한 제임스의 전생의 기
억을 담은 책 『영혼 생존자(Soul Survivor)』가 떠올랐다. 두 사람
이 구사하는 재치 넘치는 여담은 닳고 닳은 이야기의 일부가 되
었다. 심지어 이 책에 버릇처럼 등장하는 자조마저도 특정한 효
과를 내기 위해 반복되는 대사인 듯 불편했다.

앤의 반응은 어땠느냐고? 처음에는 충격을 받은 나머지 두
사람의 고백을 어떻게 받아들여야 할지 몰랐지만, 나중에는 제임
스가 이 부부의 아들로 환생했다는 이야기를 수긍했다. 어쩌면

자신의 제임스가 완전히 사라져버린 게 아닌지도 모른다는 가능성이 위로가 된 건지도 모른다. 브루스는 앤에게서 온 편지 한 통을 보여주었다. "이 모든 게 아직도 받아들이기 벅차요. 책이나 신문에서는 나와도, 실제 자기한테 일어날 거라 기대하지는 않는 이야기잖아요." 그 뒤 앤의 단정하고 질서 정연한 글씨체로 이어지는 명쾌한 긍정. "하지만 저는 믿어요."

제임스를 만났을 때 느낀 첫인상은 정서적으로 상당히 안정된 10대 청소년이라는 거였다. 예의 바르지만 따분해하는 것 같았고, 나와 이야기를 나누는 데 관심이 없다시피 했다. 바다에서 추도제를 마친 뒤로는 오랫동안 떠올린 적조차 없는 전생의 기억을 궁금해하는 낯선 사람이 또 한 명 찾아온 것이다. 다른 화제로 이야기를 이어가는 쪽이 쉬웠다. 주짓수를 열심히 하고 있다는 이야기, 악어고기가 잘 익었는지 알려면 어떻게 해야 하는가 하는 조언 말이다. 제임스가 방어적으로 군 것은 전혀 아니었음에도, 나는 그가 전생 이야기에는 진력이 났다는 사실, 또 이 기억이 자아낸 책이라든지 인터뷰 같은 세간의 서커스에 대해서는 낯부끄러운 짓을 일삼는 형제자매가 남들 앞에서는 우스꽝스러운 행동을 자제하듯이 겸연쩍어한다는 사실을 알 수 있었다. 그는 이제 제임스 휴스턴처럼 해군 전투기 조종사가 되고 싶지 않다고 했다. 해병대에 들어가고 싶다고 했다. 그러나 그날 오후 제임스는 시뮬레이션 속 전투기 조종석에 앉아 폭격을 퍼붓는 비디오게임을 하며 긴 시간을 보냈으며, 그의 방에는 여전히 아버지 브루스가 만들어 천장에 매달아준 모형비행기가 잔뜩 있었다.

라이닝어 가족과 시간을 보내면서 가장 힘들었던 것은 내가 이들을 좋아했다는 점이다. 동네 크리올* 음식점의 3.7미터 길이 악어 박제 아래에서 함께 저녁식사를 하면서, 나는 내가 쓰는 이 야기가 그들이 내게 써주길 바라는 이야기가 아니라는 걸 알았다. 이번에도 재닛 맬컴은 내가 느끼기도 전에 이 죄책감을 이미 유려한 언어로 표현해두었다. "아침에 눈을 뜨자 매력적인 젊은 애인도, 지금까지 모아둔 돈도 사라지고 없다는 걸 깨달은 어수룩한 과부와 마찬가지로, 논픽션 글에 실리기로 동의한 사람들은 기사 또는 책이 나온 뒤 *각자 쓰디쓴 교훈을 얻는다.*" 하지만 라이닝어 가족을 보잘것없는 수수께끼를 팔아치우는 행상인이라거나, 아들의 전생 체험담을 베스트셀러 회고록이나 집필 중인 후속작, 무수한 텔레비전 인터뷰와 강연을 통한 가족 프로젝트로 바꿔치기한 부모라고 이야기해버리는 것은 너무 쉬운 표현 같았다. 나는 라이닝어 가족이 돈을 벌고자 이런 일을 한다는 생각은 추호도 들지 않았다. 그보다는 그들이 아들이 가진 순수한 불가사의, 설명할 수 없는 힘을 목도했고, 그들의 설명은 그 자체로 서사의 엔진이자 목적의식을 불어넣는 이야기가 된 것으로 보였다. 인류사에서 잊힌 한 귀퉁이를 발굴한다는 목적, 그리고 폭넓게 보면 영혼이 하나의 몸에서 또 다른 몸으로 건너갈 수 있음을 세상 앞에서 증명하겠다는 목표 말이다.

---

* 본래 아메리카 식민지에서 태어난 유럽인의 자손을 이르는 말. 지금은 흑인 문화와 백인 문화가 적절히 섞이며 이루어진 요리 문화를 말한다.

　물론 아들의 이야기가 있었기에 두 사람은 책을 팔고 텔레비전 인터뷰를 하는 특별한 존재가 될 수 있었다. 나는 환생 이야기에 내재된 뿌리 깊은 아이러니를 알아차리기 시작했다. 환생 이야기는 우리의 영혼이 우리의 것이기 이전에 타인의 것이었음을 시사함으로써 고유한 자아를 교환 가능한 존재로 대체하면서도, 한편으로는 수줍음 많은 딸, 친구가 없는 아들, 악몽을 꾸는 어린아이같이 극히 평범한 일들에 평범치 않은 설명을 덧씌운다. 이런 이야기는 일상의 경험을 이채로운 실존적 현상의 징후로 둔갑시킨다.

＊
＊＊

내 방문이 끝나갈 무렵, 라이닝어 부부는 자신들이 출연한 텔레비전 특집 프로그램 영상을 보여주겠다고 했다. 우리는 함께 「내 아이 안의 유령」과 「영혼의 과학」을 보았다. 일본 방송사의 특집 프로그램도 보았는데, 번역 없이 더빙을 입혀서 라이닝어 부부조차도 프로그램 내용을 모른다고 했다. 카타르시스로 가득한 작별의식을 치른 지치지마 여행경비를 대주었던 출처가 바로 이 특집 프로그램이었다. 우리는 보조 영상 속 라이닝어 가족이 배에 몇 시간이나 앉아서 위령제를 기다리는 모습을 보았다. 부모는 제임스가 우는 장면이 나올 거라며, 마치 도전해보라는 투로 장담했다. *그 애가 그렇게 심하게 우는 모습을 보고도 환생을 믿지 않겠다고 버틸 수 있을까요?*
　영상을 보는 동안 앤드리아는 프린터 카트리지를 사야 한다는 핑계를 댔지만 실은 제임스가 우는 장면을 보면 감정이 격해지다고 실토하고는 집 밖으로 나갔다. 브루스는 배에서 자신이 했던 "되잖은 연설"은 건너뛰자고 했지만 내가 그러지 말자고 했다. 듣고 보니 브루스의 연설은 제임스 휴스턴의 용기, 그리고 그가 마침내 안장된 장소(브루스가 카메라에 대고 한 말대로라면 "아들의 여정이 시작된" 곳인, 일본의 어느 외딴 섬을 이고 있는 바다)의 아름다움을 향한 열렬한 경의의 표현이었다.

방송사 스태프들이 제임스더러 기분이 어떠냐고 묻자 아이는 "괜찮아요, 좋아요."라고 말했다.

아이가 처음 보인 반응에 가족 또는 프로그램 제작자들이 실망하지는 않았을까 하는 생각이 들었다. 지구 반대편까지 찾아가 위령제를 연출하느라 공을 들였는데 눈물 흘리는 모습을 담지 못한 게 불만은 아니었을까 하는 생각 말이다.

그러나 화면 속 브루스에게 실망한 기색은 전혀 없었다. "아무런 느낌이 안 든다니 다행이구나." 그가 아들에게 말했다. "너는 너무 오랫동안 힘들어했어."

아이가 울기 시작한 건 추도 연설을 마치고 공물을 바친 뒤, 앤드리아가 이제는 제임스 휴스턴에게 작별인사를 해야 할 때라고 말한 뒤였다. 일단 울음을 터뜨리니 아이는 계속 울었다. 그치지 못했다.

그날 이후 한참의 세월이 지난 뒤, 화면 바깥, 자기 집 거실 소파에 앉아 있던 브루스는 말이 없어졌다. 그날 아들이 어떤 기분이었을지 생각하면 아직도 마음이 아프다고 했다. 어느 시점에서 카메라맨이 몸을 낮추어 프레임 안으로 들어오더니 제임스를 안

아주었다. 그 뒤에는 브루스와도 포옹했다.

"그 사람들도 가슴이 미어졌던 겁니다." 일본 방송 스태프 모두를 가리켜 한 말이었다. 이 지점에서 그들이 흘린 눈물은 이 이야기에서 떼려야 뗄 수 없는 부분이자 그들의 투자와 믿음의 증거였다. 그러나 나는 자신들의 조국과 대치했던 어느 군인의 환생으로 추정되는 아이 옆에 앉아 있는 일본인 스태프들의 기분이 궁금해졌다.

앤드리아가 집에 돌아온 뒤 우리는 함께 또 다른 다큐멘터리 몇 편을 보았다. 앤드리아는 그중에서 자신이 폭삭 늙어 보이지 않는 모습으로 나온 걸 특히 좋아했다. 라이닝어 가족이 키우는 네 마리 고양이 중 가장 살가운 녀석이 소파로 올라와 우리 옆에 자리를 잡았지만 텔레비전 화면은 보지 않았다. 나는 녀석도 이 영상들을 이미 여러 번 보았다는 사실을 직감했다.

브루스는 화면 속 자신이 하는 대사가 나오기도 전에 입 모양으로 따라 했다. "헛소리!" 텔레비전 속 브루스가 그렇게 내뱉기 전 그가 혼잣말을 중얼거렸다. 아들의 기억을 믿기 전 회의적이던 자신의 모습을 인터뷰어에게 재연해 보이는 장면이었다. 브루스는 예전에 자신이 느낀 불신을 재연하기를 즐겼는데, 지금의 믿음을 손상시키지 않아서였다. 오히려 그의 불신은 이 이야기의 기승전결 속에서 다른 회의주의자를 향해 그들이 품은 의심은 합당하지만 궁극적으로는 틀렸음을 암시하기 위해 꼭 필요했다.

앤드리아의 경우, 그는 제임스의 기억과 다른 사람들의 관계보다는 제임스의 경험 자체에 관심이 있었다. 앤드리아는 아들이 어린 시절 그린 그림을 한 무더기 보여주었다. 프로펠러의 움직임을 나타내는 어지러운 원, 대공포 미사일을 표현한 후추 같은 점, 부서지고 조각나, 빨간 매직의 핏줄기에 물든 온갖 것들. 그는 작대기 형상으로 표현한 낙하산 부대원들이 허공에서 뛰어내리는 그림도 보여주었다. 낙하산 몇 개는 몸 위에 둥그런 모양으로 펼쳐져 있지만, 운 나쁜 이들의 낙하산은 펼쳐지지 않은 직선이었다.

거실 반대편에서 여태 TV를 보고 있던 브루스가 말하길, 그가 찾아낸 사후보고서에 따르면 제임스 휴스턴은 낙하산에 의지해 뛰어내린 한 일본군 조종사를 격추한 적이 있다고 했다. 앤드리아는 충격을 받았다. 지금에야 그 사실을 알았던 것이다. "소름 돋네요. 제임스가 자꾸 낙하산을 그린 게 그래서였나 봐요. 자기가 쏴서 떨어뜨린 적이 있으니까."

한편 화면 속 브루스는 작은 배 위에서 한 손을 아들의 등에 얹은 채 앉아 이렇게 말했다. "네 영혼과 정신은 정말이지 용맹하구나."

그 순간, 환생이라는 선정적인 이야기의 이면에서는 한층 단순한 이야기가 펼쳐지고 있었다. 아들의 기분을 다독여주는 아버지의 이야기다. 라이닝어 부부는 자신들이 설명할 수 없는 것, 그리고 그럼에도 애써 만들어낸 설명 사이의 간극을 사랑으로 메울 수 있다고 믿는 부모였다. 사랑은 서사에 대한 인간의 허기를 이기지 못한다. 나 역시도 이 허기를 끊임없이 경험한다. 나를 먹고살게 하는 허기다. 라이닝어 가족의 경우, 이 허기는 복잡하고도 자급자족적인 이야기를 만들어냈고, 그 이야기를 지탱하는 것은 어둠 속 한 어린 소년을 돌보고자 하는 욕망이었다.

방문을 마무리하기 전 앤드리아는 제임스가 7학년 때 썼다
는 「악몽」이라는 작문을 건네주었다.

5년 동안 매일 밤 몸을 뜨겁게 고문하는 불길과 연기가 나
를 엄습했다. …… 악몽은 꿈이 아니라 실제로 일어난 일,
제임스 M. 휴스턴의 죽음이었다. 그의 영혼이 인간의 몸
속에 다시 들어왔다. 그가 내 몸으로 들어와 다시 지상으
로 돌아오기로 한 데는 이유가 있다. 삶이 정말로 영원하
다는 걸 사람들에게 알려주기 위해서다.

사람들의 의심은 극에 달했으며, 제임스는 이를 눈치챘다.

그 사실을 알고, 이런 것들을 믿는 내가 바보라고 생각될
것이다. 하지만 부모님이 나와 내 이야기를 담은 책을 쓰
자, 죽을병에 걸린 사람들이나 불치병을 앓는 사람들이
내게 이메일을 보내왔다. "네 이야기 덕분에 죽는 게 겁
나지 않아."

제임스의 글 아래, 선생님은 단 한 개의 단어를 빨간색으로
세 번 써두었다. *와. 와. 와.*

루이지애나에서 돌아오고 몇 달 뒤 고모의 편지를 받았다. 과거

에 화학공학기술자였으며 몇 달 뒤면 100세 생신을 맞는 할아버지와 그날 오후를 함께 보냈다는 편지였다. 고모와 할아버지는 환생의 가능성에 관한 이야기를 나누었다. 가족 중 처음으로 대학에 간 사람이자 평생 극도로 합리적인 사람으로 살아온 할아버지에게도 이제는 죽음 후의 삶이 더는 추상적인 것이 아니었다. 두 분은 연어와 감자(단단한 음식들, 내 몸이 아직 내 것임을 알려주는 음식)를 먹었으며, 할아버지는 삶과 죽음을 바라보는 당신의 관점을 간략하게 말씀해주었다. "의식 한 조각을 골라잡고 태어났다가, 죽으면 그 의식은 원래 자리로 돌아가는 거야."

　그 주, 잡지사 소속 사실확인 담당자는 매일같이 내 받은편지함에 자신의 회의주의를 채워 넣었다. 그는 2차 세계대전에서 쓰인 항공모함 중 월터와 리온, 빌리라는 이름의 군인이 승선한 것은 한 척이 아니었으니 이름이 겹친 것은 그저 우연에 불과하다고, 또 나토마베이에서 이륙한 코세어는 한 대도 없었다고 알려왔다. 나는 나토마에서 이륙한 코세어는 없을지 몰라도 제임스 휴스턴은 2차 세계대전 초기 실험 팀의 일원으로서 코세어를 조종한 단 스무 명의 조종사 중 하나였다는 말로 그에게 반박하고 싶은 마음이 들었다. "확실한 증거가 있다니까요!" 브루스 라이닝어의 충실한 조수라도 된 것처럼 고함치고 싶었지만, 애초부터 내가 지키고 싶던 것은 사실관계가 아니었다. 처음부터 중요한 것은 비전이었다.

　나에게 가장 흥미로운 질문은 "환생은 실재합니까?"가 아니라 "환생이 우리에게 믿게끔 하는 자아에 관한 비전은 무엇입니까?"였다. 환생이 암시하는 자아상은 구멍이 숭숭 뚫려 있고 고유하지 않다는 점에서 매혹적이다. 12단계 회복 과정에서 내가 좋아하는 점과도 깊은 연관이 있다. 자기 자신을 교체 가능한 것으로 이해하며, 내가 처한 딜레마는 공동의 것이고 내 정체성은 기이하며 불가피하게도 먼 곳에 있는 낯선 이와 연결되어 있다는 관점이 그것이다. 결국 회복이란 또 하나의 환생 이야기다. 취한 과거로부터 새로 태어나는 맑은 자아 말이다. 회복 자체에 담긴 철학적 전제를 환생이 한층 명쾌하게 해주는 셈이다. 회복이 "당신의 영혼은 특별한 것이 아니다."라고 말한다면 환생은 "당신의 영혼은 심지어 당신 것도 아니다."라고 한다. 회복이 "당신은 다른 사람이 될 수 있었다."라고 말한다면 환생은 "당신은 실제로 이 다른 사람*이었다*."라고 말한다.

그리고 환생이 어떤 사람들이 위안을 찾고자 하는 이야기에 불과하다면, 우리 각자에게 깃든 필수적이면서도 단일한 자아로서의 영혼이라는 개념 역시 하나의 이야기에 지나지 않는다는 것도 사실이다. 환생은 영혼에 대한 이런 믿음을 보호하는 동시에 분열시킨다. 우리가 영혼이라 부르는 그것은 죽지 않지만 어쩌면 애초 우리의 것이 아닐 수도 있다. 결국 내가 환생 이야기에 매혹되는 것은 이 이야기가 굳건한 경계 없는 자아, 나 이전에도 살아 있었으며 이후로도 그러할 자아를 믿게끔 하기 때문이다. 이리하여 환생은 나 스스로가 받아들이고자 분투하는 삶의 사실, 즉 우리가 살아낸 그 어떤 삶도 고유한 것이 아니며 우리는 어떤 의미에서는 언제나 다시금 살아온 것이라는 사실의 메타포다.

환생은 우발성을 주장한다. *나는 그 누구든 될 수 있었다*. 간호사일 수도 청부폭력배일 수도 악당일 수도 영웅일 수도 있었다.

나는 식민지 탐험가일 수도 있었고, 식민화된 주체일 수도 있었으며, 여왕일 수도 선원일 수도 있었다. 내 몸에 새긴 "인간에 관한 그 무엇도 내게 낯설지 않다."라는 타투를 공감으로도 오만으로도 읽을 수 있듯이, 이는 겸허인 동시에 겸허의 정반대다. 환생을 붙들고 씨름을 벌이는 내내 나는 의식 앞에서 겸허해질 길을, 점수를 매기는 대신 "와. 와. 와."라고 쓰는 선생이 되는 길을 찾아다녔다.

내게 환생은 (술을 끊음으로써, 사랑에 빠짐으로써, 낯선 이의 몸속에서) 변화하는 동시에 지속하는 자아에 대한 믿음의 표현으로 다가왔다. 이 믿음은 퀸스의 열세 살 소년이 영영 사라진 건 아니라고 한다. 이 믿음은 말한다. "돌아오라." 라피엣으로 버지니아로 미얀마로 돌아오라. 그 누구도 이해할 수 없는 상처를 안고, 구겨진 플라스틱 순록이 널브러진 정원으로, 아니면 해골 같은 겨울나무가 내려다보이는 집으로, 개들에게 작대기를 던져주는 제트기기술자, 당신이 한때 롱아일랜드시티에서 길을 잃은 소년이었다고 믿으려 들지 않는 남자에게로 돌아오라. 주간고속도로 언저리 어느 교외로, 어느 콘도로, 어느 연립주택으로 돌아오라. 당신이 어디에 있었는지 우리에게 말해줄 기억을 품고 돌아오라. 우리는 알고 싶다. 우리는 카우보이 부츠를 신고 수영장을 향하는 어린 소년을 바라본다. 갇힌 작은 남자를 본다. 연기처럼 현재를 가득 메우는 과거를 본다. 누이들과 낙하산과 불의 기억. 우리는 말한다. *와.* 또 한 번 말한다. 우리는 겸허함을 지킨다. 강에서 시신이 발견되는 순간까지는 그 어떤 확신도 할 수 없다. 그리고 발견된 뒤에도, 그것이 끝은 아닐지 모른다. 우리는 빛을 향해 걷는다. 우리는 안전하다, 또는 그렇지 않다. 우리는 살아간다, 더는 살아 있지 않을 때까지. 우리는 돌아온다, 더는 돌아올수 없을 때까지.

레이오버* 이야기

Layover Story

이건 레이오버에 대한 이야기다. 이야기를 하는 사람은 누구지? 지금 당신에게 이야기하는 사람은 나다. 1월의 어느 저녁, 사람들을 만나 전생에 대한 이야기를 나누었던 루이지애나에서 출발하는 비행기가 연착되는 바람에 휴스턴 공항에서 갈아타는 항공편을 놓쳤다. 나는 이곳에서 하룻밤을 보냈다. 휴스턴 공항 근처에서 여행 기분을 내려 애쓰는 건 이스트 포장지 겉면에 적힌 문구들로 시를 쓰려는 것과 비슷하다. 꾸미지 말라. 그저 부풀어 오르게 내버려두라. 고속도로가 풀어헤친 실타래처럼 밤을 타고 흐르게 내버려두라. 체인점의 네온 간판들에 부신 눈을 깜박여라. 묵을 곳을 찾아 들어가라.

그날 밤 나는 배정받은 온통 분홍색인 호텔에 묵는다. 공항에서 출발하는 셔틀버스에 타자, 맨 앞줄에서 여자의 까다로운 목소리가 들린다. 여자는 다음 날 오전 셔틀버스가 한 시간에 한

---

* 비행기 환승을 위해 24시간 미만 공항에 머무는 것.

번만 운행하다니 말도 안 된다고 한다. 저녁식사 바우처 가격이 말도 안 되게 적다고 한다. 로비까지 짐을 옮겨다줄 사람이 있어야 된다고 한다. 다음 날 아침에도 짐을 꺼내줄 사람이 있어야 된다고 한다. 나중에 호텔 레스토랑에 가니 뒤쪽 테이블에서 또다시 그 여자 목소리가 들린다. 가방을 눈에 보이는 곳에 두고 싶다고 한다. 물에는 얼음을 넣지 말라고 한다. 진상처럼 굴고 싶지 않지만 베지 랩이 100퍼센트 철저한 채식이 맞는지 알아야겠다고 한다. 그는 주변에 앉아 있는 발 묶인 여행객들에 관해서도 알고 싶은데, 특히 독일인이며 펜실베이니아 주립대학교 수학 전공생 마르틴이 궁금하다. 수학 전공생은 파이의 날을 좋아한다. 목소리의 주인이 궁금해하길, *파이의 날에는 파이를 굽나요? 아뇨, 파이의 날에는 파이를 먹어요. 어떤 종류의 파이를 좋아해요? 전부 다요. 어떤 종류의 수학을 좋아하세요? 전부 다요. 그렇군요, 알겠어요.* 여자는 패턴과 수열을 특히 좋아한다. 목소리의 주인은 i의 거듭제곱을 어떻게 생각하느냐고 묻는다. 학부생은 i의 거듭제곱이 무엇인지 모른다. "어머, 아가씨." 목소리의 주인이 말한다. "i의 거듭제곱이 뭔지 찾아봐요."

마침내 그가 나를 향할 때에야 나는 목소리의 주인이 검은 곱슬머리의 여자임을 안다. 그는 내 직업을 묻는다. 작가라고 하니 좋아한다. 인터뷰 업계에 들어가고 싶다고 한다. 이미 잘하고 있는데 말이다. 나는 그가 카보*에서 휴가를 보내고 돌아가는 길이라는 사실을 알게 된다. 그가 뉴어크행 비행기에 나와 같이 오

---

* 바하칼리포르니아의 휴양지.

를 걸 알게 된다. 그는 나더러 한 시간에 한 번만 운행하는 셔틀버스에 항의하자고 한다. 새벽 4시 출발은 우리 비행기 시각에 비해 이르고, 5시 출발은 너무 늦단다. 그러니 4시 40분이나 45분 출발로 밀어붙이잔다. 뉴욕에서 온 까다로운 여자가, 뉴욕에서 온 까다로운 여자들 대열에 합류하라고 한다. 하지만 나는 뉴욕에서 온 까다로운 여자가 아니다. 난 애초에 뉴욕 사람도 아니다. 어쩌다 보니 거기 사는 것뿐. 그저 새벽 4시 버스를 타는 이야기를 그만하고 싶을 뿐이다. 나는 그의 요구, 자격 있다는 태도, 온갖 합리화(*내가 더 아파, 내가 더 많은 게 필요해.*)와 엮이기 창피한데, 어쩌면 그 속에서 내 모습을 보아서인 것 같다.

셔틀버스 시간을 확인하려 함께 프런트데스크를 향해 걸어갈 때에야 나는 여자의 걸음걸이를 알아차린다. 목소리의 주인은 몸의 주인이다. 그는 다리를 전다. 다리를 저는 모습을 보니 혼자 셔틀버스에 관한 요구를 하게 둔 데서 죄책감이 느껴진다. 그가 나를 필요로 하는 때에 그의 동반자가 되기를 거부하는 것이 유기행위같이 느껴진다. 그는 직원에게 가방을 옮길 때 도와달라고, 다음 날 아침에도 도와달라고 한다. 그는 공항에서는 휠체어를 탔다. 나는 그가 몸의 이곳저곳으로 옮겨 다니는 종잡을 수 없는 통증을 앓으리라 확신한다. 아프기 전부터 스스로를 피해자라 느꼈으리라 확신한다. 나는 실제로 그런 생각을 하고 있다. 여성의 통증을 바로 이런 식으로, 바로 이런 이유로 축소하는 세상의 행태를 분연히 비판하는 글을 쓴 사람이면서.

4시 40분 출발 셔틀은 준비되지 않았다. 여자는 지배인과 이야기하겠다고 한다. 상황이 해결되면 내게 전화하겠다고 한다.

그는 내 번호를 받아 간다. 우리는 서로 통성명을 한다.

방으로 돌아온 나는 여자가 알려준 이름을 구글에 검색한다. 자못 특이한, 신체 부위와 관련된 이름이다. 첫 열 개의 검색 결과는 전부 똑같은 포르노 배우에 관한 내용이고, 그다음 지난해 어퍼이스트사이드에서 일어난 칼부림 사건을 다룬 기사가 나온다. 한 남성 노숙인이 생면부지의 행인 다섯 명에게 반쪽짜리 가위를 휘둘렀다. 다섯 개의 얼굴들 속에 목소리의 주인인 여자 얼굴이 있다. 화면 속 여자의 얼굴을 확대한다. 그가 다리를 절던 모습을, 어느 부위를 아파했는지를 떠올리려 애쓴다. "한 남성이 9분간 난동을 부린 끝에 2세 남아를 포함한 다섯 명이 병원으로 이송되었고······" 나는 목소리의 주인인 여자의 허벅지에 무릎에 발에 가윗날이 꽂히는 장면을 그려본다. 신경이나 혈관이 끊긴 탓에 1년이 지난 지금까지도 그를 절룩거리며 걷게 만든 장면을.

내일 아침 그를 만나면 내가 이 사실을 안다고 말하지 않을 것이다. 우리 시대의 에티켓을 따르려면 서로를 구글에 검색해보았을 줄 뻔히 알면서도 줄곧 서로를 모르는 척해야 한다. 그러나 나는 어느새 내가 목격한 그의 모든 행동(온갖 불평, 온갖 요구, 잡담을 걸고 싶어 벌인 온갖 짜증 나는 시도)을 새로운 틀에서 생각하게 됐다. 피해자는 유아독존으로 굴 수 없기라도 하다는 듯. 이제 나는 한층 관대한 마음으로 그를 다룬 기사들을 전부 읽고 싶어졌다. 내 글 속에 *목소리의 주인인 여자*라는 인물로 등장할 수모를 보상하기 위해서. 그러나 이미 그는 완전히 다른 이야기 속 완전히 다른 인물이 되었다.

*
**

다음 날 아침, 나는 최선을 다해 목소리의 주인인 여자를 돕는
다. 휴스턴 공항까지 가방을 들어다준다. 휠체어가 올 때까지 옆
에 있어주겠다고 한다. 공항 직원에게 무례한 말을 하는 모습을
보면서도 눈살을 찌푸리지 않는다. *칼에 찔린 사람이잖아.* 그는
나더러 함께 사전탑승해서 자기 자리 위 짐칸에 짐을 실어달라
고 한다. 뉴어크 공항에 도착한 뒤에 시내까지 데려다주겠냐고
묻는다. 이는 내가 그를 데리고 뉴저지 공항철도역을 지나 뉴저
지 환승역을 지나 뉴욕 펜스테이션 기차역을 통과하기까지 수많
은 계단과 에스컬레이터와 승강장과 문간과 사람들과 넘쳐나는
가방 보관대를 헤치고 가줄 수 있겠냐는 물음이다. 나는 *그래요,
그래요, 그래요.* 하고 대답한다. *뭐가 됐건 그러도록 하죠!* 그에
게는 이야기가 있고 나는 이제 그 이야기의 일부다. 나는 선의로
부풀어 올랐다. 선의로 지나치게 부풀어 오른 나머지 비행기 옆
자리 남자가 내게 말을 건 사실이 어처구니없다. 이 남자는 모르
는 걸까? 나의 선의는 이미 목표물을 찾았고, 이제 낯선 사람과
잡담이나 나눌 선의는 더 남아 있지 않다는 걸. 목소리의 주인은
비행기 앞쪽에 앉아 있고 누군가는 그 때문에 비행기 뒤편에 탈
걸 하고 아쉬워할 것이다.

　옆자리 남자는 직장 때문에 텍사스로 이사를 가는 누이를
차로 데려다준 이야기를 꺼낸다. 누이는 순회 간호사이고 그들
은 애틀랜타에 몰아치는 진눈깨비를 뚫고 운전을 했다는데 나
는 그 이야기에 티끌만 한 관심도 없다. 남자는 그저 어린애다. 휴

스턴 공항에 자판기가 별로 없다고 불평이나 늘어놓는. 난 꼭 그 남자의 엄마가 된 기분이 들어 과자라도 건네야 할 것만 같다. 머리 위 조그만 모니터에서 자연 다큐멘터리가 흘러나온다. 아기들소가 늑대 무리에 둘러싸여 진퇴양난이다. 이제 무슨 일이 일어날까? 다들 알다시피 답은 하나뿐이다. 브루클린에서 나를 기다리는 이는 아무도 없다. 나는 얼마 전 싱글이 되었고 서른이 된지는 꽤 지났고 소파 쿠션 사이에는 어른의 저녁식사로는 어울리지 않는 크래커 부스러기가 끼어 있다.

이제 옆자리 남자는 이라크에 다녀온 이야기를 한다. 사막의 하늘에 익숙해졌다는 이야기를 한다. 오. 그의 삶은 내가 짐작한 것과는 조금 다르군. 전쟁에 대해 묻자니 무슨 말을 해야 할지 모르겠다. 그래도 일단 묻는다. 그곳에서 어떤 사람들과 함께했는지 묻는다. 그 정도면 안전한 것 같아서, 가능한 것 같아서. 그는 고개를 설레설레 젓는다. 평생 만난 중 최고의 전우들을 만났단다. "그리고 이제는……" 그가 더플 백을 쿡 찌르며 말한다. "소라게 껍데기가 잔뜩 든 군인 가방을 들고 집으로 돌아가는 중이죠." 몇 개나 들어 있느냐고 묻는다. 쉰 개쯤 된다고 대답한다. 그에겐 딸이 있는데 그 애는 집에서 소라게를 네 마리나 키운다. 나는 소라게에게 이름이 있는지 묻는다. "너무 많아서 다 기억 못하죠." 그가 말한다. "이름이 자주 바뀌거든요." 지금은 한 마리는 클리퍼스, 다른 놈들은 피치스다. "셋 다요?" "그렇죠. 피치스랑 피치스랑 피치스예요." 그는 소라게들한테는 껍데기가 끝없이 필요하다고 한다. 자꾸만 몸이 자라는 바람에 계속 새 껍데기가 필요해진다.

"그러면 가방에 든 껍데기를 소라게 껍데기라고 하는 건 소라 게가 만들었다는 뜻이 아니라 소라게가 언젠가 쓸 거라는 뜻이 에요?" "네." 남자가 대답한다. "그 말대롭니다."

그 말에 심오한 의미가 담겨 있을지도 모른다. 우리는 무엇을 만들었다는 이유가 아니라 무엇의 쓸모를 만들었다는 이유로 그것을 자기 것이라 주장한다. 우리가 기어 들어가 쭈그리고 앉는 껍데기가 우리를 구성하게 될 수도 있다. 그런데 남자는 이제 다른 이야기, 클리퍼스와 피치스 몫으로 만드는 새 수조 이야기를 한다. 자기가 다니는 건설회사에 놓여 있던 낡은 샤워부스 문짝이 거기에 쓰인다. 그에게는 스무 개가 넘는 큰 유리판과 쉰 개가 넘는 작은 유리판이 있다. 그리고 나는 이 이야기에서도 의미를 창출하는 논리를 작동시키려 애쓴다. *우리에게는 큰 것과 작은 것이 있다. 우리에게는 쓸 수 있는 것보다 많은 것이 있다.* 잘 안된다. 휴스턴에서의 일이 반복되고 있다. 그건 그렇고 그 소라게 수조는 얼마만 한 크기로 만들 거예요? 도시의 구역 하나 정도만 하게? 남자는 흥미진진해할지 말지 결정하질 못한다. 대체로 지각하지만 가끔 예상외로 정시에 등장하는 사람 같다. 그런데 나는 어째서 그가 내 관심을 끌어야 한다고 생각하지? 타인의 삶이란 내가 내키는 때만 긁어모으고 싶은 껍데기인가. 그것도 껍데기가 썩 괜찮을 때만.

지금 소라게가 무엇을 먹는지 궁금하다. 그는 소라게는 물고기 사료를 먹지만 신선한 과일을 더 좋아한다고 한다. "무슨 과일요?" "파인애플이요." 남자가 대답한다. "그놈들은 파인애플을 좋아해요." 소라게는 기호가 뚜렷하다고 남자는 설명한다. 예를 들면 소금물과 민물 둘 다 필요하다.

"바다에 사는 소라게는요? 그때는 민물을 어떻게 구하죠?" 내가 묻는다.

남자도 모른다. 그는 이렇게 말한다. "그건 고민거립니다."

이 남자가 내 기세를 꺾는다. 남자가 자기가 아버지라고 말하기 전까지 나는 그의 어머니라도 된 기분이었다. 나는 그가 느꼈을 온갖 두려움(죄책감, 상실감, 권태로움)을 생각하고, 내가 그중 그 무엇도 모른다고 생각한다. 그의 무궁무진함은 내가 정형화된 일화의 형태로 수용하는 무엇이다. 훤히 펼쳐진 사막의 하늘, 게를 꾹꾹 찌르는 어린 여자아이. 때로 나는 내가 낯선 이에게 그 어떤 빚도 없다는 기분이 들다가, 다음 순간엔 모든 걸 빚졌다는 기분이 든다. 그는 전장에서 싸웠으나 난 그러지 않았고, 그를 무시하거나 오해했으며, 나는, 잠깐, 그의 삶 역시 그 누구나의 삶과 마찬가지로 내 눈으로 볼 수 있는 것 이상을 품는다는 사실을 잊었으므로.

그러자 데이비드 포스터 월리스(David Foster Wallace)가 어느 학위수여식에서 했던 「이것은 물이다」라는 연설이 떠오른다. 이 연설이 참을 수 없을 만큼 진부하다고, 세상 사람들이 그토록 감동을 받은 게 한심하다 여기는 이들만 빼고 다들 감동적이라고들 하는 연설이다. 나는 이 연설에 엄청난 감동을 받았다. 월리스는 슈퍼마켓 계산대 앞에 줄을 서 있는 다른 사람들을 볼 때 갑갑해서 짜증이 치밀어 오르는 감정을 이야기한다. "얼마나 어리석고, 소 같고, 눈빛에 생기라고는 없으며, 또 비인간적인가." 그런데 이 사람들을 다른 관점으로 바라볼 수 있다고 한다. 방금 자

기 아이한테 고함을 지른 그 여자가 알고 보면 골암에 걸려 죽어
가는 남편을 간호하느라 사흘을 뜬눈으로 지새웠을 수 있다. 어
쩌면 그 여자는 조금 전 차량등록국에서 곤란에 빠진 당신 배우
자를 도운 사람일 수 있다. 버스 안에서 만난 그 골치 아픈 여자
는 어쩌면 조금 전 아침 조깅을 하던 길에 정신착란을 일으킨 낯
선 자의 칼부림에 당했을 수 있다. 월리스는 우리가 관심을 기울
이는 법을 알면 "당신 안에 혼잡하고 덥고 느려 터진, 소비자들
의 지옥 같은 상황을 의미 있는 것을 넘어 신성하기까지 한, 별들
을 밝히는 것과 동일한 기세의 불길로 타오르는 순간으로 경험하
게끔 하는 힘이 실제로 생길 것"이라고 말한다.

눈보라 몰아치는 뉴어크 공항 기차역은 별들을 밝힐 만한 기세
로 타오르지는 않는다. 나는 목소리와 아픈 몸의 주인인 여자가
시내를 향하는 열차에 타는 것을 돕는다. 우리는 기차역에 있는
작은 카페에서 핫초콜릿을 사들고는 뉴저지의 추위 속, 눈이 내
리는 실외승강장에서 기다린다. 나는 호의를 베푸는 데 진력이
났고 얼른 집으로 돌아가고 싶다. 여자는 다친 게 자기가 어리석
어서라고 한다. 자기 잘못이라고 한다.

　나는 좀 혼란스럽다. 특권의식에 따르는 죄책감을 토로하는
걸까? 자신을 찌른 남성 노숙인을 억압하는 체계에 순응한다는
죄책감일까? 그 남자에게도 그만의 이야기가 있다고 말하려는
걸까? 물론 그 남자에게도 이야기가 있다. 방치된 정신질환, 쉼터

에서 쉼터로 옮겨 다니며 보낸 평생. 남자는 23년형을 선고받았
는데 그곳에서도 그의 정신질환은 방치될 가능성이 높다. 피해
자 중 하나는 뉴욕 발레단 수석무용수였고, 갓 걸음마를 뗀 아
들과 산책하는 중이었다. 아기는 팔에 두 번의 자상을 입었다. 이
이야기는 쉬운 피해자와 쉬운 가해자가 등장하는 유의 이야기
다. 그렇게 쉽지만은 않을 수도 있지만. 어쩌면 우리 모두가 가해
자일 수도, 어쩌면 목소리의 주인인 여자가 내게 하려는 이야기
가 그것일 수도 있다. 여자는 서 있으니 피곤하다는 말도 한다. 내
가 의자를 만들어 대령할 수 없는 노릇인데도.

아무튼 여자가 말하길, 카보에 놀러가서 춤을 추다가 무릎
에 통증이 느껴지기 시작했는데도 계속 췄단다. 「맘마미아」가
나오고 있었다. 어떻게 춤을 멈출 수가 있겠는가? 그것이 그 여
자가 다치게 된 사연이다. 그가 나를 바라보자 나는 고개를 끄덕
인다. "그럴 만도 하네요."

그러나 속으로는 꼭 강도라도 당한 기분, 무언가를 빼앗긴 기
분이 든다. 칼부림을 당하고 아직 회복 중인 여자의 가방을 내가
들어다주는 이야기를 말이다. 이제 나는 멕시코 리비에라에 놀
러 갔다가 춤을 너무 열심히 춘 여자의 이야기 속에 있다. 머리
위 짐칸에 가방을 들어다주고 살을 에는 뉴저지의 추위 속에서
기다리는 이야기, 세상에서 제일 흉하게 생긴 기차역에 도착해,
세 개의 짐 가방을 끌며 미로 같은 지하터널을 헤치고 나가, 미드
타운과 코리아타운 사이 울적하고 부산한 연옥을 향해 올라가
는 이야기다.

나는 설명할 수 없는 방식으로 이 여자에게 애착을 느끼고,

그를 지켜주고 싶다는 이상야릇한 기분을 느낀다. 우리가 함께 오디세이에라도 오른 기분인데, 그것은 휴스턴 공항에서 보낸 밤이나 뉴저지에 몰아치는 눈보라보다는 내 내적 서사 속에서 이루어진 그의 변신 때문이다. 처음에 그는 폭군이었고, 그러다가 성인(聖人)이 됐고, 결국에는 그저 춤추는 휴양객이 됐다.

우리는 택시 승차장에서 헤어진다. 목소리의 주인인 여자가 친절하게 대해줘서 고맙다고 한다. 집까지는 택시를 타고 가겠다고 한다. 나는 지하철을 타고 텅 빈 내 아파트로 돌아가서, 목격자 인터뷰를 잔뜩 인용해 실은 그 칼부림 사건 기사를 한 편 더 읽을 작정이다. "그 남자가 좀비처럼 덤벼들었어요. 이상했죠. 눈이 맛이 가 있었어요. 그 남자가 여자를 놓아주자마자 여자는 도망쳤고, 이번엔 남자가 나를 잡으러 오더라고요." 또 다른 사진 속에서 목소리의 주인인 여자는 경찰관의 부축을 받아 이송된다. 한 손으로는 경찰관의 목을 감싸고, 다른 한 손으로는 자기 목을 꼭 누른 채. 그는 낯선 이가 가윗날로 자기 목을 난도질한 것을 느꼈다. 환한 대낮에 도와달라고 고함을 지르던 그의 목소리가 어떤 소리였을지 나는 영영 알지 못하리라. 그가 이 도시를 향해 자신을 구해달라 부탁하던, 그저 뉴욕의 어느 까다로운 여자였을 때.

우리는 이렇게 별들을 다시, 또다시 밝힌다. 타인의 평범하고도 까다로운 몸이 우리를 필요로 할 때, 우리의 평범하고 까다로운 몸을 지니고 나타남으로써. 중요한 건 그런 일이 다시, 또다시 일어난다는 것이다. 우리는 평생 단 한 번 지혜를 실천하거나, 단한 번 타인이라는 위기에 대처하는 게 아니다. 우리는 살아가는 내내 타인의 삶을 기꺼이 자비로이 바라보아야 한다. 비록 내 삶이 지독하게 느껴질 때라도, 그래서 무슨 짓을 해서라도 다른 껍데기 안으로 기어들어가고 싶어질 때라도. 잠시라도 깃들 껍데기를 찾겠다는 일념으로 한 마리의 피치스를 발톱으로 끌어내고 그다음에 두 번째, 세 번째 피치스까지 끌어낼 때라도. 휴스턴의 새벽 3시 30분 모닝콜은 잠시 깃들 껍데기가 아니다……. 뉴저지 슈퍼볼 게임 다음 날 뉴저지에서 대중교통을 갈아타는 것은 잠시 깃들 껍데기가 아니다. 눈보라는 그 누구에게도 깃들 껍데기가 되어주지 못한다. 다친 무릎을 더 욱신거리게 할 뿐.

자비란 도움을 기꺼이 준다는, 어쩌면 기껍지 않을 때마저도 어쨌든 도움을 준다는 의미일까? 자비의 정의는 자격 같은 것이 필요하지 않다는 것이다……. 자비를 베풀기 위해 전날 밤 숙면을 취해야 할 필요가 없고, 자비를 얻기 위해 전과 기록이 없어야 할 필요도 없다. 자비에는 특정한 뒷이야기가 필요하지 않다.

당신은 이 이야기가 자꾸 바뀌었다고 생각했겠으나, 가장 중요한 부분은 한 차례도 바뀌지 않았다. 그 여자는 처음부터 그저 당신 바로 앞에 앉아 고통을 호소하던 한 여자다. 때로는 아파서 서 있기도 힘들다. 때로 사람은 도움이 필요하다는 이유로 도움이 필요하다. 그의 이야기가 도움을 얻기 충분할 만큼 설득력이 있거나 고결하거나 이상해서가 아니다. 그리고 때로 당신은 그저 당신이 할 수 있는 일을 한다. 그 일을 한다고 해서 당신이 더 좋은 사람이 되는 것도 더 나쁜 사람이 되는 것도 아니다. 그 일은 당신을 조금도 바꾸지 못한다. 그저 당신이 도움을 요청해야 하는 그 사람이 되는 날을 상상해보는 아주 짧은 한순간 말고는.

심 라이프

Sim Life

지지 우리자는 반짝이는 개울이 내려다보이는 멋들어진 목조주택에 산다. 푸릇푸릇 우거진 개울둑에는 수양버들이 한 줄로 늘어서 있고, 멀지 않은 풀밭에서 반딧불이가 빛을 낸다. 지지는 자꾸만 새 수영장을 사들이는데, 금방 다른 것이 마음에 들어서다. 얼마 전에 산 수영장은 완전한 마름모꼴이고 돌로 된 아치에서는 폭포가 쏟아져 내린다. 지지는 온종일 수영복 차림으로 수영장 옆에 누워서 빈둥대거나 침대에 쌓인 책 더미 위에 초콜릿 바른 도넛을 올려놓은 채로 브래지어에 목욕 가운만 걸친 차림으로 레이스이불 속에 들어가 있다. 어느 날 지지는 블로그에 글을 쓴다.

좋은 아침이에요, 친구들. 난 미적거리는 중이에요. 저는 지금 침대에서 일어나려 애를 쓰고 있어요. 하지만 분홍색 침대에 폭 파묻혀 있자니 쉽게 일어날 수가 없네요.

웬만한 사람들이 "진짜"라 부를 다른 삶에서 지지 우리자는
애틀랜타에 사는 주부 브리짓 맥닐이다. 하루 여덟 시간 콜센터
에서 일하면서 열네 살 아들과 일곱 살 딸, 그리고 중증 자폐가
있는 열세 살 쌍둥이를 키운다. 브리짓의 하루는 특수한 요구를
가진 아이들이 매일 필요로 하는 일로 꽉 찬다. 대변을 본 쌍둥
이 목욕시키기(아직 기저귀를 차는 아이들은 앞으로도 쭉 이것
을 이용할 가능성이 높다.), 생떼 부린 아이를 진정시킬 겸 함께
사과빵 굽기, 남은 아이한테는 빠르기를 느리게 해서 "귀신 들린
장송곡 같아진"(브리짓 자신의 표현이다.) 「바니」 주제가를 그만
틀어달라고 애원하기 같은 것이다. 어느 날 오후 브리짓은 네 아
이와 목가적인 오후를 보내고자 자연학습장을 찾지만 퀴퀴한 화
장실에서 사춘기 아이의 기저귀를 갈아주어야 하는 현실로부터
사기가 꺾인다.

하지만 매일 아침, 이 모든 일과가 시작되기 전, 아이들을 등
교시키고 자신은 콜센터에 여덟 시간 근무하러 갈 채비를 하기
전, 식탁에 저녁을 차리거나 식사하는 동안 난리가 벌어지지 않
게 애쓰기 전, 아이들을 목욕시키고 침대에 뻗어버리기 전, 브리
짓은 세컨드라이프라는 온라인 플랫폼에서 한 시간 삼십 분을
보낸다. 브리짓이 직접 설계한 매끈한 낙원이다. *좋은 아침이에
요, 친구들. 난 미적거리는 중이에요. 저는 지금 침대에서 일어나
려 애를 쓰고 있어요.* 브리짓은 침대에서 일어날 필요조차 없는
호사를 누리는 삶을 살고자 오전 5시 30분에 잠에서 깬다.

*
**

세컨드라이프가 뭐냐고? 짧게 답하자면 2003년 출시되어 인터넷의 미래로서 수많은 이들의 각광을 받은 가상세계다. 길게 답하자면, 이건 혁명일 수도 있고 고려할 가치조차 없을 수도 있는 논쟁적인 풍경, 고딕풍 도시, 공들여 황폐해 보이게 만든 해변 오두막, 뱀파이어의 성채, 우림 속 사원, 공룡이 쿵쿵거리며 돌아다니는 땅, 디스코 볼이 번쩍거리는 나이트클럽, 비현실적으로 거대한 체스 게임으로 가득한 풍경이다. 2013년, 출시사인 린든랩은 세컨드라이프의 탄생 10주년을 기념해 여태까지의 발전상을 보여주는 인포그래픽을 발표했다. 지금까지 세컨드라이프에서 생성된 계정은 총 3600만 개고, 이용자가 온라인에서 보낸 누적시간은 총 21만 7266년이며, 이들이 살아가는 토지 유닛 "심"으로 이루어진 무한히 확장되는 영토는 1800제곱킬로미터에 달한다. 세컨드라이프는 게임이라 불리지만, 린든랩 내부에서는 출시 2년 뒤에 이것을 게임이라 칭해선 안 된다는 문건을 공유했다. 세컨드라이프는 플랫폼이다. 보다 전체론적이고 몰입적이며 포괄적인 무엇임을 시사하는 말이었다.

세컨드라이프에는 구체적 목표가 없다. 드넓은 지형은 전적으로 이용자가 만들어낸 콘텐츠로 구성되는데, 이 말인즉슨 눈에 보이는 모든 것이 다른 누군가, 즉 살아 있는 인간이 조종하는 아바타가 건설했다는 의미다. 아바타들은 집을 짓고, 집을 사고, 친구를 사귀고, 연애하고, 결혼하고, 돈을 번다. 온라인상에서는 생일이나 마찬가지인 가입일 "레즈 데이(rez days)"를 기념한다.

교회에 가면, 실제 예배를 볼 수는 없지만(예배라는 의식에 담긴 신체적 성질은 구현 불가능하다.) 그들이 가진 믿음을 담은 이야기에 생명을 불어넣을 수는 있다. 세컨드라이프의 성공회 신자들은 에피파니 아일랜드에 있는 성당에 모여 성 금요일에 우레와 같은 천둥을 소환하고, 부활절 예배에서 목사가 "그분이 부활하셨다."라고 선언하는 순간 문득 해를 솟게 해 주변을 환하게 밝힐 수도 있다. 어느 세컨드라이프 안내서의 표현처럼 "여러분의 관점으로 볼 때 SL*은 여러분이 신이 된 것처럼 작동한다."

실상을 살펴보자면 세컨드라이프는 2000년대 중반 정점을 찍은 뒤로 조롱의 대상이 됐다. 내가 세컨드라이프를 다루는 글을 쓴다고 하면 친구들의 얼굴은 거의 언제나 똑같은 반응의 궤적을 보인다. 멍한 표정이다가, 문득 그게 뭔지 기억났다는 기색이 스치고, 약간 어안이 벙벙해진다. *그게 아직도 있어?* 이제 세컨드라이프는 조롱의 대상이 아니다. 수년간 굳이 조롱할 필요조차도 없던 그 무엇이다.

2007년 세컨드라이프의 월간 이용자 수가 100만 명을 돌파했을 때 많은 이들이 이용자는 계속해서 늘어나리라 예상했지만, 이때 이용자 수는 정점을 찍은 뒤로 오랫동안 연 800만 명 수준을 맴돌았다. 그리고 그중에서 20~30퍼센트는 계정을 생성한 이후로 한 번도 접속하지 않았다. 세컨드라이프가 인터넷의 미래가 될 것이라 선언하고 고작 몇 년 만에 첨단기술업계는 다음으로 나아갔다. 2011년 《슬레이트》**에서는 "돌아보면 그 미래는 오

---

* 세컨드라이프, 이에 대비되는 RL은 실제 세계(real life)의 약어다.

래가지 않았다."라고 선포했다.

　그러나 세컨드라이프가 약속한 미래가 사람들이 날마다 온라인 정체성에 깃든 채로 시간을 보내는 모습이었다면, 우리는 결국 그 미래에 사는 것 아닌가? 그저 그 미래가 이제는 페이스북, 트위터, 인스타그램이라는 형태를 띠는 것뿐이다. 세컨드라이프에 대해 알아가고 이곳을 탐험하며 보내는 시간이 늘어갈수록, 내게 세컨드라이프는 한물간 유물보다는 우리 다수가 실제로 사는 세계를 비추는 일그러진 거울처럼 보인다. 어쩌면 사람들이 세컨드라이프를 비웃고픈 충동을 느끼는 건, 세컨드라이프가 잘 알려지지 않아서가 아니라, 잘 알려진 욕망을 받아들여 이를 안전 범위 너머 불쾌한 골짜기까지 실어 나르기 때문인지도 모르겠다. 온라인 목소리에 그치지 않고 온라인 신체라는 약속이 있는 곳. 휴대폰 속 트위터를 확인하는 데 그치지 않고, 밥 먹는 것도 잊고 온라인 클럽에서 춤추는 곳. 진짜 삶에서 선별해 보여주는 모습이 아닌 완전히 별개인 존재. 세컨드라이프는 다른 삶을 원한다는 유혹 그리고 이와 동시에 찾아오는 수치심을 구체화하고 만다.

힌두교에서 아바타란 지상에 나타난 신의 화신을 가리키는 개념이다. 세컨드라이프에서 아바타란 나의 몸, 즉 지속적으로 이루어지는 자기표현 행위다. 인류학자 톰 보엘스토프(Tom Boellstorff)

는 2004년부터 2007년까지 세컨드라이프 안에서 톰 부코스키라는 아바타가 되어 직접 집과 에스노그라피아라는 연구실을 짓고 문화기술지 연구를 진행했다. 보엘스토프의 몰입연구는 세컨드라이프라는 세계가 다른 세계와 마찬가지로 "진짜"이며, 이를 사람들의 오프라인 삶에 주된 기반을 둔 가상 정체성으로 이해하기보다는 "있는 그대로" 연구해야 마땅하다는 전제에 바탕을 둔다. 사모아군도에 사는 사춘기 소녀들을 연구한 마거릿 미드의 고전*에서 제목을 따온 보엘스토프의 책 『세컨드라이프에서 성장하기(Coming of Age in Second Life)』에는 이 플랫폼이 지닌 디지털 문화의 결이 기록되어 있다. 그는 "렉(SL 내의 스트리밍 지연)에 관해 잡담을 나누는 것은 RL에서 날씨 이야기를 하는 것과 비슷하다."라는 사실을 알았다. 그는 웬디라는 아바타를 인터뷰했다. 웬디의 창조자는 로그아웃할 때마다 아바타를 잠자리에 들게 했다. "그러면 실제 세계는 웬디가 꾸는 꿈이고, 다시 세컨드라이프로 돌아와 깨어나는 건가요?"라는 보엘스토프의 물음에 "웬디가 '네, 정말 그래요.'라고 답할 때 얼굴에 미소가 스쳐 갔으리라고 장담한다."

한 여성은 보엘스토프에게 아바타는 내면 자아를 더 진실하게 구현한 것이라고 설명했다. "지퍼를 내리고 내 안에서 끄집어내죠, 그가 진짜 나예요." 대다수 여성 아바타들에게는 날씬한 몸매에 말도 안 되게 풍만한 가슴이 있었다. 남성 아바타들은 젊고 근육질 몸매였다. 무엇보다도 아바타들의 미모는 미묘하게 만

---

* 『사모아의 청소년(Coming of Age in Samoa)』을 말한다.

화 같았다. 아바타들은 채팅창이나 음성메신저로 대화를 나누었다. 아바타들의 움직임은 걷기, 날기, 순간이동, 그리고 화면 위에 떠 있는 구 모양 "포즈볼"을 클릭하여 만드는 춤, 가라테, 상상할 수 있는 거의 모든 형태의 성행위를 포괄한다. 디지털 섹스를 꿈꾸면서 세컨드라이프로 온 이들이 많다는 사실은 놀랍지 않다. 물성을 가진 신체도 본명도 중력도 존재하지 않는, 종종 유려한 텍스트가 곁들여지는 섹스다.

세컨드라이프의 화폐는 린든달러인데 최근 1린든의 환율은 0.5센트에 조금 못 미친다. 출시 이후 10년간 이용자들이 세컨드라이프 내에서 거래한 실제 금액은 32억 달러에 달한다. 세컨드라이프에서 최초로 탄생한 백만장자는 이곳에서 안시 청(Anshe Chung)이라 통하는 부동산 재벌로, 2006년 《비즈니스 위크》 표지를 장식했다. 2007년 세컨드라이프 내 GDP는 몇몇 소규모 국가를 뛰어넘었다. 세컨드라이프의 광대한 디지털 마켓에서는 웨딩드레스를 4000린든(16달러 조금 넘는 금액)에, 깃털 날개가 달린 루비색 코르셋을 350린든(약 1.5달러)이 안 되는 가격에 살 수 있다. 심지어 변형한 신체를 살 수도 있다. 다른 피부, 다른 머리카락, 뿔 한 쌍, 온갖 모양과 크기의 생식기까지. 현재 사유지 섬의 가격은 15만 린든(600달러 고정가)에 달하고, 밀레니엄II 슈퍼 요트는 2만 린든(80달러 조금 넘는 금액)인데 요트 안 침대들과 세 개의 온수 욕조에는 아바타들이 다양한 맞춤형 섹스 판타지를 실현하게끔 300개 이상의 애니메이션이 내장되어 있다.

세컨드라이프는 페이스북이 성장하던 시기, 정체기를 맞았다. 페이스북의 성공은 경쟁 브랜드라기보다는 경쟁 모델의 등장이라는 점에서 문제되었다. 알고 보니 사람들이 원하는 것은 완전히 다른 삶보다는 진짜 삶의 요소를 선별해 보여주는 버전인 듯했다. 사람들은 완전히 별개의 아바타가 되기보다는 가장 잘 나온 사진의 총합이 되고 싶어 했다. 그러나 어쩌면 페이스북과 세컨드라이프가 가진 매력은 그리 다르지 않다. 캠핑 여행 사진이나 브런치를 먹던 중에 떠오른 재미있는 생각같이 실제 경험이라는 재료에서 만들어졌건, 실제 경험이 닿을 수 없는 불가능성에서 왔건, 두 가지 모두 이상적인 몸, 이상적인 로맨스, 이상적인 집으로 이루어진 선별된 자아에 깃들어 살아갈 수 있다는 매력에서 그 영향력을 발휘한다.

애틀랜타에 사는 네 아이의 어머니 브리짓 맥닐이 세컨드라이프에서 살아간 지는 10년이 조금 넘었다. 그는 괴롭힘을 당하던 고등학교 시절의 별명인 지지라는 이름을 아바타에게 붙여주었다. 브리짓은 중년이지만 그의 아바타는 "설탕을 먹거나 아이를 낳지 않았다면 이루어졌을 완벽한 나"의 모습을 한 호리호리한 20대다. 처음 세컨드라이프에 발을 들였을 때는 브리짓의 남편도 아바타를 만들었고, 두 사람 각자 노트북을 무릎에 올려놓은 채로 서재에 함께 앉아 세컨드라이프 속에서 금발의 아마존 전사와 짜리몽땅한 은색 로봇 모습으로 데이트했다. 아이들의 특수한 요구 때문에 돌보미를 찾기 힘들던 부부에게는 그것이 데이트를 할 수 있는 유일한 방법인 때도 종종 있었다. 브리짓은 내게 세컨드라이프 속 집은 모든 것이 허락되는 피난처라고 했다. "그 공간에 들어가는 순간, 이기심이라는 사치를 누릴 수 있거든요." 그러면서 그는 버지니아 울프를 소환했다. "자기만의 방처럼

요." 브리짓이 가진 가상 집에는 진짜 집에서는 아이들이 부수거나 입에 넣을까 봐 둘 수 없는 물건들이 가득하다. 접시 위의 장신구, 테이블 위의 장식품, 콘솔 위의 화장품 같은 것들.

　　브리짓에게는 대리석 수영장, 프릴 달린 민트색 비키니로 이루어진 디지털 생활을 기록하는 블로그 외에도 RL에서 부모로서 존재하는 일상을 담는 블로그가 있다. 솔직하고 재미있으며 가슴이 미어질 듯 허심탄회한 고백으로 가득한 블로그다. 브리짓은 아이들을 데리고 자연학습장을 찾은 그날 오후에 대머리독수리를 바라본 일을 썼다.

　　어떤 개자식이 대머리독수리를 화살로 쐈다. 그 때문에 한쪽 날개 대부분을 잃은 독수리는 날지 못하게 됐다. 며칠 전 방문한 이곳 보호소에서 독수리는 안전하게 지내고 있었다. 때로 남편과 나는 그 독수리 같은 기분으로 살아가는 것 같다. 꼼짝달싹할 수 없는 기분. 크게 잘못된 것은 없다. 먹을 것이 있고 살 집이 있고 필요한 것이 있으니까. 하지만 우리는 자폐 때문에 남은 평생을 꼼짝달싹하지 못하게 됐다. 영영 해방되지 못할 거다.

　　세컨드라이프의 매력이 무엇이냐고 묻자, 브리짓은 오프라인 생활에 충실해야 할 때 세컨드라이프로 들어가고 싶은 충동에 굴복하기 쉽다고 대답했다. 그럴 뻔한 경험이 있느냐고 묻자, 당연히 때때로 충동을 느낀단다. "그 세계의 난 날씬하고 예뻐요. 기저귀를 갈아달라는 사람도 없고요. 그런데 여기선 기저귀

를 갈다가 번아웃이 올 지경이에요. 떠나고 싶다는 건 아니지만
계속하고 싶지도 않죠."

*
**

세컨드라이프를 고안한 사람은 미국 해군 항공모함 파일럿과 영
어교사의 아들로 태어난 필립 로즈데일(Philip Rosedale)이다.
어린 시절 필립은 과도한 야심을 품은 아이였다. 집 뒷마당 장
작더미 옆에 서서 '난 왜 이곳에 있는 걸까, 나는 다른 사람과 어
떻게 다른 걸까?' 생각했다. 10대 시절이던 1980년대 중반, 그는
초창기 PC 앞에 앉아 그래픽으로 표현한 망델브로 집합을 확대
해보았다. 가까워지면 가까워질수록 더욱더 자세해지는, 무한히
반복되는 프랙털 이미지였다. 그러다 어느 순간, 그는 자기 눈앞
에 있는 것이 지구보다 더 큰 크기의 그래픽이라는 사실에 생각
이 미쳤다. "평생 이 지구의 표면만 걸어 다니느라 모든 걸 보는 일
은 엄두도 못 낼 것 같았던 겁니다. 컴퓨터로 할 수 있는 가장 멋
진 일은 하나의 세계를 만들어내는 것"임을 깨달은 순간이었다.

　　세컨드라이프를 구상하기 시작한 1999년, 로즈데일은 매년
여름 네바다의 사막 한가운데서 열리는 공연예술 및 조형 설치,
그리고 환각물질을 사용한 쾌락의 축제인 버닝맨에 참가했다. 축
제를 즐기는 사이 그의 내면에는 "설명할 수 없는" 일이 일어났다.
"약을 하지도 않았는데 취한 기분이었어요. 평소와는 다른 방식
으로 다른 사람들과 연결된 기분이요." 그는 캠핑카에서 열리는
레이브 파티를 즐겼고, 사막을 배경으로 펼쳐지는 공중그네 공

연을 보았고, 페르시아산 러그를 수백 장 겹쳐 쌓은 라운지에 누워 물담배를 피웠다. 이미 오래전부터 머릿속에 디지털 세계를 그려왔기에 이곳에서 세컨드라이프라는 아이디어를 얻은 것은 아니지만, 그는 버닝맨 축제를 통해 자신이 그 세계에 불어 넣고 싶은 에너지가 어떤 것인지 알게 됐다. 사람들이 원하는 세계를 마련할 장소를 만들고 싶었다.

그러나 이런 꿈으로 초기 투자자들을 설득하는 데는 난항을 겪었다. 린든랩이 제시하는 세계는 아마추어들이 구축한 것이었으며, 새로운 수익창출 모델, 즉 유료구독이 아닌 가상현실 내에서 이루어지는 전자상거래를 통해 수익을 창출하는 모델이었기 때문이었다. 세컨드라이프의 설계자 한 사람은 투자자들이 품었던 의심을 회상했다. "창조란 스티븐 스필버그나 조지 루카스만 할 수 있는 어둠의 기예라고 여겨졌던 겁니다." 린든랩은 게임이 아니라 가상현실이라는 형태로 세컨드라이프 투자를 유치하기 위해 "자체 저널리스트"로 일할 작가를 고용했는데, 이렇게 작가로 발탁된 와그너 제임스 아우(Wagner James Au)는 세컨드라이프 초기 주요 건설자 일부가 디지털 세계에서 이룩한 경력을 기록했다. 이 건설자들은 (오프라인에서는 중서부의 주유소 점장이던) 스파이더 만달라라는 아바타, 그리고 세컨드라이프에서는 "유틸리티 벨트를 찬 …… 펑크족 스타일의 갈색 머리 여자"이지만 오프라인에서는 밴쿠버의 폐허가 된 아파트를 무단점유하고 살아가던 캐서린 오메가라는 아바타다. 이 아파트에는 물이 나오지 않았고 대부분 마약중독자들이 살고 있었지만, 오메가는 수프 깡통을 이용해 근처 회사 건물의 무선 인터넷 신호를 찾아 노트북으로 세컨드라이프에 접속할 수 있었다.

로즈데일은 세컨드라이프의 잠재력에 한계가 없을 것 같던 초기에 느낀 짜릿함을 이야기해주었다. 린든랩은 다른 누구도 하지 않는 일을 했다. "우린 경쟁상대는 오직 진짜 삶뿐이라는 말을 나눴어요." 2007년에는 세컨드라이프를 다룬 기사가 하루에 500편씩 쏟아지던 시절도 있었다. 로즈데일 자신도 필립 린든이라는 아바타로 세컨드라이프의 무대를 누볐다. "신이나 마찬가지였죠." 그는 자신의 손주 세대에는 웬만한 일과 인간관계는 세컨드라이프처럼 가상의 왕국에서 일어나고 실제 세계는 일종의 "박물관이나 극장"처럼 바라볼 미래를 상상했다. 2007년 그는 아우에게 말했다. "어떤 의미에서 우리는 현실세계 전체가 이미 한물갔다고 여기게 될 거야."

앨리스 크루거가 처음 병의 증상을 자각한 건 스무 살 때였다. 대학교 생물학 강의에서 현장실습을 하다가 나뭇잎을 갉아 먹는 벌레들을 보려고 쪼그리고 앉는 순간 온몸에 열감이 밀려왔다. 어느 날은 식료품점에 서 있는데 별안간 왼 다리 전체가 사라진 느낌이 들었다. 감각이 없는 정도가 아니라 아예 다리가 없어진 것만 같았다. 아무리 병원을 찾아도, 늘 문제는 머릿속에 있다는 말만 들었다. "그런데 *정말* 머릿속이 문제였어요." 그로부터 47년이 지난 뒤 크루거는 내게 말했다. "의사가 한 말과는 다른 의미였을 뿐이었던 거예요."

앨리스는 쉰 살이 되어서야 다발성경화증 진단을 받았다. 그 무렵엔 거의 걸을 수 없었다. 콜로라도 주민자치단체가 주택에 경사로 설치를 금지한 탓에 집 밖에 나가는 것조차도 어려웠다. 세 아이는 각각 열한 살, 열세 살, 열다섯 살이었다. 그는 둘째 아들의 고등학교 졸업식에도, 대학교 캠퍼스에도 가볼 수 없었다. 허리에 심한 통증이 시작되어 결국 척추협착증 수술을 받아야 했고, 입원 중에 다제내성 황색포도알균에도 감염되었다. 수술을 마친 뒤에도 통증은 그대로였고 수술대 위에 "회전 통닭처럼" 매달려 있느라 척추부정렬까지 덤으로 얻었다. 57세 앨리스는 집 밖에 나가지 못하고 직업도 없던 데다가 종종 극심한 통증을 앓으며 주로 딸의 간호를 받았다. "사방의 벽을 바라보며 생각했죠. 이 벽 너머에 무언가가 더 있을 수 있을까."

세컨드라이프를 안 것이 그때였다. 앨리스는 아바타를 만들어 젠틀 헤론이라는 이름을 붙인 뒤 워터파크 미끄럼틀을 찾아다니며 실제 몸으로는 할 수 없는 일을 하는 극도의 희열을 느꼈다. 탐험을 계속하는 한편으로, 온라인 장애 채팅방에서 만난 사람들도 세컨드라이프에 초대했다. 하지만 그러고 나니 이들의 경험에 책임감이 들었고, 결국 그는 세컨드라이프 안에 "교차성장애 커뮤니티"를 만들기에 이르렀다. 지금 '버추얼 어빌리티'라고 부르는 이 모임은 가상 섬으로 이루어진 군도를 점유한 채 다운증후군에서부터 외상후 스트레스 장애, 조울증에 이르는 다양한 장애를 지닌 사람들을 반긴다. 세상에 완전히 포용되지 못한다는 감각이 이 모임의 구성원들을 하나로 묶어준다고 앨리스는 말했다.

앨리스는 버추얼 어빌리티를 만든 한편으로 실제 삶에서의 움직임에도 착수했다. 장기 장애수당이 끊긴 이후까지도 오랫동안 살았던 콜로라도를 떠나 테네시의 그레이트스모키마운틴으로 향한 것이다.("그런 일을 해내셨군요." 내 말에 앨리스는 "저도 놀랐죠!"라고 대답했다.) 세컨드라이프에서는 다른 버전의 당신이 된 기분이었느냐고 묻자 그는 강경하게 부정했다. 앨리스는 *진짜*와 *가상* 같은 용어를 좋아하지 않는다. 앨리스는 이런 말들이 그의 삶 한 부분이 다른 부분보다 더 "진짜"라는 위계를 만든다고 느끼며 두 삶 모두에서 자아감을 한껏 표출하며 살고 있다. 처음 이야기를 나눈 뒤에 그는 내게 디지털 아바타와 체현을 주제로 동료평가를 거쳐 검증된 과학 논문 열다섯 편을 보내왔다.

앨리스는 지금 버추얼 어빌리티 모임의 중요 구성원이 된 다운증후군을 앓는 한 남성 이야기를 들려주었다. 실제 삶에서 그의 장애는 매 순간 존재하지만 세컨드라이프에서 대화를 나누면서는 장애 사실을 드러내지 않을 수 있다. 오프라인 세계에서 그는 그가 아바타를 움직일 줄 안다는 사실마저도 놀라워하는 부모와 산다. 매일 밤 저녁식사를 마치면 부모가 설거지를 하는 사이 그는 컴퓨터 앞에 앉아 기대감에 차 세컨드라이프로 돌아간다. 이곳에서 그는 케이프 헤론섬에 있는 복층 아파트를 임대해 살고 있다. 거대한 아쿠아리움으로 만든 위층에서는 물고기 사이를 돌아다니고, 정원으로 만든 아래층에서는 반려 순록에게 시리얼을 먹인다. 앨리스는 그가 세컨드라이프와 "현실" 사이에 굳건한 선을 긋지 않는다고, 모임의 다른 사람들 역시 그의 접근 방식에서 영향을 받았으며, 마음속 경계를 무너뜨리는 이야기를 할 때마다 그를 언급한다고 했다.

*
**

처음 이 글을 쓰기 시작했을 때, 나는 세컨드라이프의 마력에 꼼짝없이 넘어가버린 내 모습을 상상했다. 문화분석을 위해 파견된 관찰자가 그곳 문화에 홀려 눈을 휘둥그레 뜨듯이. 그런데 세컨드라이프에서의 시간은 초반부터 속이 울렁거렸다. 나는 세컨드라이프가 "퍼스트라이프"를 제대로 살아내지 못한 이들을 위해 위로 삼아 고안된 선물이라며 낮잡는 이들에 맞서 이 세계를 변호하는 내 모습을 상상했었다. 그런데 나도 모르게 이렇게 쓰고 있었다. *세컨드라이프에 접속하면 샤워가 하고 싶어진다.*

지적인 면에서 내 존경심은 매일같이 깊어졌다. 나는 법적 시각장애를 가진 한 여성과 대화를 나누었는데, 루프탑 발코니를 가진 그의 아바타는 화면 확대가 가능한 이곳에서 컴퓨터 바깥의 세상보다 더 선명한 풍경을 바라볼 수 있다. 외상후 스트레스 장애를 겪는 한 참전용사는 2주에 한 번씩 야외 정자에서 이탈리아 요리 수업을 했다. 몇 번의 심각한 울증 삽화와 입원을 반복한 끝에 세컨드라이프를 찾게 됐다는 여성이 만든 온라인 버전 요세미티에도 가보았다. 제이딘 파이어호크라는 이 아바타는 길게는 하루 열두 시간 세컨드라이프에 살면서 주로 폭포, 세콰이어 나무, 존 뮤어*의 삶에서 중요한 입지를 차지한 인물의 이름을 딴 말

---

* 미국의 작가이자 자연보호주의자로 미국의 자연공원법 제정에 주요한 역할을 했다.

들을 선별해서 꾸린 디지털 원더랜드를 다듬는다. 그는 아픈 이야기만 오고 가는 온라인 양극성장애 채팅방에서와는 달리 세컨드라이프에서는 오로지 병으로만 이루어진 정체성에 깃들어 살아가지 않을 수 있다는 사실에 감사한다. "SL에서 저는 조화로운 삶을 살고 있어요. 그 삶이 제 다른 자아들을 먹여 살리죠."

하지만 이곳의 진가를 알아가면서도, 세컨드라이프에 대해 느끼는 본능적인 불쾌감은 떨칠 수가 없었다. 공허한 그래픽, 나이트클럽, 저택, 수영장과 성채, 세상을 세상으로 느끼게 하는 온갖 티끌과 불완전함에 대한 이곳 사람들의 거부감이 불편했다. 세컨드라이프를 묘사하려 시도할 때마다, 나는 그것이 거의 불가능하다는, 적어도 흥미롭게 묘사하기는 불가능하다는 사실을 깨달았는데, 묘사를 견인하는 것은 흠결과 균열이기 때문이다. 세컨드라이프의 세계를 탐험하는 것은 사진엽서들 사이를 누비는 데 가까웠다. 이곳은 시각적 클리셰로 이루어진 세계였다. 그 어떤 것도 찢기거나 망가지거나 무너지지 않았으며, 무너진 것이 있다면 그것은 무너짐이라는 특수한 미학을 공들여 구축한 결과물이었다.

물론 내가 세컨드라이프에 혐오감을 느낀다는 사실은 내가 실제 세계의 결점과 단점을 포용할 수 있는 것과 마찬가지로 내가 운이 좋은 사람이라는 사실을 증명한다. 현실 세계를 누빌 때 나는 내가 가진 (상대적) 젊음, (상대적) 건강, 그리고 (상대적) 자유의 완충작용을 받는다. 오프라인에서 얻을 수 없는 것들을 세컨드라이프에서 찾은 사람들에게 치를 떨 자격이 나한테 있나?

세컨드라이프에서 아바타끼리 만났을 때, 앨리스는 버추얼 어빌리티 군도에 속한 섬의 바닷가로 나를 데려가 태극권 수련에 초대했다. 둥근 잔디밭 한가운데 떠 있는 포즈볼을 클릭하면 아바타가 자동으로 자세를 취했다. 그런데 나는 태극권을 하는 기분이 들지 않았다. 노트북 앞에 앉아 내 2차원 아바타가 태극권을 하는 모습을 지켜보는 기분일 뿐이었다.

　나는 애틀랜타에 사는 지지가 아침 일찍 일어나 가상의 수영장 옆에 앉아 있는 모습을 상상했다. 그는 염소 냄새나 자외선차단제 냄새를 맡지도, 등을 타고 녹아내리거나 껍질이 벗겨질 정도로 살을 태우는 햇빛을 느끼지도 못할 것이다. 그러나 가상의 수영장 옆에 앉아 있음으로써 지지는 분명 어떤 강렬한 감각을 느낄 것이다. 실제 경험 자체가 아니라 이에 대한 기대, 기록, 회고 안에 깃든 쾌감 말이다. 세컨드라이프에 접속함으로써 그가 느끼는 쾌감은 온라인과 오프라인 세상 속 "현실"과 "비현실" 중 어느 범주에 넣건 간에 논쟁의 여지 없는 진짜다. 그게 아니라면 세컨드라이프로 가려고 오전 5시 30분에 일어날 리 없을 테니.

애초부터 나는 세컨드라이프 탐험에는 소질이 없었다. 인터페이스는 "신체부위 다운로드에 실패했습니다."라는 메시지만 자꾸 띄웠다. 완벽한 신체를 얻을 기회를 준다는 세컨드라이프에서, 난 그러한 신체를 불러오지조차 못했던 거다. 나는 찢어진 데님 반바지 차림에 머리 일부분을 삭발하고 어깨 위에는 페릿을 한 마리 얹고 있는 펑크족 스타일의 여성 아바타를 골랐다.

세컨드라이프 첫날, 나는 술 취한 사람이 화장실을 찾아다니 듯 오리엔테이션 아일랜드를 헤맸다. 대리석 기둥이며 말쑥하게 다듬은 푸르른 식물로 가득했으며 물이 졸졸 흐르는 희미한 소리가 사운드트랙으로 나오는 섬이었다. 그러나 델피의 신전이라 기보다는 어느 기업이 델피의 신전으로부터 영감을 받고 이를 본 따 지은 휴양시설 같았다. 그래픽은 불완전하고 설득력 없던 데 다가 움직임이면 화소가 깨지고 멈추기 일쑤였다. 델 아뇨스라 는 아바타에게 말을 걸어보았지만 무시당했다. 깜짝 놀랄 만큼 부끄러움을 느낀 나는 그 순간 아무것도 할 수 없을 정도로 숫기 없던 중학생 시절로 돌아갔다.

같은 날 나는 폐가가 된 저택이며 "창공에서 펼쳐지는 엽기 서커스"로 갈 수 있는 비밀의 문이 있다는 황량한 섬으로 텔레포트했다. 하지만 그 섬에 있는 것이라고는 부서진 채 바닷물에 반쯤 잠긴 수상인명 구조원석이 전부였고, 나는 WWF 레슬링선수와 빅토리아시대 집사의 교집합에 해당할 과묵함을 뿜어내는, 은빛 스터드가 박힌 개목걸이를 한 남자에게 말을 걸었지만 또다시 무시당했다. 결국 나는 나무 난간에서 떨어져 영원히 끝나지 않게 프로그래밍된 폭풍우 속, 빗방울이 툭툭 떨어지는 회색 파도에 이리저리 휩쓸리는 신세가 됐다. 그것은 실제 체험에서 얻는 것과 같은, 좌절된 기대로 넘실거리는 실패가 아니라, 축소판인 시뮬레이션 속 불완전한 소환일 뿐이었다. 이곳은 다 쓰러져가는 외벽의 비계가 노출된 연극무대 같았다.

세컨드라이프에서 로그아웃할 때마다, 나는 내 평범한 일상을 채운 온갖 책무에 선뜻 뛰어들고 싶은 묘한 의욕이 생겼다. 연극 수업을 마친 의붓딸을 데리러 가야 한다고? 확인 완료! 갑작스레 휴직한 교수의 대체 인력을 구하는 학과장의 이메일에 답장해야 한다고? 좋아! 이런 의무는 세컨드라이프에서는 불가능한 방식으로 진짜처럼 느껴졌으며, 유능하고 필요한 존재라는 특정한 버전으로 살아가게끔 도왔다. 물속에서 숨을 쉬려고 버둥거린 끝에 다시금 공기를 들이켜는 기분이었다. 나는 얽히고설킨 일이며 연락을 처리할 만반의 준비를 한 채 절박하게 숨을 몰아쉬며 물 밖으로 올라왔다. *그래! 이게 진짜 세상이지! 성가신 실행 계획으로 가득한 찬란한 이 모습 그대로 말이야!*

　세컨드라이프 콘서트에 처음 간 날, 나는 가상세계에서 진짜 음악을 들을 기대를 품은 채 도착했다. SL 콘서트는 대부분 진짜 뮤지션이 컴퓨터에 연결해둔 마이크 앞에서 진짜 악기를 연주하거나 노래를 한다는 의미로는 순수한 "라이브"다. 그런데 나는 그날 오후 너무 많은 일을 한 번에 처리하려 애쓰는 중이었다. 나를 들볶아대는 업무 관련 이메일 열여섯 건에 답장을 쓰고, 식기세척기 속 그릇을 비우고, 다시 다른 그릇들을 식기세척기에 넣고, 딸을 「피터팬」 최종 리허설에 데려가기 전에 땅콩버터와 잼을 바른 샌드위치를 만들어줘야 했다. 콘서트는 반짝이는 푸른 바다가 넘실거리는 널따란 해안이 내다보이는 항구에서 열렸다. 나는 잼이 묻어 끈끈한 손가락으로 춤추기 포즈볼을 클릭하고 콩가를 추기 시작했다. 문제는 내 뒤에 줄을 서서 함께 콩가를 추는 이들이 없었다는 거다. 나는 결국 화분과 무대 사이에 끼어 꼼짝달싹하지 못하는 채로 콩가를 추려고 애쓰는 신세가 되었다. 그 어떤 즐거운 일들보다도 이때 느낀 창피한 기분이 내가 이곳에 속하고 참여하고 있다고 느끼게 했다. 남들이 나를 뭐라고 생각할까 하는 고민이 들던 그 순간, 나는 마침내 내가 그들과 세계를 공유하고 있음을 뼈저리게 의식한 것이다.

필립 로즈데일은 나와의 인터뷰에서 세컨드라이프에는 애초부터 이용자들을 곤혹스럽게 하는 문제가 내재되어 있음을 곧바로 인정했다. 사람들이 세컨드라이프 속에서 편안하게 움직이고 소통하고 뭔가를 짓기 어렵다는 점, 린든랩이 "아무리 해도 간단하게 만들 수 없었던", "더는 줄일 수 없는 수준의 마우스와 키보드 문제"가 있다고 말이다. 린든랩 글로벌커뮤니케이션 이사 피터 그레이는 나에게 "공백 문제"(지나치게 자유도가 높아서 원하는 것이 무엇인지 정하지 못하는 상태)를 언급하며 세컨드라이프에 접속하는 것이 마치 "낯선 외국 땅 한가운데 뚝 떨어지는" 것 같을 수 있다고 인정했다.

하지만 장기 이용자들과 대화를 나누어보니, 세컨드라이프가 가진 완고한 접근불가능성은 이들의 동화 서사에 결정적 부분을 차지했다. 이용자들은 자신들이 초기에 느낀 창피한 감정들을 향수 어리게 회고했다. 지지는 누군가에게 여성기를 꼭 사야 한다는 말을 듣고는 정말로 사서 바지 위에 차고 다녔다.(지지 말로는 이것은 대표적인 #세컨드라이프문제 중 하나란다.) 스웨덴 뮤지션 말린 외스(내가 홀로 쓸쓸히 콩가를 쳐야 했던 콘서트의 연주자였다.)는 *자기가* 세컨드라이프 콘서트에 처음 갔을 때 이야기를 해주었는데 내 경험과 크게 다르지 않았다. 군중 맨 앞쪽으로 가려다가 실수로 무대 위로 날아가버렸단다. 그 전까지 외스는 이 콘서트가 가짜처럼 보일 거라고 믿었으나, 당혹스러울 정도로 강한 창피를 느낀 그 순간 자신이 실제로 타인들 사이에 있음을 깨달았다. 나는 외스의 마음을 이해할 수 있었다. 중학교 시절로 돌아간 기분이 든다는 건, 최소한 어떤 공간에 있는 기분이 든다는 소리다.

한 여성은 이렇게 표현했다. "세컨드라이프가 당신을 위해 활짝 열리는 건 아니랍니다. 모든 걸 은쟁반에 담아 내밀면서 다음엔 어디로 가라고 가르쳐주지도 않아요. 세컨드라이프는 그저 하나의 세계를 보여주고, 당신이 알아서 하게 내버려두는 곳이에요. 튜토리얼 같은 건 없어요." 그러나 이 세계를 파악하고 나서는 원한다면 얼마든지 은쟁반을 살 수도, 꿈꾸던 요트를 설계할 수도, 가상 요세미티를 만들 수도 있다. 로즈데일은 이용자가 연옥 같은 초보 시절을 견뎌내고 난 뒤에는 세컨드라이프 세계와의 유대감을 줄곧 유지하리라 믿었다. "네 시간 이상 머무르고 나면 영영 떠나지 않게 되죠."

"메타버스"를 다룬 닐 스티븐슨의 사이버펑크 소설 『스노 크래시』(1992)를 세컨드라이프의 문학적 선조라 일컫는 경우가 왕왕 있다. 그러나 로즈데일은 『스노 크래시』를 읽기 이미 몇 년 전부터 세컨드라이프를 구상해왔다고 단언한다.("아내한테 물어보시죠.") 그야말로 주인공다운 이름의 『스노 크래시』 주인공 히로 프로타고니스트는 룸메이트와 함께 임대 창고에서 사는 신세지만 메타버스에서는 검술에 능한 왕자이자 전설의 해커다. 당연하게도 그는 메타버스 속에서 긴 시간을 보낸다. "유스토잇(U-Stor-It)*에서 보내는 시간 따위 알 바 아니다."

세컨드라이프 이용자들의 삶 만족도를 조사한 한 연구에서 이용자들은 가상의 삶과 현실의 삶 사이 만족도에 매우 큰 간극이 있다고 응답했고, 연구는 "어떤 이들에게는 현실 삶을 바꾸기보다는 디지털 삶으로 도망치려는 강한 욕구가 있다."라고 결론 내렸다. 하지만 실제 삶이 모든 판타지가 다 이루어지는 왕국과 끊임없는 경쟁을 벌이는 것도 아닌데 세컨드라이프 속 삶이 더 행복하다고 해서, 오프라인의 삶에 만족하기 힘들어지나?

히로의 이중생활은 세컨드라이프에 담긴 판타지의 핵심을 포착해낸다. 바로 현실세계에서의 성공 지표가 뒤집히거나 이 성공이 한물간 무용지물로 전락할 수 있으며, 서로가 현실세계에서의 지위를 모르므로 극히 민주적인 공간을 만들 수 있다는 점이다. 세컨드라이프 주민 다수는 이곳이 소득수준, 직업, 사는 곳, 장애 여부를 넘어 전 세계 사람들과 연결되는 유토피아, 곧 병든 이들이 건강한 몸으로 살 수 있고 움직임에 제약이 있는 이들도 마음껏 움직일 수 있는 곳이라 여긴다. 펜실베이니아의 작은 탄광촌 출신으로, 20대 중반까지 경제 형편 때문에 의료적 성별 정정을 시작하지 못한 트랜스젠더 여성 세라피나 브레넌은 처음 여성의 신체로 살아갈 수 있는 곳이던 세컨드라이프에서 "진정으로 느끼는 내면의 모습을 보여줄 기회"를 얻었다.

와그너 제임스 아우는 저서 『세컨드라이프의 탄생(*The Ma-*

* 임대형 창고 업체.

king of Second Life)』에서 벨 뮤즈라는 아바타의 이야기를 들려준
다. 전형적인 "캘리포니아 금발 미녀" 아바타를 연기하는 것은 아
프리카계 미국인 여성이다. 그는 세컨드라이프의 최초 도시 중
하나인 넥서스프라임을 만든 팀의 리더였는데, 익숙한 선입견과
마주하지 않았던 것은 그때가 처음이라고 아우에게 말했다. 오
프라인 세계에서 자신은 "만나자마자 좋은 인상을 줘야 해요. 처
음부터 성격 좋고 영민해 보여야 하죠. 세컨드라이프에서는 그럴
필요가 없었어요. 패싱*이 가능한 시간이니까요." 하지만 세컨드
라이프에서 벨 뮤즈가 백인 여성으로 패싱하자 더 빨리 존중받
을 수 있었음을 보여주는 이 일화는 인종주의로부터 자유로울
가능성보다는 인종주의가 여전히 팽배하다는 사실을 확인해준
다. 여러 이용자가 세컨드라이프는 계층과 인종으로부터 자유로
운 평평한 운동장을 제안한다고 생각하지만, 날씬한 백인의 몸
이 수적으로 우세하며 대부분 유한계층을 나타내는 소품을 장
착했다는 사실은 애초에 기울어진 운동장을 지탱하던 바로 그
비틀린 이상이 다시금 새겨졌다는 방증이다.

　　아프리카계 미국인 여성이면서 아바타에도 언제나 자신과
유사한 피부색을 부여한 새라 스키너는 내게 베이시티라는 바닷
가 마을에 디지털 흑인 역사박물관을 지으려 시도한 경험을 들
려주었다. 경찰 역할을 하던 다른 아바타가 바로 벽을 쌓기 시작
하더니 끝내는 역설적이게도 법원을 지어 박물관을 가렸다. 경찰
아바타는 의견 차라며 해명했으나, 인종주의는 대개 인종주의

---

* 특히 인종, 젠더, 장애, 성적 지향의 영역에서 개인의 외적 모습이 특정 집단에
속하는 것으로 자연스럽게 받아들여지는 것을 말한다.

를 실토하지 않는 법이다. 또 세컨드라이프 속 백인 남성들이 자신의 접근을 받아주지 않는 새라에게 유인원을 닮았다고 한 일, 콧구멍이 커서 "탐폰이 들어갈 코"라고 한 일, 또 다른 누군가가 새라는 "잡종"이기에 편견에 부딪힌 그의 경험은 보편적이지 않다고 한 일은 결코 의견 차가 아니다. 새라는 다른 장소에 박물관을 다시 세우고자 한다.

아우는 처음에는 세컨드라이프의 전제, 특히 이용자가 생성하는 콘텐츠의 가능성에 큰 흥분을 느꼈으나 결국 대다수는 바닥나지 않는 돈을 가진 20대라도 되는 듯이 클럽을 드나드는 데 혈안이 되어 있다는 사실에 실망하고 말았다. 로즈데일은 세컨드라이프가 우주선이며 기괴한 지형으로 가득한 가상의 스테로이드를 주입한 버닝맨 축제처럼 극도로 환상적이고 예술적이며 광란적인 풍경이 되리라 믿었으나 이용자들이 만든 건 말리부를 닮은 풍경이었다. 사람들은 저택을 짓고 페라리를 만들었다. "가장 아끼는 걸 제일 먼저 만들죠." 그러면서 로즈데일은 린든랩에서 초기에 진행한 연구에 따르면 세컨드라이프 이용자의 절대 다수가 도시가 아닌 시골 지역 거주자였다고 했다. 이들은 실제 세계에 없는 것을 얻고자 세컨드라이프를 찾았다. 도시공간이 가진 집중도, 밀도, 연결 가능성, 자기 주변에서 사건들이 일어난다는 감각, 그리고 그 사건의 일부가 될 가능성 말이다.

스웨덴의 기업가 요나스 탄크레드는 2007년 자신이 운영하던 헤드헌팅 회사가 경기불황에 버티지 못하게 되면서 세컨드라이프를 시작했다. 요나스는 머리가 세고 배도 나온 중년 남성이지만 그의 아바타인 바라 욘손은 뾰족하게 세운 머리에 소울풀한 바이브를 풍기는 젊은 근육질 남성이다. 요나스에게 세컨드라이프의 미덕은 실제 자신보다 매력적인 자아의 역할극을 할 수 있다는 게 아니었다. 세컨드라이프는 평생을 꿈꿨으나 실제 삶에서는 엄두도 내지 못했던 뮤지션이 될 기회를 그에게 주었다.(훗날 그는 말린 외스와 함께 '바라욘손앤드프리'라는 듀오를 꾸린다.) 오프라인의 요나스는 체크무늬 식탁보가 덮인 식탁 앞에 서서 컴퓨터에 연결한 어쿠스틱 기타를 치고 있더라도, 세컨드라이프 속 바라는 슈퍼모델과 모호크 헤어스타일의 바이커가 섞인 군중 앞에서 열정적인 연주를 선보인다.

어느 날 밤, 공연 시간보다 일찍 도착한 한 여자가 물었다. "당신 실력은 좀 있어요?" 그는 "당연하죠."라고 대답한 뒤 그 말을 뒷받침하고자 최고의 공연을 펼쳤다. 이 니켈 보렐리라는 여성은 그의 세컨드라이프 아내가 되었으며 몇 년 뒤에는 결국 실제 삶에서 그의 아이를 낳았다.

오프라인의 니켈은 미주리에 사는 수지라는 젊은 여성이었다. 열기구를 타고, 달빛 아래 낭만적인 춤을 추고, 커플 자전거로 만리장성을 누비는 초현실적인 연애 끝에 두 사람은 트윈하트 아일랜드에서 세컨드라이프 결혼식을 치렀다. 온라인 청첩장에는 12 p.m. SLT라 쓰여 있었는데 린든 표준시로 정오라는 의미였다. 결혼서약을 할 때 바라는 오늘이 삶에서 가장 중요한 날이라고 했다. 그것이 정확히 어느 삶인지, 이 서약에 담긴 진심이 두 개의 삶 모두에 적용되는지는 꼬집어 밝히지 않았다.

니켈과 결혼한 뒤로 세컨드라이프 속 바라는 음악적으로 승승장구하기 시작했다. 그는 마침내 뉴욕에서 음반을 제작할 기회를 얻었고, 이는 세컨드라이프에서 활동하는 뮤지션이 실제 삶에서 음반 계약을 맺은 초기 사례가 되었다. 계약차 뉴욕으로 왔을 때 요나스는 처음으로 수지와 오프라인에서 만났다. 몇 년 뒤 다큐멘터리에 등장한 두 사람의 사연 속, 수지는 요나스의 첫인상을 이렇게 표현했다. "좀 늙어 보이네." 하지만 그를 점점 알아갈수록 "다시금 사랑에 빠지는" 기분이었다.

2009년 수지와 요나스의 아들 아르비드가 태어났다. 비자가 만료된 요나스가 스웨덴으로 돌아간 뒤였다. 수지가 분만실에 있는 동안 요나스는 세컨드라이프 클럽에서 처음에는 소식을 기다렸고 소식을 들은 뒤에 가상 시가를 피웠다. 수지가 아르비드를 낳은 뒤 가장 힘들었던 일은 자식을 보러 병원을 찾아오는 다른 아빠들의 존재였다. 수지와 요나스가 할 수 있는 일은 없었다. 아바타의 모습으로 만나 바닷가의 은밀하고 로맨틱한 장소에 가상 아침식사를 차리고, 김이 모락모락 나지만 마실 수는 없는 커피잔을 들고, 가상 소파에 기대 누운 채 가상 텔레비전 속 실제 아기의 영상을 보는 것 말고는.

수지와 요나스의 관계가 막을 내린 뒤에도 요나스는 아이의 삶 일부다. 그는 스카이프로 두 사람과 자주 대화를 나누고, 가능한 한 자주 미국을 찾는다. 요나스는 헤어진 뒤에도 수지와 부모로서 긴밀한 관계를 유지할 수 있는 건 만나기 전부터 온라인에서 서로를 잘 알았기 때문이라고 믿는다. 이런 틀에서 보자면 세컨드라이프는 환상이라기보다는 실제 삶의 연애보다 서로를 더 잘 이해시키는 통로다. 요나스는 세컨드라이프가 실제 삶의 피상적인 대용물이 아닌, 희석된 버전의 현실이라 묘사한다. 뮤지션으로서, 그는 세컨드라이프가 그의 음악을 변화시킨 것이 아니라 청중과 더 직접적인 관계를 맺도록 "확장했다고" 느끼고, 팬들이 노래 가사를 타자로 입력하는 걸 좋아한다. 크래시 테스트 더미스의 「음음음음(Mmm Mmm Mmm Mmm)」 커버 무대를 할 때 수많은 이들이 가사를 입력해 "떼창을 하느라" 화면을 "음"이라는 글자로 가득 메우던 일을 기억한다. 요나스에게 현실 그리고 그의 창조물(노래와 아기)이 가진 아름다움은 가상적 구축의 자취를 초월하고 압도한다.

*
**

2013년 생성된 3600만 개 이상의 세컨드라이프 계정 중 오늘날까지도 이 플랫폼에 꾸준히 접속하는 계정은 60만여 개에 불과하다.(매달 신규 가입자는 20만 명에 달하지만 다시 접속하지는 않는다.) 이곳을 등진 이용자가 상당히 많다는 의미다. 무슨 일이 일어난 걸까? 아우는 페이스북이 각광받는 시점에 세컨드라이프가 정체기에 접어든 건 린든랩이 대중의 욕망을 잘못 읽은 증거라고 본다. "세컨드라이프는 모든 이가 두 번째 삶을 원한다는 전제에서 출발했지만 시장이 증명한 바는 그 반대였다."

우리 삶이 가상세계에서 펼쳐질 것이며 실제 세계는 박물관처럼 보이게 될 거라던 세컨드라이프 초창기의 예측을 여전히 믿

느냐고 물었을 때 로즈데일은 철회하지 않는다고 했다. 오히려
그 반대였다. 어느 시점엔가 우리는 실제 세계를 더는 필수적이
지 않은 "고풍스럽고도 사랑스러운 공간"으로 보게 될 거라고.
"쓸모를 다한 사무실은 어디에 쓰일까요? 그 안에서 라켓볼이라
도 치게 될까요?"

　나는 그에게 의견을 좀 더 이야기해달라고 종용해보았다. 실
제 세계의 특정한 부분들, 예를 들면 가족이 함께 사는 집, 친구
들과 함께하는 식사, 테이블 위 서로에게 가까이 당겨 앉은 몸이
정말 언젠가는 하나도 중요하지 않은 게 될 거라 생각하세요? 정
말 실체적 자아가 인간성의 근본 요소가 아니게 되는 때가 올 거
라고 생각하세요? 그가 내 말을 바로 수긍하는 바람에 나는 좀
놀랐다. 가족이라는 영역, 또는 우리가 사랑하는 사람들과 시간
을 보내고자 하는 실체로서의 집이 한물간 것이 될 리는 없다고
했다. "동의하시겠지만, 그건 더 오래가는 실체를 지니고 있으니
까요."

얼리셔 셰노는 녹음이 무성하고 운치 있는 블루보닛섬에서 6년
전 결혼하고 나서, 남편 앨드윈(앨)과 두 딸과 산다. 애비는 여덟
살, 브리아나는 세 살이지만 예전에는 다섯 살이었고 또 그 전에
는 여덟 살이었다. 이 가족은 목가적인 추억 같은 일상을 살아가
는데, 이런 일상이 스크린숏으로 캡처되어 얼리셔의 블로그에 올
라오기도 한다. 호박밭을 누비며 핼러윈 호박등을 만들 후보를

찾는다거나 그리스로 떠나 픽셀로 이루어진 바다에서 수영하며 며칠이나 시간을 보내는 일상이다. 디지털 세계에서 펼쳐진 노먼 록웰의 그림 같은 이상적인 미국 중산층 가정의 모습은 그리 특이하지 않은 판타지이나, 애비와 브리아나가 성인이 연기하는 어린이 아바타라는 점은 남다르다.

얼리셔는 30대 초반 생물학적인 자녀를 가질 수 없다는 진단을 받고 장기간 우울증을 앓았으나 세컨드라이프에서 부모가 될 기회를 얻었다. 얼리셔의 가상 딸 애비는 실제 삶에서 여덟 살 때 심각한 트라우마를 겪었는데(얼리셔는 구체적인 부분까지는 묻지 않았다.) 그 시기를 조금 더 잘 살아갈 기회를 얻고 싶어 여덟 살 아동을 연기한다. 브리아나는 실제 삶에서 부모가 육아에 그리 관여하지 않아 보모들 손에서 자랐기에 부모의 직접적인 돌봄을 받는 가족의 일원이 되고자 했다. 브리아나가 자꾸만 더 어려지고 싶어 하는 것은 이 때문이다.

얼리셔의 가족은 세컨드라이프 속 가족 역할극 모임에 속해 있는데, 이 역할극 모임을 도모하는 입양기관을 통해 아동과 예비 부모는 프로필을 등록하고 서로 잘 맞는지 직접 함께 살아보는 "체험기간"을 시작한다. 가상 흑인 역사박물관을 세우려는 새라 스키너는 해외 군대에 주둔한 남성이 연기하는 네 살 아들을 키운다. 그 남성은 새라와 몇 시간 어울리기 위해 군복무 도중에 짬을 내어 접속한다.

입양 부모가 "출산 클리닉"이나 "터미 토커"라는 액세서리를 이용해 가상 임신을 하는 경우도 있다. 터미 토커는 출산예정일과 신체 변형을 제공하는 패키지 키트로, 배 속에서 자라는 태아를 보이게 할지 선택할 수 있고, 실황 중계("아기가 텀블링을 하고 있어요!"), "진짜 같은 출산" 시뮬레이션, 신생아 액세서리도 제공한다. 세컨드라이프에서는 부모가 입양을 한 뒤 임신하면 보통 배 속 아기를 그들이 이미 입양한 아기라 보는 조건을 단다. 임신 과정은 부모와 아이 양쪽에게 실제 출산을 통한 유대감을 주기 위한 것이다. 어떤 제품은 "실제 입덧, 아픔을 느낄 수 있다."라고 광고한다. 즉 실체가 아닌 몸이 입덧을 겪게 된다고 알려준다. 광고대로라면 "당신은 임신 과정의 모든 요소를 통제할 수 있고, *원하는 대로* 임신 기간을 보낼 수 있다." 이 말은 임신이라는 경험의 핵심, 즉 임신은 우리가 통제할 수 없는 과정에 우리를 종속시킨다는 점을 간과한다.

실제 삶에서 얼리셔는 남자친구와 함께 사는데, 세컨드라이프에서 꾸린 가족의 존재를 남자친구도 아느냐고 내가 묻자 "물론이죠."라는 대답이 돌아왔다. 얼리셔가 수요일 밤을 제외한 거의 매일 밤을 세컨드라이프 가족과 함께 보내니 숨기기도 어려웠을 것이다.(수요일은 얼리셔가 "현실의 밤"이라고 일컫는, 가장 친한 친구와 리얼리티 TV 쇼를 보는 날이다.) 얼리셔에게 두 연인에게서 얻는 것이 각각 다르냐고 묻자 그는 "당연하죠."라고 대답했다. 얼리셔의 남자친구는 멋진 사람이지만 일 때문에 늘 바쁘다. 한편 앨은 오늘 하루가 어땠는지 조잘조잘 늘어놓는 얼리셔의 말에 귀를 기울여준다. 얼리셔와 앨은 온라인에서 만난 지 2년 만에 결혼했는데(앨의 매력으로 "꾸준함과 끈질김"을 꼽았다.) 세컨드라이프에서 성대한 결혼식을 치를 때 얼리셔는 자신이 *통제광처럼* 굴었다고 털어놓았다. 앨을 연기하는 남성은 실제 삶에서는 서른아홉인 얼리셔보다 나이가 많은 쉰한 살로 아내와 아이들이 있는데, 얼리셔는 그가 "평생에 걸친 인생 경험"이 있는 데다가 "보수적이고 안정적인" 면이 있어 좋다.

두 사람이 세컨드라이프 결혼식을 치르고 나자 다들 아이를 가질 거냐고 물어왔다. (가상세계와 실제 세계를 넘나드는 공통점도 있는 법.) 2013년 애비를, 1년 뒤에 브리아나를 입양했고, 요즈음 이들은 역할극 안팎을 종횡무진 누비며 상호작용을 주고받는다. 브리아나는 가족의 일원이 되면서 "그냥 이야기"가 아닌, 더 많은 걸 원한다고 했고, 때로 두 딸이 오프라인에서의 남자 문제나 직장 스트레스 같은 성인의 삶 이야기를 화제 삼는 바람에 역할극을 방해하기도 한다. 하지만 얼리셔에게 중요한 건 두 딸 모두 "아이 역할에 전념하는", 즉 성인 아바타를 따로 가지고 있지 않은 이들이라는 점이다. 앨과는 서로 실제 모습을 담은 사진을 주고받지만 얼리셔의 말대로라면 "딸들은 우리 마음속에 어린아이로 남고 싶기에 사진을 공유하지 않는 편"이다.

몇 년 전 크리스마스에 앨은 얼리셔에게 원하는 포즈로 가족사진을 찍고 저장할 수 있는 "포즈 스탠드"를 선물했다. 얼리셔와 앨이 벤치에 앉아 서로를 끌어안는 포즈, 앨이 얼리셔를 업고 있는 포즈. 얼리셔가 블로그에 올린 글 중 대다수는 이렇게 행복한 가족사진을 담고 있는데, 아래에 짤막한 추신이 달려 있는 경우도 있다. 그중 하나를 살펴보자면 "그건 그렇고 이 사진에서 쓴 포즈를 구입하고 싶다면 마켓에 올려둔 걸 보세요." 다른 글 속, 눈 덮인 나무로 둘러싸인 벤치에 포근해 보이는 고급 겨울옷 차림으로 앨과 함께 앉아 있는 사진 아래에는 실은 이 사진이 앨이 자러 간 뒤에 찍은 것이라는 고백이 쓰여 있다. 앨의 아바타를 얼리셔가 다시 로그인시킨 다음 원하는 포즈를 취해 사진을 찍은 것이다.

내 눈에는 이 포즈 잡기가 세컨드라이프 속 가족 역할극이 가진 매력과 한계 모두를 드러내는 것으로 비친다. 가족을 목가적인 모습으로 한없이 빚어낼 수 있지만, 손수 빚어내지 않은 무언가로 빚어질 일은 없다. 포토제닉한 순간들이 끊임없이 이어지는 얼리셔의 가족은 이음새 없이 매끄러워 보이지만, 그의 설명대로 가족 놀이가 주는 쾌감의 심오한 부분은 이 놀이가 주는 곤혹에서 오지 않던가. 어느 블로그 글에서 얼리셔는 매일 저녁 자신이 가장 좋아하는 건 앨과 단둘이 보내는 *얼마 안 되는* 시간이라고 했는데, 이런 희소함의 경제를 소환하는 것(의무와 헌신을 암시하는 것) 역시도 실제 육아에서 슬쩍해 온 또 하나의 포즈다.

지난해 얼리셔와 앨은 두 아이를 더 입양했지만, 새 아이들은 "너무 많은 것을 너무 빨리" 원했다. 새 아이들은 두 사람을 곧바로 "엄마", "아빠"라 부르고 싶어 했고, 만나자마자 "너무너무 사랑해요."라고 고백하기 시작했다. 새 아이들은 역할극 안팎을 누비기보다는 열정적이고 가차 없는 돌봄을 받고 싶어 했으며, 신발 잃어버리기, 지붕에서 뛰어내리기, 내려올 수 없는 나무에 올라가기같이 관심을 끌기 위한 행동만 일삼았다. 무엇보다도 이들은 어린이를 흉내 내는 어른이 아니라 실제 어린이처럼 행동했다. 입양은 5개월 만에 막을 내렸다.

얼리셔의 세컨드라이프 가족을 이루는 네 사람 모두가 한 가지 꿈 속에서 살아가고자 한다는 데는 엄연한 아름다움이 존재한다. 또 얼리셔와 아이들이 각자가 상황 때문에 거부당했던 친밀한 관계를 그들만의 버전으로 구축해냈다는 사실이 의미 깊다는 데도 반박의 여지는 없다. 그러나 연출된 마찰의 순간(옥신각신, 통제불능)마저도 이 가족의 완벽함이 유발하는 폐소공포를 보여준다. 세컨드라이프 가족은 너무도 손쉽게 이상적인 가정생활을 얻어내고, 이 때문에 가정생활을 이루는 곤경 대부분을 효율적으로 축약한다. 당신의 가상 가족은 결코 당신의 상상력을 뛰어넘을 수 없다. 오로지 당신이 상상할 수 있는 것들로써 이루어졌으니.

세컨드라이프 탐험을 시작하고 얼마 지나지 않은 어느 저녁, (오프라인) 로어맨해튼에 있는 바비큐 식당 앞에 함께 서 있던 남편에게 물었다. "있잖아, 어째서 세컨드라이프는 *진짜 삶*만큼 진짜가 아닌 걸까?" 남편은 대답이 없었다. 그저 손을 뻗더니 내 팔을 (꽤나 세게) 꼬집었을 뿐이다. 그러더니 말했다. "이래서지."

　남편의 말은 우리 경험을 신체에 종속시키는 물성뿐 아니라 의외성과 와해를 가리키는 것이었다. 체험 대부분은 우리의 주관과 예상 너머, 이해 범위 너머, 각본 너머에 존재한다. 너무나 많은 것들이 놀라움, 타자성, 헛발질과 예상치 못한 방해물, 불완전의 결에 깃들어 있다. 담배꽁초가 널린 인도 위 모래와 티끌, 여름의 희미한 쓰레기 악취, 택시가 내뿜는 배기가스, 쌓여 있는 쓰레기봉투 사이에서 쥐 한 마리가 달음질쳐 나올 가능성, 근처에 있는 모르는 사람들의 목소리에 담긴 억양과 웃음. 세컨드라이프는 또 다른 현실을 약속하지만, 현실에 질감을 부여하는 불화와 균열을 완전히 전달하지는 못한다. 세컨드라이프 속 풍경은 종종 토머스 킨케이드의 그림을 닮았고, 섹스는 상상 속에 존재하며, 육아는 로그인하기를 선택할 때만 이루어진다. 2011년의 한 연구에 따르면 사람들은 세컨드라이프에서의 파트너가 오프라인에서의 파트너보다 이상적인 성격을 지닌다고 여긴다. 세컨드라이프의 파트너가 외향성, 양심, 쾌활함, 개방성에서 높은 점수를 받았다. 두 아바타의 친밀한 관계가 "비현실적인" 것은 아니지만, 그 현실은 실체적 세계에서 두 사람이 연애 관계를 맺을 때 일어나는 것과는 다르다. 내뱉은 말, 털어놓은 비밀을 자아가 뒷받침해야 할 때, 집이 가진 일상의 꾸준함 속에서 살아가야 할 때 말이다.

세컨드라이프의 완벽한 풍경 속에서 나는 자꾸만 예전에 감옥에 다녀온 친구가 해준 이야기가 떠올랐다. 그 친구는 자유를 빼앗기는 게 앞으로 얻을 쾌락에 접근하지 못한다는 의미뿐 아니라 앞으로 저지를 실수에 접근할 수 없다는 뜻이라는 말을 했다. 어쩌면 완벽하게 축조된 세계, 표면적으로는 모든 걸 통제하는 세계를 얻기 위해서는 우리가 직접 구축할 수 없는 세계이자 우리가 궁극적으로는 버릴 수 없는 세계가 주는 "체험" 대부분을 포기해야 하는지도 모르겠다. 앨리스와 브리짓 역시도 물론 이 사실을 안다. 매일같이 이 세계를 살아내고 있으니까.

다른 온라인 문화에서처럼 세컨드라이프에서도 afk란 자리비움(away from keyboard)을 뜻하는데, 톰 보엘스토프는 문화기술지 연구를 진행하던 동안 세컨드라이프 주민들이 "실제 세계에서도 불편한 상황에서 afk할 수 있기를 바라지만 불가능함을 안다. ······ '진짜 삶에선 아무도 afk라는 말을 쓰지 않으니까.'"라고 말하는 걸 듣기도 했다. 보엘스토프는 이런 정서에 착안해 "afk 테스트"라는 것을 만들었다. "afk할 수 있다면 그곳은 가상 세계다." 어쩌면 afk 테스트의 역이야말로 현실의 구성요소에 대한 적합한 정의인지도 모르겠다. 당신이, 최소한 영원히 afk할 수 없는 그 무엇. 필립 로즈데일은 실체적 세계가 일종의 박물관이 되리라 예견했으나 과연 그게 가능했을까? 실체적 세계는 한물간 것이 되기에는 우리의 인간성과 세계를 터벅터벅 헤쳐나가는 우리의 이 불완전하며 아파하는 몸에게 너무나 필요하다.

세컨드라이프가 경이로웠느냐고? 단연코 그랬다. 루프탑 발코니에 놓인 라탄 의자에 앉아서, 파도가 부서지는 케이프 세레니티가 내려다보이는 곳에 집을 지어놓은 법적 실명 상태의 여성과 대화를 나누던 그때, 나는 그가 우리의 세계보다 세컨드라이프 세계를 더 잘 볼 수 있다는 사실에 감동받았다. 말에 올라 가상 요세미티를 누빌 때, 나는 소나무 숲 사이로 나를 이끄는 이 여성이 오랜 세월 장애를 가진 몸으로 세상에서 동떨어져 살았으나 더는 소외되지 않아도 되는 세계를 발견했음을 보았다. 그것이 세컨드라이프가 해방감을 주는 궁극적인 지점이다. 실제 세계를 거부하는 것이 아니라, 다른 하나의 세계와 뒤엉키고 맹렬하게 상호작용한다는 점. 때로 우리는 우리 자신이 세계가 허락하는 것보다 한층 여럿이며 덜 일관적이라는 느낌을 받는데, 세컨드라이프는 이를 모른 척하지 않는다.

어떤 이들은 세컨드라이프를 현실도피라 하고, 세컨드라이프 주민은 그 말에 더러 반발한다. 그러나 세컨드라이프가 도피인가 아닌가는 중요한 게 아니다. 더 중요한 점은, 우리 삶에서 벗어나고 싶은 충동은 보편적이며 비난할 만하지 않다는 점이다. 그 어떤 삶을 산다 한들 우리는 그 삶을 저버리고 싶은 마음과 싸워야 한다. 몽상을 통해서, 이야기를 통해서, 예술과 음악, 중독성 마약, 불륜과 스마트폰 스크린이 가져다주는 엑스터시를 통해서. 이런 형태의 '떠남'은 진정한 존재와 대척점에 있는 것이 아니다. 이는 그저 존재 증상의 하나다. 사랑에 갈등이 따라오고, 친밀함에 거리감이 따라오고, 믿음에 의심이 따라오듯이.

II
관찰의 글쓰기

저 위 자프나에서

Up in Jaffna

콜롬보에 도착한 건 이른 저녁이었다. 뉴욕에서 하루라는 시간을 건너뛰어 이곳까지 오는 과정은 반쯤 꿈이었던 것만 같다. 처음 탔던 두바이행 비행기에서, 한 노인은 격벽 창밖을 내다보고 희미한 새벽빛이 한 줄 새겨진 걸 확인한 뒤 객실 바닥에 엎드려 기도했다. 크림을 얹은 살구 케이크가 디저트로 나왔다. 10대 소녀 한 명은 "돌아보지 마라."라고 적힌 진분홍 티셔츠를 입고 있었다. 《걸프 타임스》는 중동 지역의 사법 문제("도덕 경찰을 모욕한 여성을 태형에 처하다", "무신론 블로그 운영자의 체포를 촉구한다")와 내 나라의 섬뜩한 소식으로 가득했다. "최루가스와 고무탄으로는 미주리의 평화를 지킬 수 없다."

나는 여행잡지에서 의뢰받은 글을 쓰기 위해 스리랑카로 취재 온 참이었다. 일주일치 여행경비를 잡지 쪽에서 제공하되 목적지는 출발하기 24시간 전에 안내받는 조건으로 하는 취재였다. 많은 사람들의 부러움을 샀음에도, 일종의 식민주의적 오만을 언론 특유의 *아무것도 모르는* 상태로 도착해서 이곳에 대한

이야기를 들려주겠어! 같은 쾌활한 장난기로 증류해낸 것 같아 수치심마저 들게 하는 의뢰였다. 그렇다고 내가 지구 반대편까지 공짜 여행을 할 기회를 거절했는가 하면 아니었다.

다음 날 아침 나는 A9 고속도로를 타고 반니라는 광활한 북부 잡목지대를 통과해 북쪽 자프나반도로 향할 계획이었다. 이곳은 타밀호랑이라는 이름으로 잘 알려진 타밀일람해방호랑이가 2009년 난티카달 라군 해안 인근에서 스리랑카 정부군에게 마침내 패하기 전까지 오랜 기간 장악해온 지역이다. 최후의 포위전에서 민간인 수천 명이 사망했다. UN은 사망자 수를 4만 명으로 추산했다.

내전의 촉매가 되었던 대립지대를 보여주는 기본적 지도(다수 싱할라인 불교 신자가 분포한 남부, 소수민족인 타밀인이 집중된 북부, 그리고 독립국가를 위해 투쟁하던 타밀 해방군, 훼손된 기반시설, 여전히 군대가 조밀하게 주둔한 이 영토)에 걸히지 않고 존재하는 민족 간의 긴장감 같은, 사라지지 않은 내전의 여파를 어느 정도 알지 않고서는 스리랑카 북부로 간다는 일의 의미를 결코 이해할 수 없다.

나는 스리랑카로 향할 준비를 하느라 미친 듯 서두르면서도 내전에 대해 깊이 읽어갔다. 내전의 출발점을 알았다고 생각하는 순간마다 그보다 더 이전에 있었던 또 다른 출발점이 나타났다. 스리랑카 내전은 1983년 콜롬보에서 3000명이나 되는 사망자를 발생시킨 반타밀 민족 투쟁이 있던 검은 7월에 시작된 듯하다. 아니면 1950년대 싱할라어를 스리랑카의 단일 공용어로 지정했을 때 있던 타밀 해방군의 매복공격으로 스리랑카 정부군 열세 명이 사망했을 때 시작된 듯하다. 모든 시작에 선행하는 더 이른 시작이 있고, 스리랑카 내전 자체도 많은 이들의 눈에 전혀 끝으로 보이지 않는 끝을 맺었다. 두 가지 사실이 점점 분명해졌다. 스리랑카 정부가 전적으로 의도하지는 않은 어마어마한 잔혹행위가 일어났으며, 스리랑카의 분열된 국민들은 분열의 서사에 동의하지 않았다는 사실.

콜롬보에서 보낸 첫날 밤 나는 한 스리랑카인 기자와 저녁을 먹었다. 내가 묵던, 티크목 앵글과 베란다 너머로 출렁이는 청회색 바다가 내려다보이는 고풍스러운 갈페이스 호텔로 나를 데리러 왔다. 잡지사에서 첫날 일정을 위해 예약해준 방이었다. 부식된 영국 식민지의 권력이 희미하게 감도는 그곳에 묵는다는 것이 스스로도 신경 쓰였다. 기자에게 내가 북부로 간다고 말하면서 내전 이후 새로운 정권을 어떻게 생각하느냐고 물었다. 그는 그보다 간단할 수 없는 방식으로 대답했다. 그들은 제대로 한 일이 하나도 없다고. 내전 중 실종된 민간인들에 관한 정부의 조사는 대체로 보여주기식에 지나지 않았다. 타밀인은 여전히 군대의 감시, 전쟁에서 남편을 잃은 수많은 아내들과 같은 투쟁이 남긴 짐을 진다는 이야기였다. 그럼에도 그는 북부 민간인들을 오로지, 또는 1차적으로 피해자로만 보는 관점은 위험하다는 말을 여러 번 했다. 이들은 자신들의 삶과 공동체를 적극적으로 재건하는 생존자이기도 했다.

그는 남부 스리랑카인들이 여태 와본 적 없는 북부를 처음으로 찾는 일이 점점 늘자, 군대가 자체적으로 리조트를 운영하기 시작했다는 이야기도 했는데, 이 리조트 중에는 감옥으로 쓰던 요새라든지 수많은 민간인이 사살된 바로 그 나티카달 라군에 있는 호화 별장도 있었다. 그날 밤 기자와 헤어진 뒤 나는 이 리조트의 페이스북 페이지를 찾아보았다. "나티카달 라군의 서늘한 바람을 맞으며 평온한 휴가를 즐겨보세요."

기자는 여행객들이 북부, 특히 그곳의 해안을 *자연 그대로인, 오염되지 않은, 세상에 드러나지 않은* 곳이라 표현할 때마다 심란하다고 했다. 북부 해안은 오염되지 않은 곳이 아니라고, 모래 속에 사람들의 뼈가 묻혀 있다고.

최근에 북부에 가본 적 있느냐고 묻자 그는 고개만 저었다. 요즘엔 간 적 없다고, 갈 필요가 없다고 했다. 이미 알고 있으니까. 그저 그곳을 *보러* 갈 생각은 없다고 했다. 불편한 기분이 들 것이었다. 그는 자신이 쓸모를 다할 일이 있는 경우에만 그곳을 찾겠다고 했다.

스리랑카를 찾기 1년쯤 전에 나는 보조강사로 일해 모은 돈으로 캄보디아에 사는 친한 친구를 만나러 갔다. 프놈펜에 도착해 가장 먼저 찾은 곳은 옛 크메르루주 감옥인 투올슬렝이었다. 세 채의 콘크리트 건물 속 상자식 감방들에는 아직도 녹슨 금속제 침대 프레임, 오래된 쇠고랑, 전기고문에 사용한 전압상자가 남아 있었다. 감옥, 아니면 1만 4000명이 들어왔다가 단 일곱 명이 살아서 나간, 무어라 이름 붙여야 할지 알 수 없는 장소가 되기 전에는 학교였던 건물이다. 바닥에는 핏자국이 남아 있었지만 그 피를 흘린 몸을 가진 사람들의 이름을 알려주는 꼬리표는 없었다.
위층 발코니에 달린 가시철조망이 번들거렸다. 툭툭 기사들은 이
곳에 유령이 들끓는다고, 밤에는 근처에 오기를 꺼렸다.

　가이드북에는 이렇게 쓰여 있었다. "투올슬렝에 다녀오지 않
고는 프놈펜 여행을 마쳤다고 할 수 없다." 여기서 *마쳤다*는 표현
은 무슨 의미일까. 아마도 시아누크빌의 파라솔 가득한 해변, 나
무동이에 담긴 럼을 들이켜거나, 앙코르와트에서 세피아 톤으로
물든 인스타그램 사진을 남길 자격을 얻기 전에 이곳 역사에, 이
땅에 남은 상처에 관하여 응당 치러야 하는 몫이 있다는 뜻인 모
양이었다.

　내가 투올슬렝에 갔을 때는 많은 이들이 야자수와 철조망 사
진을 찍어대고 있었다. 다들 땀범벅이었다. 뜨거운 날씨여서 탄
산음료 노점이 성황을 이뤘다. 나도 목이 말랐지만 다이어트 콜
라를 들고 죽음의 전당을 걷고 싶지는 않았다. 탄산음료를 샀든
사지 않았든 당연한 모독을 피할 길은 없었다. 우리는 모두 이런
것들을 바라볼 테고, 그러다가 바라보기를 그만둘 것이며, 그 뒤
에는 살던 대로 살아갈 것이다. 집단학살 관광산업은 공공의 역
사를 민간의 상품으로 탈바꿈시킨다. 과거는 집으로 가져갈 수
있도록 찢어낸 입장권과 사진으로, 경험 그 자체라는 기념품으
로 포장된다.

　크메르루주가 자신들이 저지른 행위를 기록으로 남기는 데
집착한 덕에 이들의 악행을 낱낱이 밝히기는 수월하다. 온갖 사
진, 죄수들의 머리를 처박은 물탱크, 교수대 같은 것들로 크메르
루주는 스스로를 효율적으로 화형에 처한 셈이다. 나는 이곳의

상처를 전혀 모른 채 이 땅을 돌아다니기보다는 그 상처를 눈으로 보는 게 낫다는 생각으로 스스로를 다잡았다. 족쇄가 박힌 기울어진 널빤지와 그 옆에 놓인 물뿌리개를 보는 게, 크리스티안 아만푸어가 물고문이 고문에 포함되느냐를 놓고 조지 W. 부시의 연설원고 작성자와 벌이던 언쟁을 떠올리는 게 낫다고 말이다. A 건물 1층 벽보판에 일렬로 붙은 사진들 속, 이곳에 갓 도착한 사람들의 얼굴, 그리고 죽거나 떠나기 직전의 여위고 삭막하고 눈이 퀭한 얼굴을 보는 것이 낫다고 마음을 다잡았다. 떠난다는 것은 대체로 킬링필드로 이송된다는 것, 그저 다른 곳에서 죽는다는 의미일 뿐이다. 투올슬렝 주변 묘지들이 꽉 차자 죄수들은 한밤중 버스에 실려 외곽지역의 쯔응아익을 향했다. 이곳이 킬링필드다.

　쯔응아익은 그저 발전기 하나와 사람을 죽이는 다양한 도구들로 가득한 오두막 하나가 있는 벌판이었다. 내가 방문했을 때는 사람 뼈가 가득했다. 이 표현은 서정적인 진실이 아니라 문자 그대로의 사실이다. 나는 내 신발이 뼈 사이를, 뼈 위를 밟는 모습을 바라보았다. 죽은 이들과 우리 사이의 일은 아직 끝난 것이 아니었다. 크메르식의 장례 기념비인, 두개골과 대퇴골과 늑골로 가득 찬 유리 탑인 스투파로 다가가서 유리를 사이에 두고 이쪽에는 내 몸이, 저쪽에는 뼈가 있는 채로 신발을 벗고 머리를 숙이는 경험은 인지 가능한 경건함을 불러왔다. 그것은 내가 규칙을 알 수 있는 의식이니까. 그러나 죽은 사람의 늑골 파편, 낡은 옷가지와 신발 고무창 조각 사이로 걸음을 디디며 뼈 사이를 걷는 것은 그와는 달랐다. 죽은 이들 위를 걷는 것은 불경하지만 정직한 일로 느껴졌다. 어차피 우리는 언제나 이렇게 걷고 있다.

＊
＊＊

북부 최대 도시이자 타밀 소수민족의 문화적 중심지인 자프나로 가기는 그리 수월하지 않았다. 타밀호랑이가 폭파한 철로는 대부분 수복했으나 자프나로 이어지는 마지막 구간은 아직 개통되지 않았다. 큰돈을 쓰면 콜롬보에서 비행기를 탈 수 있었고, 그보다 훨씬 적은 돈으로 야간버스를 탈 수 있었지만, 나는 비행기를 타거나 밤을 틈타 이동하고 싶지 않았다. 그저 자프나를 보고 싶었던 것이 아니다. 반니 자체를, 남부에서 북부로의 이동을, 전쟁의 풍경과 종전 이후 재건된 풍경을 보고 싶었다.

나는 수도 콜롬보에서 차량으로 여덟 시간 걸려 나를 데려다줄 운전사를 구했다. 그는 내가 북부로 향하는 이유를 듣고 당황하는 한편으로 안전할 것이라며 열심히 안심시켰다. "예전엔 위험했어요. 지금은 100퍼센트 오케이예요." 그날 내내 그는 그 말을 몇 번이나 반복했다. *100퍼센트 오케이, 100퍼센트 오케이.* 운전사는 남부 해안의 마을 암발랑고다 출신이었는데, 어머니와 살던 그곳을 2004년 쓰나미가 강타했다. 코코넛나무를 붙들었던 그는 살아남았다. 그의 어머니는 죽었다.

출발한 직후 우리 차는 부산한 상업 지역인 쿠루네갈라와 담불라, 그리고 단일 산업에 종사하는 더 작은 마을들을 지나쳤다. 파인애플이 가득한 마을, 캐슈넛이 가득한 마을, 자동차 휠캡이 가득한 마을. 우리는 "그는 당신의 저항을 사랑한다."라는 문구가 쓰인 체 게바라 스티커를 붙이고 트루러버 숍, 호텔 쿨바, 호텔 텃포탯 같은 이름들이 즐비한 자본주의의 번잡한 도로를 누비는 툭툭들을 지나쳤다. A9 고속도로를 타고 주도 바부니야를 지나 북쪽으로 나아갈수록 상점들은 줄어들고 감자칩 봉지로 뒤덮인 쓰러져가는 엉성한 오두막들이 나오더니 너른 땅이 펼쳐졌다. 정글보다는 평원 같았다. 차례차례 등장하는 외벽이 벗겨진 건물들, 날아간 지붕과 폭파되어 너덜너덜해진 벽들을 지났다. 건물들 대부분은 사람이 살던 집이었으나, 이제는 휑하니 속을 드러내고 있었다. 운전사는 타이거 반란군이 저런 집 안에 은신해 있었기에 폭파된 것이라고 설명했다. *100퍼센트 오케이.* 우리는 그렇게 만들 수 있는 서사를 찾아다닌다. 폭력을 불가피한 것으로 만들거나 아니면 리조트에서 즐기는 평온한 휴가로 만들거나.

　타이거 반란군의 옛 수도 킬리노치치에 도착했을 때는 전복된 급수탑 앞에 잠시 멈췄다. 집 높이만큼 쌓인 잔해, 금이 가고 부스러져 내리는 콘크리트, 튀어나온 철근, 한쪽에 경박한 펀치라인처럼 비스듬히 서 있는 자그마한 "위험" 표지판. 우리는 빛바랜 해골과 교차된 뼈 경고판이 붙은, 폭파되지 않은 갱도 위에 콘크리트 무더기를 덮어놓은 들판들을 지나쳤다. 그러다 자프나반도와 스리랑카섬을 연결하는 가느다란 땅인 광활하고 널찍한 엘리펀트패스에 당도한 우리는 타이거 반란군의 자살 특공 임무를 저지하려다 전사한 가미니 쿨라라트네를 기리는, 불도저를 장갑하여 급조한 탱크 앞에서 차를 세웠다. 버스 한 대를 채우는 수의 (아마도 남부에서 왔을) 관광객들이 동상만큼이나 꼿꼿이 선 군인들이 양옆을 지키고 서 있는 가미니 동상 앞에 바칠 난초를 사는 모습이 보였다. 그 옆에는 가미니가 입었던 군복과 사용하던 식기, 이불을 보존한 진열장이 있었다.

　여기서 몇 킬로미터 더 북쪽에 있는 전쟁기념물 앞에는 나와 운전사, 그리고 우리에게 이 조각상의 의미를 설명해준 군인 한 사람 말고는 아무도 없었다. 안쪽에서 연꽃이 피어나면서 폭발하는 껍질, 그 아래 평화로이 악수하는 두 개의 손. 그 의미는 서투른 번역에 실려 조각조각 전달되었는데 나에게는 공허하게만 들렸다. 전쟁의 종식을 어떤 식으로 말하건(전쟁범죄가 벌어졌는가? 얼마나 많이? 어떤 종류의? 누구에 의해?) 평화로운 악수는 분명 아니었다. 조금도.

자프나에는 어디에나 군인이 있었다. 부조로 장식한 돔 지붕이 달린 새하얗게 빛나는 도서관 옆에도, 철물점 옆에도, 크리켓 경기장 옆에도 교차로가 있는 곳에는 어디든지 군인이 있었다. 콜롬보에서 만난 기자의 말로는 얼마 전 자프나에 처음으로 신호등이 생겼다지만, 내 눈에 신호등은 보이지 않았다. 그저 교통을 지시하는 군인들이 보일 뿐이었다.

　나는 날루르 사원 바로 근처 호텔에서 싱글침대가 있는 하얀 방에 묵었다. 맨발의 신도들이 사원을 둥글게 둘러싼 오솔길을 걷고 있었다. 맨발로 모래를 밟고 서 있기는 했지만 이곳에도 군인이 있었다. 이 지역에서 다른 여행객은 못 본 것 같다. 여학생들은 자전거 속도를 늦추고 인사를 건넸다. 호텔을 나설 때마다 휠체어 탄 똑같은 남자아이가 나타나 악수를 하자고 했다. 악수를 할 때마다 나는 피부가 당기고 긴장할 만큼 씩 웃었다. 나는 그에게 미소보다 큰 빚을 졌다. 내가 이름을 알 수 없는 무언가를 빚졌다. 자꾸만 기자의 말이 떠올랐다. "난 내가 쓸모를 다할 일이 생길 때만 그곳에 갈 겁니다." 엘리자베스 비숍(Elizabeth Bishop)의 시 「여행의 질문들(Questions of Travel)」도 자꾸 떠올랐다.

　이토록 낯선 극장 안에서
　연극 속 낯선 이들을 보다니 옳은 일일까?

　자꾸 내 타투가 생각났다. 1년 전, 연대감과 호기심을 표현하겠다며 진심 어린 의도를 담아 새긴 것인데, 이제는 내 팔이 나를 꾸짖는 것 같았다. 어쩌면 내가 인간에 관한 모든 걸 알지 못할 수도 있다는 사실을 받아들이는 게 나을지도 몰랐다.
　나 같은 사람, 그러니까 여행할 특권이 있으며 여행을 자기 정체성 일부로 생각하는 사람들은 종종 자기 같은 사람들이 이미 가본 곳이 아닌 다른 어떤 곳을 여행하고 싶어 하며, 종종 이런 여행을 더 "진정한" 것이라고, 덜 "관광객" 같다고 생각한다. 하지만 다른 관광객이 없는 자프나에서 나는 덜 관광객 같은 기분을 느끼지 않았다. 그 반대였다. 내가 볼거리가 되고, 이해의 대상이 되고, 호기심의 대상이 되었는데, 그럴 만도 한 것이 내가 그곳에서 할 일이 대체 뭐가 있단 말인가? 나는 쓸모없었다.
　호텔 방 미니 냉장고 안에는 프링글스 통 하나가, 책상 위에 놓인 바구니에는 망고 세 개가 들어 있었다. 실질적인 컨시어지

노릇을 하던 네이선은 내 일정을 짜주겠다며 열심이었다. 자꾸만 방으로 전화를 걸어왔다. *저녁 드셨어요? 점심 드셨어요? 오늘은 어디로 가세요?* 네이선은 자기 딸들 사진도 보여주었다. 그는 아내를 따라 기독교로 개종한 뒤로 힌두교인인 가족들과 의절했다.

　　옛 요새 동쪽에 세운 건물 사이로 산책하던 나는 전쟁의 상흔이 심각하게 남은 장소를 보았다. 부스러져 내리는 벽들, 덤불이 무성하고 덩굴이 타고 올라가는 빈 방들. 페인트가 길게 벗겨져 내린 분홍색 벽들이 허공으로 뻗은 계단들을 감싸고 있었다. 어린 소년이 어린 고양이를 쫓아 폐허 속으로 들어갔다. 물가로 난 길에는 푸른 그물망을 울타리에 걸어놓은 어부 오두막들이 빼곡했다. 먼지가 풀풀 이는 길에 한 남자가 쪼그리고 앉아 노끈으로 그물을 수선하는 중이었다. 작은 병원의 자홍색 문 밖에서 아기 염소들이 젖을 먹고 있었다. 나는 목적지 있는 산책을 하고자 애썼지만 물론 목적은 없었다. 결국 나는 막다른 골목 끝, 무지갯빛으로 칠해진 집에서 붐박스라도 튼 듯 소음이 뿜어져나오는 곳에 도착했다. 길을 돌아 나오면서도 여전히 목적지가 있는 것처럼 보이려고 했지만, 여전히 실패였다. 그때 폭죽이 터지는 소리가 나서 나는 화들짝 놀랐다. 폭죽의 정체 때문이 아니라, 폭죽의 정체가 아닌 그 무엇 때문에. 남자들이 나에게 *헬로 하이 하우 아 유* 하면서 내가 어디서 왔는지, 길을 잃었는지, 무엇을 원하는지, 타투를 가리키며 무슨 뜻인지를 물었다.

　　나는 가시철조망을 두른 군부대 주변을 걸었다. 길쭉한 막사들의 활짝 열린 창 안으로 헐벗은 침상과 잘 다린 제복이 걸린 선

반들이 들여다보였다. 내가 신발에 떨어진 새똥을 뻑뻑한 초록색 나뭇잎으로 긁어내는 모습을 기관총 든 남자가 지켜보았다. 그의 미소는 그가 하지 않는 말을 하고 있었다. *어디서 왔느냐고, 길을 잃었느냐고, 무엇을 원하느냐고.* 남자의 뒤로 보이는 안뜰에서는 또 다른 군인 한 명이 조그만 개한테 큼직한 돌멩이를 던져댔다. 개는 제자리를 지켰다. 남자는 자꾸 돌을 던졌다. 다른 한 명의 군인은 여전히 총을 들고 서 있었다. 새들은 내 머리 위에서, 사방에서 똥을 갈겼다. 나는 또다시 몸을 구부려 신발을 닦았다. 잠시 후 개는 가시철조망 너머로 슬금슬금 도망쳐버렸다.

나는 내가 의뢰받은 기사의 속성에 점점 더 낙담하는 참이었다. 즉흥성은 우리를 너무 많은 맥락, 너무 많은 조사, 너무 많은 의도가 가진 무거움과 복잡함에서 해방함으로써 우리에게 진정성을 허락한다고들 생각한다. 그러나 이런 식의 즉흥성이 허락하는 것은 무지뿐이라는 생각이 들었다. 역사에 대해 아무것도 모르면서 이 장소를 바라보는 것은 그 어떤 시각도 아니다. 자프나 도서관(위엄 있는 새하얀 첨탑, 자랑스러운 듯 나를 2층으로 안내하던 경비원)을 바라보는 것은 이곳이 1981년 반타밀 세력이 태운 뒤 재건한 것이라는 사실을 모르고서는 공허했을 뿐이리라. 옛 자프나 도서관은 아시아 최대의 도서관 중 하나였다. 방화로 소실된 필사본들은 세상 그 어디에도 존재하지 않는 것들, 세상이 다시는 가질 수 없는 것이다. 그 파괴의 유령이 내가 바라보는 하얀 첨탑들을 배회했다. 이 도서관을 탄생시킨 폐허에 대해 아무것도 모르는 채 건물을 바라보는 일에서 어떤 진정성이 나온단 말인가? 그건 결여에 지나지 않는다. 나는 내가 아는 것이 너무나도 적다는 사실만은 안다.

　두바이로 향하는 비행기 안에서 내전에 관한 자료를 읽기 시작했고, 콜롬보에 도착할 때까지 계속 읽었다. 호텔 침대에서 잠들 때, 쌀을 발효해 만든 얄팍한 팬케이크 한가운데서 반숙 노른자가 파르르 떠는 에그호퍼[*]로 아침식사를 했을 때, 내가 나의 노트에 이 음식을 "지역 명물"이라 묘사한 뒤, 다시금 전쟁 중 야전병원에서 수행된 절단 수술에 관한 묘사로 돌아왔을 때. 내가 마을을 걸어 다니는 대신 책을 읽는 것이 이 장소를 가리는 일일까? 아니면 내가 책을 읽지 않은 채 마을을 걸어 다니는 것이 이 장소를 가리는 일일까? 나는 여태껏 전자라고 믿도록 훈련되어왔으나, 이제는 후자라는 생각이 들기 시작했다.

콜롬보로 돌아가는 야간버스 안, 옆자리에 앉은 나이 든 여성이 오렌지색 사리를 조심스레 여미는 동안 나는 꼼짝하지 않고 가만히 앉아 있었다. 버스는 7시 30분에 출발할 예정이었다. 10시경 우리는 자프나를 벗어났다. 버스는 사람들을 태우려 멈췄다. 또 사람들을 내려주려 멈췄다. 누군가가 텔레비전을 산다 해서 또 멈췄다. 버스가 또 한 번 멈추고, 운전사는 길가 힌두 사원으로 걸어가 합장반배하고 나서, 꽃잎을 양손 가득 움켜쥐고 돌아왔다. 운전사는 우리의 안전한 여정을 위한 기도를 했을까, 그러

---

[*]　스리랑카의 전통음식으로, 쌀가루로 만든 얇은 팬케이크 위에 달걀을 올려 반숙으로 익힌 것.

길 바랐다. 버스가 자꾸만 무언가를 치기 직전에 아슬아슬하게 급정거했으니까. 녹이 슨 기계들을 잔뜩 싣고 달리는 트랙터, 거북이처럼 느리게 삐걱거리며 결의에 찬 듯 움직이는 승합차. 마침내 자프나를 빠져나오는 순간, 구름 낀 하늘을 배경으로 희미하게 윤곽을 드러낸 기관총을 든 마지막 한 명의 군인을, 그리고 널찍한 표면으로 달빛을 받은 비석이 가득한 묘지를 지났다.

새벽 3시경 우리는 길 한가운데에 30분이나 멈춰 섰고 안내원이 버스 한쪽 측면을 손전등 불빛으로 훑었다. 무엇을 고치는지 또는 고치지 못하고 있는지, 아무도 몰랐다. 우리는 어둠을 뚫고 마침내 동이 틀 때까지 계속 달렸다. 우리는 북부를 떠나왔다. 영웅과 그의 난초를, 석호와 그곳의 사람 뼈를. 내가 무언가를 보았다 한들 결국 무슨 쓸모가 있었단 말인가? 나는 여전히 이 피해에 있어 외부인이다.

다음의 진술은 참이다. 스리랑카는 천국이다. 다음의 진술역시 참이다. 모든 천국을 가능케 하는 것은 무지다.

뉴욕에서 두바이를 거쳐 콜롬보까지 오는 데 스무 시간이 걸렸는데, 스리랑카 북부에서 최남단으로 향하는 데는 열일곱 시간이 걸렸다. 야간버스를 타고, 갈포트(초록을 뿜어내는 언덕들, 그저 초록이 아니라 초록들, 라임에서 민트색, 그리고 갈색으로 짙어지는 딥세이지색에 이르기까지)를 지나는 해안열차를 갈아타고, 마침내 툭툭에 실려 번들거리는 은빛 물고기가 쌓인 나무

좌판 사이로 새파랗게 반짝이는 바다가 보이는 마을 미리사로 들어왔다.

잡지에서 내 글에 원했던, 자그마한 일화로 만들어 구슬 팔찌에 엮기 좋은 이국적인 경험들을 제공한 것이 미리사였다. 돌로 된 테라스의 청록빛 수영장 속에서 헤엄치고, 그늘 아래 놓인 번철에서 익어가는 로티의 냄새를 맡고, 연꽃 가득한 연못 언저리에서 서로를 쫓아다니는 원숭이를 구경하는 일. 미리사에서 나는 비를 맞으며 고래 *구경*을, 정확히는 비를 맞으며 고래 찾기를 했다. 우리가 탄 배가 집 높이만큼 솟아오른 파도를 맞는 바람에 나는 폭우에 흠뻑 젖고 소금물을 뒤집어쓴 채로 따가운 눈을 깜박였고, 뱃머리 내 옆자리 여자는 한 손으로는 난간을, 다른 한 손으로는 자기 토사물이 든 비닐봉지를 움켜쥔 채였다. 미리사에서 나는 새하얀 모래톱이 펼쳐진 해안과 빗속에서 사뿐히 흔들리는 야자수, 촛불을 밝힌 테이블에 앉아 즐기는 스위트라임을 넣은 물이나 수액을 뿌린 바닐라 아이스크림, 반으로 갈라 선명한 분홍빛 과육을 드러낸 패션프루트로 이루어진 가이드북 속 스리랑카를 만났다. 미리사에서 나는 정말 맛있는 달을 먹은 나머지 시간을 거슬러 예전의 나, 달을 먹어본 적 있다고 믿었던 나에게 넌 달을 먹어본 적 없다고 말하고 싶어졌다. 안 먹어본 거나 다름없다고 말이다.

전쟁은 어디서도 보이지 않았다. 그럼에도 전쟁은 도처에 있었다. 죽은 이들이 사방에 있었다.

그 밖에 스리랑카 남부에 대해서 내가 무슨 말을 할 수 있을까? 기차 안 내 옆자리에 앉은 소년은 마타라의 집으로 돌아가는 길이었다. 열다섯, 열여섯 남짓 같았다. 소년은 내 팔에 새긴 문구를 궁금해했다. "무슨 뜻이에요?" *인간에 관한 그 무엇도 내게 낯설지 않다*라고 대답해줄 수도 있었지만, 그럴 수 없던 건 어떤 것들이 내게 낯설던 까닭이다, 마치 싱할라어처럼. 소년은 나에게 자기가 먹던 매콤한 땅콩을 먹어보라고 권하고 혹시 이 지역 핸드폰 번호가 있느냐고 물었는데, 난 내가 그 아이 어머니뻘은 되는 것 같았기에 이 물음이 재미있다 여겼다. 소년은 자리를 바꾸자고 했다. 내가 창 측 좌석에 앉고 싶을지도 모르니까? 소년은 내가 아름다움에 목말라 있다는 것을, 그 아름다움을 소비하는 것이, 다채로운 초록에 경탄하는 것이 내가 이 풍경 속에서 담당한 역할이라는 것을 안 모양이었다. 소년은 잇몸을 드러내며 크게 미소 지었다. 나는 그에게 학생이냐고 물었다.

소년은 고개를 저었다. "전 군인이에요. 저 위 자프나에서."

그러더니 그는 군대에서 찍은 작은 증명사진을 보여주었다. 잇몸은 보이지 않았다. 그저 초록빛 피로뿐. 나는 미소를 짓고 엄지를 들어 보인 뒤 그에게 사진을 돌려주었다.

"아뇨." 그가 말했다. 내게 그 사진을 주고 싶다고 했다.

그 어떤 혀로도
말할 수 없다

No Tongue Can Tell

남북전쟁이 발발하고 1년 반이 지난 1862년 10월 20일,《뉴욕 타임스》는 처음으로 대중에게 공개된 전쟁 사진에 대한 리뷰를 실었다. 앤티텀 대학살을 기록한 매슈 브래디(Mathew Brady)의 사진전이었다. "브래디는 전쟁의 참담한 현실과 심각성을 우리 앞에 가져다주는 작업을 했다.", "그가 시체들을 가져와 우리의 집 문간에 거리에 눕혀둔 것은 아니라 한들, 그는 이와 무척이나 유사한 무언가를 했다."는《타임스》에 실린 글이다. 이런 찬사는 즉각적 접근을 제공할 수 있는 사진의 능력에 대한 믿음을 보여주는데, 이 믿음은 실상과 재현 사이의 사라지지 않는 간극으로 가득한 초조한 믿음이다. *이와 무척이나 유사한 무언가*. 상실을 가까이로 가져다놓을 수는 있지만, 만져질 정도로 가까이 가져올 수는 없다. 오래전 에머슨이 아들의 죽음에 관해 "그 일을 도저히 내게 바짝 끌어올 수가 없다."라고 썼던 것처럼.

"내가 목도한 참상은 그 어떤 혀로도 말할 수 없으며, 그 어떤 정신으로도 상상할 수 없고, 그 어떤 펜으로도 묘사할 수 없다." 앤티텀 전투 이후 존 태거트라는 연합군 지도자는 형제에게 이런 편지를 썼다. 그가 주장한 무용함은 표현의 거부라기보다는 가장 강렬한 표현의 실현이다. 즉 전쟁을 묘사하기가 불가능하다는 주장이야말로 전쟁을 가장 잘 묘사한다. 태거트의 말대로라면 시체들은 결코 문간까지 다가올 수 없다. 적어도 글, 언어, 혀와 같은 낡은 표현수단으로는.

한 세기하고도 반이 흐른 2013년, 메트로폴리탄 미술관에서 남북전쟁을 다룬 대규모 사진전이 열렸을 때, 이 전시를 괄호처럼 묶어준 것이 이 두 가지 감정이었다. 하나는 브래디의 사진들이 "전쟁의 참담한 현실과 심각성"을 일깨워냈다는 《뉴욕 타임스》의 주장, 그리고 그 어떤 정신으로도 이를 상상할 수 없다는 태거트의 부정이다. 전시의 처음과 끝을 장식한 이 두 가지의 감정은 개념적 북엔드 같은 역할을 하여 붉은 뺨을 지닌 군인들 초상과 피가 낭자한 전쟁터 풍경 이면에 도사린 질문을 명시적으로 보여준다. 사진은 다른 형태의 표현으로는 불가능한 무언가를 해낼 수 있는가? 사진은 정신이 완전히 담아낼 수 없는 그 무엇을 제공할 수 있는가? 그 누구도 완전히 알 수 없을 또 다른 종류의 참상이 존재하는가?

남북전쟁은 그 자체로 미학적 실험과 국가적 트라우마의 단일 교차점이었다. 전례 없는 비극을 기록하기 위해 새로운 예술이 활용되었다는 점에서 그랬다. 남북전쟁은 사진에게 감히 상상할 수 없는 과제를 맡김으로써 사진 역사를 변화시켰으며, 그 결과 사진은 이전까지는 상상할 수 없었던 수준의 재현을 이룸으로써 전쟁에 관한 우리의 관념 자체를 변화시켰다.

메트로폴리탄미술관에서 열린 「사진 그리고 미국 남북전쟁」 전에 걸린 작품들은 파괴되어 벽돌 골조만 남은 남부의 공장들과 굶주린 군인들의 앙상하게 드러난 갈비뼈를 나란히 보여주었다. 버지니아의 깊은 골짜기 속 풀이 무성한 협곡을 보여주는 동시에, 채찍질에 선이며 고랑이 생겨난 또 다른 종류의 지형인, 탈출한 노예들의 "매질당한" 등을 보여준다. 이러한 병치는 발설되지 않았으며 발설되지 않았으나 억누를 수도 없는 이야기를 넌지시 들려준다. 어린 징집병들이 캠프의 모닥불 주변에 둘러앉아 포크를 높이 쳐들고 저녁을 먹는 모습 옆에 전쟁터에 널린 시체들의 불룩한 배가 이어진다. 관람자는 이 소년병들이 얼마나 빠른 속도로 시체가 되었는지, 이들의 몸이 얼마나 쉽게 한 사진에서 다음 사진으로 넘어갔는지 느끼게 된다. 스튜디오 사진 속에서 무기를 들고 당당한 포즈를 취한 군인들은 다음다음 전시장에 걸려 있는 냉담한 의료사진 속 얼굴 없는 사지절단 환자가 된다. 전투에서 갓 귀환한 10대 이등병 로버트 프라이어가 가슴 앞에 손가락 세 개가 사라진 한 손을 들어 보인다. 오싹하게도 어린 사내아이들이 전쟁놀이를 하겠다며 검지와 중지로 총신을 흉내 내어 만드는 손 모양과 흡사하다.

전쟁 사진은 죽음을 인정하는 동시에 이에 저항한다. 출전하는 군인들을 찍은 스튜디오 사진은 그들에게 다양한 종류의 불멸성을 부여하기 위함이었다. 부적으로서, 이 사진은 그들의 죽음을 막을 수 있을지도 몰랐다. 유물로서, 이 사진은 그들이 죽고 난 뒤 그들의 기억을 간직했다. 다른 이미지들은 전쟁통 한가운데서 뽑아낸 것들이다. 아직도 연기가 피어오르거나 썩어가는 시체로 가득한 전장에서 촬영 준비에 부산한 사진가들의 모습. 기술의 진보(새로운 테크닉과 새로운 효과를 활용하고자 하는 욕망, 모든 것을 최대한 사실적으로, 심지어 *실재보다 더 실재처럼* 만들고자 하는 욕망) 덕분에 어떤 사실들은 다양한 정도의 초현실에 가까워진다. 뺨에 손으로 요란스러운 붉은색을 칠한 군인들, 입체안경을 사용해 돌무더기에서 시체들이 일어서는 조악한 3D 효과를 구현한 사진들. 이런 효과는 리얼리즘이라기보다는 *여기요, 제발, 이 죽은 이들을 보라고요* 하는 간청을 닮은 부자연스러운 긴박감을 자아내려는 배우들의 무리한 연기 같다. 또 다른 시체가 문간으로 다가온다. 시체의 두 손은 입체안경에 단단히 고정한 한 쌍의 눈에 바짝 붙어 있다.

*
**

수전 손택(Susan Sontag)은 『타인의 고통』에서 참혹한 광경에서 아름다움을 발견할 때 찾아오는 수치심을 다음처럼 표현한다.

숭고하거나 경이롭거나 비극적으로 아름다운 것을 담아냈으므로 유혈 낭자한 전쟁의 풍경도 아름다울 수 있다는 것은 예술가가 제작한 전쟁 이미지에 대해 흔히 하는 말이다. 그런데 이런 말을 카메라로 찍은 전쟁 이미지에 적용하면 아름다움을 찾는다니 비정해 보이기 때문이다. 그러나 초토화된 풍경도 풍경이다. 폐허에는 아름다움이 존재한다.

남북전쟁 사진 속 폐허에도 분명 아름다움이 존재하지만(폐허가 된 산업과 폐허가 된 숲과 폐허가 된 몸, 조지아의 하늘을 배경으로 무너져 내린 공장들, 시체가 널린 전쟁터에서 걷히는 안개) 그 아름다움이 이 모든 죽음이라는 엄연한 사실, 그리고 이를 일으킨 장구한 구조적 잔혹성, 즉 노예제도 그 자체로부터 우리의 눈을 돌리게 하는 것은 위험하다.

이 사진들이 가진 아름다움은 일종의 트로이 목마로서 볼 때 한층 윤리적으로 생산적인 것이 된다. 사진은 우리를 경이감으로 유혹한 다음 쉬이 사라지지 않는 공포로서 우리 안에 깃든다. 또한 이 사진이 한때 누군가의 프레임 속에 있었던 것임을 환기한다. 사진가의 유령이 어른거린다. 우리는 그의 눈으로 모든 것을 본다.

유령에 홀린 감각은 손택이 "반예술" 사진이라고 부르는 것의 매혹을 일부 설명한다. "잔혹한 사진에서 사람들이 바라는 것은 진실하지 못한 것 또는 그저 억지로 짜 맞춘 것과 동일시되는 예술적 기교라는 오점 없는 목격이라는 중요성이다."

예술적 기교 없이 목격하고자 하는 욕망은 남북전쟁을 다룬 일부 사진들이 소품을 설치하고, 시체를 옮기고, 팔다리를 정렬함으로써 연출된 것이라는 사실을 안 사람들이 배신감을 느낀 이유이기도 하다. 역설적으로 "집"이라 표현한 바위틈에 쑤셔 박힌 남부연합군의 시체를 보여주는 알렉산더 가드너의 「반란군 명사수의 집, 게티즈버그」는 가드너가 시체를 전쟁터로부터 이 돌투성이 골짜기라는 더욱 "무대 같은" 프레임 속으로 옮겨왔을 가능성이 대두되면서 유명한 공분의 대상이 되었다. 손택이 기록하듯 "희한한" 건 이 사진이 연출되었을지도 모른다는 사실이 아니라 "(이 사진이) 연출되었다는 사실을 맞닥뜨렸을 때 우리가 놀란 것", 그리고 놀라는 데 그치지 않고 "실망했다"는 것이다. 절대적으로 변경되지 "않은" 사진에 대한 욕망은 옮겨지지 않은 시체가 중재를 거치지 않은 현실의 모습을 보여줄 것이라는 집단 망상의 방증이다.

그러나 과시적 형태의 왜곡은 그저 우리에게 모든 사진은 불가피하게 중재를 거친 것이며 불가피하게 구성된 것이고 불가피하게 거리를 두는 것이라는 진실을 강제로 마주하게 할 뿐이다. 문간에 도착한 시체들은 더는 시체가 아니다. 이것들은 용해 과정을 거친 무엇이다. 납작해진 무엇, 틀에 들어간 무엇, 틀 속에 맞춘 무엇이다.

이 전쟁 사진들이 모두 예술적 기교라는 오점투성이라면, 이 오점은 어떤 심오한 진정성이 남긴 잔여물이다. 미화하고자, 불멸의 것으로 만들고자, 보존하고자 하는 열망 말이다. 소위 오점이라 불리는 중재와 예술적 기교를 기만의 흔적(이 시체는 *실제로* 그곳에 있던 게 아니다. 이 군인은 *실제로* 총을 사용한 게 아니다.)이 아니라 전쟁에 담긴 용기와 참혹을 가능한 한 강렬하게 전달하려던 맹렬한 욕망이 남긴 진실한 기록으로 바라보는 방법이 존재한다. 이는 과장이 가진 솔직함, 어떤 욕망에서건(경이감을 불러일으키려는 열망이건 공감에 불을 지피려는 열망이건) 애초에 우리가 그것을 과장하게끔 하는 진실이다. 어쩌면 소품으로 활용된 총과 위치를 옮긴 시체 앞에서 배신감을 느끼는 사람들은 그 시체들을 옮기고자 하는 욕망으로부터 배신당했다기보다는 이와 일맥상통하는 감정을 느끼는 것이리라. 위치 변경도, 이에 대한 격렬한 반발심도, 재현의 한계에 대한 공통의 불안감으로부터 기인한다. 군인의 시체(옮겨진 것이든 옮겨지지 않은 것이든)를 그의 삶 또는 그의 죽음이 가진 온전한 진실을 전하는 방식으로 사진에 담을 길은 존재하지 않는다.

사진이 재구성되지 않은 진실이라는 환상을 일단 걷어내고 나면 사진의 재구성이라는 매혹적인 이야기에 관한 탐색을 시작할 수 있다. 매슈 브래디는 한때 "카메라는 역사의 눈이다."라고 말했으나, 카메라의 눈 뒤에는 언제나 사람(종종 브래디 자신)의 눈이 존재하고, 그 사람 뒤에는 보통 한 팀이 존재하며, 팀 뒤에는 언제나 지원금이 존재한다. 남북전쟁 사진의 원동력이 되고 양분을 준 것은 시장이다. 최고의 사진에 열을 올리며 현장 사진가들에게 자금을 대준 갤러리들, 그리고 평범한 민간인에게 사진을 판매하며 이윤을 추구하는 스튜디오. 해방된 노예인 소저너 트루스는 다른 해방 노예를 위한 기금을 마련하려 자기 초상을 팔았다. 트루스의 표현대로라면 "나는 본질에 힘을 실어주고자 그림자를 팔았다." 트루스에게 사진은 자신이 시달려온 소유권의 조건을 도치하는 것이었다. "예전에는 타인의 이득을 위해 팔렸다." 이제 그는 자신을 위해 스스로를 팔았다.

　　메트로폴리탄미술관, 사진으로 가득한 전시장에서 경비원은 자꾸 "사진 금지"라고 말하지만, 그럼에도 관람객들은 휴대폰을 슬쩍 들어 이 모든 포착된 시체들을 인스타그램에 올리려는 시도를 그치지 않는다. 애초 사람들에게 사진을 찍게 만든 그 허기가 다른 사람들, 한 세기하고도 반이 지난 뒤에 살아가는 낯선 사람들로 하여금 또다시 사진을 찍게 만든다. 보존하고, 소유하고, 이어가고, 가까이 가져오려는 욕망이다. 사진틀에 담긴 "남북전쟁 군인들의 사진을 든 여성"이라는 제목이 붙은 사진 속 젊은 여성의 얼굴은 불굴의 극기를 띠고 있다. 스튜디오에서의 후작업으로 색을 입혀 붉게 물들인 뺨은 더는 그 여성의 표정에 속해 있지 않다. 여성은 두 남성의 얼굴이 담긴 양면 사진틀을 들고 있다. 사진 하나는 노출 과다로 보이고 다른 하나의 사진엔 어둠이 드리워져 있다. 여성은 사진들을 꼭 쥐고 있다. 그는 이 얼굴들로부터 무언가를 원하고, 그의 초상 앞에 서 있는 나는 그의 얼굴로부터 무언가를 원했다. 그 *무언가*를 찾고자 나는 그의 표정을 뜯어보았다. 나는 무엇을 원했나? 빛바랜 지 오래지만 사라지지는 않은 그의 상으로부터 오는 어떤 느낌. 깔끔하게 작성된 작품 설명은 우리가 죽은 자들의 이미지에서 무엇을 얻고자 하는지 말해주지 못한다. 우리는 우리에게 일어난 적 없는 일들을 기억하고 싶다. 우리는 느껴본 적 없는 애도를 감지하고 싶다.

전시회에 동행한, 우연히도 사진작가였던 내 친구는 전쟁 사진을 보며 무슨 감정이라도 느껴보려 애쓰고 있었다. 그는 의문을 품었다. 관람자를 슬프게 하기 위해 만들어진 이미지를 보고 어떻게 슬퍼할 수가 있는가? 파토스를 불러일으키고자 하는 기대가 그 효과를 꺼뜨리는 것이 아닌가? 우리가 응당 느껴야 한다고 여겨지는 감정에 어떻게 압도당할 수가 있는가? 전시장에서 사진들을 꼼꼼히 뜯어보며 몇 시간을 보내는 동안, 나는 어쩌면 이 문제를 해결하려는 방책으로 내가 애도에 빠질 때까지 생각을 계속했는지 모른다. 그러나 *생각*으로는 시체들이 문간을 통과하게 할 수 없다. 시체들이 진정으로 도착할 수 있는 것은 우리가 이들의 도착에 놀라움을 느낄 때뿐이다.

나에게 있어, 결국 시체들을 데려온 것은 전쟁터의 파노라마가 아니었다. 강도들이 다녀간 탓에 주머니가 뒤집혀 빠져나와 있는, 잔디 위 널려 있는 부풀어 오른 시체들도 아니었다. 심지어 전투 직전 찍힌 군인 사진도 아니었다. 콩이 담긴 그릇에 집어넣은 포크도, 그들의 비틀린 미소도, 그들의 생동감이 이 중 대다수가 곧 죽게 된다는 걸 아는 내게 안기는 아릿한 아픔조차도 아니었다.

나에게 시체들을 데려온 건 스튜디오에서 촬영한 사진들이었다. 시체들은 정장 차림, 소매를 접어 올려 팔꿈치에서 핀으로 고정한 세 남성의 모습으로 문간에 도착했다. 두 사람은 서 있고, 한 사람은 앉아 있고, 모두 뻣뻣하게 굳어 있다. 사진 속 그들의 얼굴에는 위엄과 금욕이 감돌고, 두 사람은 알 수 없는 애매한 어딘가를 바라보는 반면, 나머지 한 사람은 눈이 있어야 할 자리에 두 개의 검은 구멍, 텅 빈 안와가 자리한다. 그의 얼굴에도 역시 위엄이, 역시 금욕이 담겨 있다. 그는 아무것도 바라보고 있지 않다. 그는 다시는 영영 그 무엇도 바라보지 않을 것이다.

이 사진을 보았을 때, 지금까지 전시장을 걸으며 느끼던 매혹이 한순간 큰 바다처럼 양쪽으로 갈라지며 감정이 들어올 길을 내었다. 이 사진의 연출이 가진 엄숙함, 그 조심스러움이 이 전쟁이라는 엄청난 혼돈 속 질서를 향한 갈망을 내비쳐서인지도 모른다. 또 인물들의 무표정한 얼굴, 슬픔을 보이길 거부하는 얼굴들이 내게 그 간극을 채우라고, 차이를 만들어내라고, 보상으로서의 공감이라는 물밀 듯 쏟아져 들어오는 압력에 굴복하라고 요청해서인지도 모른다. 특히 눈 먼 남자의 입이 만들어내는 경직된 선이 나로서는 분석할 수 없는 효과(결연한? 성난? 희망찬?)를 자아내서인지도 모른다. 나는 그의 눈에 담긴 표정을 읽어낼 수 없고, 그에게는 읽어낼 눈이 없다.

한순간 나를 휩싼 공감을 이렇게 낱낱이 해부해보면 모두 정확한 것이겠으나, 더 솔직해지자면 간단히 이렇게 말하는 편이 낫겠다. 무언가가 *일어났다*. 내가 그 사진을 보는 순간, 무언가가 일어났다. 시체가 도착했다. 눈이 없다. 그것은 연합군 군인 윌리엄 M. 머지의 시체다. 전쟁 전의 매사추세츠에서 그는 사진가로 일했다.

비명 지르게 하라, 불타오르게 하라

Make It Scream, Make It Burn

1929년 여름, 하버드 대학교 1학년을 마친 제임스 에이지(James Agee)는 서부로 가서 몇 달간 떠돌이 농군으로 일했다. 엑세터아카데미 동문이자 오랜 친구였으며 훗날《포춘》에서 상사가 될 드와이트 맥도널드(Dwight Macdonald)에게 쓴 편지에는 그해 여름에 품은 웅장한 포부를 담았다.

> 나는 밀 농사를 지으며 올 여름을 보낼 거고, 그 시작은 6월의 오클라호마가 될 거야. 이 일의 모든 면이 좋아 보이거든. 나는 일이라는 걸 해본 적이 없는데 이 일은 아주 마음에 들어. 술을 진탕 마시고 싶고 그렇게 할 거야. 저속한 노래와 뜨내기 노동요를 죄다 배워 부르고 싶고 그렇게 할 거야. 난 혼자 있고 싶고(집에서 멀수록 좋지.) 그렇게 할 거야.

재미있는 편지다. 에이지는 한 번도 일해본 적 없음에도 그가 그 일을 좋아하게 될 걸 안다. 술을 진탕 마셔본 적은 있고 그 또한 좋을 걸 안다. 최면을 거는 듯한 그의 구문 속에는 분명한 운명의 감각이, 욕망을 충족시키고자 하는 고집스러운 문법이 엿보인다. *나는 ……하고 싶고, 그렇게 할 거야. 나는 ……하고 싶고 그렇게 할 거야. 나는 ……하고 싶고 그렇게 할 거야.* 그는 동지애와 머리 식히기에 관한 환상에 젖어 있다. 내면의 삶으로부터 구제되고 싶다. 그는 하버드 캠퍼스에서 너무 많은 소네트 작가들과 고된 시간을 보냈다. 빠져나가고 싶다. 이 일의 모든 면이 좋아 보이니까. 그런데 알고 보면 그렇지가 않았다.

"캔자스는 태어나서 본 중 제일 형편없는 주야." 그가 "아마도 8월 1일"에 맥도널드에게 쓴 편지다. "지금은 '콤바인' 작업반에서 곡식을 운반하고 퍼내는 일을 해. …… 아킬레스건에 쇠스랑이 박히기도 했어." 에이지는 중서부 지역의 뙤약볕에 시달리며, 먼지 피어오르는 길을 절룩거리며 걷고, 곡식 먼지가 묻은 손가락을 들어 새로이 승계받은 삶 테두리에 따옴표를 그리는 제 모습을 생생하게 묘사한다. 그러나 그가 편지 속에 묘사한 고생으로부터, 적어도 제 고생을 묘사하기를 즐겼음은 분명하다. 그는 이렇게 편지를 맺는다. "그럼 이제 또 짐짝 한 무더기 들러 가봐야겠어, 짐."

삶의 이 시점에서 에이지의 육체노동은 그가 해오던 창조적 작업엔 그리 영향을 미치지 않았다. 그해 가을 하버드로 돌아간 에이지의 주된 관심사는 학내 문예지 《애드버킷》 편집위원으로 선출되는 것, 그리고 (고통스럽게) 신의를 지켜가던 장거리 연애 중인 여자친구에게 바치는 어정쩡한 연애시를 쓰는 것이었다.

나는 당신의 사랑이 머물렀을 기쁨을 살해했네,

소중한 해골 한 구가 내 곁에 눕는다.

애당초 에이지가 농사일에 열렬히 뛰어든 것은 주로 여자친구, 그리고 기쁨을 살해하는 연애관계에 대한 불안감 때문이 컸다. 그는 편지에 썼다. "지옥처럼 힘겨울 거야, 그러니 여름 내내 걱정하고 지옥 같은 기분을 느낄 겨를조차 없겠지." 편지 속에서 그는 고된 노동이 해방이 되리라 상상한다. 물론 터무니없는 상상이지만 에이지는 다른 누가 그 터무니없음을 지적하기 전에 선수를 친다. "내 말이 꼭 내가 형편없는 보헤미안이자 대지의 연인이라는 주장처럼 들릴지도 모르지만, 그렇게까지 답 없는 사람은 아니야." 그는 말을 내뱉자마자 그 말이 얼마나 순진해 빠진 말처럼 들릴지 안다. 선수 쳐서 스스로를 비난하는 것은 결국 그의 글이 가진 전형적인 특질이 된다.

제임스 에이지가 젊은 시절 쓴 편지들 속에는 훗날 목소리의 자취가 무척 많이 담겨 있다. 제 세계와는 동떨어진 세계들에 대한 매혹, 마주한 것을 판단하고 가치를 정립하는 와중에 일어나는 고통스러운 비틀거림, 또 중노동과 내면적 삶의 관계에 대한 끈질긴 집착이다. 온종일 노동하는 신체에 깃들어 사는 것은 어떤 기분인가? 이런 인정사정없는 단조로움이 의식을 사라지게 하나? 그렇다고 주장한다면 모멸적인가? 이를 부정하는 것은 또 어떤가?

이 일의 모든 면이 좋아 보이거든. 7년 뒤 에이지는 이 일을 가능한 한 모든 각도에서 비난하게 된다.

*
**

1936년에 취재하고 1941년에 마침내 출간된, 에이지 특유의 산발적 산문으로 이루어진 서정적 르포르타주『이제 훌륭한 인간들을 찬양하자(*Let Us Now Praise Famous Men*)』는 앨라배마 시골의 세 소작농 가족의 물질적 생활을 붙들고 씨름한다. 이 책은 그들의 집과 일상 노동의 필수품을 묘사하고, 그들의 옷, 식사, 물질적 소유물, 병, 소비내역 등을 일람한다. 그러면서도 이 책은 이러한 묘사를 하는 에이지의 시도에 담긴 고뇌 속으로, 마치 그의 시도가 또 다른 집이라도 되듯 우리를 밀어 넣는다. 이 집은 난해한 구문과 괴로운 축약으로 이루어졌으며, 애착, 그리고 무엇보다도 죄책감으로 가득한 좌절된 서사이자 자기파괴적 저널리즘으로 이루어진 미궁 같은 건축물이다. 이 책은 철저하며 소모적이다. 이 책은 스스로 아름답다 여기는 것을 놓고 괴로워한다. 때로 이 책은 존재하기조차 원치 않는다. 에이지는 도입부에서 선언한다.

> 할 수만 있다면 아예 글을 쓰지 않고 싶다. 책에는 사진이 담길 것이고, 나머지는 옷감 조각, 솜 조각, 흙덩어리, 녹음한 말, 나뭇조각과 쇳조각, 냄새가 담긴 약병, 접시에 담긴 음식과 분뇨…… 산산이 부서져 나무뿌리 옆에 널브러진 시체 파편이 이들보다는 핵심에 가깝다.

그는 글을 전혀 쓰지 않을 작정이었음에도 결국 400페이지에 달하는 글을 썼다. 그는 노동을 해본 적 없지만, 자신이 노동을 좋아하리라는 것을 알고 있었다. 이제 그는 노동을 했고(책을 쓴다는 아무도 알아주지 않는 노동) 그 노동의 결과물이 마음에 들지 않는데도 이 책을 내놓았다. 달리 무엇을 할 수 있었겠는가? 이것이 바로 그가 해낸 일이다.

　『이제 훌륭한 인간들을 찬양하자』 작업은 프로젝트는 1936년 에이지가 《포춘》의 의뢰를 받고 앨라배마를 향하며 시작되었다. 이 여행에 동행한 워커 에번스의 사진은 훗날 에이지의 글만큼이나 유명해졌다. "내가 《포춘》에서 얻은 최고의 휴식이다." 에이지는 어느 편지에 이같이 썼다. "기사에 대해 지독한 개인적 책임감이 느껴지고, 나한테 기사를 써낼 능력이 있을지 상당히 의심스러우며, 《포춘》이 이 기사를 (원칙적으로) 내게 보이는 대로 사용할 궁극적인 의지가 있는지는 더더욱 의심스럽다." 에번스는 에이지의 취재가 이런 "지독한 개인적 책임감"으로 이루어졌다고 설명한다. "에이지는 화급하게, 화난 채로 글을 썼다. 앨라배마에 있는 동안 그는 밤이고 낮이고 쉬지 않고 작업에 매달렸다. 잠도 걸렀을 것이다."

　제임스가 느낀 자신이 "기사를 써낼 능력"에 대한 의심은 취재가 끝나자 더 심해졌다. 스와니의 한 성공회 남학교 교사이자, 에이지 평생의 멘토 중 하나였던 제임스 해럴드 플라이 신부에게는 이렇게 썼다.

　　날마다 그곳은 예측할 수 없는 일투성이였습니다. 저는 더
　　위와 식사 때문에 반쯤 정신이 나가 있었고요……. 여행
　　은 무척 힘들었지만, 분명 제 인생에 일어난 최고의 일 중

하나였습니다. 하지만 그렇게 알게 된 것을 글로 써내는
건 또 다른 문제입니다.《포춘》에서 써먹을 수 있는 그 어
떤 형식과 길이로도 불가능합니다. 지금은 그런 노력을 하
고 있는 스스로가 바보처럼 느껴지는 데다가, 저만의 방
식으로 제대로 글을 완성할 수 있는 능력을 잃지는 않았
을까 두렵습니다.

에이지는《포춘》정직원으로, 맨해튼의 크라이슬러 빌딩에
사무실까지 갖추고 밤새 위스키를 진탕 마시며 투계라든지 테네
시강 유역 개발공사에 대한 글을 써냈다. 하지만《포춘》이 이 글
을 사용할 "궁극적인 의지"가 있는지에 대해 그가 품었던 의심은
맞아떨어졌다. 1936년 후반에 에이지의 기사가 반려되었던 것이
다. 이 무렵 에이지는 취재한 내용을 써서 출판할 다른 방법을 찾
기도 했다. 프로젝트에 "앨라배마 기록"이라는 제목을 붙여 구겐
하임 기금에 지원하면서, 그는 "'창조적', '예술적'은 물론 '기자
적' 태도와 방법론을 총체적으로 의심하며 모든 것을 가능한 한
정확하게 말하고자" 하는 시도라고, "다소 새로운 글쓰기 형식
을 전개할 것"이라고 겸손하게 설명했다. 기금 공모에는 탈락했
다. 결국 한 출판사에서 약간의 가불을 받아낸 그는 뉴저지에 틀
어박혀 원본 기사를 훗날 『이제 훌륭한 인간들을 찬양하자』로
완성될 눈부신 무질서로 확장했다. 1941년 처음 출판된 『이제 훌
륭한 인간들을 찬양하자』는 거의 주목받지 못했으며 600부 판
매된 뒤 떨이로 몇백 부가 더 나간 수준에 불과했고, 맥도널드의
말을 빌리자면 "모든 의미에서 상업적으로 실패"했다.

　『이제 훌륭한 인간들을 찬양하자』가 각광받은 것은 1960년 재출간된 뒤 시민권 운동의 에너지에 힘입어 뉴저널리즘의 풍부한 서사적 결을 받아들일 준비가 된 독자들의 반응을 얻었을 때였다. 훗날 라이어널 트릴링은 "동시대 미국인들의 가장 리얼리즘적이면서도 가장 중요한 도덕적 노고"라는 말로 이 책은 문화적 위상뿐 아니라 "리얼리즘"의 의미에 대한 우리의 기대를 바꾸고, 인간 존재의 "리얼리즘적" 초상을 그려내기 위해 필요한 난삽한 감정의 결까지 담고 있다고 주장했다. 그간 에이지가 《포춘》을 위해 애초에 썼던 원본 기사는 폐기 또는 유실되었다는 것이 일반적인 믿음이었으나, 에이지의 딸이 그리니치빌리지 자택에 오랜 세월 보관되어 있던 원고 더미 속에서 원본 기사를 찾아냈다. "목화 소작농(Cotton Tenants)"이라는 간결한 제목이 붙은, 타자기로 작성한 3만 단어짜리 원고였다.

　세심한 구조를 갖춘 원본 원고를 훗날 이 원고를 바탕에 두고 완성된 책과 나란히 두고 읽노라면, 마치 잠깐 동안 에이지의 목격 과정 그 자체를 스플릿 뷰 스크린에 띄워 두고 바라보는 기분이 든다. 도덕적인 분노를 품은 정신은 처음에 자료를 어떻게 배열하였는가? 그리고 그 정신이 스스로를 의심하기 시작한 이후 그것들을 어떻게 완전히 새로이 배열하였는가?

　언뜻 「목화 소작농」과 『이제 훌륭한 인간들을 찬양하자』를 이항 대립적인 것으로 이해하고 싶은 유혹이 든다. 출판되지 않은 기

사와 출판된 책, 자본에 매인 글과 형식에 얽매이지 않은 글이라
는 대립이다. 그러나 에이지의 집필 과정에는 이분법적 요소가
아니라 오로지 자신이 본 것을 포착하여 정당하게 내놓고자 하
는 탐구의 전개와 좌절만이 존재한다. 이런 탐구가 불가능하다
는 것을 알면서도 에이지는 시도를 멈추지 않았다.『이제 훌륭한
인간들을 찬양하자』에는 「목화 소작농」과 비교해 과장된 구문,
난해함, 불투명한 은유, 감정이 고조되어 노래가 된 대목이 더 많
지만, 이런 차이는 궁극적으로는 더 깊은 차원에서 벌어진 주제
변화를 나타낼 뿐이다. 「목화 소작농」은 타인의 삶을 기록하고,
『이제 훌륭한 인간들을 찬양하자』는 이 기록의 과정 자체를 기
록한다.

　어떤 의미에서 『이제 훌륭한 인간들을 찬양하자』는 이 앨라
배마 가족들의 이야기를 하려는 과정에서 에이지가 느끼고 생각
하고 질문한 모든 것을 끊임없이 고백한 데 지나지 않는다. 원본
기사에서 그대로 따온 내용도 상당량이지만, 연속해서 나열되는
물질적 세부요소들(집, 사물, 옷, 식사에 대한 묘사)은 이 모두를
압도하는 서사적인 의식이라는 강력한 딜레마에 가망 없이 엮여
있다. 바로 근접성을 향한 에이지의 끝없는, 그리고 끝없이 좌절
되는 욕망이다. 영화의 다섯 배 길이가 되는 디렉터스컷을 상상
해보자. 카메라는 자꾸만 방향을 바꾸어 각 장면을 촬영할 때 어
떤 기분이었는지, 어떻게 배우들의 감정을 다치게 했는지, 그리
고 심지어 지금 보고 있는 확장판마저도 애초 한 상상과는 비슷
하지조차 않다고 설명하는 감독의 얼굴을 비춘다.

　「목화 소작농」 차례를 훑어보면 이미 익숙한 규칙을 가진 뼈대

가 보인다. 챕터마다 "집", "옷", "건강" 등의 제목이 달려 있다. 반면
『이제 훌륭한 인간들을 찬양하자』의 차례는 처음부터 포기했
다는 듯 그 구성이 이상하고 무질서하다. 평행하지 않은 섹션
곳곳에 세 개의 "파트"가 놓여 있다. 「(포치에서: 1」 그리고 「(포
치에서: 2」는 둘 다 마치 반만 괄호에 들어 있고 반만 포함된 것처
럼 의미를 알 수 없는 열린 괄호에 감싸여 있으며, 그 옆에는 「콜
론」이라는 섹션, 그리고 「인터미션: 로비에서의 대화」라는 섹션
이 있다. 맨 앞에는 헛기침을 해 목을 고르려는 듯 「시」, 「서장」,
「앨라배마 전역」이라는 프롤로그가 등장한다. "책의 설계"라는,
『이제 훌륭한 인간들을 찬양하자』의 차례 제목은 불가피한 자기
인식을 암시한다. 이 책은 이런 결과물이 어떻게 조합될 수 있는
지 또는 조합되어야 하는지를 다룬 대량의 손글씨 기록의 소산이
며, 이 책에 담긴 낱낱의 섹션은 전체를 조망할 수 없고, 일관적인
서사에 따라 배열되기를 거부함으로써, 책의 구성을 쉬이 읽어내
지 못하게 한다.

　　「목화 소작농」과 『이제 훌륭한 인간들을 찬양하자』는 저널
리즘적 접근에 대해 각기 완전히 다른 비전을 지닌다. 「목화 소작
농」에서 저널리즘적 접근은 암암리에 이루어지지만, 『이제 훌륭
한 인간들을 찬양하자』는 이를 끊임없이 오염되는 것으로 본다.
「목화 소작농」에서 우리는 에이지가 다루는 대상의 구체적인 신
체(눈을 휘둥그레 뜬, 지친, 사탕수수로 배를 채운, 더위에 찌든)
를 감지하지만, 『이제 훌륭한 인간들을 찬양하자』에서는 에이지
의 신체와도 씨름해야 한다. 분노에 찬 동시에 무지막지한 "나"는
우리 눈에 보이는 모든 것을 편향된 시선으로, 그러면서도 경외

감을 담아 우리에게 전한다. 우리는 에이지가 대상과 맺는 정서적 관계에 대해 듣고("나는 에마를 좋아하고, 그가 몹시 안타깝다.") 종종 불필요한 것처럼 느껴지는, 그 개인의 성향에 대한 선언 역시 듣는다. 에이지가 "나는 일반화를 하는 유형의 사람이다."라고 털어놓을 때 우리는 *그래, 우리도 알아*라 생각한다. 우리는 에이지가 "더위와 식사 때문에 반쯤 정신이 나가 있"었음을 안다. 그의 목구멍과 내장은 주어진 음식에 반발했고, 피부는 제공된 침대에 반발했다. 그는 어느 가족과 하룻밤을 보내며 그 집 포치에서 잠든 이야기를 하면서, 마치 그곳에서 잠을 잤던 분리된 자아에게 말을 걸듯 "당신"이라는 2인칭을 사용한다.

> 잠에서 깨어, 당신 얼굴에 미끈거린다고 느껴질 만큼 부드러운 목화 보푸라기, 너무 많이 빨아서 찢어진 섬세한 면포가 닿는 것을 느끼고, 어딘가 숨어 있을지도 모르는 해충에 대한 두려움을 떠올린 순간, 당신이 처음 보인 반응은 잠을 자느라 부어서 축축해진 데다가 보푸라기로 범벅된 당신 얼굴에 대한 가벼운 역겨움과 두려움이다. 망가진 것 같은, 모르는 사이에 지저분하게 벌레에 물린, 피 묻은, 모욕당한.

이러한 본능적 동요가 『이제 훌륭한 인간들을 찬양하자』 서술자의 전형적인 목소리다. 역겨움을 느끼는 동시에 그러한 스스로를 역겨워하는 말초신경다발처럼 등장한 화자는 평이함과 반복을 두려워하지 않고 구체적이고 특정적인 것들을 일람해나가면서("목화 보푸라기 …… 찢어진 면포") 자신이 입장하는 모든 장소로부터 침해받은 기분을 느낀다. 문장 끝에 동떨어져 있는 "모욕당한"이라는 단어는 휴지의 순간인 동시에 존재론적인 막다른 길이다.

『이제 훌륭한 인간들을 찬양하자』에서 변신하는 "나"의 존재는 「목화 소작농」에서 처음에는 독자였다가 작가, 나아가 대상이 되는 불안한 "당신"에서 예견된 것이다. "당신"은 강제로 초대받는다. "당신에게 가장 중요한 작물이 잘되는 흔치 않은 해다." 에이지는 이렇게 쓰면서 농부들을 독자로 만든다. 여기서 그는 병충해를 묘사한다. "그들은 잎에 포진하다 파리로 변한다. 파리는 알을 깐다. 알은 수백만 마리 거염벌레가 되고, 당신의 귀에는 그들이 작물을 먹어치우는 소리가 작은 들불처럼 들린다." 당신은 그것이 작물 먹어치우는 소리를 들을 수 있다. 그저 들을 수 있는 게 아니라, 들어야 한다. 이는 찬란한 마법을 경유한 도덕적 명령이다. 사방에서 불길이 넘실거린다.

다른 부분에서 에이지는 독자들이 다른 위치, 즉 에이지 자신의 위치를 점유하도록 "당신"을 사용한다. 소작농의 아이들을 관찰하는 그는 자신의 반응이 가지는 힘으로부터 물러서고 싶어 하는 것 같다. "당신은 아이들이 서서히 타는 유황 같은 조숙성을 지닌다는 느낌을 받을 수도 있다." 물론 여기서 아이들의 조숙성을 알아차린 것은 "당신"이 아닌 에이지 자신이지만 그는 제 관심에 담긴 성적인 요소를 고백할 준비가 되어 있지 않다. 그는 "나"를 소유할 준비가 되어 있지 않다.

『이제 훌륭한 인간들을 찬양하자』에서 마침내 "나"에 깃든 에이지는 종종 "나"를 벌하거나 "나"의 실패를 지적한다. 『이제 훌륭한 인간들을 찬양하자』가 주는 폐소공포는 모든 재현의 전략이 어떻게 보면 흠결이 있거나 틀린 것임을 암시한다. 이는 꼼짝할 수 없는 마비 상태를 유발한다. 그 어떤 것도 충분치 못하다면 무슨 말을 할 수 있겠는가? 에이지가 품은 이런 회의는 「목화 소작농」에서 그가 타인의 문제적인 반응을 끊임없이 상상하는 데서 그 흥미로운 원형을 찾을 수 있다. 벽난로 위에 놓여 있는, 액자에 담긴 루스벨트 대통령의 채색된 사진을 본 그는 "연방 프로젝트 홍보담당자"라면 "소작농의 집에 놓인 성상을 요란한 홍보문구로 자랑"할 수 있으리라고 상상한다. 그는 "말도 안 되게" 널리 퍼져 있는 "목화 농장에서 벌어지는 아동노동에 대한 과장"에 반박하고, 휘어진 "'시골풍' 2인용 의자"를 묘사하면서도 '시골풍'이라는 단어에 아이러니하다는 듯 인용부호를 넣는다. (타인의 표현을) 이렇게 꼬집음으로써 그는 목격자들을 잘못 목격시켰을 수단을 불러낸다. 요란한 홍보문구, 비극의 과장, 가난의 낭만화. 에이지는 자신의 기록 작업이 루스벨트 대통령이나 그의 뉴딜 사업을 홍보하는 역할을 하지 않는다는 점을 확실히 했다. 가난의 미화에 맞서고, 농부의 삶에 담긴 잔혹함을 선정적으로 다루기를 거부함으로써 그 잔혹함을 더욱 잘 이해하게 만들었다.

기사와 책의 중요한 차이는 여기서 드러난다. 「목화 소작농」에서 에이지는 가상의 관찰자에게 문제적인 반응을 일으키지만, 『이제 훌륭한 인간들을 찬양하자』에서는 직접 제 반응으로 보여준다. 그는 매개나 변형 없이 진실을 전달한다는 리얼리즘의 환상을 폐기한 뒤 그 대신 모든 매개, 모든 조작, 모든 기교와 주관

성, 그리고 이 기록을 하는 사람, 즉 자기 자신이 일으키는 불가
피한 오염을 고백한다.

손택이 "예술적 기교라는 오점 없이 목격하는 것의 중요성"에 대
한 대중의 갈망을 놀라워했다면, 에이지는 "목격하는 것의 중요
성"을 가능한 모든 방법으로 잰다. 그는 객관성이라는 환상에 반
기를 든다. 스스로 자신이 한 재현에 역겨움과 배신감을 느낀 작
가의 모습을 보여줌으로써 "예술적 기교라는 오점"을 드러내는
것이다. 그는 내러티브 픽션의 전략(플롯, 인물, 속도)은 물론, 일
반적인 저널리즘의 전략(객관성이라는 환상, 또는 비가시성 속
으로 침잠한 "나") 모두를 거부한다. 에이지는 가난이 우리가 이
해하는 바대로의 의식을 "불가피하게 파괴하는" 것이라고 주장
함으로써 등장인물들을 미화된 원형으로 대치하는 데 저항한
다. 또 무수히 많은 은유를 활용하면서도 은유 자체가 지닌 불
충분성을 암시한다.

　에이지는 그가 애정과 매력을 느끼게 된 어린 기혼여성인 에
마가 남편과 함께 먼 곳으로 이사하는 장면을 한 단락에 이르는
문장으로 서술하는데, 덕분에 에마는 시야에서 멀어질수록 점점
더 우리의 이해를 벗어난다. 에이지가 에마를 잃듯 우리도 에마
를 잃는다. 우리는 에마가 탄 트럭이 멀리멀리 사라지는 모습을
바라보는 에이지를 본다.

······ 꾸준하게 기어가는, 길 잃은, 성실한, 찌푸린 개미 한 마리가 서쪽을 향하는 붉은 길 위, 발열하는 새하얀 태양 빛 속에, 그 어떠한 지지도 없이 바깥으로 자라나고자 하는 제 힘으로만 매달리고, 의지하여, 마치 길고 흐늘흐늘하고 부조화스러우며 늘씬한 경주마가 대지의 텅 빈 광활한 벽을 잽싸게 넘어가는 것처럼, 뱀의 머리와 가느다란 물길이 자기의 길을 더듬어가는 것처럼, 강인하게 버티고 선 줄기에서 아주 멀리, 아주 넓게, 뿌리박고 뿌리내린다. 그것이 에마다.

마지막 한마디가 마치 우리를 우롱하는 것만 같다. *그것이 에마다.* 그런데 *그것이* 뭐란 말인가? 에마가 *늘씬한 경주마, 가느다란 물길, 강인하게 버티고 선 줄기*라는 말인가? 에마 뒤에 남겨진 가족이 *강인하게 버티고 선 줄기*인 걸까? 에마의 떠남엔 희망이 담겨 있나, 아니면 오로지 상실감뿐? 에마가 *뱀*인 동시에 *가느다란 물길*이며 *늘씬한 경주마*라면 이 치찰음 자체*가 길고 흐늘흐늘한 사물인 양 혀 위로 펼쳐진다. 이러한 형상의 덩어리는 일종의 필사적인 움켜쥐기, 켜켜이 쌓인 겹을 넌지시 보여준다. 마치 그것들로는 에마를 되돌아오게 하거나, 에마 자신이라는 *그것*, 특정 삶에서의 *그것*으로 확정될 수 없다는 듯이.

때때로 에이지는 언어의 실패와 그 필연적인 왜곡에 대조되는 것으로서 사진을 언급하면서 사진이란 "절대적이고 건조한

---

* snake, slim stream, slender runner에 등장하는 치찰음 /s/를 가리킨다.

진실 외에는 그 무엇도 기록할 수 없다."라고 말하지만, 사진 역시 허상에 불과하다. 모든 사진은 프레임 짜기와 선택으로 구축되기 때문이다. 워커 에번스는 에이지와 함께 앨라배마에서 사진 촬영을 할 때 소작농들의 오두막에 있는 물건을 없애거나 재배치했고, 자연광 아래 흔들의자를 내다놓았으며, 타인의 고난으로부터 보기 좋은 검소함을 끌어내고자 너저분한 것들을 치워냈다. 이는 가드너가 미학적으로 더욱 강렬한 장면을 조성하려고 반란군 명사수의 시체를 다른 곳으로 옮긴 것과 매한가지다. 에번스는 오두막이라는 거친 초안을 수정해 상징적 장면을 만들었다. 흙바닥 위에 그림처럼 놓여 있는 부츠 한 켤레, 비스듬한 널빤지를 액자 삼아 담아낸 검소한 부엌, 석유등의 유리 전구가 뿜어내는 빛을 아른아른 반사하는, 벽에 걸린 하얀 행주.

　　그 역시 "가난한 자들의 역경에 집착한다."라고 공언했던 윌리엄 칼로스 윌리엄스(William Carlos Williams)는 「카메라로 하는 설교」라는 비평에서 에번스의 작품은 "절대적이고 건조한 진실"을 담아내서가 아니라 그것이 날것의 재료로부터 웅변과 절망을 끌어옴으로써 보편성을 소환했기에 뛰어나다고 상찬한다. 윌리엄스는 "우리가 보는 것은 우리 자신, 편협한 배경으로부터 끌어올려진 우리 자신 …… 익명성 속에서 가치를 부여받은 우리 자신"이라고 쓴다. "예술가가 하는 일은 모든 일, 모든 날, 모든 곳에서 적용되어 제 삶을 재촉하고, 해명하고, 강화하고, 확대하며 이를 유려하게 만든다. 에번스가 하는 것처럼, 비명 지르게 한다."

***
****

에이지는 묻는다. "아름답고자 하는 의도가 없었으나 우연, 필요, 순수, 또는 무지의 융합 속에서 창조된 사물들은 *아름다운가?*" 에이지는 편지 속에서 자신이 가난을 미화하는 경향이 있음을 끊임없이 걱정하고, 자신이 가진 "반전된 속물성의 한 형태 …… 몹시 빈곤한 모든 이들을 향한 타고난, 그리고 반사적인 존경과 겸손"을 고민한다. 그는 자신의 속물성을 고백할 때도 있고 ("나는 등불의 불빛을 좋아하기에 농촌전화(電化) 사업에 전적으로 기뻐하지는 못하겠다.") 그저 "이 마법 같은 빛 속에 서 있는 순수한 하얀 노새는 사로잡힌 유니콘의 존재와 같다."라며 이 속물성을 드러낼 때도 있다. 에이지의 어조는 감상성과 이에 대한 반발로 가득하다. 그는 유니콘을 의미하는 동시에 의미하지 않는다. 아름다움에 관한 안목을 스스로 욕하면서도 "거저 댁 주침실의 가벽은 *그야말로* 다른 무엇보다도 위대한 비극시다."라며 여전히 아름다움을 높이 산다.

직관적으로 보자면 『이제 훌륭한 인간들을 찬양하자』에 담긴 서정시적 과잉은 그가 《포춘》의 재정지원과 융통성 없는 미학으로부터 해방되었기에 가능한 것 같지만, 이는 사실이 아니다. 알고 보면 《포춘》은 특정 유형의 방종한 은유에 힘을 실어주는 쪽이었다. 《포춘》 소유주인 언론계 거물 헨리 루스(Henly Luce)는 사업가에게 글쓰기를 가르치는 것보다 시인에게 사업에 관한 글을 쓰는 법을 가르치는 것이 쉽다는 믿음에 의거해 이 잡지를 창간했다. 에이지는 출판되지 못한 원본에서도 멜로드라마적인

서정성을 유감없이 발휘했다. 그의 묘사에 따르면 파리는 "버터
밀크 속에서 죽음에 이를 때까지 진동"하고, 채소는 "너무 익혀
초록을 잃고 짙은 올리브빛 죽음을 맞았다." 저녁식사는 *기름진*
것이 아니라 *음산한* 것이었다. 케일은 그저 *볶아진* 것이 아니라
순교한 것이었다.

『이제 훌륭한 인간들을 찬양하자』에 이르러서야 에이지는
제 서정시적 과잉에 명백한 의문을 제기한다. 그러나 『이제 훌륭
한 인간들을 찬양하자』가 시가 지닌 은유적 특권에 의문을 제기
하고 내러티브 픽션의 미학적 테크닉에 저항한다면, 이는 저널리
즘의 전략을 공공연하게 개탄하는 것이기도 하다. 구겐하임 위
원회 역시 알다시피 에이지는 창조적, 예술적, 기자적 방법론 모
두를 *의심*했다. 『이제 훌륭한 인간들을 찬양하자』에서 에이지는
캐피털리즘, 컨슈머리즘, 옵티미즘을 비롯한 다양한 *이즘*을 비판
했지만 그중 저널리즘 비판에 가장 날을 세웠다. 여기엔 퇴짜 맞
은 아이가 부재하는 부모를 향하는 거부의 정서가 담겨 있다. 에
이지는 쓴다. "저널리즘의 혈액이나 정액은 광대하고 성공적인
형식의 거짓말이다." 다른 글에서 그는 《포춘》을 한층 명확히 겨
냥해 비판했다.

> 무방비하며 경악할 만큼 상처 입은 사람들, 즉 무자비하
> 고 무력한 시골 가족의 내밀한 생활의 적나라하고 불리하
> 며 수치스러운 면모를 다른 이들 앞에 까발릴 목적으로
> 이들을 쥐어짜내고자 일군의 사람들이 저마다 욕구와 기
> 회를 붙들고 이익을 얻으려 저널리즘 회사를 만들었다는

사실이 나에게는 천박하고 기이하기 짝이 없는 것으로 보임은 물론이고 의아함까지 품게 된. …… 나아가 그 사람들이 자신들에게 "정직한" 작업을 해낼 자격이, 깨끗한 양심이 있는가를 티끌만큼도 의심하지 않은 채로 이런 장면들을 내보내는 역할을 한다는 것도.

그가 언론사를 비난하는 이유인 바로 그 행위("적나라한 모습, 약점, 치욕"을 "펼쳐놓는" 것)를 『이제 훌륭한 인간들을 찬양하자』 역시도 하고 있지만, 그럼에도 그는 이를 "투명한 태도"로 하지는 않는다. 에이지는 제 이해를 의도적으로 흐림으로써 자신과 언론사를 구분한다. 취약한 사람들에 대해 글을 씀으로써 도덕적 채무를 진 다음, 죄를 자백함으로써 되갚고자 하는 것처럼 말이다. 『이제 훌륭한 인간들을 찬양하자』에서 강하게 드러나는 "나"는 어쩌면 자아로부터의 이탈에 실패하거나 타자에게 텍스트 속 지분을 내어주기 꺼려서라기보다는 저널리즘의 도덕적 실패를 피해 가기 위해 의도적으로 선택한 형식인지도 모르겠다. 소작농 가족이 겪는 역경 자체에 대해서가 아니라 도덕적 실패의 가능성에 대해 에이지가 맺는 복잡한 관계가 자아내는 드라마야말로 이 책에서 가장 플롯에 가까운 요소다.

기록자인 "나"는 훼손 없이 기록하는 일이 거의 없다. 빈곤을 다룬 미국의 정전이라는 계보에서 에이지의 선구인 제이컵 리스(Jacob Riis)가 쓴 사회고발서의 고전 『세상의 절반은 어떻게 사는가』에는 시민을 향한 설교에서 빠져나와 잠시 저자의 부족한 기량을 이야기하는 부분이 있다. "이런 슬럼을 위생적으로 *청소한다*는 것이 어떤 의미였는가를, 내가 이곳의 공용주택 중 한 집에 모여 사는 눈먼 걸인을 섬광촬영하려던 과정에서 일으킨 작은 사고를 통해 알 수 있으리라."

리스가 『세상의 절반은 어떻게 사는가』를 쓴 것은 휴대용 카메라(일명 '탐지카메라')가 등장한 지 고작 몇 년 뒤인 1890년이었다. 그러나 리스는 이 새로운 도구를 그저 찬양하기보다는 사진을 찍는 행위가 포착하고자 한 대상을 파괴할 뻔한 순간을 털어놓는다. 우리는 갈팡질팡하는 한 목격자가 프라이팬 위에 섬광탄을 놓고 불을 붙인 뒤 리볼버에서 카트리지를 발사하면서 자기가 죽일 뻔했던 사람들을 구하려 열을 올리는 모습을 상상한다. "나는 벽에 걸려 있던 종이다발과 누더기에 불이 붙었음을 알았다. 우리는 여섯 명이었다. 자신들이 위험에 처해 있는 줄 까맣게 모르는 다섯 명의 눈먼 남녀, 그리고 나였다." 자신의 잘못을 털어놓는 와중에도 리스의 고백에서는 온정주의의 악취가 풍긴다. 그는 자기가 "엄청난 수고 끝에", 직접 "불을 진화했"음을 분명히 한다. 그는 이런 수고를 유발한 원인이지만, 또한 이 사태를 볼 수 있는 유일한 사람이었고, 마찬가지로 상황을 해결할 능력이 있는 유일한 사람이었다. 그는 해명한다. 비명 지르게 한다. 불타게 한다. 그리고 불을 끈다.

에이지는 집에 불을 낸 적은 없으나, 그의 산문은 해를 끼칠 가능성에 끝없이 집착한다. 구체적으로 말하자면, 그가 고통을 노래로 바꾸는 대상을 그의 르포르타주가 배반할 수 있다는 가능성이다. 에이지는 자신이 끼어들면서 생기는 힘과 위험을 늘 의식했다. 에번스의 사진 하나는 벽난로 위에 걸린 "조용히 하세요, 모두 환영합니다."라는 글귀를 보여준다. 에이지는 최선을 다해 조용히 하고자 했다. 그는 동 틀 무렵, 거저 가족이 잠에서 깨는 소리를 들었던 순간을 묘사한다.

> 나는 집 앞 포치에 연필 한 자루와 펼친 공책을 든 채 앉아 복도 안쪽, 그들의 동작에 담긴 천진함, 흐르는 물소리와 바가지 소리를 한참이나 듣다가 일어나 그들에게 다가갔다. 혼란 속에서도 그들은 나를 사랑했으며, 나 역시 애틋하게 그들을 사랑했다. 그들은 아픔과 수수께끼에도 지지 않고, 믿음이라는 단어조차도 입에 담을 수 없을 만큼 깊이 나를 믿었다.
> 그들의 두 눈을 마주 보기는 쉽지 않으리라.

인용한 부분에서, 대상들의 "천진함"과 연관된 에이지의 죄책감, 자신의 연필이 지닌 위협(그들 사이에 버틴 고해성사소처럼 펼쳐져 있는 공책), 그리고 "믿음이라는 단어조차도 입에 담을 수 없을 만큼 깊"은 무언가를 향한 기원은 믿음도 사랑도 결코 충분치 않으리라는 그의 두려움을 담고 있다. 대상들과 가까워졌다고 느끼는 것("애틋하게")에 더해, 에이지는 이 친밀성의 그늘진 면 역시 고백한다. "그들의 두 눈을 마주 보기는 쉽지 않으리라."

그들의 두 눈을 마주 볼 수 없다면, 에이지는 그들에게 다른 일을 해주고자 한다. 그는 그들의 음식을 먹고 그들의 침대에서 자고 싶어 한다. "그들의 양발을 감싸고 입 맞추고" 싶어 한다. 그들을 알고, 이해하고, 설명하고 싶고, 그들의 사랑을 받고 또 그들에게 사랑을 주고 싶다. 그는 심지어 때로는 그들과 사랑을 나누고 싶어 하기까지 한다. 어느 시점에서 그는 훗날 기나긴 흙길 너머로 사라지게 되는 어린 신부 에마와 며칠간 이어지는 난교를 상상한다.

> 에마가 삶의 마지막 며칠간을 그에게 가장 익숙한 종류의 남자인 조지와, 또 워커와, 그리고 흥미를 가지고 있고 매력을 느끼는 상대인, 동시에 분명히 실재하며 친근하고 전혀 두려워하지 않아도 되는, 한편으로는 에마에게 수수께끼이자 거의 신화적 생물을 방불하는 매력을 지닌 나와 침대에서 엄청나게 좋은 시간을 보낼 수만 있다면.

난교의 상상은 그 자체만으로도 너무 충격적이라 에이지가 이런 상상을 한 시점("삶의 마지막 며칠간")을 자칫 간과하기 쉽다. 이는 에이지가 에마에게 다른 삶이 있으리라고 상상할 수 없으며, 오로지 에이지 자신의 삶에서 할 수 있는 다른 역할만을 상상할 수 있음을 시사한다. 에이지는 자신의 욕망을 고백하는 데 지나지 않고 이 욕망을 에마에게 투사해 그가 자신을 어떻게 생각하는지를 상상하며 그 과정에서 "신화적 생물" 앞에 "거의"를 배치해 흥미롭게도 한 점의 겸손을 집어넣는다.

에이지에게 난교는 우울한 생식(그는 소작농의 결혼에서 이

루어지는 모든 잉태를 "세포의 십자가형과 채찍질당한 정액"이
라고 부른다.)의 대안이자 기록자의 친밀함이 극에 이른 상태다.
초상 속 주체와 객체가 마침내 하나가 되는 일이다. 에이지는 이
첫날밤이 그가 처한 상황 때문에 폐쇄적이며 모멸적인 삶을 살
던 에마에게 어느 정도의 자유와 환희를 가져다줄 거라는 환상
을 품는다. 에이지는 쓴다. "제아무리 훼손되고 오염되고 눈먼 사
람이라 할지라도, 자신이 스스로에게 허락하거나 자신이 평소에
아는 것 이상의 지성과 기쁨을 얻을 능력이 있다." 섹스는 궁극적
인 접근이다. 섹스는 힘을 부활시킨다. 훼손에 굴하지 않고 꽃핀
다. 그러나 성적 친밀성은 그 반대, 즉 오염될 위험을 불러오기도
한다. 에이지가 저널리즘의 기만을 '정액'이라 표현한 것은 단순
한 우연이 아니다. 에이지가 상상한 난교가 호혜와 친밀감이라
는 판타지였다면, 그는 대상의 희생으로 만족을 얻는 자위행위
에 가까운 저널리즘을 두려워한다.

　　에이지가 마침내 취재 대상들의 집에서 하룻밤을 보냈을 때,
이는 딱히 난교라고 보기 힘들다. "나는 이 침대에서 성관계를 가
지는 상상을 해보려 했다." 에이지는 이렇게 쓴다. 그리고 (놀랍지
않게도) "나는 간신히 자못 생생한 상상을 해냈다." 그러나 이 성
적 판타지는 곧장 신체적 현실에 밀려난다. "날카롭고 작은 무언
가가 온몸의 피부를 꿰뚫으며 기어 다니는 듯 느껴지기 시작했
다." 이는 침범에 대한 '모욕'에 가까운 그 무엇으로, 여기서는 그
가 희생양이 된다.

　　에이지에게 상상과 모욕은 결코 동떨어진 것이 아니었다. 상
상에는 모욕이라는 죄의식이자 유령이 끈질기게 따라붙기 때문

이다. 불가능한 난교가 끝난 뒤에도 사람들은 여전히 전처럼 주체, 객체로 분리된 채일 것임을 에이지는 알았고, 그는 그 일이 끝난 뒤에 무엇이 일어날지를 상상하지 않고서는 도저히 "엄청나게 좋은 시간"을 상상할 수 없었다. "우리 각자의 존재에서 길들여지고 열등한 부분이 얼마나 미친 듯이 밀려와서 복수할 것인가." 난교가 찰나의 덧없는 쾌락 또는 친밀감을 줄지는 몰라도, 그 뒤에 필연적으로 이전 맥락의 귀환이라는 배신이 따를 것이다. 에이지는 또 한 번 저널리스트가 될 것이다. 에마는 또다시 취재 대상이 될 것이다. 둘은 영원히 한 침대에 머무를 수 없다.

제이컵 리스는 어느 도시계획 회의에서 한 건설업자가 한층 인간적인 아파트를 설계해야 한다고 주장할 때 고함을 지르고 싶은 충동을 참았다. "그 순간 벌떡 일어서서 '아멘'이라고 외치고 싶었다. 그러나 내가 기자라는 사실을 기억해내고 가만히 있었다." 그래서 리스는 고함을 지르는 대신 『세상의 절반은 어떻게 사는가』를 썼다. 이는 세상을 고발인 동시에 훈계인, 도시 전체를 향하는 기도인 *아멘*에 값하는 곳으로 만들고자 하는 그 나름의 노력이었다.

　『이제 훌륭한 인간들을 찬양하자』는 기도인 동시에 책망이기도 하다. 작가 윌리엄 T. 볼먼(William T. Vollmann)은 이 책을 읽는 것이 "뺨을 맞는 것 같다."라고 했다. 에이지는 오로지 그 자신(그 자신의 죄책감, 그 자신의 사랑, 취재 대상들을 가망 없이 끌어안은 그 자신의 품)에 대해서만 생각하는 것이 아니라 그의 글을 읽는 당신, 당신이 볼 수 있는 것과 볼 수 없는 것을 생각하며 이 책을 썼다. 그는 당신의 펼쳐진 공책 위에 분뇨 무더기를 집어던져 당신을 이해시키고자 했다. 무력함이라는 딜레마(말하기를 멈춰서는 안 된다는 탐구욕과 영영 충분히 말할 수 없다는 무능력 사이의)는 에이지가 남긴 가장 큰 유산이다. 이 딜레마가 그의 말을 질식시키는 동시에 박차를 가한다.

그러나 에이지의 유산은 허무감의 숭고한 표현 이상이다. 그가 남긴 유산은 저널리즘에 대한 회의로 귀결되지 않는다. 그의 유산은 회의를 다룰 언어를 찾아 그 언어로 저널리즘을 다시 쓰는 것, 자기 심문의 반대편에 존재하는 진정성을 끈질기게 밀어붙이는 것이다. 400페이지에 달하는 『이제 훌륭한 인간들을 찬양하자』에는 많은 죄책감이 담겨 있으나, 또한 많은 연구도 담겨 있다. 「목화 소작농」이라는 거친 초고가 이 사실을 기억하게 해준다. 이것을 통해 우리는 에이지가 처음 목격한 것을 목격하고, 그것이 끝없는 자기혐오라는 기관 속에서 소화된 뒤에 탄생한 대서사시와 이것을 나란히 검토할 수 있다.

「목화 소작농」에 담긴 것은 기나긴 실패의 계보 중 첫 실패다. 이 실패들은 모두 화급함과 노여움으로 가득하고, 모두 아름답다. 우리에겐 비명을 지르는 법을 배우기 이전 쏟아낸 웅변으로 이루어진 최초의 기록이 있다. 「목화 소작농」은 *당신*을 소환하고, 초대를 명령으로 키운다. 당신은 볼 수 있다. 보아야 한다. 에이지가 자신이 기자임을 기억해냈을 때, 가만히 있을 수 없고, 침묵할 수 없던 때 쓴 글을 보라. 그가 *아멘*을 구하다 그 대신 이 언어들을 찾았을 때 무슨 일이 일어났는지 보라. 이제 더 면밀히 보라. 당신은 그가 점점 초조해지는 것을 느낀다. 그의 죄책감이 작은 산불의 시작처럼 버스럭거리는 소리를 듣는다.

최대노출

Maximum Exposure

1993년 어느 따뜻한 가을날, 바하칼리포르니아의 어느 판자촌에서 두 여성이 만났다. 미국인 사진작가 애니 아펠(Annie Appel)은 여자친구와 함께 친구 소유의 트레일러에서 휴가를 보내고 있었다. 마리아는 산비탈에서 진흙을 퍼내는 벽돌공인 남편 하이메에게 점심식사를 가져다주려 어린 두 딸을 데리고 정오의 땡볕 아래 언덕을 오르는 중이었다. 마리아는 임신 8개월에 가까운 만삭이었다. 딸들은 풀숲에 버려진 스케치북을 찾은 참이었다. 애니는 그 아이들에게 연필을 주었다. 애니가 마리아를 향해 순식간에 연결감을 느낀 것은 딸들에게 보이는 온기와 에너지 때문이기도 했고, 이들을 둘러싼 풍경이 약간은 거슬리는 화려함을 보여주기 때문이기도 했다. 빛을 반사하는 태평양을 배경으로 늘어선 판자촌, 아름다움과 빈곤이 나란히 펼쳐지면서도 서로를 상쇄하지 않는다는 철렁한 충격.

애니가 휴가지에 가져온 건 콤팩트카메라 하나뿐이었지만, 그는 마리아에게 사진을 몇 장 찍어도 되냐고 물었다. 마리아는 좋다고 했다. 그리 중요하지 않아 보이는 부분일 수 있다. 물어보기, 좋다고 대답하기. 그러나 이 요청과 승낙이야말로 앞으로 수십 년간 펼쳐질 두 여성 사이 모든 일의 핵심이었다. *내가 당신 삶 속 이 순간을 붙잡아 그것으로 내 예술작품을 만들어도 될까요?* 애니는 풀이 길게 자란 갈색 지평선을 배경으로 마리아가 딸들과 함께 서 있는 장면을, 그다음에는 방 두 개짜리 벽돌집 문간에 가족 모두가 함께 서 있는 장면을 사진으로 남겼다. 지친 부모와 씩 웃는 아이들.

  마리아의 사진을 찍어도 되느냐고 물은 백인 여성은 애니가 처음이 아니었으나, 다시 돌아온 것은 애니가 처음이었다. 몇 주 뒤 로스앤젤레스로 돌아간 애니는 학교로 출근하던 길 정체된 도로에 갇혀 있다가 깨달았다. 공황발작의 형태로 찾아온 깨달음이었다. 사진가로서 처음 보수를 받고 한 일 중 하나인 학교 사진사 일자리를 잃게 되리라는 사실뿐 아니라 세상이 무너지고 있다는 사실에 대한 깨달음이었다. 라디오에서는 보스니아에서 일어나는 인종 청소에 대한 뉴스가 나오고 있었다. 예술대학 시절 가장 친했던 친구는 얼마 전 쿠웨이트로 촬영을 다녀온 뒤 뺑소니 사고로 죽었다. 모든 것이 취약하며, 동시에 무겁게 느껴졌다. 그날 애니는 꽉 막힌 도로에 갇혀 절망감으로 운전대를 쾅쾅 두드리면서 더는 시간을 낭비하지 않겠다 마음먹었다. 어느새 그의 마음은 멕시코에서 만난 한 가족에게로 돌아가 있었다. 그날 러시아워의 도로 위에서 그는 앞으로 10년간 가족사진을 계속 찍겠다고 스스로에게 약속했다.

  10년은 15년이 되었고, 그러다 20년, 25년이 되었으며, 그렇게 애니는 사반세기에 걸쳐 스물여섯 번 멕시코를 향했다.

*
**

애니가 바하로 처음 돌아갔을 때, 마리아는 공황에 빠진 채로 벽돌집 문간으로 나오더니 아기가 아프다고 했다. 설사를 하고 열이 났다. 마리아는 아기가 죽을까 봐 겁에 질려 있었다. 언덕에서 애니와 처음 만났던 날 품에 안고 있던 아기인 카르멜리타였다. 수년 전 다른 자식이 설사병을 앓다가 죽었다는 사실을 안 뒤에야 애니는 마리아의 공황을 이해했다.

애니가 바하로 돌아올 때마다 이런 식이었다. 곧바로 그들의 삶이라는 물 속에 풍덩 뛰어든 것이다. 프로젝트 초기에 찍은 사진들의 시험 인화지들에는 일상이 자아내는 쓰레기와 찬란함이 한데 담겨 있다. 더러운 그릇을 가득 실은 손수레, 울타리 대신 세워놓은 매트리스, 2층집 높이로 쌓인 벽돌 무더기 꼭대기에 앉아 있는 두 여자아이, 스크루드라이버가 가득한 시장의 좌판 뒤에 서 있는 남자아이. 애니의 사진은 평범한 순간의 이면에서 흐릿하게 빛나는 복잡 미묘한 감정들을 발굴해낸다. 웃음을 터뜨리느라 자신도 모르게 평소 부끄러워하던 썩은 이를 드러낸 어머니. 새벽 4시에 벽돌을 쌓으려 나와서는 바닷바람을 등진 채로 담뱃불을 붙이는 아버지. 그리고 그 아버지가 컵 한 개와 플라스틱 들통 하나를 들고 무안한 표정을 하고는 몸을 씻는 모습, 아니면 갓 태어난 어린 딸의 목 부근에 얼굴을 파묻은 채 사랑에 겨워 어쩔 줄 모르는 모습.

해변의 마리아와 카르멜리타(1994)

　　바하를 찾아오기 시작한 초기에, 훔쳐 쓰던 전기를 이웃집에서 끊어버린 바람에 촛불에 의지해 숙제를 하는 아이들을 지켜보던 애니는 자신이 찍은 사진을 출력해 이웃에게 건네며 전기를 다시 연결해달라고 부탁했다. 또 다른 방문에서는 하이메의 도움을 받아 붉은 당나귀라는 의미의 *부로 로호(burro rojo)*라는 이름으로 불리던 올즈모빌의 시동을 걸 때 경찰이 와서 하이메의 몸수색을 한 뒤 경찰차에 태워 간 일이 있었다. 애니는 그가 자신을 도와주던 것뿐이라고 항의했으나, 경찰은 하이메가 누군지 잘 안다고 했다. 하이메를 체포하는 경찰에게 항의할 방법은 사진을 찍는 것뿐이었고, 끌고 가지 못하게 막을 수는 없었다.

　　"우리 사진은 찍지 말아요, 작은 새 아가씨." 사진 프레임을 벗어나는 경찰차 스피커에서 울려 퍼진 말이었다. 그럼에도 애니는 사진을 찍었다, 25년 동안.

애니를 헌신적이라 표현할 수도 있을 테고, 집착적이라 표현할 수도 있으리라. 수십 년이라는 세월 동안 마리아와 그 가족이 변화하는 모습을 관찰하는 데 집착했으며, 완전한 시선이라는 잡힐 듯 말 듯 한 신기루에 집착했다고. 아기가 아이가 되고 청소년이 되고 나중에는 부모가 되어 또 아이를 낳는 내내 애니는 계속 그들을 찾아갔다. 하이메의 음주 문제가 심각해져 마리아에게 폭력을 행사하기 시작하는 시기에도 찾아갔고, 가족이 살던 방 두 개짜리 벽돌집이 화마에 휩싸여 폐허가 되고 하이메의 알코올

목욕하는 하이메(1995)

중독이 헤로인 중독이 된 뒤에도, 마리아가 그를 떠나 어머니가 사는 도시로 갔을 때도, 새로운 파트너와 새집, 그리고 샌들 제조 공장에서 새 일자리를 찾은 뒤에도 찾아갔다.

　25년은 인간성을 유지하기에도 긴 세월이므로, 성인처럼 굴기에는 지나치게 긴 세월이다. 아이들이 순수라는 뱀 허물을 벗어던지고 음주 습관을 만들고 싸움에 연루되고 임신을 하고 국경을 넘을 만큼 길다. 애니가 피사체를 한층 더 복잡한 측면에서 바라볼 수밖에 없는 일이 자꾸만 생겨났다. 한 예로 하이메가 체포되던 날 애니는 언덕을 달려 올라가 마리아에게 그가 체포되었다고 알렸는데, 마리아는 경찰에 신고한 게 자신이라고 대답했다. 카르멜리타의 세례식을 놓고 말다툼을 하던 끝에 하이메가 벨트 버클로 마리아의 얼굴을 후려쳤던 것이다.

　애니의 다큐멘터리 작업은 친밀한 얽힘의 과정을 담고 있다. "나는 내 심장이 살아가는 장소에서 사진을 찍는다."라는 그의 말을 지탱하는 것은 장거리 자동차 여행과 비행기 이동과 본업으로부터의 휴무로 이루어진 수십 년 세월이다. 벼룩에 물리고 복통에 시달리고 열병에 걸리고 바닥에서 잠들고 키가 122센티미터밖에 안 되는 전문가들한테서 새총 쏘는 전략을 배운 수십 년. 학대로 물든 두 번의 결혼생활을 겪는 한 여성의 상담사 역할을 해온 수십 년, 적절한 순간, 적절한 석양 빛, 어머니가 아이를 보는 적절한 시선을 찾았거나 찾지 못했지만 다시금 발걸음하게 되던 수십 년. 애니는 내게 말한 적이 있다. "이제 와 생각해보면, 이 작업은 제 가장 길었던 연애보다 두 배나 오래 살아남았네요."

　애니 아펠은 유명한 사진작가가 아니지만 그의 작업은 강력한 다큐멘터리 전통을 따른다. 사우스캐롤라이나에서 농촌 지역 환자들을 보살피던 어느 흑인 산파의 삶을 다룬 W. 유진 스미스(W. Eugene Smith)가 1951년 《라이프》에 발표한 기념비적인 사진 에세이에서부터, 1980년대 시애틀의 10대 노숙인들을 다룬 메리 앨런 마크(Mary Ellen Mark)의 작품에 이르는 계보다. 계보는 1904년 두 아들을 부양하려 카메라를 빌렸던 노스캐롤라이나의 싱글 맘 바야드 우튼(Bayard Wootten)의 "민족 연구"로 거슬러 올라가고 오늘날에 와서는 브리스톨 거리의 약물 중독자들을 담은 갈리시아 출신 사진작가 루아 리베이라(Lua Ribeira)에 이른다. 리베이라는 사진의 주인공들에 관해 말한다. "나는 그들 몇몇과 가까워졌다. 그러나 …… 그런 접촉은 고통스럽고 복잡했다." 이 사진작가들은 피사체로 평범한 사람을 선택했고 "평범한" 삶의 중요성을 역설한 이들로, 사진이 구원을 가능케 한다거나 사진작가의 시선이 객관적이라는 환상에는 관심 없는 사람들, 피사체와 강렬한 정서적 관계를 맺고 그 강렬함으로 빚어진 이미지를 만드는 이들이었다. 리베이라는 사진 주인공으로 삼았던 노숙인들에 대해 말했다. "우리가 살아가는 사회구조 속에서는 우리가 *여기* 있기 위해 그들이 *거기* 있어야 한다." 리베이라의 사진은 잠시나마 그 거리를 무너뜨린다. 간극이 메워진 척이 아니라, 그 너머를 넘겨다보아야 한다고 주장하려고.

여러모로 애니는 자긍심을 가지고 아웃사이더 예술가로서의 정체성을 주장한다. 그의 작업은 주로 로스앤젤레스의 항구도시인 산페드로의 소규모 갤러리에 전시되었고, 그는 산페드로의 댄스 스튜디오 뒤에 있는 아파트에 살았으며, 그의 아내는 그곳에서 탱고를 가르쳤다. 프로젝트를 잇기 위해 애니는 10년 동안 사진 작업실의 관리자로 일했다. 전국을 돌아다니며 오큐파이 시위*를 찍고, 할리우드 수녀원의 은둔 수녀들을 사진으로 남겼고, 로스앤젤레스 도심의 퍼싱스퀘어 잔디밭에 간이 스튜디오를 차린 뒤 경찰에게 쫓아내지 말라고 애원해가면서 노숙인을 비롯한 행인들을 찍었으며, 23년 후에 같은 프로젝트를 재개했다. 그러나 30년에 이르는 세월 동안 애니가 창작자로 살아갈 수 있게 지탱해준 건 멕시코 프로젝트였다. 멕시코에 간다고 알릴 때마다 애니의 어머니는 늘 부드러운 목소리로 물었다. "또? 그 가족은 충분히 찍은 거 아니니?" 그다음에는 어머니다운 걱정을 덧붙였다. "보수는 받고 하는 거니?"

어떤 유의미한 재정 지원도 없이 프로젝트를 해나갔다는 점에서 애니의 노력은 한층 두드러진다. 그는 공식적으로 인정받지 못한 채로 25년이라는 세월을 멕시코 프로젝트에 헌신했을 뿐 아니라, 이 작업을 위한 기금을 마련하는 데, 또 이 작업 자체를 위해 싸우고 또 싸웠다.

2015년, 오큐파이 시리즈가 스미소니언 미술관의 영구 소장품이 되자 예술가로서의 애니를 인정해준 생명 줄이 드리워진 것 같았다. 작품을 가지고 직접 워싱턴 D. C.를 향하면서, 그는 자기 포트폴리오를 가지고 미술관을 향할 때의 기분, 또 텅 빈 포트폴리오를 들고 다시 미술관에서 나올 때 느꼈던 아찔하면서도 둥둥 뜬 것만 같던 감각을 단단히 기억했다. 마침내 *당신의 작업은*

---

*   2011년 "월스트리트를 점령하라"를 모토로 미국에서 일어난 대규모 군중 시위.

손주들을 돌보는 도냐 루페(2003)

*중요해*요라고 인정받은 것 같았다.

그의 작업은 중요하다. 그의 사진 속에 인간 삶이 난삽하고 복잡한 모습 그대로 담겨 있기 때문에, 겹겹으로 쌓인 공포와 거리와 갈망으로 타오르는 비료 더미와 같이 친밀감을 발산하기 때문에 중요하다. 그의 작업이 중요한 건, 일상적인 삶은 따분한 동시에 놀라우며, 단조로운 한편으로 문득 경이가 세차게 밀려오기도 한다는 것을 일깨우기 때문이다.

2003년 찍은 마리아의 어머니 도냐 루페가 세 손주와 앉아 있는 사진에서는 수많은 것들을 동시에 볼 수 있다. 아이들을 돌보려는 긴장감, 그리고 그 돌봄을 추동하는 사랑. 루페는 등받이 없는 의자에 앉아 가장 어린 손녀의 손목을 잡았고, 그 뒤 조리대 위에는 접시들이 쌓여 있다. 일상의 성스러움에 둘러싸인 아이들의 얼굴이 햇빛을 받아 드러난다. 줄무늬 티셔츠와 헐렁한 청바지 차림의 키가 멀쑥한 손자 호엘은 희망에 찬 얼굴로 양손으로 비둘기 한 마리를 들었고, 손가락 사이로는 비둘기의 깃털이 삐죽 나와 있다. 마치 호엘이 손안에서 몸을 꿈틀거리다 언제라도 날아가버릴 것만 같은 소중한 것을 카메라 뒤의 사람에게 선물처럼 내미는 것 같다. 소년의 표정은 부서지기 쉬운 희망과 망설이는 불확실성으로 가득하다. 그는 아직은 세상이 경이롭다는 사실 앞에서 부끄러워하지 않는 어린 시절의 끄트머리에 서 있다.

그러나 이 사진을 무엇보다 특별하게 만드는 것은 바로 사진 속에서 경이롭지 않은 부분이다. 사진을 좀 더 예측 가능하게 크롭해서 호엘과 새가 프레임 속에 꽉 차게 할 수도 있었겠지만(이 사진을 더 서정적이고, 더 특징적이고, 희망과 비행의 상징을 손에 든 어린 소년을 강조함으로써 더 상징적으로 만들 수도 있었겠지만) 애니는 다른 구성을 보여준다. 사진 속에 호엘과 새뿐 아니라 할머니와 두 어린 사촌, 그들의 뒤로 펼쳐진 어수선한 부엌까지 담는다. 전경에 흐릿하게 등장하는 쓰레기봉투, 프레임 구석에서 우리의 시선을 끄는 빗자루, 눈을 어디에 두어야 할지 혼란스럽게 하는 온갖 시각 요소가 존재한다. 워커 에번스가 소작농들의 가난으로부터 어수선하지 않은 절제, 깔끔한 선들과 단순함을 불러일으키고자 그들의 집을 정돈하지 않았더라면 보았을 모습이 이와 비슷하리라. 애니는 그런 정돈을 거부한다. 치밀어 오는 영혼의 울림과 함께 매일의 일상이 남긴 어수선함을 그대로 두고자 한다. 각각이 서로의 일부라고 주장하는 것이다.

사진가 라이언 스펜서가 내게 말해준 적 있는데, 애니의 사진 다수는 구성적으로 어딘가 빗나가 있기에, 중심과 중심을 벗어난 것 사이 존재하는 연옥에 붙들린 듯한 시각적 놀라움을 준다. 사이의 순간, 반드시 긴박한 드라마의 순간일 필요는 없는 평범한 인간성의 순간들을 포착하려는 애니의 관심사가 시각적으로 재현된 것이다. 애니의 사진에 담긴 이런 불일치의 속성들은 프랑스적 미학인 *졸리 레드*를 환기한다. 어떤 것은 불완전함에도 불구하고 아름다운 것이 아니라, 바로 그 불완전함 때문에 아름답다는 미학이다. 마리아의 딸 앙헬리카와 네 아이를 찍은 사진의 구성이 인간성으로 진동하는 것은 앙헬리카의 막내가 울고

있음에도 이루어지는 것이 아니라 아기가 울고 있기 *때문에* 가
능하다. 이 균열이 프레임을 생동하게 한다.

　　애니의 작업에 달린 이런 요소들, 변칙적인 구성과 시각적 혼
동을 기꺼이 허용하려는 의지는 삶에 담긴 모든 복잡성을 있는
그대로 그려내고자 하는 애니의 신념을 형식적으로 구현한 것이
다. 프로젝트에 소요된 기간 역시 피사체의 인간적 복잡성이 몇
십 년에 걸쳐 펼쳐지게 하겠다는 신념을 구현한 것과 마찬가지다.
기록에 집착하는 순간 멈추기는 불가능해진다. 그 어떤 결말도
정직한 것, 옹호할 수 있는 것으로 느껴지지 않는다. 타인 삶으로
예술을 한다는 것은 무슨 의미인가? 이용과 목격은 어떻게 가르
며, 목격이 끝나는 시점은 언제인가? 끝이 존재하기는 할까? 보
르헤스의 상상의 지도가 품은 문제가 바로 그것이다. 세상의 모
든 세부를 담는 지도는 세상 자체만큼 커야 한다. 테두리는 존재
할 수 없다. 영영 완성될 수도 없다. 즉 한 가족은 계속 살아간다.
당신은 계속 목격한다. 한 여성은 계속 나이가 들어간다. 그의 아
이들 역시 나이가 들어간다. 아이들 역시 자기 아이들을 낳는다.
당신은 계속 목격한다. 당신이 목격하는 여성이 당신을 못마땅하
게 여기기 시작한다. 당신은 계속 목격한다. 여성의 삶이 무너지
는 것처럼 보인다. 당신의 삶이 무너지는 것처럼 느껴진다. 당신
은 계속 목격한다. 끝이 없다. 그것이 문제이자 핵심이다.

애니는 1960년대에서 1970년까지 시우다드후아레스* 국경 너머

에 있는 엘패소에서 어린 시절을 보냈다. 애니의 표현대로라면 "강으로 나뉜 쌍둥이 도시에서 태어나서 자랐다." 마을의 서쪽 산 위에 있는 부촌인 선더버드 드라이브의 집에서는 지평선 멀리 멕시코가 보였다. 입주가정부 나나는 주말마다 국경을 넘어 가족에게 갔다. 나나는 엘패소로 돌아오는 길에 붙들리기라도 하면 며칠이나 돌아오지 못했다. 평일에 선더버드 드라이브를 순찰하는 초록색 이민국 차량이 보이면 나나는 집 안에 숨었다.

국경은 언제나 그 자리에 있었고 애니는 자신이 국경의 이편에 있다는 사실을 늘 의식했다. 그의 삶은 특권을 가졌다는 죄의식, 그가 "엘패소의 부잣집에 태어났다는 내 나이만큼 묵은 미안함"이라고 불렀던 끈덕진 수치심 위에 지어졌다. 동부 해안에서 애니의 친척들이 찾아오면 모두 함께 국경을 넘어 자수를 놓은 드레스나 싸구려 술을 사러 갔다. 애니는 오빠들과 국경을 넘어 그링고**들을 속여 파는 로코초를 사오기도 했다. 나이 많은 친구들과 어울려 국경을 넘어간 뒤 카운터에 닿을 정도로 키만 크면 술을 내주는 바에서 데킬라에 취하던 열네 살 톰보이 시절, 애니는 후아레스에서는 소녀들이 실종되고 있다는 사실을 몰랐다. 학교 선생님이 말하길 엘패소의 교통사고 사망률은 전국에서 가장 높은데, 고속도로를 무단횡단하는 이민자들 때문이었다. 운전면허 수업을 받을 때도 도로에서 이민자들을 치지 않게 조심하라는 주의를 들었다. 열여섯 살이 되자 애니는 매주 금요

* 미국 텍사스 엘패소와 리오그란데 사이를 가운데 두고 국경을 맞댄 멕시코의 국경 도시.
** 미국인을 낮추어 부르는 속어.

일 국경을 넘어가는 동네 가정부들을 버스 정류장까지 태워다 주기 시작했다.

어린 애니는 가족과 함께 주간고속도로를 차로 달릴 때마다 강 저편 후아레스, 판지로 지붕을 인 오두막들 사이에 진짜 사람이 있는지 보려고 눈을 가늘게 떴다. 하지만 너무 멀었다. 담기지 않았다. "밤이면 강 너머는 전기가 들어오지 않아서 칠흑처럼 캄캄했어요. 드넓은 바다 너머 아무것도 없는 수평선을 바라보는 기분이었죠." 애니는 그렇게 회상했지만, 수평선은 아무것도 없는 수평선이 아니었다. 어린 시절부터 그 사실을 안 애니는 그 환상을 거부하기 위해 스물여섯 차례 여행을 하고 2만 3000프레임을 찍었다. 그는 그렇게 그 너머를 노출시키고자 했던 것이다.

**
**

멕시코 프로젝트 전체를 하는 동안 애니는 세 대의 똑같은 카메라를 가지고 다녔다. 수동식 니콘 카메라였다. 한 대는 컬러필름, 두 대는 흑백필름을 썼다. 줌렌즈나 망원렌즈는 전혀 사용하지 않았다. 클로즈업 숏을 찍을 때는 가까이 다가갔다. 플래시는 전혀 사용하지 않고 조명에만 의지했다. 스튜디오에서 이미지를 크롭하는 일도 없었는데, 즉 자신의 눈이 사진을 찍는 순간 구성한 이미지를 믿기를 강행했다는 의미다.

애니의 규칙은 정형시의 규칙처럼 작용해 그의 예술적 충동을 살아 숨 쉬게 하는 생성적 경계가 되어주었다. 그러나 이 규칙은 의식을 치르는 과정이기도 했다. 스펜서는 사진가가 "예술계

앙헬리카와 네 아이(2007)

에서 마운드 위 투수 노릇을 한다."라고 했는데, 사진가의 규칙이 야구선수가 세탁하지 않은 모자를 쓰거나 금 십자가에 입을 맞추거나 특정 브랜드 담배를 씹거나 흙 위에 발끝으로 행운을 상징하는 그림을 그리는 것과 유사하다는 이유였다.

애니의 형식적 제약은 구성에 직접성의 결을 불어넣지만, 작업 과정에 깃든 정서적인 전념 없이는 불가능했을 것이다. 피사체의 삶에 대한 깊은 몰입, 피사체와 관계를 쌓으며 보낸 장기적인 시간이 바로 그것이다. 애니는 프로젝트를 시작하고 1년이 지난 뒤에야 *참여관찰자*라는 용어를 알았다. 그는 사진을 찍기 전 미리 계획하지 않았다. 그저 적확한 순간에 그 자리에 있었던 것이 전부다. 즉 다른 모든 순간에도 그 자리에 존재했다는 의미다. 모든 훌륭한 사진은 그저 특정한 빛이나 각도나 구성에 의해 이루어진 것이 아니라 이전에 선행한 모든 나날이 애니와 사진 주인공들에게 바로 찰나를 가져다준 덕분이다.

애니의 사진들은 무엇을 보여주는가? 비둘기를 손에 든 소년. 할머니의 손을 잡은 소녀. 손수레 위에 놓여 혀를 쭉 빼고 있는, 아직도 젖어 있는 황소의 해골 안에 집어넣었던 피 묻은 손으로 카드놀이를 하는 아이들. 애니의 사진에는 아기 시절의 카르멜리타, 학생 시절의 샐쭉한 카르멜리타, 그리고 10대가 되어 처음으로 일하는 카르멜리타의 모습이 담겨 있다. 시장에서 노점을 차리고, 오렌지색 방수천이 핏줄이 가득한 내장의 막처럼 햇빛을 걸러낸다. 애니의 사진은 피사체를 그 환경에서 떼어놓지 않지만, 그렇다고 환경으로 축소하지도 않는다. 그는 이들을 불평등이나 죄책감에 관한 손쉬운 도덕적 주장에 복무하도록 징집하

버스 안의 카를로스(2007)

마리아와 하이메와 함께 찍은 자화상(1995)

지 않는다. 그저 그들의 얼굴이 다양한 방식으로 프레임을 점유하게 만들 뿐이다. 때로 너무 커서 배경이 완전히 흐려지게 만드는 얼굴, 때로는 어둑한 조명 속에서 흐릿한 얼굴, 때로는 일부분 초점에서 벗어난 얼굴.

멕시코의 버스 안에서 마리아의 아들 카를로스는 카메라를 똑바로 바라보고 있다. 그의 시선은 상대를 무장해제할 듯 꿰뚫어본다. 그의 얼굴이 포커스에 선명하게 들어온 반면 버스 안의 다른 승객들은 흐릿해졌다. 이 사진 속에는 애니의 프로젝트 전체의 정수가 담겨 있다. 평범한 버스 안 같은 익명성의 상황에서 피사체가 가진 특별한 인간성이 가진 빛을 극화하고자 바라보는 애니의 시선을 강조하기 때문이다. 사진 속 카를로스의 눈빛은 놀랄 만큼 선명하다.

프로젝트 초기인 1995년에 찍은 한 사진 속에서 애니는 마리아 그리고 하이메와 함께 그들의 집 부엌 식탁에 앉아 있다. 식사 중인 하이메의 두 손은 콩 요리 위 허공을 에돈다. 전경에는 토르티야 무더기, 거의 다 마신 콜라병, 모두를 바라보는 예수의 초상이 있다. 하이메 뒤의 벽에 여덟 개의 구멍이 보이는데 그것은 그가 어느 날 밤 술에 취해 난동을 부리다가 석고 벽을 주먹으로 내리친 흔적이다. 애니는 지치고 다소 게슴츠레해 보이지만, 그렇다고 초조하거나 불편해 보이지는 않는다. 그는 애정이나 친밀함을 구하는 중이 아니다. 그의 카메라 두 대는 식탁 위에 놓여 있다.

이 식탁 사진에서 내게 가장 큰 충격으로 다가온 건 세 사람이 서로를 바라보고 있지 않다는 점이다. 익숙해서, 또 피로해서, 그들의 시선은 서로를 지나친다. 애니의 사진은 시선이 서로를 지나치는 이런 있는 그대로의 순간들을 위한 공간을 만들어낸다. 피곤한 나머지 소통할 수 없고, 경계하는 나머지 전적으로 신뢰할 수 없으며, 고갈된 나머지 자신을 드러내지 못하기에 눈을 마주 보지 않는 순간들이다. 이 순간들은 포용과 마찬가지로 균열 역시도 친밀성의 일부분인 *있는 그대로의* 세계를 주장한다.

물론 부엌 식탁 사진은 카메라를 식탁에 내려놓은 사진가를 찍은 사진이기도 하다. 또 다른 사진에서는 애니의 그림자가 벽돌 무더기에 드리워져 있는데, 이 이미지는 자신이 *그곳에* 있었다는 고백처럼 느껴진다. 그 역시 이 장면의 일부였다. 애니의 사진은 돌봄과 *애정*, 노여움과 돌아옴이 뒤엉킨 어수선한 주관성을 고집한다. 2000년 도냐 루페의 집에서 찍은 한 사진 속, 애니는 웃는 카를로스 앞에 쪼그리고 앉은 채 얼굴 앞으로 카메라를 들고 있고 나머지 가족은 그 모습을 바라본다. 애니는 프레임 한가운데 있지만 사진 속에 나온 사람 중 얼굴이 보이지 않는 건 애니뿐이다. 마치 그가 자신을 지우고 싶다고, 한편으로 그 욕망이 완전히 실현되는 건 불가능함을 이해한다고 고백하는 것처럼.

애니는 멕시코 여행을 여러 권의 일기장에 기록했고 이 일기는 도합 1000페이지가 넘는다. 일기 속에는 막내 비비아나를 가슴에 안고 자신보다 두 배 빠르게 뛰는 아기의 조그만 심장박동을 느끼며 소파에서 긴 낮잠을 자던 기억이 담겨 있다. 또 카를로스가 빈 오렌지맛 환타 깡통으로 5센티미터짜리 물고기를 잡는 모습을 지켜보며 보낸 숨 막히게 더운 오후도 담겨 있다. 카를로스가 애니의 이마에 녹색 수초를 집어던졌고 애니는 그 수초를 그의 양 날개뼈 사이에 문질러 복수한 오후였다. 이런 일기들은 기록자가 애초부터 창턱에 젖은 양말을 젖어 말렸고, "야근"하는 모기떼에게 산 채로 잡아먹혔고, 짜증을 내고 피로를 느끼던, 자신이 갈구하던 끊임없는 교감에 지쳐 혼자 차가운 맥주를 마시던, 캘리포니아에서 연인에게 배신당해서, 또 텍사스에서 아버지의 죽음을 맞아 상심한 사람, 즉 슬픔을 지닌 여자이기도 했음을 환기한다. 이런 기억들이 일기장의 페이지를 습기처럼 촉촉하게 적신다.

애니는 바하, 산마르틴, 티후아나에 도착해 마리아와 그 아이들이 겪고 있는 모든 일들 앞에서 "심술궂은 상사"에 대해 불평하는 것이 어처구니없는 일임을 잊지 않았다. 그는 일기장에서 렌즈가 때로는 그들 삶과 자신의 죄책감 사이에 필요한 완충장치처럼 느껴진다고 털어놓는다. "이유는 모르겠지만 오늘 루페의 집에는 전기가 들어오지 않아서, 나는 공식적으로 사진 찍는 일에서 놓여났고, 그들의 불가능한 삶의 방식에 대해서 지나치게 생각하지 않게끔 환기하지 못하고 그 집에 있느라 견딜 수 없었다." 아이들이 촛불에 의지해 숙제를 하는 모습을 바라보는 게 늘 낭만적이지는 않았다.

개입은 결코 충분하게 느껴지지 않았으나, 반드시 필요한 것으로 보이기 시작했다. 마리아의 막냇동생 기예르모가 가족을 데리고 국경을 넘은 뒤 애니는 그들이 미국에서 시작한 새로운 삶을 계속 사진으로 찍었다. 그러다 기예르모가 강제추방을 당할 위기에 처하자 애니는 탄원서를 쓰고 그의 아내 글로리아가 다른 동네에 셋집을 찾는 것을 도왔다. 일터에서의 글로리아 사진(포도원에서 포도를 따는 모습으로, 스카프로 감싼 얼굴은 포도덩굴에 가려지다시피 했다.)을 찍은 뒤 애니는 이 포도원의 고급스러운 와인 시음실 바닥에 남은 흙투성이 발자국을 의도적으로 따라간다. 그는 바깥에서 포도를 따는 사람, 임신한 채 사막을 건너온 뒤 고질적인 폐질환을 앓는 갓 난 딸을 먹여 살리면서, 남편이 추방당할지도 모른다는 사실에 매일같이 두려움에 사로잡힌 채 살아가는 이 여성을 잊어버린 또는 전혀 신경 쓰지 않는 방 안에 흙 자국을 냈다. 애니의 사진이 주장이었듯, 그는 자신의 흙 발자국 역시 주장으로 삼았다. 이 여성이 존재한다는, 그 여성의 삶은 중요하다는 주장이었다.

다큐멘터리 프로젝트에서는 가장 큰 효과를 내기 위해 작가나 사진가, 감독이 프레임에서 물러나며 피사체에게 공간을 남겨주도록 부재해야 한다고 믿기 쉬울지 모른다. 애니 역시 멕시코 프로젝트 초반에 이런 유의 비가시성에 관한 환상을 품었다. "눈앞 상황을 진실하게 기록할 일종의 텅 빈 캔버스가 되도록 자아를 100퍼센트 포기하기." 그러나 나는 애니의 성공은 그가 부재하기에 실패한 덕분이라고 생각한다. 그는 부엌 식탁에 앉아 있다. 그의 그림자가 벽돌 무더기에 드리워진다. 그가 찍은 사진들은 그의 감정에 흠뻑 젖어 있다. 하이메의 호기심을 향한 존경심,

도냐 루페의 집에서 가족과 함께 찍은 자화상(2000)

술에 취해 난동을 부리는 그에 대한 분노. 애니의 존재는 성가신 짐이 아니라 작품의 일부다. "자아"와 "타자"는 제로섬 게임 속에서 맞서는 것이 아니다. 애니가 자신을 완전히 지우기에 실패한 것은 그가 기록하는 장면을 방해하는 것이 아니라 기록의 저변을 넓힌다. 그저 피사체뿐 아니라 그들을 사진으로 찍는 행위에 담긴 정서적 복잡성까지 담아낸다. 그는 자신이 남긴 쓰레기를 고백한다. 그에게는 예술적 기교라는 오점이 있다.

사진의 언어는 *shoot(쏘다)*, *take(빼앗다)*, *capture(사로잡다)*라는 단어에서 보듯 공격과 탈취로 이루어져 있다. 마치 삶을 또는 세계를, 또는 타인을, 또는 시간 자체를 강탈하거나 훔쳐야 한다는 듯이.

사진을 찍는 대가로 당신은 무엇을 돌려받는가? 작업 초기에 애니는 사진 스튜디오에서 일해 받는 급여 수표 한 장이면 마리아의 아이들이 쓸 1년치 교과서, 또는 몇 달치 집세를 낼 수 있다는 사실을 알았다. 자신이 줄 수 있는 것을 주었다. 현금, 미술용품, 책가방, 새 신발, 바나나, 콩. 애니의 예산 목록에는 매번 멕시코를 찾을 때마다 지출한 페소들이 기록되어 있다. 마리아의 아들들을 데려간 워터파크 여행, 히카마*와 치약, 망고와 토르티야, 도냐 루페를 위한 새장, 최면술사 공연 티켓과 공연을 보며 먹은

---

* 콩과 식물로 뿌리를 샐러드로 먹는다.

팝콘. 멕시코에 갈 때마다 가족 모두를 위한 사진 출력본을 챙겨
가 주인에게 돌려주었다.

마리아는 충치를 뽑게 됐을 때(충치는 웃을 때 주위를 의식
하게 만들었다.) 애니에게 충치를 뽑을 돈을 부탁했다. 애니는 앞
으로 사진을 찍을 때 웃어준다면 치료비용을 대주겠다고 했다.
농담이었지만 농담보다 복잡한, 그들 사이에 깊어져가는 친밀성
을 형성하는 근간이 지속적인 거래임을 인정하는 말이기도 했다.

애니는 결국 마리아에게 돈을 주었지만 마리아는 그 돈을 이
뽑는 데 쓰지 않았다. 5년 뒤 마리아는 또 한 번 돈을 부탁했고,
또 한 번 돈을 받았고, 이번에도 이 뽑는 데 쓰지 않았다. 두 번
다 애니는 배신당한 기분이었고, 그런 기분을 느끼는 스스로를
두 번 다 비난했다.

마리아는 그 돈을 어디다가 썼나? 아이들 옷. 토르티야. 프
로판 가스.

하이메의 중독이 데킬라에서 헤로인으로 넘어가고 그의 학
대가 도를 넘어서자 마리아는 애니에게 남편을 떠날 돈을 부탁
했다. 세월이 흐른 뒤 애니는 두 사람의 대화를 이렇게 기억한다.

마리아는 자신과 아이들에 대한 하이메의 폭력에서 도망
치기로 결심한 후 나에게 전화로 도움을 요청했다. 100달
러가 있으면 36시간을 들여 은신처로 갈 버스표 여섯 장
을 살 수 있다. 그게 옳은 일일까? 내가 도와달라는 마리
아의 요구를 거절하면 어떻게 되지? 그들 모두의 삶이 바
뀌겠지. 이제 내가 지난 10년간 했던 일이 옳은지 의문이

든다. 그 시절의 사진을 보니, 거의 모든 사진 속 하이메의 손에 술병이 들려 있다. 그 부분을 잊고 있었다. 그 시절 그가 내 앞에서 마리아를 때릴 때 느꼈던 공포와 마찬가지로.

애니가 마리아 가족과 가까워진 뒤로는 아무것도 하지 않는 일이 마치 무언가를 하는 일처럼 느껴지기 시작했다. 마리아의 딸들에게서 엄마의 두 번째 파트너 안드레스가 자신들에게 성적으로 접근하고 거부하면 폭력을 행사한다는 이야기를 들은 애니는 마리아가 혼자만의 집에 살 수 있도록 한 달치 월세를 줄까 생각했다. "마리아가 지금 사는 곳만 한 크기의 집은 한 달에 30달러라는 사실을 알았다." 애니는 일기장에 썼다. "학대를 일삼는 남자를 떠난다는 조건으로 월세를 선불로 내줄 수 있겠다고 생각했다. …… 내가 해야 하는 일은 뭐지? 내가 해선 안 되는 일은 뭐지?" 결국 애니는 새집 월세를 내주지는 않았지만 안드레스를 찾아가 당신의 학대를 알고 있으며 마리아를 지켜줄 거라고 말했다. "나는 그에게 한 발짝 떨어져 서서 얼굴을 맞대고는 낮은 목소리로 말했다. '당신을 내 벨트로 때려야겠어? 금속 버클이 달린 쪽으로 때려줄까, 아니면 부드러운 면으로 때려줄까? 제대로 때리는 법을 나한테 알려달라고, 안드레스.'"

어느 일기에서 애니는 스스로에게 말한다. "언제나 응할 것." 그러나 일기장에는 애니가 거절한 날들의 기록 역시 담겨 있다. 도냐 루페의 프로판 가스 값을 내주지 않았을 때, 좋아하는 녹색 스웨터를 마리아에게 주지 않았을 때, 하루 종일 혼자만의 시간을 보내고 싶었을 때. 애니는 마리아 가족 그 누구에게도 자기 집 주소를 알려주지 않았는데, 그들이 만에 하나라도 국경을 건너와 집을 찾아오면 결코 돌려보낼 수 없을 것을 알아서였다.

사진가 메리 엘런 마크와 그의 남편 마틴 벨은 1983년 타이니라는 이름을 가진 시애틀의 열세 살 성노동자를 중심으로 기록물 「거리의 아이들」을 제작하는 동안 그들에게 어느 정도의 도움을 주어야 할지를 놓고 끊임없이 갈등했다. 이들의 고통을 개선하려는 노력 없이 기록하는 게 비인간적으로 느껴졌다. 그러나 도움이라는 부가적인 책임을 진다면 다큐멘터리 프로젝트란 지속 불가능해진다. 또 어떤 이들에게는 아무리 큰 도움을 주어도 결코 충분하지 않으리라는 것 역시 사실이다. 마크와 벨은 자신들이 촬영한 아이들에게 돈은 절대 주지 않았으나 음식, 재킷, 신발은 주었다. 촬영을 마치고 뉴욕으로 돌아갈 때, 그들은 타이니더러 같이 가자고 제안했다. 벨의 표현대로라면 "입양이나 다름없었다." 조건은 학교에 다녀야 한다는 것뿐이었으나 타이니는 이를 원치 않아 함께 뉴욕에 가지 않았다. 그들은 수십 년간 연락을 주고받았고, 이로부터 19년 뒤 타이니는 두 사람에게 말했다. "늘 생각해요. 제가 뉴욕으로 따라가지 않았다는 사실을요."

1993년 남아프리카공화국의 사진기자인 케빈 카터(Kevin Carter)는 수단 내전 사진을 찍던 중 훗날 유명해질 이미지를 포착했다. 급식소를 향해 흙 위를 기어가는 앙상한 아기 뒤에 독수리가 도사리고 있는 장면이다. 최고의 사진을 찍기 위해 새를 놀래고 싶지 않았던 카터는 조심스레 쪼그리고 앉아 독수리가 날아오를 때까지 20분간 그대로 기다렸다. 독수리가 날아가지 않자 카터는 새를 쫓아버린 다음 아기가 계속 기어가도록 놔두었다. 카터는 아기에게 음식을 가져다주지 않았다. 급식소로 데려다주지도 않았다. 그저 나무 아래 앉아 담배를 피우며 울었다. "그 뒤 카터는 우울해했습니다." 한 친구의 말이었다. "자꾸만 자기 딸을 안고 싶다고 말하더군요." 14개월 뒤 그는 이 사진으로 퓰리처상을 받았다. 그는 시상식이 끝난 뒤 자신의 부모에게 "제가 분명 그 누구보다 커다란 환호를 받았습니다."라는 편지를 썼지만, 두 달 뒤 서른세 살 나이로 목숨을 끊었다. 유서에는 이렇게 쓰여 있었다. "삶의 고통이 기쁨보다 커진 나머지 기쁨이 존재하지 않는다고 느껴진다."

애니는 일기에서 자신이 믿고 싶은 온갖 신화적인 버전의 자신들을 심문한다. "나는 어떤 진실을 말해야 하는가? 스스로 구원자 행세를 해야 하나?" 그는 수십 년간 구원자가 되고자 하는 욕망과 싸워왔다. 한 일기에서 그는 자신을 "선한 의도를 가진 '박애주의자'라는, 나 자신도 속일 만큼 효과적인 가면을 썼지만 사실은 무방비에 취약하고 독선적이며 자기도취적인 예술가"로 묘사했다. 세월이 흐른 뒤 마침내 애니는 썼다. "인과응보를 내리는 건 내 역할이 아니다."

내가 애니의 작업을 알게 된 것은 5년 전, 애니가 나에게 이메일을 보내 자신의 사진과 내 글 사이에 동류의식이 느껴진다고 전했을 때다. 정확히는 내가 제임스 에이지, 그리고 에이지가 쓴 앨

라배마의 가족에 관한 길고도 무모하며 죄의식이 가득 담긴 소설
에 대해 썼던 글을 읽고 그렇게 느꼈다고 했다. 애니가 이 다큐멘
터리 프로젝트를 25년간 이어왔다는 사실을 알고 나는 그만 겸
손해지고 말았다. 그 무렵은 이미 애니가 바하에 스무 번 이상 다
녀온 뒤였다. 알게 된 지 1년, 심지어 한 달도 안 된 타인 삶에 관
해 글을 쓰는 스스로가 부끄러워졌다. 애니의 꾸준한 시선 앞에
서 내 글은 초라했다. 어딘가로 가는 것과 그곳으로 다시 돌아가
는 것 사이의 윤리적인 간극이 점점 더 크게 느껴지는 바람에 비
난받는 기분마저 들었다. *그게 존중이야.* 하고 나는 생각했다. 보
는 것, *계속해서 보는 것,* 필요한 것을 얻자마자 시선을 돌리지 않
는 것. 존중이란 피사체가 늙어가는 모습을, 점점 더 복잡해지는
모습을, 그리고 우리가 그들을 위해 써준 내러티브를 전복하는
모습을 그저 지켜보는 일이다. *아직 다 끝낸 게 아니야. 충분히 보
지 못했어*라고 말할 만큼의 지구력과 겸손성을 갖추는 일이다.
애니는 이렇게 썼다. "전 아무것도 이해하지 못해요."

애니의 멕시코 프로젝트는 처음부터 내게 『이제 훌륭한 인간
들을 찬양하자』의 영적 후예처럼 다가왔는데, 특권을 지닌 백인
예술가가 빈곤 가정을 기록했다는 공통점뿐 아니라 두 프로젝트
모두 작업의 불완전성을 꾸준히 인지하고 이에 힘입어 나아갔기
때문이다. 또한 지속성에 있어서는 애니가 에이지를 이겼다. 에이
지가 몇 달간 취재했다면 애니는 수십 년간 그곳으로 돌아갔다.
그러나 둘 모두 그들이 아무리 많이 말하거나 보여준다 한들 대
상을 완전하게 그려내기에는 불충분하다는 자기 의심에 줄곧 시
달렸다. 애니가 그 무엇도 직접적으로 말할 수 없으리라는 생각

이 들었음을 고백한 것처럼, 에이지는 자신의 노력이 실패할 것이라 우려했고, 적어도 그의 프로젝트 안에 이 같은 고백을 담고 싶어 했다. 자신의 말은 충분하지 못하다고 생각했고, 문장과 단락 대신 깨진 접시와 분노를 내놓고 싶어 했다.

애니와 계속 연락을 주고받는 동안 나는 소통과 교감을 향한 애니의 욕망에 수시로 압도되었다. 내가 편지를 한 통 보내면 답장이 세 통 왔다. 여기에 써 보낸 답장에는 또다시 각각 세 통의 답장이 되돌아왔다.(내가 여기에 대해 언급하자 "세 번째 답장"이라는 제목을 단 이메일이 왔다.) 애니의 간절함은 낯설기보다 속속들이 이해할 수 있는 것이었다. 그건 고등학교 시절, 친구들과 온종일을 함께 보낸 뒤에도 밤마다 몇 시간이나 전화통화를 했던 어떤 나 자신을 떠올리게 했다. 우리 사이에 그 어떤 경계도 없다는 짜릿함, 더는 나눌 만한 것이 남지 않을 때까지 포화된 친밀성에 이르려는 무익한 시도.

애니와 내 첫 만남은 호텔 로비에서의 커피 약속이었다. 내가 도착하자 애니는 가져온 거대한 수트케이스 두 개에 들어 있던 것들을 여러 개의 커피테이블 위에 늘어놓았다. 그가 찍은 사진들, 그리고 그에게 영감을 준 책들이었다. 또 애니는 내 사진을 촬영하려 조명까지 설치했지만 공간을 많이 차지했다. 마음에 들었다. 애니는 모래색 금발을 귀가 드러나게 바짝 친, 기민하고 동작이 빠른 여성이었다. 추진력과 의욕을 뿜어내는 사람이었다.

애니는 나에게 쓴 편지에서 자신은 "어린 시절부터 이해할 수 있길 바랐던, 경계에 대한 내적 감각"이 없다고 했다. 애니와 수년을 알고 지내면서, 나는 그가 경계를 발견하지 못하도록 막

카르멜리타와 디에고(2017)

는 힘(그의 충족되지 않는 호기심, 타인에 대한 예민함, 완전한 소통에 관한 욕망)이야말로 그가 자꾸만 멕시코로 돌아가게 한 힘이라 여기기 시작했다. 한번은 그가 롱비치브리지를 덧칠하고 또 덧칠하는 건설노동자들에게 매료되었다고 들려주었다. 그들은 1년에 걸쳐 한쪽 면을 덧칠하고, 그다음 1년간은 반대쪽 면을 덧칠하는 무한한 반복 속에 있다. "오랜 시간이 지나서야 제가 일찍부터 *과정*이 형성된다는 개념에 집착했음을 알 수 있었어요." 건설노동자들과 그들의 끝없는 작업에 매료된 이야기와 함께 애니는 이렇게 썼다. "당시에는 그것이 언젠가 저를 묘사하는 말이 되리라고는 생각지 못했지만요."

애니의 작업에 관해 마침내 글을 쓰게 된 것은 그의 멕시코 사진들과 함께 잡지에 실리는 짤막한 에세이 형태였는데, 애니는 마음에 들어 하지 않았다. 혹시 *그에게* 글을 쓰는 것이 아니라 그에 *대해* 글을 쓰며 생긴 비평적 거리가 그에게는 담으로 느껴졌던 걸까? 그는 그 글을 보고 배신당하고 폭로당한 기분이 들었고, 버림받은 기분까지 느꼈다고 했다. 마치 내가 나의 주관을 지나치게 삭제하고 그를 홀로 남겨두었다는 듯이 말이다. "이 글에서 당신은 어디 있어요, 레슬리? 당신의 목소리가 아예 느껴지지도 않아요." 애니는 몇 달 뒤 사과와 함께 이렇게 썼다. "제가 당신의 강렬한 시선과 날것 그대로의 진실을 감당할 능력이 없던 게 문제였어요."

나는 작가로서의 삶 대부분을 시인 C. D. 라이트(C. D. Wright)가 했던, 우리는 사람들을 "그들이 더 큰 자아 속에서 보여주고자 가려 뽑은 모습대로" 보아야 한다는 주장을 좇으며 살아왔다.

그러나 이는 불가능한 꿈이다. 타인으로 예술작품을 만든다는 것은 언제나 그들이 보여주고자 가려 뽑은 모습을 반영하는 게 아니라 *당신이* 바라보는 방식대로 본다는 의미다. 그러나 나는 애니를 변호하고 싶었다. 타인이 애니의 집념을 병적인 것이나 과잉으로 치부할 수도 있는 수많은 방법들 앞에서 나는 소통을 향한 그의 가차 없는 추진력, 그리고 자신을 취약한 존재로 만들고자 하는, 전적으로 소통하고자 하는, *모든 것을* 말하고자 하는, 모든 것을 기록하고자 하는, 모든 뉘앙스와 모든 복잡성을 포착하고자 하는 그의 충동을 지켜주고 싶어졌다. 어느 순간부터 나는 애니의 집착에 대한 나의 끊임없는 집착이 부분적으로는 나 자신의 구원자 콤플렉스에서 기인한다고 느꼈다. 방법론과 정서에 있어 고집스러울 만치 냉정하지 못한, 눈부실 만치 거리낌 없고 센티멘털한, 제 열의에 관해 양해를 구하지 않는 어느 아웃사이더 예술가를 옹호하려는 나의 시도 말이다. 때로 예술가와 대상의 관계는 망가지고 부담스러워진다. 에이지는 그 사실을 알았고, 애니도 알았으며, 나도 마찬가지다.

프로젝트를 자꾸 연장하려는 애니의 충동은 내가 내 작업에서 느낀 특정한 판타지를 보여주었다. 내가 불러내는 대상을 경계로 둘러싸는 대신 무한한 존재로, 영원히 지속되게 만드는 것이다. 사람들을 재현하는 것은 언제나 그들을 축소하는 일이며, 프로젝트가 "끝났다"고 하는 것은 이런 축소와 불편한 휴전을 맺는 것이다. 그러나 나는 내심 이런 압축에 반발했다. 내심 이 말을 되풀이하고 싶었다. *이게 다가 아니야, 이게 다가 아니라고, 이게 다가 아니라니까.* 내가 종종 의뢰받은 분량보다 1만 단어나 더

쓰는 것은 그 때문이다.

다시 보르헤스가 제기한 문제로 돌아온 셈이다. 세상을 제대로 담으려면 지도는 세계를 완전하게 복제해야 한다. 그러나 더 많다는 것이 더 진실하다는 뜻일까? 스펜서는 사진의 평균 노출 시간이 60분의 1초이므로 애니가 포착한 피사체의 삶은 도합 6분에 불과하다고 주장했다. 그러나 애니의 작업에 담긴 힘은 완전한 시선을 달성했다는 것이 아니다. 그 힘은 완성을 향한 갈구다. 그의 작업이 이룬 가장 큰 성취는 한 가족을 총체적으로 설명해낸 것이 아니라 그들을 알고자 하는 애니 자신의 갈망을 보여준 것이다. 이는 넓은 의미에서 타인을 목격하고자 하는 인간 욕망의 증언이다.

애니의 집착은 전염성을 가졌다. 어떠한 설명도 완전하거나 충분할 수 없다는 그의 감각은 분명 내게 영향을 주었다. 애니가 마리아 가족에게 그런 감각을 느낀다면, 난 애니에게 그런 감각을 느끼게 됐다. 그의 욕구가 점점 더 황홀해 보였고, 그가 가진 연결을 향한 욕구는 휘트먼을 연상시키는 생성적 초능력으로 보이기 시작했다. 그리고 나는 애니의 갈망이 충족된다면 그의 예술의 엔진이 사라질 뿐이라고 믿는다.

애니에게서 연락이 올 때마다 그는 멕시코 프로젝트가 더 불어나고 있다고 전해주었다. 또 한 번의 여행, 또 한 벌의 사진. 자꾸 불어나는 일기장 속 또 다른 글들. 최근의 여행들에서 애니는 마리

아의 남동생 기예르모 가족이 살았던 미국의 여러 도시를 방문
했으며, 그때마다 그들의 삶이라는 결 속으로 곧장 뛰어들었다.
기예르모와 교회에 가서 그가 강제추방되지 않게 해달라고 기도
하고, 자기 팅커벨 인형에 대한 딸의 이야기, 여동생의 폐질환에
깊이 영향을 받아 의대에 가고 싶다는 아들의 이야기에 귀를 기
울였다. 애니는 처음에 기예르모에게 집 주소를 알려주는 건 현
명하지 못하다고 마음을 정했지만 결국은 주소를 알려주는 것으
로 모자라 산페드로의 자기 집으로 초대했다.

내가 기예르모에게 연락해 애니와의 관계를 직설적으로 물었
을 때 그는 일하는 중이었다. 얼마 전 밴을 사서 출장정비소를 차
린 그는 엔진을 가지러 폐차장을 향하는 중이었다. 그는 1990년
대 초반 애니를 만났던 순간을 기억하고 있었다. 집에 돌아오니
낯선 사람이 자기 집 밖에서 사진을 찍고 있었는데 그는 그 사람
이 무엇을 하는지 전혀 알 수 없었다. 미국인을 본 적이 별로 없
던 것이다. 그가 애니에게 맨 처음 한 말은 "언젠가 당신 나라에
갈 거예요."였다.

이제 기예르모는 미국에 있었고, 비록 트럼프의 시대이지만
아이들을 삶을 생각하면 이곳에 오길 잘했다고 우겼다. "우리는
조금 겁이 납니다." 그렇게 말하는 기예르모의 뒤에서 글로리아
가 뭐라고 하는 말이 들리자 그는 고쳐 말했다. "우리는 무척 겁이
납니다." 그는 자기가 집을 나설 때마다 글로리아가 그의 안전을
빌며 십자가를 그리고, 그러면 그는 아내에게 "내가 돌아오지 않
는다면 그 이유는 당신이 아는 대로일 거야."라고 말한다고 했다.

기예르모에게 애니와의 관계가 세월이 흐르면서 어떻게 발

전했느냐고 묻자 그가 한참이나 침묵하는 바람에 나는 전화 연결이 끊겼는지 걱정했다. 그러나 그는 한참 뒤에 입을 열었다. "제 생각엔…… 과해요." 나는 기예르모가 너무나도 많은 것을 아우르는 관계를 설명하느라 곤란해하고 있음을 알았다. 애니는 그의 평생을 사진으로 찍었다. 기예르모는 말했다. "지난 일이 기억나지 않을 땐 애니한테 물어봐요, 아마 사진으로 찍어두셨을 테니까요."

그는 애니가 찾아올 땐 끊임없이 사진을 찍는다고 설명했다. "식사를 할 땐 우리가 식사하는 장면을 찍어요. 일을 할 땐 일하는 장면을 찍고요. 항상. 매 순간." 애니의 사진을 바라보면 자신의 아이들이 아기였던 시절, 또는 어린 자신이 산마르틴에서 가난하게 살던 모습이 보였다. 기예르모가 10대일 때 애니는 그에게 고향을 떠나기 위해 필요한 돈을 주었다. 애니는 언제나 그 자리에서 말 상대가 되어주었다. 언제나 그가 꿈을 이룰 수 있다고 말해주었다. 대화를 나누는 동안 나는 그의 목소리 속에 애니의 관심 때문에 침해당한 기분을 느끼거나 배신당한 기분을 느꼈음을 넌지시 알리는 어두운 기색이 감돌기를 기다렸지만, 그런 기색은 느껴지지 않았다. 그건 그저 내가 그 내러티브를 상상하며 떠올린 긴장에 지나지 않았다.

애니, 그리고 애니가 그의 가족과 맺은 관계에 대해 다른 사람들에게 알려주고 싶은 단 한 가지 사실이 있느냐고 묻자 그는 대답했다. "그분은 좋은 사람이에요." 그러고는 "제 누나죠." 누나 *같다*가 아니라, 누나*이다*. 그리고 기예르모의 아이들에게 애니는 *티아 아니타*였다. *티아 아니타*. 기예르모는 그 말을 한 번이 아니라 여러 번 했다. 그는 내가 이해하기를 바랐다.

애니는 본인 작업을 사랑의 한 형태라 불렀고, 사랑을 집중적인 관심의 한 형태로 간주했다. 내가 학생이었다가 나아가 교수가 된 학계, 수면제가 크립토나이트였으며 감정에는 그 존재에 각주를 달아야 하는 그곳에서는 인용부호 없이 *사랑*이라는 단어를 쓰는 것은 언제나 위험천만했다. 그러나 그건 내가 자꾸만 애니에게 돌아가는 이유이기도 하다. 애니의 말에는 마음에 안 든다는 의미의 인용부호가 들어갈 자리가 없다. 그의 심장은 그의 작업 안에 담겨 있다. 이는 또 다른 종류의 위반이다.

그리고 애니의 작업을 추동하는 힘이 사랑이라면, 그것은 그의 시선을 무디게 만들거나 왜곡하지 않는 종류의 사랑이리라. 그의 사랑은 그의 시야를 예리하게 벼렸다. 그의 작업을 통해 나는 꾸준한 정서적 노력(엉망진창이고 실수투성이임에도, 엉망진창이고 실수투성이이*기에*)이 더욱 명민한 시선을 자아낸다고 믿게 된다. 이 노력은 일상의 순간이라는 표면 아래 경쟁적으로 요동치는 감정들의 힘과 속도를 바라볼 수 있도록 당신의 시선을 민감하게 만든다. 빨래 위 특정한 각도로 보이는 한 여성의 신체. 우는 딸을 내려다보는 아버지의 어리둥절한 얼굴. 새집 문간에서, 피곤한 아이를 안고 문턱을 넘어가기 직전 씩 웃는 한 남자의 자세.

애니가 처음 바하를 찾았을 때 찍은 초기 시험출력물을 보면, 그때 그가 본 것들의 몇 가지 버전이 보인다. 갓난아기를 안은

---

* 아니타 이모라는 뜻.

어머니. 백과사전을 들고, 데킬라병은 높이 쌓은 벽돌 무더기에
올려둔 아버지. 그럼에도 아직 일어나지 않은 모든 것 위로 드리
워진 기다란 그림자가 보인다. 수년간 이어진 본업, 탈락한 기금
지원, 망가진 연애. 어머니들과의 싸움과 예기치 못한 임신, 중독
과 불과 새로운 삶을 향한 버스 여행. 이 사진들 속에는 애니를
자꾸만 처음보다 더욱 겸손하고 혼란스럽게 만들 프로젝트의 지
평선이 도사리고 있다. 9년이 지난 뒤 애니는 말하리라. *아무것도
이해하지 못했어요.* 초기 네거티브 사진 속에서 나는 콘플레이
크와 담배와 세찬 바람과 별안간 터지는 웃음을 본다. 나는 이 사
진이 아는 모든 것과 함께 사진이 아직 알지 못하는 모든 것을 본
다. 그리고 이 알지 못함은 사랑에 대한 또 하나의 정의다. 사랑이
란 완전히 상상할 수 없는 이야기에 헌신하기 시작하는 것이다.

III
거주의 글쓰기

리허설

Rehearsals

결혼식은 신성한 것이자 술잔치, 드레스 속에 배는 땀, 입안에 감도는 설탕옷의 단맛이다. 햇살과 소금이 배어든 오후, 고래잡이의 교회는 술에 취한 광채를 내뿜는 헛간이 되고, 섬 전체가 별안간 *당신의 것*, 당신의 것이자 모두의 것이 된다. 당신 안에서 와인이 들뜬 기분을 불러일으키고, 모두에게서 그런 들뜬 기분을 느끼며, 모든 사람들이 한마음이 된다. 사랑을 믿자는 것이 아니라, 믿고 싶어 하자는 마음. 낯선 이와 춤을 추며 당신은 생각한다. *이게 우리 공통점이지, 믿고 싶어 한다는 거.* 무엇을 믿는다고 했더라? 두 사람이, 오늘뿐 아니라 아직 오지 않은 1만 일 내내 서로를 정말 행복하게 해줄 가능성을.

결혼식은 고역이다. 당신보다 돈 많은 사람들의 인생을 축복하려고 당신한텐 있지도 않은 돈을 쓰는 고역이다. 보스턴에서 털사까지 왕복 비행기 표를 예약하고서는 *어쩌다 이렇게 된 거야?* 생각하게 되는 고역이다. 교통체증 때문에 브루클린브리지에 발이 묶인 채로, 친구의 남자친구가 비행기 조종 면허를 딴다느니 하는 이야기를 들어야 하는 고역이다. 새벽 2시에 술 취한 브리지 앤드 터널* 사람들 틈에 끼어서 호보켄으로 가는 패스 열차에 올라 *"브리지 앤드 터널"은 혐오표현이야, 그건 그렇고 이 사람들 엄청 취했잖아!* 생각하는 일이다. 결혼식은 비행기를, 열차를, 버스를, 페리를 타고 먼 곳으로 간 뒤 작은 인터넷 카페를 찾아 커다란 배낭을 내려놓고 이메일을 확인하는 일, 그러다가 새 남자친구로부터 온, 아버지한테 처음으로 당신 이야기를 했다는 메시지를 읽는 일이다. 그래서 지금 참석하러 가는 결혼식은 가능성으로 부풀어 오른 것처럼 느껴진다. 당신은 언젠가 사랑받을 수 있는 사람이다. 당신에게도 가망이 있다.

결혼식은 캐츠킬 산맥 한가운데 먼지 자욱한 도로변 우체국 앞에 내린 뒤 결혼식이 열릴 산장까지 태워다줄 차를 기다리는 일이다. 언제나 산장이 있다. 산장에 가면 언제나 칵테일 마시는 시간이 있고, 산장에 가면 단체활동이 있고, 산장에 가면 신부 들러리의 잃어버린 구두를 찾으려고 주변을 탐색할 일이 생긴다. 우리는 사랑하는 이들의 사랑을 축복하려 먼 길을 가지만 때로 아무도 없는 길에 혼자 서서 *내가 여기서 뭐 하는 거람?* 생각하면 가슴이 아려온다.

사람들은 누구나 결혼식은 시작이라고 이야기하지만 사실 결혼식은 끝이다. 결혼식은 오랫동안 사라져가던 일들, 플러팅, 우정, 공통의 순수, 공통의 불안정, 공통의 외로움에 완전히 종지부를 찍으며 경계를 그어주니까.

---

* 맨해튼섬 바깥에 거주하면서 맨해튼으로 출퇴근하는 사람들을 뜻하는 속어.

결혼식은 사랑한다는 것이 무엇일까 하고 홀로 생각하는 일, 또는 사랑을 하면서도 사랑을 한다는 것이란 무엇일까 생각하는 일이다. 남들은 어떻게 사랑하는지, 남들도 때로는 나만큼 사랑 때문에 아픈지. 결혼식에 갈 때마다 순식간에 모든 것이 백지로 돌아간 듯 다들 당신 남자친구가 언제 프러포즈를 할 계획인지를 묻고, 남자친구가 치즈 테이블을 지키는 여자와 이야기하는 모습이 보이고, 와인을 마신 당신은 싸우고 싶고, 당신이 마신 와인은 *내가 필요로 하는 만큼 네가 날 사랑해줄 날은 영영 오지 않겠지* 생각하게 부추긴다.

당신은 결혼식에 오기 전에도 술에 취해 우는 기분이 어떤 것인지 안다고 생각했다. 대낮에, 혼자, 싸구려 와인에 취해 남자친구가 전 남자친구가 되기 전에 보냈던 이메일을 읽고 또 읽으며 울었다. 그러나 이런 식으로 술에 취해 우는 기분은 몰랐다. 오빠의 결혼식에서, 또는 또 다른 오빠의 결혼식에서, 화장실에 들어가 혼자 울던 울음. 당신은 이 울음을 제대로 설명할 수가 없었는데, 결혼을 축하하는 마음은 진심이었지만, 분명 다른 감정도 느꼈으나, 취해 있었으므로 기억나지 않을 뿐이다. 당신은 울음에는 괜찮은 울음이 있고 그렇지 않은 울음, 난폭하고 성난 울음이 있다는 것을 알고, 부지불식간에 하나의 울음에서 다른 울음으로 넘어갔다.

때로 제일 좋은 결혼식은 모르는 사람의 결혼식이다. 당신은 누군가의 동행으로 참석할 뿐이다. 특정한 감정이 필요하지 않다. 신랑이 몇 년 전 암으로 돌아가신 어머니 이야기를 할 때 당신은 우는데, 사실 그 남자는 오늘 처음 보는 사람, 당신 남자친구가 한때 몸담았던 밴드의 멤버에 불과한데도, 그 남자가 자기 아내를 바라보는 눈빛을 보며 당신은 그의 어머니가 아들을 몹시 사랑했으리라고 짐작한다. 헛간을 나오면 6월 초 저물녘, 무언가를 기르는 밭들이 석양 속에 펼쳐지고, 당신은 좋아한다 말하기는 낯부끄러웠던, 하지만 어쩌면 이곳에서만큼은 부끄러워하지 않아도 될 것 같은 스팅의 노래를 떠올린다. 손에 키슈 한 조각을 든 당신 등 뒤로 남자친구가 다가와 끌어안자(그에게는 정장이 한 벌뿐이라서, 그 빳빳한 감촉이 익숙하다.) 이 순간은 웨딩 케이크처럼 지나치게 달달할지는 몰라도 오로지 당신의 것이다. 당신은 가슴속에 품은 가장 원초적이면서도 낯부끄러운 꿈(잡지에서 보고 동경하게 된 라이프스타일 같은 것)을 불러내고 이 꿈들에게 작은 키슈 조각이 충분하기를 바란다.

결혼하는 사람들이 결혼서약을 하는 순간 어떤 기분일지 당신은 궁금해진다. 오로지 기쁨만을 느낄까? 아니면 두려움도 있을까? 당신은 두려움을 바란다. 다른 감정을 느낀다는 게 상상이 되지 않아서 그렇다. 한 남자의 익숙한 정장 끝자락이 당신의 등에 닿고, 그의 손이 당신의 팔을 잡고, 당신의 귓가에 뭐라고 속삭이는 그 순간만 제외하면.

물론 여기서 *당신*이라는 말은 당연히 *나*라는 뜻이다. 나는 두려움이 궁금하다. 겁내고 싶지 않다.

열세 살 때 나는 로스앤젤레스에서 비행기를 타고 샌프란시스코로 가면서, 아빠는 결혼하려는 여자의 어떤 점을 사랑했을지, 엄마에게서는 어떤 점을 사랑했을지, 그리고 엄마한테 아빠가 *아직*도 사랑하는 점이 있는지, 그리고 이 원들을 나란히 놓으면 어떻게 겹쳐질지 궁금했다. 공항에서 엄마는 나를 안아주었고, 내가 아빠 결혼식에 가기로 한 사실에 배신감을 느끼지 않는 척, 30년 세월의 무게에 짓눌려 무너지고 있는 게 아닌 척하려고 온 힘을 다했다. 어쩌면 엄마는 내가 떠나자마자 무너질 것 같았다. 알 수 있었다. 나는 그 마음을 결혼식에 가져갔다.

결혼식에서 나는 엄마가 내 앞에서 울지 않은 울음을 울었다. 아빠의 새로운 아내의 친지들로 가득한 방 안에서 울었다. 나는 형편없는 영화 속, 사람들 앞에서 *낯 부끄럽게 구는* 바로 그런 끔찍한 의붓딸이었다. 어둑어둑한 연회장 구석에 앉아 있는 동안 오빠들은 내가 철저히 외톨이가 된 기분, 닻이 완전히 풀려버린 기분이 들지 않도록 등을 두드려주었다. 그때는 아직 오빠들에게 아내가 없었다. 나는 아무도 날 쳐다보지 않기를 바랐다. 그래서 더 심하게 울기 시작했지만, 당연히 그 반대로 제발 나 좀 보라고 안달을 피우는 꼴이었다.

부모님이 처음 별거를 시작했을 때, 아빠는 유칼립투스 숲 맞은편, 회사 건물처럼 생긴 어둑어둑한 아파트로 이사를 갔다. 아빠가 아이스크림 제조기를 사서 같이 아이스크림을 만든 게 기억난다. 그 아이스크림에서는 얼음 결정 같은 맛이 났던 기억이다. 서랍장 위에 흐릿하게 찍힌 아름다운 여자 사진이 있던 게 기억난다. 아빠의 아파트가 믿기지 않을 정도로 외로웠던 기억이다. 아빠가 안타까웠던 기억이다.

몇 달 뒤 아빠가 내가 한 번도 만난 적 없는 여자와 결혼한다는 소식을 전했을 때, 나는 사진 속 여자를 떠올렸고, 아빠의 외로움이 내게 거짓말을 했다는 걸 깨달았다. 그건 아빠의 것이 아

닌 내 것, 아빠의 새로운 삶이라는, 내 자리가 없는 새장에 투영
된 나 자신의 외로움이었다.

아빠의 결혼식에서 울었을 때, 나는 그 어둑어둑한 아파트
가 나를 배신했기에 울었다. 실제로는 행복했던 아빠가 외롭다
고 상상했기에, 내가 보낸 연민이 결국 나를 바보로 만들었기에.

기나긴 교대

The Long Trick

마셜 할아버지가 돌아가셨을 때, 나는 알지 못하는 한 남자를 잃었다. 서른이 가깝도록 할아버지를 만나본 건 살면서 세 번쯤 되었다. 할아버지는 주로 전설로 존재했다. 술주정뱅이이자 조종사. 그는 2차 세계대전 당시 브라질에 주둔하던 공군 대령이었으며 남은 평생 브라질을 제2의 조국으로 삼았다. 현대적 설비라고는 없는 정글의 드넓은 대지를 매입했고, 나타우에서 마침내 술을 끊었다. 술을 끊기 전에 내 아버지와 고모 둘을 키워냈고, 리튬을 복용하기 시작했다. 그 뒤에는 재혼해서 딸을 둘 더 낳았다. 세월이 흐르며 나는 할아버지가 그 딸들에게는 무척이나 다른 아버지였다는 사실을 알게 되었다.

　내가 어릴 때, 아빠는 당신이 어렸을 때 할아버지와 비행장을 찾던 이야기를 해주곤 했다. 아빠는 할아버지가 타이어를 돌려보고 조종석 덮개에 금간 데가 있는지를 확인하며 비행기를 점검하는 모습을 보는 게 좋았다. 이런 이야기를 들을 때면 나는 할아버지가 아니라 아빠와 가까워진 기분이었다. 이런 이야

기들은 아빠가 느꼈던 경외감 속으로 나를 데려갔으니까. 한번
은 할아버지가 비행기를 조종할 줄 안다는 사실이 자랑스러웠냐
고 물은 적 있다. 아빠가 곧바로 내 말을 고쳐주었다. 그냥 *비행
기*가 아니라 제트폭격기였다고 말이다. 그건 자랑스러웠다는 뜻
이다. 여전히.

마셜 할아버지는 출근하는 여느 직장인이 손에 서류가방을
드는 것처럼 헬멧 케이스를 들고 다녔다고, 다만 할아버지의 직
장은 비행장이었으며 업무가 하늘에서 이루어진 것뿐이라는 이
야기를 할 때마다 아빠의 목소리는 부드러워졌다.

아빠는 비행기를 조종하는 법은 몰랐지만 비행기 안에서 오
랜 시간을 보냈다. 내 어린 시절 내내 아빠는 전 세계를 쏘다니며
일했다. 별 대수롭지 않은 일처럼 베이징에 다녀오겠다고 말하
는 아빠의 목소리에 담긴 권위와 모호함은 황홀했으며, 언제나
여기 아닌 어딘가에서 해야 할 일이 있는 아빠라는 존재는 전율
을 불러일으켰다. 아빠의 여권은 각양각색 입국 스탬프며 비자로
가득했다. 사증란을 매번 추가해야 했다.

나는 어린 시절 우리 집안의 남자들, 아빠와 두 오빠를 우러
러보며 자라났지만, 내가 아홉 살이 되자 그들은 떠나가기 시작
했다. 오빠들은 대학에 갔다. 아버지는 일 때문에 전국을 돌아다
녔다. 화가 나지는 않았다. 어차피 아빠는 곁에 없을 때가 많았다.
아빠가 중요한 일을 하는 걸 알았지만, 왜 중요한지는 몰랐다. 아
빠가 돌아온 뒤에 부모님이 왜 이혼했는지도 몰랐다. 이혼에 대
해서도 화가 나지 않았다. 그러나 큰오빠 줄리언이 대학에 간 지
2년 뒤에 작은오빠 엘리엇도 대학에 갔을 때는 화가 났다. 그 평

범한 떠남들에 배신의 육중한 무게가 실려 있었다. 내 삶에 그들이 중요한 것만큼 그들 삶에 있어서는 내가 중요하지 않다는 사실을 깨닫게 했으니까.

　그 시절 우리 집은 적막했다. 엄마와 나뿐이었다. 엘리엇 오빠가 대학에 가고 몇 달 뒤, 나는 우리 집 컴퓨터에 깔려 있던, 무엇을 그리든 에치 어 스케치* 같아지던 1990년대 초반의 그래픽 프로그램으로 그림을 하나 그렸다. 눈 밑에 주먹만 한 눈물방울을 하나씩 매달고 오빠의 침대에 앉아 있는 내 모습이었다. 그림에는 슬픈 질투라는 제목을 붙였다.

　엘리엇 오빠가 사는 머나먼 기숙사 방으로 전화를 걸어 사랑한다는 말을 듣기 전까지 끊지 않고 버틴 적도 많았다. *사랑해* 하고 나는 말했다. *사랑해, 사랑해, 사랑해.* 오빠가 같은 말을 해줄 때까지 끝없이 되풀이했다. 오빠가 사랑한다고 말해주는 날도 있다. 말해주지 않는 날도 있다. 침묵만 흐르는 날도 있다. 부당한 대우를 받은 기분이 들었다. 물론 나는 사실 아빠한테서 부당한 대우를 받은 거였다. 물론 대답 없는 전화에 대고 애원할 때 나는 사실 아빠를 향해 말하는 거였다.

오빠들이 떠나기 전, 그리고 아빠가 떠나기 전, 할아버지가 떠났다. 할아버지야말로 부재하는 남성의 원본이었다. 할아버지와 아

---

*　레버를 돌리면 알루미늄 파우더가 움직여 화면에 그림이 그려지고 흔들면 지워지는 장난감.

빠 사이의 거리, 두 사람이 거의 만나지 않는다는 사실은 다들 쉬쉬하는 문제였다. 그러나 수십 년이 지나고 할아버지가 암에 걸려 죽어가자, 아빠는 나를 할아버지가 두 번째 아내와 함께 사는 체서피크베이의 작은 어촌으로 불렀다. 아버지의 아버지가 죽어가는 집으로부터 차로 10분 거리에 있는 해산물 식당에서 엘리엇 오빠와 나는 아빠와 마주앉았다. 당신의 의붓어머니와 의붓여동생들의 사적인 공간을 침해하고 싶지 않았던 아빠는 그 식당에서 크랩 케이크*를 한 접시 시켜놓고 죽치고 있던 것이다. 아빠가 당신 아버지의 죽음 앞에서 스스로 불청객이라 여긴다 생각하니 슬퍼졌다.

할아버지는 생후 한 달 된 막내 손자를 한 팔로 감싸 안은 채 운명하셨다. 한 시간 뒤 내가 찾아갔을 때, 여전히 침대에 누운 할아버지의 시신은 노쇠하고 황달기가 돌았다. 노란 얼굴에 연푸른색 비니를 쓴, 눈꺼풀이 살짝 열린 매끈한 밀랍인형 같았다.

할아버지가 돌아가시고 며칠간 그 집에서 보낸 생활은 실체적이고도 직접적인 것으로 느껴졌다. 의자에 덮인 포근한 담요들, 스토브에서 끓는 수프, 아기 우는 소리. 아빠의 의붓어머니인 린다, 의붓여동생인 다니카와 켈다의 애도에는 품위가 넘쳤다. 샴푸와 식용유, 기저귀 발진 크림 냄새가 풍기는 집으로 찾아온 우리를 반가이 맞이했다. 죽어가는 할아버지에게 읽어주었다는 시를 우리에게도 읽어주었다.

---

* 게살과 채소를 섞어 반죽해 구워낸 음식.

나 다시 바다로 돌아가리, 정처 없는 집시의 삶으로,
바짝 선 칼날처럼 바람 부는 갈매기와 고래의 길로.*

내게는 고모인 다니카와 켈다 둘 다 죽음 앞에서도 아무것도
모르는 갓난아기를 키우고 있었다. 아기들은 배고파하고, 방귀
를 뀌고, 온갖 사소한 일들 앞에서 혼란스러워하거나 놀라워했
다. 다니카 고모는 한동안 이 집에서의 생활은 모두 신체를 둘러
싸고 이루어졌다고 했다. 아기에게 젖을 먹이고, 침대에 누운 할
아버지에게 욕창이 생기지 않게 몸을 돌려 눕히고, 할아버지가
걸을 수 있었을 때는 화장실까지 부축하고, 걸을 수 없었을 때는
요강을 비워주는 일들이었다.

엘리엇 오빠는 말이 없었지만(오빠는 거의 언제나 말이 없었
다.) 아기들을 안고 있을 때 편안해했다. 오빠가 아기를 안은 자세
는 그가 자기 자리에서 사는 삶 전체를 환기했다. 오빠가 구축한
모든 것, 그가 되고자 선택한 아버지. 오빠는 밴쿠버에서 아내와
어린 두 아들, 복층주택, 그리고 다리며 철로며 고속도로 같은 기
반시설을 만드는 직업을 가진 삶을 살았다. 불확실한 것이라고는
없었다. 주말이면 교외의 놀이터에 갔다. 그는 존재하는 걸 두려
워하지 않았다. 그 시절 나는 그렇게 생각했다. 이제 와 생각하면
엘리엇 오빠 역시 우리처럼 존재하는 걸 두려워했음에도 자꾸만
나타났으리라는 생각이 든다. 오빠는 서류가방을 들고 다녔지만
그 안에 헬멧은 없었다. 그는 땅 위에 머물렀다.

---

* 제목의 "기나긴 교대"의 유래가 된 존 메이스필드의 「시 피버(Sea Fever)」.

대륙 반대편 코네티컷, 나는 내가 사는 집 현관 계단에 서서 담배를 피우면서, 남자친구와 헤어지기 직전 했던 말다툼을 머릿속으로 끝없이 되뇌며 자기연민에 빠져 있었다. 20대의 끄트머리, 갓 술을 끊고, 갓 혼자가 되고, 여전히 때마다 다른 사람들의 결혼식에 참석하던 나는 헤어진 남자친구와 같이 살던 아파트의 임대계약을 해지하고 원룸 아파트로 막 이사한 시기였다. 냉장고에는 탄산수만 잔뜩이고 건조기의 실내 환기구 때문에 습한 공기 속에 자잘한 입자가 떠돌았다. 쥐를 쫓으려 집 안 곳곳에 뿌려둔 민트추출물 냄새가 진동했지만 쥐는 사라져주지 않았다. 이 집에서 느낀 외로움은 연애를 바로잡으려 애쓰는 대신 도망쳐버린 나에게 적절한 처벌 같았다. 변덕스럽고 불안정하며 불확실하게 구는 나, 애정에 굶주려 있으면서도 내가 필요로 한 만큼의 사랑을 되돌려줄 수는 없던 나에게. 엄마는 내가 아이를 갖기를 바랐는데 나도 내심 그러고 싶었다. 누군가를 영영 책임진다는 두려움보다도 더 깊은 곳에 묻어두었던 속마음이었다.

버지니아의 낡은 목조주택, 수십 년 전 결혼해 반도 끄트머리 작은 어촌에 자리 잡은 두 사람의 집을 찾은 내 기분은 상쾌했다. 이 지역에서는 애틀랜틱 멘헤이든이라는 어종이 잘 잡혔는데, 요리용이 아니라 분쇄해서 닭 모이로 쓰는 생선이었다. 이곳에는 '오메가 프로틴'이라는 가공 공장이 있었다. 이런 것들은 모두 엘리엇 오빠가 위키피디아에서 찾아온 정보였다. 우리는 오메가 프로틴이라는 이름을 가지고 농담을 했다. 불길하게 들렸으니까. 그런데 한편으로 나는 오빠가 굳이 공을 들여 이 마을에 대해 알아보았다는 사실에 감동을 받았다. 오빠는 *누군가가 여기서 죽*

*었다*는 사실 외에도 이곳에 대해 알고 싶던 것이다. 이해할 수 있었다. 나는 할아버지의 죽음, 또는 할아버지의 삶이라는 신화 외에도 할아버지를 알고 싶었다. 할아버지뿐 아니라, 그분이 우리 집안 남자들에게 남긴 자취에 대해서 알고 싶었다. 내 앞에 있을 때조차도 마치 먼 곳에 있는 것처럼 느껴졌던 그들의 수수께끼 같고도 불투명하기만 했던 어떤 부분을 할아버지의 유령으로 이해할 수 있을 것 같았다.

포르투갈어 *사·우·다지(saudade)*는 번역할 수 없는 단어로 악명이 높지만, 나는 순전한 노스탤지어보다 더 수수께끼 같은 감정을 일컫는 이 단어가 항상 좋았다. *사·우·다지*는 내가 잃어버린 것이 아니라 가진 적 없는 것에 대한 그리움이다. 노스탤지어와 비슷하지만, *사·우·다지*는 가본 적 없는 장소에 대한 노스탤지어를 뜻할 수도 있다. 마셜 할아버지가 가족 없이 살던 브라질에서 자연스레 쓰는 이 단어는 주로 소유나 동반을 나타내는 문법적 구조를 취한다. *사·우·다지*를 가진다, 또는 *사·우·다지*와 함께 있다는 식으로. 그리움이 일종의 동반자가 될 수 있다는 듯이. 그것이 부재의 자리를 채울 수 있다는 듯이. *사·우·다지*는 아빠가 당신 아버지와 함께 비행장에 있는 모습을 상상할 때 내가 느끼는 저릿한 감정의 이름이다. 하늘을 나는 조종사가 자기 옆에 무릎을 꿇고 조종석에 금이 갔는지 확인하는 것을 돕겠다고 안달이 난 어린 소년. 가본 적 없는 그 비행장이 그립다. 내 것이 아닌 기억이 내 안에서 박동한다. 그 기억은 그 속에 사는 한 남자와 한 소년을 알고 싶은 욕망으로 번뜩인다.

*
**

여섯 살이던 내가 잠을 잘 이루지 못하자 엘리엇 오빠는 내 2층 침대의 아래층 빈자리에서 자기 시작했다. 우리는 그걸 잠 보장이라고 불렀다. 불 꺼진 방 안, 오빠의 몸이 내 몸과 함께 있다는 사실만으로도 도움이 됐다.

엘리엇 오빠의 삶에 내가 집착하지 않았던 시절은 내 기억 속에 없다. 오빠는 내게 자기 삶 이야기를 거의 하지 않았다. 나는 오빠가 졸업무도회에서 금빛 레이스 드레스와 금색 펌프스 차림의 파트너와 함께 찍은 사진을 액자에 담아 몇 년 동안이나 책상 위에 놓아두었다.(1992년이었다.) 오빠는 어떤 여자를 예쁘다고 생각할까, 그런 질문은 떠올릴 때마다 흥미진진했다. 오빠가 제일 좋아하는 가수가 브루스 스프링스틴이었으므로, 나는 오빠의 내면에 대한 단서를 얻을지도 모른다는 생각에 「휴먼 터치」를 듣고 또 들었다.(몇 년이 지난 뒤에야 나는 그것이 오빠가 제일 좋아하는 곡이 아닐 수도 있다는 데 생각이 미쳤다.) 오빠는 대학교 테니스 팀 선수였는데, 복식 파트너인 아미르와 연습할 때면 나는 사이드라인에 서서 고래고래 해설을 했다. "엘리엇이 승자를 철저히 끌어내리고 있습니다!" "아미르가 또 한 번 네트에 공을 꽂아 넣는 실책을 저질렀네요!" 아미르가 "쟤 하루 종일 저러고 있을 거래?" 묻던 게 기억난다. 오빠가 실제 경기를 할 때면 긴장해서 주먹을 꼭 쥐느라 경기가 끝나면 내 손바닥은 온통 빨간 초승달 모양 손톱자국으로 뒤덮여 있었다.

엄마 말로는 내가 아기일 때 내가 울면 엘리엇 오빠가 따라 울었단다. 오빠는 아홉 살이었다. 내가 울음을 그쳐야 오빠도 울음을 그쳤다. 어른이 된 뒤 오빠는 마치 인생에 안배해둔 울음을 다 울어버린 것처럼 주도면밀하게 감정을 감췄다. 그러나 나는 한때 오빠가 나를 위해 울어주었다는 것을 기억하고 싶었다. 내가 오빠를 움직일 힘이 있었다는 증거를.

*
**

엄마와 사랑에 빠졌을 때 아빠는 이미 다른 여자와 약혼한 상태였다. 두 분은 브라질에서 함께 일을 하다 만났으므로(내 할아버지가 꾸린, 시골 지역 교육에 초점을 맞춘 연구였다.) 어린 시절 내가 상상한 두 분의 연애는 신화의 광채를 뿜어냈다. 브라질의 바위투성이 해변에서 키스하고, 포말이 이는 거친 대서양에서 헤엄치는 상상. 심지어 나는 머리끝까지 화가 난 아빠의 약혼 상대가 머리끝까지 화가 나서 직접 구운 생일 케이크를 아빠 얼굴에 집어던졌다는 이야기마저 좋아했다. 어린 시절 내가 주로 상상한 것은 브라질의 해변 풍경이었는데, 아빠의 약혼 상대가 자신이 어떻게 했더라면 버림받지 않고 사랑받았을지 스스로에게 되묻는 모습을 상상하기보다는 사진엽서에나 등장할 법한 풍경을 상상하는 쪽이 쉬워서였다. 나는 내 근원이 담긴 그 이야기를 평범한 배신보다는 대서사시 같은 열정으로 상상하고 싶었다. 물론 실제로는 둘 다였다. 나는 이야기 속 엄마에게 감정이입했다. 우리 엄마니까. 그러나 나는 오랫동안 아빠에 대해, 오빠들에 대해, 남자친구들에 대해, *내가 어떻게 했더라면 더 사랑받았을까* 자문하는 사람이었다.

머무를 줄 모르고, 언제나 부재하며, 수없이 부정을 저지른 아빠에게 나는 긴 시간 화가 나 있었다. 그러나 할아버지가 돌아가셨을 즈음 나는 우리 사이에 존재하는 수많은 공통점을 인정하기 시작한 뒤였다. 아빠도, 나도, 각자가 하는 일을 좋아했다. 둘 다 와인을 좋아했다. 내가 세상에서 찾고자 했던 것들, 즉 내가 얻을 자격이 있다고 여기는 것들, 그 누구에게도 빚지지 않았다고 여기는 것들에 있어 나는 아빠와 크게 다르지 않았다. 우리 가족을 짓밟은 실수를 되풀이하지 않으리라 오래전 다짐했음에도, 나는 내가 남자친구를 얼마든지 기만할 수 있는 사람이라는 걸 알게 됐다. 처음으로 입안에는 담배와 오렌지맛 탄산음료와 술맛이 감도는 채로, 라틴아메리카에서 모터사이클에 몸을 싣고 갓 도착한 아일랜드 남자 옆에서 눈을 떴을 때였다. 이제는 이런 짓을 수도 없이 해온 아빠를 더는 재단할 자격이 없다는 사실에 해방감마저 느꼈다. 부모를 닮았다는 사실을 자각한다고 해서, 꼭 그들에게 더는 화를 낼 수 없는 건 아니다. 사실은 그래서 더 화가 날 수도 있다. *당신 때문에 내가 이렇게 된 거야!* 그러나 그 사실은 부모를 재단하려 들 때마다 혀 밑에 걸린 머리카락 한 오라기처럼 거슬린다.

내가 아빠를 닮아가며 20대를 보냈다면, 엘리엇 오빠는 이미 아빠와 정반대의 사람이 되느라 20대를 다 보낸 뒤였다. 오빠는 투자은행에서 일한 경력과 하얀 울타리가 있는 집을 설계한 경력을 지닌, 단 한 사람과의 관계에만 헌신하는 사람이 되어 있었다. 내 눈에 오빠의 정체성은 아빠와 완전히 다른 사람이 되고자 하는 욕망, 곧 역전적인 유전이었다.

  엘리엇 오빠의 결혼식이 있기 한 달 전, 30대 초반인 오빠와 20대 초반이던 나는 연애에 관해 이야기했는데, 이는 우리가 나눈 가장 솔직한 대화 중 하나였다. 나는 내가 만든 하얀 방 이론을 오빠에게 알려주었다. 아무것도 없는 하얀 방에서 단둘이 사흘을 보내더라도 질리지 않을 남자를 만나고 싶다는 뜻이었다. 당시 나는 내가 연애를 끝낼 때마다 매번 택했고 앞으로도 줄곧 택할 방식으로 지난 연애를 마무리한 직후였다. 상대에게 질리자마자, 하얀 방에서 나가고 싶어지자마자 끝내는 것이었다. 오빠가 청첩장을 발송할 때는 여전히 전 남자친구와 사귀는 사이였기에 청첩장에는 그의 이름도 함께 쓰여 있었다. 나는 결혼식에 혼자 참석할 계획이었고 그 사실에 *자부심을 느꼈는데* 그건 내가 누군가에게 정착하지 않는다는 의미였으며, 그 당시의 나는 정착이란 인간에게 일어날 최악의 일이라고 믿어서였다.

  엘리엇 오빠와 대화를 나눈 날, 나는 오빠가 원하는 것이 무엇이냐고 물었다. 지금 결혼하려는 사람과 왜 결혼하려고 하는 거야? 오빠는 두 사람이 앞으로 만들어가고 싶은 삶에 비슷한 비전을 가지고 있어서라고 대답했다. 각자가 가진 가치들은 양립 가능하며, 경제 같은 현실적인 문제에 같은 방식으로 접근한다고 했다. 스물한 살이던 나에게는 앞으로 만들어가고 싶은 삶에 비슷한 비전을 가지고 있어서라는 말은 로맨스의 정반대처럼 들렸다. 서른다섯 살이 된 지금에 와서 되돌아보면, 그것이 로맨스의 전부 같다.

  결혼식은 요세미티 국립공원에서 열렸고, 들러리 드레스의

지퍼를 올리던 내가 코르셋 부분을 찢어 먹는 바람에 결혼식이
30분 지연되었다. 미래의 새언니는 자애롭게도 "고치면 돼요."라
고 했다. 그리고 실제로 그렇게 되었다. 나머지 한 명의 들러리가
재단사였던 덕분이었다. 말 그대로 내 몸을 집어넣은 채로 드레
스를 꿰맸다. 나는 나 때문에 결혼식 시작이 늦어져서 부끄럽다
고 말했지만, 내심 조금 자랑스러웠다. 나는 혼란을, 분열을, 정착
과 반대되는 그 무엇을 일으키는 힘이었으니까. 난 정착하지 않
고, 수용하기 어렵고, 얼마 전 혼자가 된, 슬기를 튼는 존재였다.

　솔직히 결혼식은 아름다웠다. 오빠, 그리고 새언니가 얼마나
행복해 보였는지, 또 내가 타인의 마음을 얼마나 몰랐는지, 또 나
자신의 마음에 대해서도 마찬가지였는지를 깨달았다. 오빠와 새
언니 둘 다 파이를 좋아했기에 피로연에는 웨딩케이크 대신 파이
가 나왔다. 이 역시 공동의 비전이었다. 그날 밤 보드카와 샤르도
네에 만취해 울었던 나는 대화를 할 때마다 전 남자친구 이름을
자꾸 언급하면서 사람들에게 결혼식에 혼자 온 건 내 선택이었
음을 알렸다. 땅거미가 져 어둑어둑해진, 잔물결 모양을 이룬 푸
른 들판을 내려다보는 붉은삼나무로 만든 데크 위에다가 반짝거
리는 파티슈즈의 구두코로 담배꽁초를 비벼 껐다. 너무나 아름
다웠다. 나는 너무나 취해 있었고.

　그 시절의 나에게 삶이란 그런 밤에 가장 강력하게 존재하는
것이었다. 사랑의 곤경(나의 상처받은 가슴! 헤어진 남자친구의
상처받은 가슴!)을 직면하며 존재론적으로 혼자라고 느끼는, 그
리고 그런 마음을 모두에게 털어놓을 만큼 앱솔루트 보드카를
많이 마신 흐릿한 밤들 말이다. 그러나 시간이 지날수록 삶은 그

런 영화 속 같은 장면(욕실에서 우는 순간, 또는 어둑어둑해지는 여름 하늘을 배경 삼아 빨갛게 타오르는 담배를 든 손으로 마구 손시늉을 하는 순간) 속에서 구체화되던 모습과는 사뭇 달라졌으며, 평범한 일상이 남기는 커다란 자국들이 누적된 것과 닮아 갔다. 아침마다 하는 출근, 하교하는 아이들을 데리러 가는 것, 소파에 앉아 『로렉스(The Lorax)』*를 읽어주는 내 목소리에 귀를 기울이다가, 생일날 케이크 대신 애플파이를 먹고 싶다는 어린 조카들의 몸이 내 몸에 전하는 체온.

엘리엇 오빠가 결혼하고 몇 년 뒤, 나는 볼리비아로 두 달간 여행을 가겠다며 돈을 넉넉하게 빌려달라고 부탁했다. 오빠는 거절했다. 나는 열심히 설명했다. "나도 여행 자금은 충분히 있어. 돌아온 뒤에 집세 낼 돈이 필요한 것뿐이야." 그런데도 거절당했다. 나는 오빠가 날 재단하는 기분이 든다고 했다. 그는 *안 된다*는 대답을 받아들일 수 없을 땐 부탁을 해서는 안 된다고 했다. 나는 울기 시작했는데(*오빠 때문에 슬퍼.* 어린 시절 오빠들에게 자주 했던 말이다.) 오빠 말이 맞다는 걸 알아서였다. 돈이 필요해서가 아니라 오빠를 실망시킨 것 같아서 울었다. 해 드는 방향을 향해 줄기를 뻗는 화초마냥 오빠의 칭찬을 향해 온몸을 뻗느라, 전화선 너머에서 들려오는 목소리로부터 무언가를 애원하느라 삶의 너무 긴 시간을 썼다. 내가 애원한 건 그냥 사랑이 아니라 내게 사랑받을 자격이 있다는 확신이었다.

---

* 닥터수스의 어린이책.

*
**

할아버지가 돌아가신 건 부모님이 이혼하고 20년 가까이 지난 뒤
였다. 엄마는 할아버지에게 카드를 써서는 나더러 돌아가신 할아
버지의 시신 앞에서 읽어달라고 했다. 카드에는 "고맙습니다, 고
맙습니다, 고맙습니다, 고맙습니다."라고 적혀 있었다. 하나는 아
빠에 대한 고마움, 나머지는 아빠와 엄마 사이에 태어난 세 아이
각각에 대한 고마움이었다. 엄마의 글은 내 안, 애도가 있을 자리
를 차지한 텅 빈 공허에 단단한 표면을 만들어주었다. "큰 꿈을
꾸고자 하는 의지를 언제나 존경했습니다." 엄마의 글이었다. 침
대에 누운 할아버지의 시신은 믿기지 않을 정도로 작아 보였다.
팔을 만지고, 손을 잡았지만, 얼굴은 차마 건드릴 수가 없었다.

  발아래, 할아버지의 지하실은 진행 중이던 여러 프로젝트의
잔해, 조증과 재기의 뒤숭숭한 결합으로 가득 차 있었다. 손톱줄
을 직접 만들겠다고 마련한 다종다양한 사포들, 할 일을 휘갈겨
써놓은 색인카드, *워너 상원의원에게 이스라엘—팔레스타인 결의
안 발송, 아프가니스탄 출구전략 완성*. 고모들 말로는 할아버지는
작은 벌레나 잡초라 할지라도 세상 모든 것을 경이롭게 바라보는
법을 가르쳐주셨단다. 죽어가는 할아버지에게 고모들이 읽어준,
갈매기와 고래의 길이 등장하는 시는 바짝 선 칼날이나 정처 없
는 집시의 삶으로 끝나지 않았다. 시는 이렇게 끝맺었다.

  바라는 건 나와 같은 웃는 떠돌이의 명랑한 이야기,
  그리고 기나긴 교대가 끝났을 때 찾아오는 고요한 잠과

달콤한 꿈이 전부라네.

　　할아버지가 돌아가신 다음 날, 나는 브런치로 나누어 먹을 굴튀김을 만들었다. 번들거리는 타원형 굴을 손에 쥐고 빵가루를 묻힌 다음 먹을 만한 음식으로 만들었다. 나는 쓸모를 다하고 싶었다. 유족에게 식사를 마련해주고 싶었다. 이 굴은 래퍼해녹 근처 주유소에서 사온 것이었는데, 카운터의 남자는 유리병 하나 가득한 미끄덩거리는 굴을 나한테 팔면서 다짜고짜 루트비어와 문파이가 먹고 싶다고 말했다. 세상은 설명할 수 없는 욕망들로 가득 찬 듯한데, 때로 그 욕망은 놀라운 방식으로 충족되는 모양이었다.

　　빵가루를 입혀 기름에 튀겨낸 굴을 먹으면서 켈다 고모는 할아버지가 젊은 날(어린 시절, 공군에서 복무하던 시절) 이야기는 서슴없이 하는 반면 당신 인생 중 30년은 입에 담는 법이 없었다고 말했다. 그러니까 첫 가족과 함께한 시절 말이다. 아빠는 무표정하게 그 말을 들었다. 그날 저녁, 아빠가 묵는 호텔 방에서 텅 빈 와인병을 보았을 때, 나는 식탁에 앉아 있던 당신 얼굴을 떠올렸다. 그 얼굴 이면에 어떤 감정이 숨어 있었을까? 아빠의 빈 와인병은 할머니가 돌아가시기 전 몇 달간 내가 우리 동네 재활용품 수거장에 버린 수많은 빈 와인병들을 떠올리게 했다. 할머니가 할아버지와 이혼한 지 수십 년이 지난 뒤, 내가 할머니와 함께 살며 부족하게나마 최선을 다해 당신을 돌보던 시절이었다. 내게 할아버지란 우리 가족 중 나를 제외하고 술을 끊는 데 성공한 사람에 불과했지만, 할아버지에게 단주가 무슨 의미였을지 나는 전혀 알 수 없었다. 당신 역시도 탄산수를 병째 들이켰을까? 망한 연애를 생각하며 치약 냄새가 진동하는 아파트에서 시간을 보냈을까? 아마 아닐 것이다. 할아버지는 당신만의 더 지독한 여정을 지나왔을 것이다.

단주는 내가 나의 별것 아닌 기능장애를 놓고 한껏 부풀린 이야기를 늘어놓길 무척이나 좋아한다는 걸 스스로에게 알려주었다. 어쩌면 나는 내 가족에 속한 남자들을 또 하나의 이런 이야기 속에 몰아넣었는지도 모르겠다. 몸도 관심사도 다른 데를 향해 있어 붙잡을 수 없는 남자들(조종사, 걸핏하면 비행기에 오르는 남자, 전화기 너머 침묵하는 목소리)을 그리워하는 어린 소녀의 이야기 말이다. 그러나 이 이야기는 한층 복잡하다. 왜냐하면 어느 시점에서부터 나는 그리워하는 상태 자체에 대한 애착을 형성하기 시작했기 때문이다. 나는 이제 그들이 내 곁에 있기를 바라는 게 아니었다. 실제로 나는 그들이 떠나지 않고 머무를 때면 어쩔 줄 몰랐다. 몇 달간 떨어져 있던 아빠와 단 하룻밤 한집에서 머물 때도 그랬다. 모든 게 불편했다. 학교에 점심으로 싸 갈 음식은 없고 냉장고에는 샤르도네가 전부였다. 집에 가고 싶었다. 아빠 옆에 있는 것보다 아빠를 그리워하는 게 더 쉬웠다.

몇 년이 지나고서야 나는 *사우다지*의 두 번째 정의를 알게 되었다. *사우다지*에는 특정한 대상이 아니라 그리움이라는 상태 자체를 그리워한다는 의미가 있다. 비평가 F. D. 샌토스(F. D. Santos)는 쓴다. "욕망의 대상은 더 이상 사랑하는 이 또는 *귀환*이 아니게 된다. 욕망은 욕망 그 자체를 욕망한다." 이런 종류의 욕망은 충족되고 나면 갈피를 잡지 못한다. 하얀 방 안에서 느낀 친밀감은 설명하지 못한다. 붙잡을 수 없는 남자들이 때때로 나타나는 이유를 알지 못한다. 그들의 존재를 틀 안에 넣는 방법을 모른다.

내 가족에 속한 붙잡을 수 없는 남자들은 실은 여러 번 돌아왔었다. 할아버지는 새 가족을 꾸린 뒤 낳은 딸들을 사랑했다. 때로는 브라질로 도망치거나 지하실 프로젝트로 도망치기도 했지만, 체서피크베이 근처의 오래된 목조주택에서 30년간 삶을 꾸렸다. 아빠는 자주 떠났지만 내 옆에 있던 순간도 많았다. 엄마가 없을 때 내게 라면과 팝콘으로 저녁을 차려주거나, 세월이 흐른 뒤 내가 심장수술을 받는 동안에는 병원 구내식당에서 기다려주었다. 머무를 줄 모르는 아빠, 그리고 머무를 줄 몰랐던 아빠의 아버지가 나오는 이야기에 내가 애착을 가진다면, 아마 할아버지가 돌아가신 뒤 당신이 신화 이상의 존재로, 신격화된 것 이상의 존재로 살게 해주리라. 또 아빠 역시도 한층 복잡하고 모순적인 사람, 즉 헌신적이고 불완전하며 최선을 다한 사람으로 살게 해주리라. 내가 아빠를 그리워하는 내내 아빠 역시 나를 그리워했음을 알아갈 수도 있으리라.

할아버지가 돌아가시고 이틀 뒤, 엘리엇 오빠와 나는 아침 일찍 일어나 비 내리는 바깥으로 달리기를 하러 나갔다. "난 비를 맞으며 달리는 게 좋아." 나는 오빠에게 그렇게 말했지만 사실이 아니었다. 나는 어쩐지 비를 맞으며 달리는 걸 좋아하는 사람이 되고 싶었을 뿐이다. 극기심이 강하고 흔들리지 않는 사람 말이다. 오빠는 내게 우비가 있느냐고 물었다. 없었다. 오빠는 자기 우비를 내게 주었다. 그럼에도 나는 비에 쫄딱 젖었다. 우리 둘 다 젖었다. 오빠가 더 많이 젖었다. 젖은 신발로 척척 소리를 내며 흙길과 갈색 잔디 위를, 나중에는 목조 농장주택들을 스쳐 2차선 포장도로를 달렸다. 나는 오빠가 돌아가자고 할 때까지 달리기로 다짐했기에 결국 멈추지 못하고 계속 달리게 됐다. 엘리엇 오빠는 정기적으로 마라톤에 참가했다. 나는 이미 달리기를 그만두고 그 대신 담배를 피우기 시작한 뒤였다. 달리기를 마치고 돌아온 뒤 오빠에게 우리가 달린 거리가 얼마쯤 되는 것 같은지 물어보았다. 오빠는 6.5킬로미터인 것 같다고 했고, 나는 11킬로미터인 것 같다고 했다. 늘 그런 식이었다. 오빠는 스스로를 과소평가하고 장거리를 갈 수 있도록 힘을 아꼈다. 나는 공을 인정받고 싶어 하고 쉽게 지쳤다.

하지만 돌아오기 전, 반환점을 되돌아오기도 전, 우리는 고속도로 분기점을 따라 오메가 프로틴 공장에 가보았다. 숲속으로 이어진 아스팔트길을 한참 달리다 보니 공장의 모습이 보였다. 모여 있는 낮은 탑들(아마도 거대한 크기의 끓이는 용기였겠지.), 무리 지은 지게차들, 녹슨 배 몇 척. 나는 오빠에게 물었다. "만약 우리가 라이벌인 다른 생선 가공 공장에서 나온 스파이라면? 어떻게 하면 이 공장을 무너뜨릴 수 있을까?" 우리는 접근 방향을 가늠해보고, 철조망 울타리를 넘어가 수조 속에 무언가 썩은 걸 집어넣어 상하게 하는 상상을 나누었다. 오빠와 함께 웃는 게 늘 좋았다. 웃음만큼은 각자가 만든 삶이 서로 다르다는 사실에 아무런 영향도 받지 않으니까. 엘리엇 오빠는 내가 태어나서 처음으로 재밌다고 느낀 사람이었다.

우리는 오메가 공단 변두리에 있는 조그만 비행장을 지나쳤다. 듬성듬성 잡초가 자라 있고 비에 젖어 진창이었다. 신화에 등장할 것 같은 활주로는 아니었다. 그보다는 버려진 축구장처럼 보였다. 비행기에 몸을 싣고 떠나가는 상상을 불러일으키기보다는 진흙탕을 들이미는 곳이었다. 이곳에서 누가, 왜 비행기에 올랐을지 그 누가 알까? 이곳은 뼈를 발라내 한 덩어리로 만든 생선들을 하늘로 실어 나르는 비행장이었다. 언젠가 할아버지가 될 남자들이 언젠가 손주들에게 해줄 이야기에 나오는 일들을 한 곳이다. 애틀랜틱 멘헤이든으로, 또는 국회의원에게 보내거나 보내지 않을 문서로, 세상을 구하거나 구하지 않을 문서로 가득한 서류가방을 들고 다니면서. 세상은 끊임없이 구원을 필요로 할 것이다. 우리는 계속 달렸다. 하늘에선 계속 비가 쏟아졌다. 우리는 하늘이 남자들을 앞으로도 구름 속으로 끌어올렸다가 또 다시 땅속으로 내려 보낼 것을 알았다. 삶이란 한갓 꿈으로 끝나는 기나긴 교대였음을, 생활이란 갈매기와 고래와 바짝 선 칼날이었음을 알았다.

할아버지에 대해 말하는 사람들은 모두 하늘 이야기를 했다. 완벽한 은유였다. 그는 한곳에 머무를 줄 모르는 비행사였으니까. 하지만 그날만큼은 하늘이 너무 쉬운 은유로 느껴졌다. 하늘은 모든 것을 무중력 상태로 만들어버린다. 오히려 하늘 아래, 빗속 생선 공장 안, 철조망 울타리로 둘러싸인 한 떼기 풀밭을 빤히 바라보는 것이 더 솔직하게 느껴졌다.

할아버지를 애도하는 글을 쓰려 시도할 때마다 결국은 오빠를 향한 감사 편지로 끝나고 만다. 오빠에게 말하고 싶다. 아들들을 낳아주어서, 그 애들에게 플리스 잠옷을 입혀주어서 고마워. 좋은 아빠가 되어주어서, 또 그때 돈을 빌려달라는 부탁을 거절해줘서, 최소한 거절을 받아들일 줄 알아야 한다는 걸 가르쳐줘서 고마워. 결혼생활을 이어가줘서, 또 결혼생활이 언제나 즐겁기만 한 하얀 방이라고 생각하지 않아줘서 고마워. 정착이란 내가 타인 삶을 보며 멋대로 지어낸 이야기에 불과하다는 걸 알려줘서 고마워. 오빠가 어리고 나는 더 어리던 시절, 내가 울 때 같이 울어줘서, 그리고 할아버지의 임종 앞에서 내가 울지 않았던 이유를 이해해주어서 고마워. 내게 우비와 졸업무도회 사진과 애플파이를 건네줘서, 그리고 오래전 내가 밤을 버텨내는 법을 몰랐던 시절 2층 침대 아래층에서 잠들어줘서 고마워.

진짜 연기

Real Smoke

술을 끊은 지 2년이 지나고 나니 나는 어느새 라스베이거스 스트립* 한가운데서 논알코올 칵테일을 주문하는 사람이 되어 있었다. 200만 개쯤 되는 크리스털 구슬로 이루어진 거대한 샹들리에가 달려 있는 3층짜리 칵테일 라운지였는데, 반짝거리는 커튼으로 에워싼 1.5층이라고 불리는 비밀 장소에서는 "금단의 열매"라거나 "끝없는 플레이리스트" 따위 이름이 붙은 진짜 술을 주문할 수 있었다. 내가 마신 칵테일은 라즈베리셔벗맛으로, 테두리에 굵은 설탕 결정을 묻힌 코즈모폴리턴 글라스에 담겨 나왔다.

　나는 라스베이거스의 글쓰기 워크숍 자리에서 낭독을 하기 위해 날아온 참이었다. 비행기에 몸이 실려 날아온 것 자체가 거의 처음이었다. 심지어 이 문장조차도 매혹적인 데다가 짜릿할 정도로 수동적이다. 마치 무언가가 나를 원한다는 증거 같았다. 물론 그렇게 도착한 도시는 너무 많은 것을 너무 함부로 원한다

---

* 라스베이거스 대로 남부에 위치한 6킬로미터에 달하는 구간으로 큰 규모의 호텔, 카지노, 리조트들이 위치해 있다.

고 사람을 깎아내리는 한편으로, 상상한 것의 파편조차도 내어주지 않는 곳이었지만 말이다. 뉴헤이븐에서 나는 여전히 나를 이루고 있다 느껴지는 4년간의 연애가 끝난 충격으로 비틀거리고 있었다. 데이브와 함께한 삶이 내 온몸을 가르고 그곳에 파고들었다. 한동안은 떠나주지 않을 것 같았다. 그 시절엔 몰랐다고 말할 수도 있었지만, 그렇지 않았다. 알았다. 누군가에게 무슨 말을 할 때마다 나는 여전히 그에게 말을 거는 거나 마찬가지였다.

낭독이 끝나자 주최 측이 나를 라스베이거스 스트립에 데려가고 싶다고 했다. 우리는 모두 젊었고, 피곤해하는 이는 아무도 없었고, 이 도시의 가차 없는 화려함이라는 아이러니한 체험을 해보고 싶었다. 주최 측은 대학원생들로, 부족한 학자금을 충당하고자 바의 웨이트리스로 일하는 학생 한 명을 제외하면 멀리서 온 손님을 대접할 때만 그곳에 간다고 했다.

이런 밤이면 단주가 여전히 박탈처럼 느껴졌다. 낯선 이들과 함께일 때면, 나는 그날 밤이 끝을 모르고 풀려나갈 수 있도록 만드는 수단으로 매번 술을 이용했다. 술이 없으면 나는 바깥으로 나갈 수 없는 컨테이너에 갇혔다. 지금 나는 3층 높이의 샹들리에 속에 처박혀 있었다. 누군가 논알코올 칵테일을 마셔보라고 했을 때 처음엔 움찔했다. 실제 술에 취하는 경험의 시뮬레이션 버전에 나는 아무런 흥미가 없었다. 하지만 그러다가, 안 될 건 뭐야 싶은 생각이 들었다. 따지고 보면 시뮬레이션 경험이야말로 진정한 라스베이거스 체험일 터였다.

내가 주문한 논알코올 칵테일은 마셔보니 아주 맛있었다. 나는 200만 개의 크리스털 구슬 밑에서 주스를 마셨다. 밤은 이제

막 시작되었다. 우리는 가게 안 창문도 시계도 없는 깊숙한 자리, 슬롯머신 뒤에 숨겨진 시크릿 피자 조인트에 갔다. 금빛 나무가 가지에서 금화를 틔워내는 습한 온실에도 갔다. 어둠 속에서 붉은 등이 명멸했다. 달팽이는 장미로 만든 것이었다. 우리 일행은 "우리는 아스파라거스에 대한 당신의 의견을 존중하지만 그것에 반대한다, 그다음에는 안전히 귀가하세요!"라고 적힌 대형 전자 광고판을 지나쳤다. 하지만 우리는 귀가하는 것이 아니었다. 벨라지오 분수로 갔다. 연주곡 버전으로 편곡한 「타이타닉」 주제곡을 배경으로 한 워터쇼를 구경했다. 빛을 받아 솟아오르는 물줄기는 다른 사람들이 우스꽝스럽다 여기는 것들에서 아름다움을 찾고자 하는 내 속마음을 자극했다.

주최 측 중 한 사람인 조는 힙스터 청바지를 입은 잘생긴 남자로 금빛 곱슬머리에 조소를 띤 듯 멍한 표정을 한 사람이었다. 조가 보고 싶은 게 또 있느냐고 물었다. 나는 *있다*고 대답했다. 위아래 붙은 유아복을 사고 싶었다. 출산을 앞둔 친한 친구에게 줄 선물이었다. 친구는 아마 내가 아는 여자들 중 가장 고상한 사람이었다. 웨스트빌리지에 품격 있는 집이 있었고, 품격 있는 개도 있었고, 농장에서 직접 공수해 온 재료로 품격 있는 식사를 차리는 품격 있는 셰프 남편까지 있었다. 나는 그 친구에게 내가 찾을 수 있는 것 중에서 최대한 조잡한 유아복을 사다주고 싶었다.

"그런 가게를 알아요." 조는 그렇게 말하더니 세상에서 제일 거대한 기념품가게로 나를 데려갔다. 닫혀 있었다. 닫을 시간이 전혀 아니었는데 말이다. "다른 가게도 알아요." 하지만 그곳엔 우리가 찾는 게 없었다. "아직 끝난 게 아니에요." 조가 말했다.

알고 보니 유아복을 찾는 것보다 재미있는 단 한 가지 일이 바로 유아복을 찾지 못하는 것이었다. 자꾸 둘러보아야 했기 때문이다. 조의 지프에 타고 온화한 겨울밤을 지나가면서 우리를 둘러싼 네온 불빛이 흐릿해지고 반짝거리며 링거액처럼 매력을 뚝뚝 흘리는 광경을 보고 있자니 기분이 좋았다. 링거액이 핏줄에 들어오면 모든 것이 낮게 웅웅거리기 시작한다. 코카인을 처음 했던 밤 같은 느낌이 들었던 건 그날 밤이 유일했다.

우리는 차에 탄 채 라스베이거스 스트립이 시내와 이어지는 지점에 모여 있는 예식장들을 지나쳤다. 밤에도 결혼식을 치러주는 곳이었다. 플라워스 채플, 벨스 채플, 그레이스랜드 웨딩 채플, 위 커크 오 더 헤더뿐 아니라 겸손한 이름을 가진 터줏대감 리틀 화이트 채플도 있었다. 이곳에서 프랭크 시나트라, 마이클 조던, 리타 헤이워스가 각각 결혼식을 올렸고, 필기체로 *사랑을 담아*라고 맹세하며 우뚝 솟은 금빛 라메 정장을 입은 엘비스의 거대한 사진 아래에 이들의 영혼이 깃들어 있다. 브리트니 스피어스가 새벽 3시에 렌트한 라임색 리무진을 타고 와서 가장 친한 친구와 결혼한 곳이 바로 여기였다. "두 사람은 웃고 있었지만 동시에 울고 있었어요." 예식장 주인은 말했다. "영영 깨지지 않을 결혼일 줄 알았지요." 두 사람은 같은 날 오후 혼인무효 신청을 했다. 이곳에서의 현실은 다음과 같다. 원하는 것을 주문한다. 그리고 더는 원하지 않으면 환불한다. 베니스를 파리로, 룩소르를 뉴욕으로, 서커스를 성으로 바꿀 수 있다. 그것들은 초조함이 맺은 열매이자 선택이라는 자본주의의 복음이다. 당신은 결혼을 서약할 수 있다. 그다음에는 서약을 다시 주워 담을 수도 있다.

　조는 골든너겟 호텔 수영장으로 나를 데려갔다. 대단히 침착한 몸짓으로 자신들의 왕국 안을 맴도는 고대 생물처럼 생긴 상어들이 가득한 거대한 수족관 속을 유리로 된 밀폐형 워터슬라이드가 가로지르는 곳이다. 우리는 상어 옆에서, 호텔 복도에서, 주차장에서 플러팅을 주고받는다. 만약 플러팅이 주는 감각을 실내 공간에 비유한다면 밤의 라스베이거스처럼 불을 환하게 밝힌 동굴이리라. 가능성으로 깜박거리고, 네온 불빛을 향해 다가가는 나방처럼 파르르 달아오르니까.

　결국 우리는 프레몬트 스트리트, 네온 입술로 네온 담배를 피우는 12미터 높이의 베이거스 빅*의 그늘 아래서 유아복을 찾았다. 오래전에는 빛나는 거대한 담배에서 진짜 연기가 뿜어져 나왔단다. 이제 프레몬트 스트리트는 거대한 곡면형 LED 스크린이 머리 위를 뒤덮은 보행자 통로인 프레몬트 스트리트 체험이 되었다. 창문이 없어서 낮과 밤의 리듬으로부터, 하늘이 가진 광대한 타자성으로부터 우리를 떼어놓는다는 점에서 이곳은 카지노의 논리를 자연스레 연장한 느낌을 준다. 이곳에 들어오자 하늘은 완전히 사라지고 없었다. 낯선 사람들이 머리 위 집라인을 타고 내려오며 비명을 질러댔다.

　데이브와 헤어진 뒤 처음으로, 나는 다른 누군가와 사랑에 빠질지도 모른다는 희미한 조짐을 느낀다. 이런 기대감은 실제로 사랑에 빠지는 것과는 상당히 다르다. 사실 이쪽이 더 낫다. 잃을 게 없으니까. 마치 밖으로 나가 하늘을 마주하는 대신 창문을 여

＊　라스베이거스의 랜드마크로, 파이어몬트 클럽 건물 외관에 설치된 카우보이 형상의 네온사인.

는 것과 같다. 지프를 타고 숙소로 돌아가는 내내, 내가 묵는 호텔 앞에 차를 세운 다음에 조가 내게 키스할 것인지 궁금했다. 마치 열여섯 살로 돌아간 것만 같았다. 그는 내게 키스하지 않았지만, 그때 그가 보인 특정한 태도에서, 그의 침묵에서, 언젠가는 그가 내게 키스하리라는 것을 알 수 있었다.

1968년 예일대학교 건축학부는 "라스베이거스 리서치 스튜디오에서의 학습"이라는 제목의 세미나를 열었다. 이 세미나를 기획한 데니즈 스콧 브라운 교수와 로버트 벤투리 교수는 건축은 취향에 반응하기보다는 취향을 강요하는, 지나치게 "사회적으로 강압적인" 형태가 되어버렸다고, 라스베이거스 스트립은 소비자 욕망의 "가장 순수하고 가장 강렬한" 표출로서 그 강압에 반기를 든다고 믿었다. 세미나의 핵심을 이루는 것은 보통의 건축가들이 업신여기는 도시적 형태 속에 깃들어 있을 진실을 찾고자 "편견과 단정이 없는 연구"를 하기 위한 10일간의 라스베이거스 여행이었다.

　뉴헤이븐의 건축학교, 브루털리즘 양식*의 콘크리트 궁전에서 갓 나온 두 명의 예일대 교수와 제자들이 라스베이거스 스트립에 나타나다니, 독특한 시도였다. 이들은 스타더스트 리조트의 무료 객실에 묵었다. 서커스서커스 카지노의 갈라 개막식에

---

* 1950~1980년대 유행한 포스트모더니즘 건축의 한 갈래로 노출콘크리트와 반복되는 기하학적 유리창이 특징이다.

초청을 받은 그들은 데이글로 페인트와 지역 구세군에서 구해 온 헌옷 차림으로 참석했다. 그들이 지역 지원금을 신청한 뒤에 등장한 헤드라인 중에는 이런 것도 있었다. "예일대학교 교수들은 8925달러를 받은 대가로 라스베이거스 스트립을 극찬하고자 한다." 이 헤드라인에 담긴 의미는 분명하다. 고상한 세계에서 온 학자들이 저속한 사람들을 공짜로 칭찬해줄 리 없다는 것이었다. 그러나 벤투리와 스콧 브라운은 저속한 것과 고상한 것을 나누지 않았다. 이들은 "A&P 슈퍼마켓 주차장"과 "베르사유 궁전"을 한 문장에 담고자 했다. 그것들이 하나의 계보를 공유하기를 바랐다. 학기 중간이 되자 학생들은 이 강의를 "위대한 프롤레타리아 문화 기관차"라고 부르기 시작했다.

　　수십 년 뒤 나는 라스베이거스를 취향이라는 대규모 게임 속 약자라는 프레임에 넣고자 하는 이들의 충동을 공유하게 됐다. 라스베이거스를 저급하다고(cheesy) 하는 건 쉽지만, 애초 *저급하다*는 건 과연 무엇인가? 대영제국 시대에 이 단어는 리얼치즈(the real chiz, 우르두어로 بنیر(치즈)는 사물이라는 뜻)에서처럼 *세련되다* 또는 *웅장하다*는 뜻이었으나 오늘날엔 아이러니하게도 정반대 의미를 얻었다. 오늘날 이 단어는 진정성 없고, 섬세하지 못하며, 과도하게 안간힘을 쓰는 일을 뜻한다. 라스베이거스를 이루는 모든 것이 안간힘을 쓴다. 그러나 이곳에 진정성이 없나? 나는 한 번도 그렇게 생각한 적 없다. 진정성이 없다는 것이 자신이 아닌 무언가를 흉내 내는 것이라면 라스베이거스는 늘 진정성이 넘쳤다. 처음부터 이곳은 전부 가짜였다.

　　라스베이거스는 핵심을 잡아냈다. 모조로부터 벗어날 방법은 없다. 연기하는 게 아닌 척할 수도 있고, 연기한다고 인정할 수도 있지만, 둘 중 어느 쪽이건 연기라는 건 똑같다.

미술비평가 데이브 히키는 이렇게 쓴다. "고백하건대 나는 산타페의 가짜 현실보다 라스베이거스의 진정한 가짜를 더 좋아한다. 모조 진주보다는 진품 큐빅을 선호하는 것처럼." 샹들리에 바에서 보낸 그 밤 라스베이거스는 진품 큐빅이었다. 이곳은 속임수를 쭉 이어온 덕분에 결국 극도로 솔직해진 장소였다. 라스베이거스는 과도하게 안간힘을 썼을지는 몰라도 그곳이 아닌 다른 곳을 흉내 내려 한 적은 없다. 물론 이곳은 저속하고 우스꽝스럽다. 물론 이곳은 몰취향의 장소다. 그러나 취향을 좇는 속물들 따위 꺼져버리라지. 어째서 이미 온 세상에서 진실로 통하는 것을 대놓고 인정한다는 이유로 라스베이거스를 업신여기나? 온 세상은 지킬 수 없는 약속을 했다. 온 세상이 당신을 상대로 사기를 쳤다. 라스베이거스는 그저 그 사실을 허심탄회하게 털어놓았을 뿐이다. 온통 간판 조명을 내걸었을 뿐이다. 나에게 라스베이거스는 도시계획에 있어 길에서 스쳐 지나는 *"거짓말을 해서 뭐 하겠는가? 난 맥주를 원한다."*라는 손 간판을 든 노숙인과 대등한 곳이다.

어쩌면 내가 이 도시에 끌린 건 그저 남들이 추하다 여기는 것에서 아름다움을 발견하기를 좋아하는 성향 때문인지도 모른다. 벨라지오 분수쇼에 경외감을 느끼면서 이로써 다른 이들이 느끼는 역겨움이 상쇄되기를 바랐다. 라스베이거스는 당신이 어디에 있든 수도 없이 많은 다른 곳을 그리워할 것임을 알고 있었으므로, 그곳들을 전부 한곳에 욱여넣은 것이다. 뉴욕뉴욕, 패리스, 트로피카나, 미라지.* 번쩍이는 네온으로 이루어진 풍경은 집단적 갈망의 표현이다. 이곳은 우리가 환상 속 불가능한 지평선을 바라보느라 삶에서 얼마나 긴 시간을 낭비하는지를 인정한다. 그러면서 이런 갈망이 망상이 아니라 우리가 품은 핵심적 진실의 하나라고 암시한다. 그 갈망은 우리를 이루는 것이다.

*
* *

겨울의 뉴헤이븐으로 돌아온 나는 조와 편지를 주고받기 시작했다. 각자의 삶을 이야기로 바꾸어서 던지고 받았다. 조는 나에게 폐장시각에 서커스서커스에 몰래 들어가서 텅 빈 통로에서 공짜로 스키볼을 즐긴 이야기를 해주었다. 어느 날 밤 자기 집 발코니 바깥으로 빈 병을 잔뜩 집어던져 산산조각 낸 이야기도 해주었다. 나는 코네티컷의 눈보라 한가운데서 빛을 발하는 그의 도시를 상상했다. 친구들에게 이야기를 할 때 나는 그를 베이거스 조라고 부르기 시작했다. 깎아내리려는 의도가 아니었다. 오히려 그를 내 삶의 다음 장에 쓰고 싶은 이야기의 등장인물로 캐스팅한 데 가까웠다. 그는 가능성의 마스코트였다.

　우리는 보스턴에서 열리는 대규모 작가 콘퍼런스에서 만나기로 했다. 매년 가기 꺼리던 행사였지만, 그해에는 그곳에 가고 싶어 안달이 났다. 1미터 가까이 쌓인 눈 더미 속에서 차를 끌어낸 뒤 좌우로 미끄러져 가면서 얼음이 언 고속도로를 달렸다. 부

---

* 모두 라스베이거스에 있는 호텔 또는 카지노 이름.

풀어 오른 가능성이 마약처럼 작용해 다른 모든 것을 지웠다. 우박, 도로 표면에 생긴 얇은 얼음막, 타이어 아래서 미끄러지는 도로. 라디오 볼륨을 높였다. "난 이토록 달콤한 실체 없는 것을 먹고 살아가."* 조는 계속 문자메시지를 보냈다. "죽지 마!" 또 보냈다. "언제 도착해?"

　　그날 밤 우리는 숙소를 잡았다. 콘퍼런스 때문에 호텔이 꽉 차서 남은 객실은 프레지덴셜 스위트 하나뿐이었다. 이미 밤 10시인 데다가 비어 있었기에 저렴한 가격으로 묵을 수 있었다. 방이 세 개 있고 보스턴 시내의 유리처럼 매끈한 고층빌딩들을 파노라마 뷰로 볼 수 있는 널찍한 객실이었다. 대기업의 칵테일파티 장소로만 쓰이는 곳이라 침대조차 없었다. 대신 실내 바와 큼지막한 모듈형 가죽 소파가 여러 개 있었다. 우리는 간이침대와 버킷 가득 담긴 해산물을 주문했다. 게 다리, 굴, 바다가재 꼬리. 잠은 오래 자지 못했다.

　　그날 밤이 지나자, 우리는 내가 익히 아는 상태에 빠져 있었다. 서로에게 자신을 내주려는 어쩔한 열정. 시작하기 위해 우리는 각자의 예전 장거리 연애에서 경험했던 고르지 못한 감정의 곡선을 서로에게 거칠게 설명했다. 그는 솔턴 시 기슭에 있는 유령 마을로 차를 몰고 갔던 이야기를 했다. 나무판자를 대어 막은 처참하게 망가진 집들, 하얀 펠리컨 무리. 그는 "시시하지 않은 건강을 위해"라고 썼다. 술을 끊으면 영영 시시한 사람이 될까 봐 겁을 내던 어느 작가에 관한 에세이에 내가 쓴 표현이었다. 나

---

* 캘빈 해리스의 「스위트 너싱」 가사.

는 내가 사랑에 빠지는 중인지 궁금했다. 내가 오로지 사랑에 빠지기 위해서만 만들어진 사람인지 궁금했다. 때로는 내가 사랑을 *하기*보다는 사랑에 *빠지기* 위해 만들어진 사람이 아닐까 걱정했다. 하지만 다들 그런 걱정을 하지 않나? 그 뒤에 어떻게 될지는 생각할 수 없다. 그저 자꾸만, 다시, 또다시, 사랑에 빠지고, 그 사랑이 지속될 수 있음을 증명할 수 있도록 지속되기를 바라는 수밖에 없다.

보스턴에서 돌아오고 몇 주 뒤 나는 예일대학교 건축학부 도서관에 가서 『선셋 스트립의 모든 건물들(*Every Building on the Sunset Strip*)』이라는 책을 찾았다. 1966년 화가 에드 루샤(Ed Ruscha)가 출간한 이 책은 펼치면 7.6미터 길이가 되는 아코디언 형식의 아트북이었다. 제목이 보장하듯, 이 책은 도헤니 드라이브에서 크레센트 하이츠까지 이어지는 선셋 스트립의 모든 건물을 기록한다. 모텔, 튜더 양식을 흉내 낸 별장들, '보디 숍 벌레스크'라는 이름의 거대한 창고, '시 위치'라는 이름의 작은 창고, '플러시 펍'이라는 카페. 예일대학교의 라스베이거스 세미나에 영감을 준 책이었다. 1968년 벤투리와 스콧 브라운이 학생들을 데리고 라스베이거스에 갔을 때, 그들은 2년 전 루샤가 선셋 스트립에서 했던 것처럼 차 지붕에 카메라를 고정한 채로 라스베이거스 스트립을 처음부터 끝까지 지나쳤다.

　　나는 라스베이거스 세미나의 기본 전제에 이끌린 것과 같은 이유로 루샤 책의 기본 전제에도 이끌렸다. 둘 다, 다른 이들은 추한 것의 본보기라고들 하는 조악한 지역에서 아름다움을 찾았다. 그것은 내가 물려받은 유산의 일부였다. 나는 로스앤젤레스 출신 같지 않다는 말을 한평생 들으며 살았다. 그러나 나는 한평생 로스앤젤레스 출신이었다. 로스앤젤레스 출신 같지 않다는 말을 들으면 들을수록 나는 더더욱 그 말에 반박하고 싶어졌다. 로스앤젤레스는 다른 사람들이 얄팍하다거나 가짜라고 부르는 곳이지만 나는 이곳의 스트립 몰이며 주차장이 묘하게 매력적이라고 느꼈다. 거친 모래투성이 길에 반사되는 햇빛, 스모그 낀 저물녘 야자수의 실루엣.

루샤의 책을 읽고 나니 나도 북쪽에서 남쪽까지 총 6.5킬로미터에 달하는 라스베이거스 스트립을 거닐며 모든 걸 기록하고 싶어졌다. 그러면 집단적 환상의 청사진을 발견할 수 있으리라. 프로젝트에는 윤리적 압류라는 동기가 대두되었다. 나는 남들이 황폐하다고 부르는 곳에서 의미를 건져낼 것이다. 하지만 둘러대서 뭣 하겠는가? 나한테는 베이거스 조를 만나러 갈 핑계도 필요했다.

계획을 세웠다. 6월 초, 라스베이거스에서 차로 세 시간이면 가는 자이언 국립공원에서 결혼할 예정인 친구가 있었다. 그러니 며칠 일찍 가서 조와 함께 머물며 라스베이거스 스트립을 걸으면 되었다. 그 뒤에 조와 함께 결혼식에 참석하면 될 것 같았다.

라스베이거스에 가기로 약속한 날 몇 주 전, 베이거스 조는 자기 집에 빈대가 생겼다고 했다. 빈대를 쫓아내느라 43도에 달하는 기온인데도 난방을 하고 창문을 전부 열었다고 했다. 빈대

는 그 정도로는 없어지지 않는다. 전문가의 도움을 받아 집안 온
도를 올려야 한다. 그러나 조의 빈대 이야기가 대하소설처럼 길
어지자 나는 점점 그가 이 싸움의 어떤 부분을 즐기고 있는 게 아
닌가 하는 생각이 들었다. 빈대가 쉬 없어지지 않으리라는 게 확
실해지자마자 나는 플라밍고 호텔에 49달러짜리 방을 예약했다.
출발 며칠 전 베이거스 조는 나에게 새하얀 허벅지 위에 피딱지
가 말라붙은 채 일렬로 나 있는 세 개의 상처 사진을 보냈다. 인터
넷에서 "아침밥, 점심밥, 저녁밥"이라고들 하는, 빈대 특유의 세
개짜리 상처였다. 그 사진을 보는 순간 나는 움찔했다. 이 사진 자
체가 선을 넘어서기 때문만은 아니었다. 이제 우리는 경이로운 눈
으로 분수를 구경하는 낯선 이들도, 보스턴을 사이에 두고 열다
섯 개의 이야기를 주고받으며 막 시작하는 연인도 아니었다. 우
리는 벌레 물린 상처에 대해 이야기하는 사이가 됐다. 그의 메시
지를 보자 몸이 간질거렸다. 마치 그 조그만 벌레들이 나라 반대
편 내가 사는 연립주택의 벽돌 벽을 뚫고 들어올 정도로 막강한
것처럼. 그와 그만큼 가까워지고 싶은지 아직 확신할 수 없었다.

매캐런 국제공항의 짐 찾는 곳 바깥에 서 있던 조의 지프에 타는
순간 나는 여태까지의 모든 노력이 기대감의 무게에 질식하는 것
을 느꼈다. 편지와 백일몽으로 채워진 4개월은 전부 상어가 있는
수족관 옆에서 보낸 하룻밤, 그리고 크리스털 같은 오피스 건물
들의 불빛에 둘러싸인 고층빌딩에서 보낸 또 다른 하룻밤이 만

들어낸 것이다. 엉망진창인 두 개의 실제 자아에서 끌어와 선별한 두 개의 자아가 친밀해지게 만든 건 그러한 열정들이었다. 그러나 그게 다가 아니다. 사막의 숨 막히는 열대야, 그가 풍기는 체취, 몇 달간 실제 만나지 못한 채로 대화를 나눈 뒤 그의 차 앞좌석에 나란히 앉아 대화를 시도할 때의 어색함. 처음 그의 지프에 탔던 밤을 떠올리려 했지만 기억나는 것은 반짝이는 차양처럼 빛나는, 이미 나 개인의 신화 속에 *내가 이별을 극복할 수 있다는 사실을 깨달았던 밤*이라고 억지로 새겨 넣은 밤의 기억이 전부였다. 조의 차에 타자마자 나는 친구 결혼식에 혼자 가는 쪽이 낫지 않나 고민하기 시작했다.

우리의 차는 거대한 호텔들 뒤편으로 황폐한 뒷마당처럼 이어진 파라다이스로드를 달렸다. 카지노 딜러 유니폼이며 스트립 댄서 의상을 파는 가게들이 있었다. 꿈의 언저리에서 떨어져 나온 폐기물로 가득한 곳이었다. 어느 대형 광고판에 이런 질문이 쓰여 있었다. "호텔에서 상해를 입으셨습니까?" 그러고는 그 답으로 injuredinahotel.com을 제시했다. ez-snip.com에서는 "메스도 주삿바늘도 필요 없다" 정관수술 광고가 큰소리쳤다. 공항에서 나는 어떤 남자가 모르는 사람을 향해 자신의 암 투병 이야기를 떠들어대는 걸 우연히 들었다. "방광을 제거하더니 소장을 38센티미터로 잘라내서 새걸 만들어주더군요. 지금은 전부 정상입니다."

빈대들이 지프 뒷좌석, 내 수트케이스 지퍼와 주머니 틈새에 작은 몸을 웅크리고 들어가 있는 상상이 머리를 떠나지 않았다. 그러면서 나는 조의 빈대들은 조가 지닌 흠결 있는 실제 인간성의 정신적 대리물임을 막연하게나마 이해했다. 편안한 거리를 두고 떨어진 곳에서 빚어내고 바라볼 수 없는 그의 모든 부분. 우울증치료제를 올바로 복용하고자 애쓰는, 불완전하거나 취약하거나 안간힘을 쓰는 그의 모든 부분 말이다.

조는 그날 밤을 플라밍고 호텔에서 나와 함께 보냈다. 우리는 특정한 서사를 암시하는 킹사이즈 침대에 함께 누웠다. 사회적으로 지탄받는 연인들의 밀회, 술에 취해 낯선 사람과 보내는 밤, 결혼기념일 같은 서사 말이다. 그러나 우리가 겪는 서사는 다른 것이었다. 두 사람의 몸은 아예 서로에게 닿지도 않았다.

드디어 라스베이거스 스트립을 걸었을 때 내가 본 것들. 팔라초 타워, 베네시안 리조트, 미라지 호텔, 트레저 아일랜드, 윈 카지노, 앙코어 클럽. 서커스서커스. 뉴욕뉴욕. 맨덜레이베이. 저 멀리 보이는 후터스. 애니메트로닉스*로 구현된 아틀란티스가 매 시간 침몰했다가 다시 솟아났다. 눅눅한 팝콘 냄새가 풍기는 리비에라 호텔 콘퍼런스룸에서 열린 회복 모임에서는 한 남자가 일렉트로니카 DJ로 살면서 술을 안 마시는 삶이 힘들다고 토로했다. 그 밖에 또 뭐가 있지? 보안요원이 따로 배치되어 지키는 제프 쿤스의 튤립들. 돌고래와 함께하는 요가를 홍보하는 광고판들. 리뎀션**센터라는 이름이 붙은 경품 부스가 있어서 나는 트위터

---

* 애니메이션과 일렉트로닉스의 합성어로, 정교한 로봇을 만들어 구현하는 특수효과.

배경화면을 그 사진으로 바꾸었다.

가톨릭 성당의 삼각 그늘 속에 앉아 있다가 나에게 어느 신을 믿느냐고 물어보더니 나한테 자기 흉터를 보여주고 싶지만 내가 악몽을 꾸길 원치는 않는다고 말하는 노숙인 남성을 보았다. 휠체어에 아이들을 위해 뽑은 로봇과 바나나 인형을 잔뜩 싣고 목발에 의지한 채 카니발 게임 통로를 걸어오는 어느 아버지도 보았다. 스트립 댄서의 실루엣과 함께 "싱글 맘을 응원합니다."라는 글씨가 인쇄된 티셔츠를 보았고, 그다음엔 어느 엄마가 자기 아들한테 "이 개떡 같은 은행 다른 지점으로 가야 돼." 하고 말하는 것을 들었다. 룩소르에서 나오던 한 남자는 밝은 대낮이 미덥잖다는 듯이 친구에게 "우리 왜 밖으로 나온 거야?" 물었다. 카지노 밖으로 나오면 그늘에서도 기온이 43도에 육박했다. 물이 마른 분수는 스스로를 열심히 변호하듯 "가뭄으로 사용 중지"라는 안내문이 붙어 있었다. 심지어 환상조차 한계를 지녔다.

더는 라스베이거스가 고상한 속물들 때문에 억울하게 희생된 큐빅으로 보이지 않았다. 이곳은 돈을 벌기 위해 만든 기계다. 이곳의 저속함이야말로 궁극적인 자본주의 사업이었다. 이곳의 이윤은 성립할 수 없는 무수한 약속들로 이루어진 크리스털 커튼에 싸여 나온다. 이곳의 전구며 스테이크 하나하나, 모든 상어 수조 속 모든 상어가 그 약속이다. 진실한 말이 쓰인 손 간판("거짓말을 해서 뭐 하겠는가? 난 맥주를 원한다")을 든 노숙인의 솔직함은 존경스럽지만, 애초 그를 노숙인으로 만든 경제 체계

** '구원'과 '보상'이라는 뜻이 둘 다 있다.

를 더는 옹호할 마음이 들지 않았다. 그러나 나한테 나를 둘러싼 2만 개쯤 되는 호텔 객실 속 낯선 이들의 허위의식을, 당신들은 자신이 처한 곤경을 이해하지 못한다는 말을 소리 높여 외칠 자격이 있던가? 모두가 주야장천 돈을 잃으면서도 좋은 시간을 보낸다고 믿는 건 무슨 의미인가?

　2003년 지그프리드 & 로이의 흰 호랑이가 미라지 무대 위에서 로이를 공격했을 때 로이는 몬테코어가 자신을 해칠 의도가 전혀 없었다는 말을 반복했다. 몬테코어는 그저 그를 지켜주려 했다고 말했다. 라이브 공연을 지켜보던 관객들은 호랑이의 공격이 애초 계획된 쇼가 아니었음을 처음엔 알아차리지 못했다. 열 살짜리 영국 소년은 엄마의 소매에 얼굴을 묻었다. 나중에 그 엄마는 기자와의 인터뷰에서 말했다. "아이한테 괜찮다고, 진짜가 아니라고, 마술이라고 달랬어요." 그 뒤로 한동안 아이는 자꾸만 "엄마, 진짜가 아니라면서요."라고 했다. 모든 것이 가짜여야 하는 땅에서는 진실의 도래란 약속의 배신이자 계약 위반, 예정 번복이다.

**

플라밍고 호텔에 머무는 동안 나는 매일 아침 일찍 일어나 단행본 마감을 위해 원고를 교정했다. 같은 호텔에 묵은 낯선 사람들이 복도에 내놓은 더러운 룸서비스 접시는 며칠이 지나도 손대지 않은 채 그대로였다. 녹아서 얇게 깔린 아이스크림 웅덩이 속에 시커먼 덩어리로 남은, 퍼지 소스로 얼룩진 브라우니선디의 잔해. 아이스크림선디를 주문한 사람들은 원하던 걸 얻었을까? 모든 사람이 지금 내가 겪는 것과 똑같은 호황과 불황의 순환이 주는 실망감으로 상처 입었을 것 같았다.

아침 6시 30분, 커피를 마시려 로비의 카지노에서 줄을 선 내 주변은 전부 밤을 꼴딱 샌 사람들이었다. 로비 전체에서 코코넛 향 자외선차단제와 담배 냄새가 풍겼다. 같은 줄에 서 있던, 지독하게 피곤해 보이는 남자가 동정 어린 눈길로 나를 쳐다보더니 "행운을 빕니다." 하고 낮게 말하며 내 팔꿈치를 살짝 건드렸다. 나는 커피를 받아 플라밍고 가든의 뜨거운 열기 속으로 나갔다. 새 냄새와 새똥 냄새가 진동하는 곳이었다. 한 여자가 이렇게 이른 아침에, 이렇게 더운 곳에서, 플라밍고에게 둘러싸인 채로 담배를 피우는 모습을 보다가 서글퍼진 나머지 담배를 피우던 과거를 잠시 떠올리기도 했다.

작열하는 햇볕이 내리쬐는 호텔 수영장에서 원고를 교정하는데, 피부가 가죽처럼 거친 남자가 잔뜩 놓인 플라스틱 선베드 너머에 있는 역시 가죽 같은 피부를 가진 여자를 발견하더니 "당신은 *짐승이야!*" 외쳤다. "클럽 소다 한 잔 가져와." 열세 살쯤 돼 보이는 소년은 "싱글", 그리고 "임자 있음"이라는 체크박스 두 개가 그려진 무릎까지 내려오는 티셔츠를 입고 있었다. "임자 있음"에 체크 표시가 되어 있었다. 사람들은 물건 값을 가늠할 때도 블랙잭의 패를 내밀 때처럼 "6이면 내가 져주지." 했다. 폐장시각이 되자 수영장에 있던 사람들이 성을 내기 시작했다. 수상구조요원에게 비치볼을 집어던진 남자도 있었다. 불멸에 버금가는 24시간 쾌락을 약속하는 도시에서 매일의 폐장시각은 작은 죽음에 해당했다.

　조는 퇴근한 뒤 시저스 팰리스의 포럼 숍스 안에 있는 퐁듀 식당에 나를 데려갔다. 이곳의 모든 것(이를테면 초콜릿 퐁듀에 찍은 초콜릿 쿠키)은 과하지만 충분하지 않았다. 조가 계속 내 말을 중간에 잘라먹는 바람에 짜증이 났다. 우울증 약을 먹는 탓에 식욕이 없었는데, 나는 그 사실도 짜증이 났다. 나는 너무 쉽게 짜증을 냈다. 조는 허무를 이야기했다. 의미란 주관적인 것이고 구축된 것이며 핵심이란 존재하지 않는다는 둥…… 그러나 나는 전혀 귀를 기울이고 있지 않았다. 그저 퐁듀 냄비 아래 놓인 분홍색 크리스털을 휘감으며 솟아오르는 불길을 바라보았고, 그쪽으로 너무 바짝 몸을 기울인 나머지 머리카락에 불이 붙었다. 웨이터는 다 안다는 듯 미소를 지었다. 매일같이 일어나는 일이라고 했다. 생각해보니 결혼식에는 같이 가지 않는 게 좋겠다고 조에게 말했다. 과하고 이르다고. 내가 그에게 하지 못한 말은 *당신은 하나의 개념이었어. 그런데 지금은 내 앞에 존재하지*였을 것이다. 조는 라스베이거스의 호텔이 모두 교도소로 바뀐 평행세계에 관한 장편소설을 쓰는 중이라고 했다. 나는 조를 베이거스 조로 탈바꿈시켰지만, 알고 보니 조는 실제 인간이었다. 재미있고 잘생겼고 친절했지만, 한편으로는 안간힘을 쓰는 *진짜*였고(그에게는 필요한 것들이 있었고, 타인에게 의심을 품기도 하는) 그의 옆에 있으면 목에 무슨 덩어리가 걸린 것 같아 자꾸 침을 삼키게 됐다. 내 눈앞에 있는 남자가 아니라, 내 눈앞에 있지 않은 남자에 대한 갈망이었다.

　벤투리와 스콧 브라운은 라스베이거스 세미나를 기록한 책에서 상업지구에서 간판은 이 간판이 광고하는 건물보다 중요하다고 주장한다. "정면에 자리한 간판은 천박하고 화려하다. 그 뒤에 있는 건물은 수수하고 볼품없다." 이런 설득은 장거리 연애의 논리와도 맞닿는다. 꿈과 간판에 진실, 나아가 아름다움이 담길 수 있다. 그러나 이런 건축에 담긴 설득력은 근접한 것, 그 안에서 살아가는 것과는 정반대다. 결국은 이런 말이 하고 싶다. 고속도로에서 벗어나자, 내가 고른 건물에서 어떻게 살아야 할지 알수 없던 것이다. 조는 가짜 담배 끄트머리에서 뿜어져 나오는 진짜 연기였지만, 나는 타인의 완연한 인간성을 받아들일 준비가되어 있지 않았다. 우리는 함께할 수 없는, 멀찍이 떨어진 존재들이었다.

다음 날 밤, 염소로 소독된 그랜드 캐널이 내려다보이는 베네시안 호텔 15층 스위트룸에서 열린 친구의 신부 파티에 모인 여자들은 싸구려 샴페인을 나누어 마시면서 제 연인의 짜증나는 버릇에 대해 불평하기 시작했다. 나는 이제 샴페인을 마시지 않았고, 짜증을 유발할 연인도 없었다. 해가 지자 우리는 구름이 그려진 베네시안의 하늘 아래서 나와 라스베이거스의 밤으로 들어섰고, 머리에는 반짝이는 티아라를 쓴 채로 배수로 위, 도로 연석에 쌓여 있는 피 묻은 누더기처럼 보이는 무언가의 옆을 지나쳐 걸어갔다.

　엑스칼리버 클럽의 번쩍이는 미러볼 아래 펼쳐진 남성 코미

디쇼 「선더 프롬 다운 언더」에서는 소방관, 건설노동자, 의사, 군인, 우유배달부가 제복을 벗고 번들거리는 식스팩을 드러냈다. 스트로브 조명만 켜진 어둠 속, 베이비오일을 뒤집어쓴 육체들이 '역설적으로 그곳에 존재하는 것'과 '그저 그곳에 존재하는 것' 사이의 경계를 무너뜨렸다. 한쪽 이두근에 "신이여 내게 평온을 주시옵고."라는 단주 문구를 큼지막한 타투로 새긴 진행자는 어느 노년 여성으로 하여금 반들거리는 가죽바지 위로 자기 고환을 감싸 쥐었다.

라스베이거스 스트립을 따라 숙소로 돌아가는데 여자들이 잔뜩 탄 SUV 차량 한 대가 우리 옆에 멈춰 섰다. 그중 한 사람이 창밖으로 고개를 내밀고 "신부가 누구야?" 물었다. 우리가 가장 큰 티아라를 쓰고 베일을 달고 있던 신부를 가리키자 차 안에 있던 여자들이 고함을 질러댔다. "하지 마!" 그러더니 "우린 다 이혼한 사람들이야!"라는 말을 남기고 다시 달려갔다.

다음번에 라스베이거스를 찾았을 때, 나는 그곳에서 결혼했다. 15개월 뒤였다. 뉴욕으로 이사했고, 라스베이거스에서 전당포 주인 부부의 아들로 태어난 한 남자를 그곳에서 만나 사랑에 빠졌다. 지금까지 그가 만났던 사람들은 다들 그가 진짜로 라스베이거스에서 어린 시절을 보냈다는 사실을, 실제로 그런 사람이 있다는 사실 자체를 알고 놀랐다. 하지만 사실이었다. 그는 부모님 가게 뒷방에서 25센트 동전들을 한 줄로 말고, 화난 손님들이 부모에게 더러운 유대인이라고 욕하는 소리를 들으며, 부모님이 네 아이들에게는 당신들이 갖지 못한 더 많은 기회를 주려고 평생 하루도 쉬지 않고 일하는 모습을 지켜보며 어린 시절을 보냈다.

찰스에게 라스베이거스는 불가능하거나 깨진 꿈의 거대한 은유가 아니었다. 그에게 라스베이거스는 토요일 아침의 만화영화, 사막의 무자비한 햇빛에 녹아내리는 세븐일레븐에서 산 슬러시였다. 초조할 때마다 젖은 타월을 질겅질겅 물어뜯던 네바다대학교 라스베이거스 캠퍼스의 전설적인 코치 타크 더 샤크가 있던 시절, 러닝 레벨스*와 같은 코트에서 했던 고등학교 농구시합이었다. 라스베이거스는 찰스가 아버지와 함께 라디오로 시저스 팰리스에서 열린 권투시합 중계를 들으며 15번 주간고속도로를 달리던 곳이었다. 찰스가 집 뒷마당에 기다란 종이띠로 만들었던 권투 링이었다. 아이는 자신의 세계에 존재하는 특정한 재료에 영감을 받은 것이다. 그곳이 그가 아는 세계였으니까.

찰스와 나는 맨해튼 시내의 한 업무공간에서 둘 다 글을 쓰다가 만났다. 그는 내 타투가 무슨 뜻인지 묻는 것으로 자기소개를 대신했다. 그에게는 타투가 열한 개 있었고 최근에 새긴 것은 팔뚝에 푸른색으로 적힌 다섯 살 난 딸 이름이었다. 딸이 처음으로 자기 이름을 썼을 때 그는 이 글씨를 살갗에 영영 새기겠다고 딸한테 약속했다. 나는 그가 약속을 늘 지키는 사람이라는 사실을 곧 알게 된다.

처음 만났을 때 나는 이미 그의 작품을 알고 있었다. 몇 년

---

* 이 학교의 전설적인 농구팀.

전 그의 첫 책을 읽었던 것이다. 나는 라스베이거스를 배경으로 한 무질서하게 뻗어나가는 장편소설이 아웃사이더들을 다정하게 소환해내는 방식이 좋았다. 거리에서 노숙하는 10대 가출 청소년들, 만화책 때문에 인생을 살아가는 수줍음 많은 10대 소년들, 손님들에게 조롱당하는 전당포 주인들. 또 찰스 자신의 이야기 역시 문학계에 널리 알려져 있었다. 찰스의 아내는 딸 릴리가 겨우 생후 6개월일 때 백혈병 진단을 받았으며, 릴리의 세 살 생일 직전에 세상을 떠났다.

　찰스와 나눈 첫 대화는 몇 시간이나 이어졌다. 사람들이 하는 말대로, 그렇게 영원히 대화할 수 있을 것만 같았다. 물론 찰스는 오후 5시에 릴리를 데리러 가야 했으니 영원히 대화할 수는 없었다. 처음 나눈 대화에서 나는 몇 달 전 와이오밍의 레지던시에서 참여했던 의식에 관해 이야기했다. 보름달이 뜬 날 모두 텅 빈 가방과 지갑을 챙겨 널찍한 들판으로 나간 뒤 우주를 향해 각자가 원하는 구체적인 소원을 비는 의식이었다. 나는 세속적인 성공에 덜 신경 쓸 수 있기를 빌었다. 그 당시 나는 그것이 아주 현명한 바람이라고 생각했다. 내 다음 순서였던 남자는 오토바이를 갖고 싶다고 빌었다. 그 말을 들은 찰스는 내가 마음 졸이며 바랐던 대로 웃음을 터뜨렸다. 릴리라면 보름달 의식에서 어떤 소원을 빌까 하고 묻자 그는 아마 플라스틱 얼음 성을 갖고 싶다고 할 것 같다고 했다. 그러더니 그는 잠시 침묵하다가 말했다. "솔직히 말하면 그 애는 엄마가 갖고 싶다고 할 것 같네요."

　진실을 툭 내뱉는 일을 꺼리지 않고 고통을 유머러스하게 말하는 사람, 그게 바로 찰스였다. 완연한 고통을 살아내었으므로,

삶이란 트라우마와 플라스틱 얼음 성이 공존하는 것임을 깊이 이해하고 있었으므로. 나는 내가 빈 가방을 챙겨 갈 테니 보름달을 마련하라고 했다. 다음번, 커피머신 앞 작은 테이블에서 만났을 때 그는 자신이 릴리와 함께 만들었다는 그림을 꺼내 벽에 붙였다. 갈색 공작용 종이를 잘라 만든 세 개의 울퉁불퉁한 산, 그리고 그 위에 동그란 노란 보름달이 걸려 있었다.

첫 데이트에서 찰스는 나를 데리고 일곱 가지 코스가 나오는 이탈리아 식당에 갔지만, 베이비시터와 약속한 시간까지 귀가해야 했기에 마지막 두 코스는 생략했다. 두 번째 데이트는 릴리가 학교에 가 있는 사이 이루어진 한낮의 밀회였다. 오전 내내 내 아파트에서 서로를 애무한 다음 내가 사는 블록 끝 쪽에 있는 보데가*에서 터키 샌드위치를 사서 이스턴 파크웨이 풀밭에 앉아 플라스틱병에 담긴 레모네이드, 그가 어릴 때 좋아했다는 치킨과 플 크래커 한 상자와 함께 먹었다. 세 번째 데이트에서는 릴리가 할머니 집에 가 있는 동안 캐츠킬 산맥으로 여행을 갔다. 내가 마지막 순간 떨이로 예약한 작은 B&B 객실은 호피무늬며 상처 하나 없이 웃고 있는 지그프리드 & 로이 사진으로 가득했다. 캐츠킬 산맥에서는 아침마다 봄기운에 얼음이 녹아 진창이 된 길을 걸어 고속도로변 작은 간이식당에서 입안의 상처를 자극할 정도로 짠 베이컨과 달걀을 먹었다. 그 여행에서 우리는 작디작은 것들에서도 기쁨을 찾았다. 주유소에서 감초 젤리와 시큼한 체리 사탕 같은 최고의 간식을 샀다. 벽에 그려진 흰 호랑이를 보고 경

---

* 뉴욕에서 주로 스페인계 주인들이 운영하는 작은 식품점.

탄을 느꼈다. 10분간 질리지도 않고 똑같은 농담을 주고받다가, 다음 날 똑같은 농담을 되풀이했다. 찰스는 힘든 걸 솔직히 털어놓는 사람, 지금까지 내가 만난 그 누구보다도 재미있는 사람이었다.

어떻게 보면 사귀기 시작한 뒤 첫 몇 달(열정적으로 사랑에 빠져들던 기간)의 패턴은 여태 했던 다른 연애들과 겉보기에는 다를 바 없었다. 그러나 나는 이 관계를 깊이 신뢰했다. 처음부터 우리의 사랑은 사방에 흩어진 봉제인형이며 빵 바자회, 분노 발작, 한밤중 욕실 불을 켜기 전 발에 밟히는 고무 장난감 같은 일상다반사에 뿌리내린 것이었다. 우리의 로맨스는 완전한 방종의 가능성으로 충전된 것이 아니라, 경계와 모서리가 있기에 전기가 흐르는 것이었다. 서로의 선별된 버전과 교감하기보다는 흩어지고 압도되고 분투하는 우리의 완전한 자아를 소환하는 평범한 하루하루를 살아가는 데 가까웠다. 우리의 이야기는 기분에 이끌려 고층 호텔의 스위트룸에 묵는 이야기가 아니라 일상의 한가운데서 작은 활기를 찾는 이야기였다. 그가 사는 임대료 인상이 제한된 작은 아파트의 빨간 접이식 매트리스에서 눈을 뜨고, 깨어나자마자 120센티미터 높이의 플라스틱 인형의 집 그림자 속에서 입 맞추는 것이었다.

추상적으로 바라보면 우리의 사랑은 의무와 트라우마에 묶인 것처럼 보였다. 아이를 키우면서 해야 할 일들, 그리고 상실의 기나긴 그림자 말이다. 그러나 그 모든 역경 아래에는 또 다른 진실이 도사리고 있었다. 내가 평생 갈망해온 사랑의 각본 중 그 어느 것에도 들어맞지 않는, 몸으로 체험한 사랑이 그것이었다. 이 사랑은 매트리스 위 너무 작은 이불을 덮은 채 한밤중에 터뜨리는 웃음 속에 있었다. 베이비시터에게 아이를 맡긴 뒤 찾아간, 허드슨강 근처 시간제 모텔의 천장에 거울 달린 방 속에 있었다. 하교 후 아이를 데리러 가는 시간, 발레 수업에서 입힐 레오타드, 토요일 아침에 먹는 초콜릿 칩 팬케이크, 두 사람이 가장 좋아하는 저녁식사인 튜나멜트 샌드위치로 그려지는 공통의 일상 언어 속에 있었다.

어떻게 보면 나는 현관 계단에서 혼자 담배를 피우며 백일몽과 자기연민에 사로잡히던 싱글의 삶에서 곧바로 책임과 친밀한 의존의 삶으로 직행한 셈이다. 마치 릴리가 "눈 깔개, 작은 깔개"라고 부르던 거실 카펫 위에서 우리가 종종 하던 보드게임 「인생게임」에서 노란 바나나색 지름길을 택하기라도 한 것처럼. 작은 플라스틱 차를 멈추고 나만의 작은 플라스틱 아기를 가지려고 플라스틱 돌림판을 돌리는 대신 곧바로 게임판 위 가족 영역으로 뛰어 들어간 것처럼. 이제 나는 찰스의 발 디딜 데 없는 거실 한구석에 수트케이스를 갖다놓고 살아갔다.

사귀기 시작한 뒤 고작 6개월 만에 찰스와 나는 라스베이거스로 사랑의 도피를 하기로 마음먹었다. 어떻게 보아도 무모한 일이었다. 나는 엄마가 된다는 게 어떤 의미인지 전혀 몰랐고, 엄마 잃은 아이의 엄마가 된다는 것이 어떤 의미인지는 더더욱 몰랐다. 그러나 찰스는 내가 자신의 삶에 들어갈 수 있다고 믿었고, 나 역시 그 삶에 들어가고 싶었다. 그를 위해, 릴리를 위해, 그리고 나 자신을 위해. 그를 바라볼 때면 상상할 수 없는 고통 속에 있을 때조차 사랑하는 이들을 위해 그 자리에 있어준 남자가 보였으므로 나는 그를 믿었다. 즉흥적인 결혼식, 은밀한 기쁨으로 우리가 하나가 되기로 맹세하게 만든 것은 의무라는 빗금이 그어진 실제 하루하루로 이루어진 이 삶, 우리의 특별하며 평범한 삶이었다.

　우리는 리틀화이트 채플의 불 켜진 하트 아래, 인조잔디 위에서 결혼했다. 릴리는 사촌 집에서 자고 오는 날이었다. 우리는 분홍 캐딜락을 지나, 사랑의 터널과 드라이브스루 창구를 지나 안내 데스크로 간 다음 말했다. "결혼시켜주세요!" 접수 담당자는 먼저 시청에 가서 증명서를 받아와야 한다고 했다. 내가 뭘 기대했던 걸까? 원스톱 쇼핑이었나. 이곳은 24시간 드라이브스루 창구가 있다고 광고하는 곳이었으니까. 나는 관공서에 들러야 한다는 사실을 알고 나서 다시 돌아오지 않는 사람들이 얼마나 되느냐고 접수 담당자에게 물었다. 담당자는 잠시 생각하다가 대답했다. "50퍼센트 정도요?"

　7시가 가까워서야 증명서를 발급받아 온 우리는 꽃 패키지도, 엘비스 분장을 한 모창 가수의 축가도 구매하지 않았다. 분홍 캐딜락을 빌리지도 않았다. 채플 라무르나 크리스털 채플, 또는 정자에서 결혼식을 올리지도 않았다. 렌트한 차를 몰고 천장에 아기천사가 그려진 사랑의 터널을 지나오지도 않았다. 우리는 보이지 않는 스피커에서 엘비스 프레슬리의 「풀스 러시 인」이 흘러나오는 예식장 본관에서 구식 결혼식을 진행했다. 하얀 실크를 입힌 벽은 퀼트 요 같았다. 아기 천사 석상들은 손에 흐드러지는 흰색 조화로 만든 부케를 하나씩 들고 있었다. 장미, 하트, 비둘기를 표현한 스테인드글라스가 있었다. 이 중 어떤 것도 잘못된 것 같지 않았다. 말도 안 되지만, 전부 제대로 된 것처럼 느껴졌다. 지형이 어떻게 생겼을지조차 짐작 가지 않는 완전히 낯선 세계로 내 몸을 내던진다면, 그 일은 이상하기 짝이 없는 어딘가에서 하는 것이 적절할 것 같았다. 그 순간은 마치 내 삶에서 펼쳐질 모든 예측 불허들을 인정하는 것처럼 자유롭기까지 했다.

결혼식이 끝날 무렵엔 우리 둘 다 눈물이 그렁그렁했다. 사진사가 증인이 되어주었다. 아무개 신부라는 사람이 니체를 인용했다. "결혼생활을 불행하게 만드는 것은 사랑의 결여가 아니라 우정의 결여다." 그는 "사랑에 빠진 상태에서 평생에 영향을 미칠 결정을 내려서는 안 된다."라는 니체의 말은 인용하지 않았다.

우리가 바로 그 상태였다. 나는 그해 여름 찰스에게 생일 선물로 받은 푸른색과 흰색이 어우러진 긴 드레스를 입고 있었다. 구름을 닮은 드레스였다. 손톱에 칠한 빨간 매니큐어는 벗겨져 있었다. 나는 등딱지 속에서 주름진 목을 쭉 빼 머리를 맞댄 두 마리 거북의 셀카 프레임 속에 우리 두 사람의 얼굴을 함께 담으려 애썼다.

우리는 숙소인 골든너겟 호텔로 돌아온 뒤 로비에서 컵케이크를 먹었다. 룸서비스로 스테이크를 주문했다. 찰스에게, 한때 수족관의 상어가 내게 놀라움과 가능성의 상징으로 다가왔다는 말을 했다. 그는 그 수조가 있는 곳이 오래전 할아버지가 처음 차린 전당포가 있던 자리라고 했다. 3층 높이의 인피니티 풀에 수영을 하러 갔더니 5분 뒤인 자정에 닫는다고 했다. 열여섯 살이나 되었을까 싶은 소년의 안내였다. "하지만 우리 방금 결혼했는걸요!" 우리가 말했다. 하지만 소년의 표정엔 미동도 없었다. 아마 매일 밤 듣는 말이었으리라.

다음 해 우리는 숲속에서 결혼식을 올리게 되고, 기뻐 날뛰는 한 무리의 아이들을 위한 보물찾기도 마련하게 된다. 그날 하루는 그림엽서 같을 것이다. 우리가 사랑하는 모든 사람들, 반짝이는 물속으로 아장아장 걸어가는 아기들. 그러나 그날 밤 우리에게 있던 건 둘만의 작고 흰 교회에서 아무개 신부의 축성을 받으며 사랑의 열병이 현실이 된다는 부조리가 전부였다. 그날 밤은 우리 둘뿐이었다. 둘뿐인 밤이었다.

삶이란 줄거리의 끊임없는 전환이라고 정의할 수도 있다. 우리는 스스로를 위해 쓴 각본을 내주고 그 대가로 진짜 삶을 받는다. 라스베이거스가 나에게 해준 일, 나를 *위해* 해준 일이 바로 그것이었다. 이곳은 내가 어느 날 밤 벨라지오 분수에서 사랑에 빠지는 일에 관해 쓴 각본을 삼켜버리고 그 대신 내가 살게 될 다른 이야기를 주었다. 아내를 잃은 남자와 결혼해 함께 딸을 키우는 이야기, 라스베이거스를 찾는다는 것이 남편의 가족들을 만나러 가는 것, 잠에서 깨어나 평범한 일상을 시작한다는 뜻인 이야기다. 이제 라스베이거스로 간다는 건 라스베이거스 스트립이 아니라 시내에서 시간을 보낸다는 뜻이다.

이 라스베이거스에서, 우리는 릴리와 릴리의 사촌인 다이아몬드를 데리고 서커스서커스에 있는 오락실에 간다. 이곳에서는 리뎀션센터가 트위터의 유머러스한 배경이 아니라, 브라질 출신 아크로바틱 댄서 네 명이 재주넘기를 하는 통에 릴리가 잃어버린

방귀 쿠션을 다시 돌려달라고 내가 찾아가 사정해야 하는 실제
장소였다. 이 라스베이거스에서, 우리는 러브잇 프로즌 커스터드
주차장에서 소프트아이스크림을 먹고, 릴리와 다이아몬드는 우
리가 키스할 때까지 우리 머리 위로 겨우살이 가지를 든 척했다.
미드 호수로 가는 길에 길을 잃어서 호수에는 도착하지 못했다.
뒷좌석의 아이들이 점점 지루해지는 사이 잘못 들어선 도로를
둘러싼 사막은 서서히 어둠에 잠겼다.

　　이 라스베이거스에서, 걸인이며 거리 공연자, 은색으로 온몸
을 칠하고 팔다리를 로봇처럼 움직이는 남자, 뜨거운 여름 공기
속으로 에어컨 바람을 쏟아내는 카지노로 혼란 그 자체인 프레
몬트 스트리트를 찾은 나와 릴리는 머리 위로 집라인을 타고 지
나가는 낯선 사람들을 보았다. 내가 "언젠가 우리도 저걸 타볼
거야." 하자 릴리는 공포와 소망으로 떨리는 작은 몸을 내게 꼭
붙여왔다. 스트라토스피어* 밑에서 볼프강 함부르거라는 독일인
관광객이 우리 차를 긁고 간 바람에 우리는 몇 시간 동안 견인
차를 기다려야 했다. 선팅된 차창의 커다란 분홍 하트 안에 W.
Hamburger라는 글자를 써넣은 그라피티로 도배하다시피 한 렌
터카를 몰던 사람이었다. 24주년 결혼기념일을 자축하러 온 거라
고 했다. 라스베이거스는 이런 개떡 같은 상황들을 만들어낸 적
이 없다. 이곳은 그저 내가 도넛을 사서 시어머니의 전당포를 찾
아가도록 초대했을 뿐이다. 터키석 장신구, 주사위 모양 시계, 오
래된 훈장이 가득한 진열장이 있고, 벽에는 당신 아버님이 한때

----

*　350.2미터로 라스베이거스에서 가장 높은 마천루 호텔로, 2020년에 스트랫
이라 이름을 변경했다.

돈을 걸곤 했던 경마 기수의 실크 유니폼이 걸려 있고, 여기저기 때운 자국이 있는 카펫은 가게 안쪽에 걸려 있는 모피 옷들 사이를 돌아다니는 거대한 고양이의 자애로운 통치 아래 존재하는 곳이었다. 이 라스베이거스에서, 릴리와 나는 낯선 사람들이 집라인을 타는 모습을 5년간 본 끝에 마침내 직접 탔다. 오른편에는 화이트 캐슬을 둔 채 그대로 직선으로 활강했다.

처음에, 라스베이거스의 기쁨은 가능성, 욕망, 갈망, *어쩌면* 이루어질 수 있는 것에 대한 상상에서 왔다. 베이거스 조가 주는 기쁨은 모두 기대감에서 오는 것이었다. 그를 만나러 보스턴까지 얼어붙은 겨울 도로 위를 미끄러지며 달려가는 기쁨, 세상의 꼭대기 방에서 하룻밤을 보낸 다음, 눈보라가 휘몰아치는 나의 원룸 아파트에서 과일 바구니를 닮은 네온 조명 불빛을 상상하는 기쁨이었다. 조와 보낸 첫날엔 키스를 하지 않아서 더 좋았다. 그 키스가 어땠을까 상상할 수 있었으니까.

오랜 세월 나는 갈망 전문가, 무언가를 가졌다고 보기 어려운 상태에서 사랑하기 전문가, 백일몽 전문가이자, 그리고 영화 같은 상상이 가진 푹신한 소파에 다시금 몸을 묻어버리기 전문가였다. 그러나 찰스와 만나기 시작하면서 나는 결혼이란 완전히 다른 것임을 배웠다. 결혼은 살아간다는 기쁨으로 이루어져 있고, 그건 상상한다는 기쁨보다 더 어렵고 더 짙다. 결혼이란 가능성이 주는 황홀함이 아니다. 실제로 살아가고, 실제로 소유한다는 더욱 복잡한 만족감이다. 세상의 꼭대기에서 내려다보는 장면이 아니라 스트라토스피어 밑, 볼프강 함부르거가 렌터카 보험에 대해서 하는 말을 알아들으려고 애를 쓰며 바라보는 장면이다. 그러다가 스프레이 페인트로 그린 하트가 주장하는 것이 수십 년간의 헌신이라는 것, 부재하는 것에 대한 갈망이 아니라 갈망의 끝없는 쇄신과 곡예, 변신으로 가득한 나날이라는 사실을 깨닫는 것이다.

결혼이란 새로운 연인에게 당신이 가진 최고의 이야기를 들려주는 것이 아니다. 그건 당신의 남편에게 그날 하루가 어땠는지 묻고 그의 대답에 귀를 기울이는 것이다. 결혼이란 새벽 1시에 새로운 사람과의 키스, 미지의 맛, 미지의 몸을 가진 새로운 사람과 키스할지도 모른다는 가능성에 배 속이 간질간질한 채로 상어 수조 옆을 지나는 것이 아니다. 결혼이란 오전 9시에 전날 밤 여섯 살짜리 의붓딸이 잃어버린 호두까기 목각인형을 찾겠다며 화분 사이를 뒤지며 상어 수조 옆을 지나는 것이다. 결혼은 수개월에 걸친 환상이 아니라, 수년에 걸친 냉장고 비우기다. 오랫동안 나는 친구들이, 엄마가, 오빠가, 회복 모임에 오는 다른 사람들이 가진 제자리에 존재하는 기술을 부러워했지만, 다른 삶의 방식을 존경하는 것과 스스로 그렇게 살고자 노력하는 것은 완전히 다르다. 마치 사랑이 스스로 그런 일을 할 수 있기라도 한 것처럼 사랑이 그 자리에 머무르길 기다리는 게 아니라, 사랑이 그 무엇도 영원히 약속할 수 없고, 단 한 가지 약속하는 것이 있다면 끊임없이 변화하는 무엇이라는 사실을 아는 채로 그 사랑을 지탱하려 매일 아침 눈을 뜨는 일이다.

사랑은 SUV 차량에 잔뜩 탄 여자들이 *하지 마!* 외치는데도 차에 올라탈 때 일어나는 일이다. 언젠가 당신이 그들 중 하나가 될 수 있다는 걸 알면서도. 사랑은 신기루가 걷히고 눈앞에 펼쳐진 평범한 아스팔트를 드러낼 때 일어나는 일이다. 당신이 믿음을 불어넣으려 애쓰는 모든 것인 결혼은 당신이 결코 상상할 수 없는 것을 가져다준다. 사랑에 처음 빠졌을 때의 흥분감이 가신 뒤에 나타나는, 앞에 놓인 온갖 종류의 사랑을. 당신은 영영 미드 호수에 도달할 수 없을지도 모르지만, 그럼에도 그곳을 향하는 과정이 남는다. 도로를 달구고 차에 불을 붙이는 것 같던, 너무나 밝아서 쳐다볼 수조차 없으며, 이미 밤을 품고 있던 그날의 특별한 저녁빛 말이다.

유령의 딸

Daughter of a Ghost

내 의붓딸은 여섯 살 때 「신데렐라」에서 사악한 계모를 제일 좋아했다. 깜짝 놀랄 일은 아니었다. 그 애는 친구와 만나 놀 때면 고아 놀이를 하며 해야 할 기나긴 집안일 목록을 써 내려가길 좋아했다. *설것이*(설거지), *걸래질*(걸레질), *밥 주기*(물고기). 두 아이는 평범한 수돗물에 "후춧물"이라는 이름을 붙여서는 잔인한 고아 상인들이 만든 도저히 못 마실 음료라는 듯이 마셔댔다. 방치당하는 상황을 연출하는 것이, 자기가 상상해낸 무력한 상황을 장악하는 것이 짜릿했나 보다. 어쩌면 그저 바닥에 물을 쏟아도 되는 고결한 명분을 꾸며낸 걸지도 모르고. 왜 계모가 제일 좋은지 릴리에게 물어보니, 그 애는 내게 몸을 바짝 가져와서는 비밀을 알려주는 듯 속닥거렸다. *예뻐서요.*

사악한 계모는 아무리 잔혹하다 한들 동화 속 다른 어떤 등장인물보다 큰 상상력과 결단력을 지니며, 요술 거울이라든지 허영심, 자만심 같은 아무리 하찮은 도구가 주어졌다 한들 그것을 가지고 가부장제에 저항하는 경우가 많다. 교활함과 악의로 부리는 기교이기는 해도, 기교 넘치는 예술가인 것은 매한가지다. 계모는 단순히 역할을 수행하는 데 그치지 않고 능동적으로 행동한다. 그저 어머니가 할 법한 방식으로 행동하지 않을 뿐이다. 그것이 새어머니의 연료이고 곪아가는 심장이다.

어둡고 무자비하며 상실을 통해 구축된 동화는 여러 면에서 릴리의 삶과 가장 닮아 있는 이야기였다. 릴리의 어머니는 2년 반에 걸친 백혈병 투병 끝에 그 애가 세 살 되기 직전에 세상을 떠났다. 그로부터 2년 뒤 릴리에게도 새어머니가 생겼다. 아마도 사악하지는 않은, 오히려 사악한 일을 당할세라 두려워하는 새어머니다.

릴리는 동화에 등장하는, 자기와 마찬가지로 엄마가 없는 아이들의 이야기를 듣는 게 편안한 걸까 생각했다. 학교나 발레 수업에서 사귄, 아직도 엄마가 있는 대부분의 친구들과는 다른 아이들 말이다. 어쩌면 그 애는 혹시 동화 속 주인공과 자신의 공통점이 많다는 사실 때문에 그 이야기를 위험할 만치 가깝게 느끼는지도 몰랐다. 그 공통점이 이야기에서 환상이라는 보호막을 벗겨내는 바람에 후춧물이 문자 그대로 후춧물이 되어 위험을 가까이 가져오는지도 몰랐다. 릴리에게 엄마 없는 딸들이 나오는 옛날 동화를 읽어줄 때면 나는 혹시 내가 그 애의 상처를 건드리지 않나 걱정했다. 계모가 나오는 옛날 동화를 읽어줄 때면 나의 사악한 버전 이야기를 그 애한테 들려주는 것이 아닐까 걱정됐다.

처음 새어머니가 되었을 때 나는 동료의 존재가 간절했다. 아는 사람들 중 의붓아이를 키우는 사람이 얼마 없던 데다가 나처

럼 다른 엄마 없이 전적이며 압도적인 새어머니 역할을 떠맡아
야 하는 사람들도 얼마 없었다. 우리 가족은 불화가 아닌 상실,
이혼이 아닌 죽음 이후를 살고 있었다. 오래전에는 이것이 새어
머니가 되는 보편적인 방식이었고, 스텝마더(stepmother)라는 단
어 역시 애도에 뿌리를 둔다. 고대 영어에서 steop은 "상실"을 뜻
하며 그 어원은 황량한 초상을 그려낸다. 1290년 쓰인 어느 글에
따르면 "새어머니는 선한 경우가 거의 없다." 1598년의 다른 글에
따르면 "모든 새어머니는 만장일치로 딸을 증오한다."

동화는 계모라는 존재에 관해 명명백백하게 비판적이다. 『백
설공주』 속 사악한 왕비는 요술 거울로부터 백설공주가 더 아름
답다는 대답을 듣자 비밀리에 의붓딸을 살해하라는 지시를 내린
다. 『헨젤과 그레텔』 속 계모는 먹을 것이 부족해지자 의붓아이
들을 숲으로 보내버린다. 신데렐라는 벽난로의 잿더미 속에 앉
아 렌틸콩과 완두콩을 가려내고, 의붓딸의 미모에 위기의식을
느끼고 딸의 반짝이는 광채를 앗아가려던 사악한 계모는 재투성
이가 된 신데렐라의 모습을 보고 안도한다. 계모라는 관계는 타
락할 수밖에 없는 듯하다. 사악한 여성이 그 역할을 맡는 것이 아
니라 그 역할을 맡으면 어떤 여성이라도 사악해지는 것이다. 손거
스러미의 다른 이름이 "계모의 축복"인 것은 마치 무언가가 제대
로 붙어 있지 않기 때문에 아프다고, 사랑의 대체품이지만 결국
은 고통을 가져올 뿐이라고 암시하는 것 같다.

사악한 계모는 길고 원시적인 그림자를 드리우는데, 5년 전
나는 그 그림자 속으로, 그래머시파크 근처 침실이 하나뿐인, 임
대료 인상이 제한된 아파트로 거처를 옮겼다. 나는 동료를 만나

려고(동화 속에서 악역을 맡는 계모에 대한 동정심으로), 또 계모
의 서사에 저항하고 그들이 품은 어둠에 대한 예방주사를 맞으
려고 동화를 찾았다.

*
**

릴리의 아빠인 찰스와 사귀기 시작한 초기에 우리는 동화가 우
리더러 믿으라 하는 종류의 사랑을 했다. 포괄적이고, 경이롭고,
그저 세상에 그가 존재한다는 사실 자체만으로도 놀라움을 느
끼게 되는 사랑 말이다. 나는 우리의 사랑을 위해 내 삶을 뿌리째
뽑아내면서 후회하지 않았다. 우리가 느끼는 황홀은 수많은 평
범한 순간들 속에 살아 있었다. 빗속에서의 첫 키스, 도로변 식당
에서 먹는 반숙 달걀 프라이, 한밤중 「아메리칸 닌자 워리어」 재
방송을 보다가 그가 한 어떤 바보 같은 농담이 너무 우스워서 눈
물까지 흘렸던 순간. 하지만 우리의 사랑에는 그 밖에도 육아라
는 기술과 노동이 담겨 있었으며, 황홀한 순간 대부분은 짬짬이
이루어진 것들이었다. 첫 키스는 베이비시터가 30분 추가 근무
를 하는 사이에 했고, 간이식당에서 달걀을 먹은 것은 오로지 릴
리가 멤피스의 할머니 댁에 간 덕분에 가능했던 즉흥 여행에서였
다. 한밤중 웃음이라도 터뜨릴 때는 옆방에서 자는 릴리가 깨지
않게 손으로 입을 꽉 막아야 했다. 그러나 그것은 타협이라기보
다는 도로를 이탈해 단 한 번도 상상해본 적 없는 지형을 향해 방
향을 트는 것처럼 느껴졌다.

　릴리와 처음으로 저녁 시간을 보내게 됐을 때, 나는 시험을

치르듯 접근했다. 물론 찰스가 나에게 유리하도록 판을 짜주기는 했지만 말이다. 그는 릴리가 좋아하는 식당에서 파스타를 포장해 간 뒤에 그 애가 가장 좋아하는 영화를 보면서 저녁시간을 보내자고 제안했다. 공주 자매가 등장하는 만화영화인데 언니의 손이 닿으면 모든 것이 얼음으로 변했다. 그날 오후 나는 선물을 사러 타임스스퀘어에 있는 디즈니 스토어로 갔다. 디즈니 스토어에 처음 가봤을 뿐만 아니라 내가 이곳을 찾을 일이 생길 거라고 상상한 적도 없었다. 플라스틱 쪼가리를 준 대가로 사랑을 받겠다며 물질로 환심을 산다는 게 불편했지만 나는 간절하리만치 초조했다. 플라스틱 장난감이 보험이 되어줄 것 같았다.

「겨울왕국」 코너가 어디 있느냐고 묻자 점원이 안타깝다는 눈으로 나를 바라보았다. 그 순간 문득 의심이 들었다. 겨울왕국을 디즈니에서 만든 게 아니었나? 내가 그렇게 묻자 점원은 웃더니 상황을 설명해주었다. "「겨울왕국」 제품은 하나도 안 남았어요. 전 세계적인 품귀현상이죠."

농담이 아니었다. 정말 하나도 없었다. 티아라조차 없었다. 아니, 티아라는 넘쳐나지만 필요한 티아라가 아니었다. 주위 진열대를 둘러보았다. 「미녀와 야수」의 벨, 잠자는 숲속의 공주, 「알라딘」의 제품이 잔뜩 있었다. 릴리는 다른 영화도 좋아하겠지? 다른 공주도 좋아하겠지? 잠깐이었지만 나는 안전조치로 모든 공주 제품을 사는 건 어떨지 생각했다. 목을 타고 넘어오려는 잔잔한 공황감이야말로 자본주의를 추동하는 연료라는 깨달음이 희미하게 느껴졌다. 핸드폰으로 브롱크스에 있는 토이저러스 매장에 전화를 거는 중이었다. 디즈니 스토어를 나서는 내 눈에 진열대 구석에 처박혀 있던 무언가가 눈에 띄었다. 겨울 느낌이 풍겼다. 얼음을 연상시키는 푸른색 종이상자였다. 썰매였다.

그 순간 나는 말로 표현할 수 없는 안도감을 느꼈다. 완벽한 승리감이었다. 이 썰매에는 공주 인형도 포함되어 있을 뿐 아니라 왕자인 것 같은 인형도 있었다.(나중에 알고 보니 사미족 얼음 채취꾼이었다.) 게다가 순록도 들어있었다!(이름은 스벤이었다.) 심지어 순록에게 먹이는 플라스틱 당근도 있었다. 나는 상자를 소중하게 끌어안고 계산대로 갔다. 주변에 있는 다른 부모들을 살펴보았다. 지금 내가 안고 있는 이 상자를 원하는 사람들이 얼마나 많을까?

찰스에게 당당하게 전화를 걸어 여태까지의 모험담을 늘어놓았다. 점원이 웃었던 것, *전 세계적인 품귀현상,* 미친 듯이 걸어댄 전화, 그러다가 은혜롭게도 발견한 하늘색 상자에 이르기까지.

"해냈구나!" 거기까지 말하더니 찰스가 입을 다물었다. 그가 다음 말을 할지 말지 고민하는 게 느껴졌다. "그 공주 말이야, 머리카락이 무슨 색이야?"

나는 상자를 확인해야 했다. "갈색? 약간 불그스름한?"

한 박자 침묵이 흐른 뒤 찰스가 대답했다. "잘했어. 당신은 최고야."

그러나 그 한 박자의 침묵이 흐르는 사이에 나는 내가 잘못된 공주를 샀다는 사실을 알 수 있었다. 찰스는 나를 비난하는 것이 아니었다. 그저 릴리에게 공주가 얼마나 큰 의미를 가지는지를 알았을 뿐이다. 찰스는 지난 2년간 엄마와 아빠 노릇을 동시에 수행하느라 공주 전문가가 되었다. 잘못된 공주 사건을 통해 나는 원인과 결과 사이에 존재하는 불안정성을 알게 됐다. 육아에 있어서는 해야 할 일을 전부 하더라도 역효과가 날 수 있다. 왜냐하면 우리는 설명서가 첨부되지 않은 작고 변덕스러운 인간과 함께 살고 있으니까. 악천후를 예고하는 실패의 가능성이 지평선마다 흐린 하늘처럼 낮게 드리워져 있다.

*

정신분석가 브루노 베텔하임은 『옛이야기의 매력』이라는 책에서 동화가 허락하는 심판이 어떤 종류인지에 관한 아름다운 주장을 펼친다. 동화는 아이들이 자신들이 사는 세계와 안전하게 분리된 세계에서 원초적 공포(부모에게 버림받는 것 등)를 마주하고 반항의 행동(권위를 거스르는 것 등)을 상상하게 한다는 것이다. 마법에 걸린 숲과 성은 뚜렷하게 환상적인 곳이고 동화 속 상황은 극단적이기에 아이들은 이 공간에서 일어나는 격변에서 불안감을 느끼지 않아도 된다. 자신을 둘러싼 세계에서보다 동화 속에서 더 빈번한 상실을 경험하는 릴리에게도 해당되는 것일까? 이야기들 사이에 그어진 가느다란 선이야말로 우리의 두려움에 필요한 무대를 주고, 이 두려움을 깊어지게 해 무서운 이야기를 만드는지도 모르겠다.

　1897년, 널리 유통되던 미국의 라이프스타일 잡지 《아웃룩》 편집자에게 쓴 편지에서 한 기고자는 어린아이들에게 『신데렐라』를 읽어줄 때 발생하는 효과에 대해 한탄한다. "계모를 인생

의 사악한 것들 목록에 집어넣는 효과 또는 인상을 준다." 그러
나 우리 집에서는 『신데렐라』 이야기는 계모를 사악한 것들 목록
에 집어넣는다기보다는 다른 방법으로는 불가능했을지도 모르
는 솔직한 방식으로 계모가 이 집에 속할 수 있는가 하는 질문을
던진다. 릴리는 때로 방금 읽은 이야기에 나오는 것과 우리의 관
계를 구분하기 위해 동화 속 사악한 계모 이야기를 한다. "엄마
는 그 사람이랑은 달라요." 릴리는 말한다. 『신데렐라』 속 그 애
가 좋아하는 계모 이야기를 할 때는 너그럽게도 "그래도 엄마가
더 예뻐요."라고 한다.

어쩌면 가장 좋아하는 등장인물이 계모라는 릴리의 주장은
자신의 두려움이 어디서 오는지 이해하고 이를 통제하고자 하는
그 애 나름의 방식인지 모른다. 릴리는 내가 잔인하게 변할까봐
두려워했던 걸까? 내가 그러지 못하도록 나를 맹렬히 사랑한 걸
까? 캄캄한 거울 속 왜곡된 채 비치는 우리의 모습을 본 것이 릴
리에게 도움이 되었는지, 우리 유대감의 음험한 버전을 보면서
우리 두 사람의 관계가 그보다 낫다고 느낀 건지, 아니면 우리 관
계에서 곤혹스러울 수 있는 점들을 받아들여도 된다는 허락을
얻은 건지가 궁금하다. 대중매체 속에 등장하는 비열하고 악몽
같은 의붓부모를 보면 나는 묘한 안도감이 든다. 적어도 난 그들
만큼 잔인하지 않으니까. 이는 일종의 윤리적 샤덴프로이데*다.

여러 면에서 우리 가족이 물려받은 이야기는 우리 가족의 이
야기와 불완전한 연관을 맺었다. 동화에서 아버지이자 왕은 종

---

* Schadenfreude. 타인의 불행을 보면서 느끼는 기쁨을 뜻하는 독일어.

종 속임을 당하거나 맹목적이었다. 그는 믿음을 얻을 자격이 없는 여자를 믿었다. 그의 신뢰, 또는 육욕이 딸에 대한 학대를 용인했다. 찰스가 이런 동화 속 아버지와 닮은 점은 단 하나였다. 처음부터 나를 믿었다는 것이다. 그는 나보다 먼저 내가 엄마가 될 수 있다고 믿었다. 육아의 힘든 점을 솔직하게 이야기했고, 덕분에 나는 사랑과 곤경, 곤경*으로서의* 사랑 속에서 살아갈 수 있으리라는 가능성을 더 크게 느꼈다. 그는 아침마다 잠에서 깨어, 아이가 입을지도 모르는 세 벌의 옷을 고른 뒤, 시리얼을 붓고, 쏟아진 시리얼을 다시 붓고, 낑낑거리며 머리를 땋아주고, 정시에 학교에 데려다주고, 정시에 학교로 데려가고, 저녁식사로 먹을 브로콜리를 찌는 것이 어떤 의미인지 알았다. 만화 속 날개 달린 조랑말, 뿔 달린 조랑말(유니콘), 둘 *다* 달린 조랑말(앨리콘)의 차이를 아는 것이 얼마나 중요한지도 알았다. 그는 그 모든 일을 해내고 난 뒤 다음 날 아침에 잠에서 깨어 모든 걸 반복하는 것이 어떤 의미인지 알았다.

나와 릴리의 관계 또한 우리가 동화에서 전해 받은 잔혹함과 반항으로 이루어진 이야기와 달랐던 건 물론, 이혼의 시대에 대중매체가 늘어놓는 이야기와도 달랐다. 아이가 계모를 퇴짜 놓고 핏줄과 자궁으로 연결된 진짜 엄마를 택하는 이야기 말이다. 우리의 이야기는 거부의 이야기가 아니었다. 순수하고 원초적이며 압도적인 필요의 이야기였다. 나는 릴리의 엄마를 대신하고자 하는 생각이 전혀 없었음에도 여기 있었다. 우리는 우리만의 이야기를 만들어갔다. 6번 열차에서 나눈 백 번의 짧은 대화로, 릴리의 조그만 새끼손가락이 얼룩지게 하지 않으려고 애쓰며 그 애

의 손톱에 매니큐어를 칠해주던 시간으로, 아이의 분노발작이
가라앉지 않을 때면 나 역시 심호흡을 해야 했으므로 그 애한테
심호흡을 하라고 알려주던 시간으로 쌓아올린 이야기였다. 우리
의 이야기는 괴상하게 생긴 눈사람이 빙글빙글 돌며 얼음 덮인
산으로 사라지는 바람에 순록이 놀라는 장면을 보는 동안 그 애
의 작고 뜨거운 손이 내 손을 더듬어 찾던 그 첫날 밤 시작된 이
야기다.

　　그날 밤, 우리는 잠잘 시간이 되자 노래를 불렀는데, 릴리가
침대 위에서 내 공간을 만들더니 요 위를 톡톡 두드렸다. 릴리의
엄마가 투병 중에 매일 오후 누워 휴식을 취하던 침대 위, 보험사
와의 통화를 끝낸 찰스가 분노를 참지 못하고 장난감 기차를 휘
두르는 바람에 생겼지만 지금은 알파벳 포스터를 붙여 가려놓
은 구멍 바로 밑이었다. "여기 누워요." 릴리가 말했다. "엄마 자
리에 누워요."

사악한 계모가 기성품에 가까운 원형이라면, 아마 그 가장 순수
하고도 어두운 현신은 『백설공주』에 등장하는 사악한 왕비일 것
이다. 그림 형제의 1857년 판본에서 질투로 미칠 지경이 된 왕비
는 사냥꾼에게 의붓딸의 심장을 꺼내 오라고 명한다. 이 공격이
실패하자(사냥꾼은 피 흘리는 자신의 심장을 바친다.) 계모의 공
격성은 거짓된 너그러움이라는 형태를 띤다. 거지 노파로 변장하
고 의붓딸을 찾아간 그는 도움이 되거나 영양가가 있을 것처럼

보이는 백설공주의 물건들을 준다. 코르셋, 빗, 사과. 이것들은 어머니가 생활용품이라는 형태로, 또는 자기관리라는 여성적 유산을 물려주는 수단으로 딸에게 줄 만한 물건이지만 사실은 백설공주를 죽이려는 도구다. 이 물건들이 백설공주에게 주어진 것은 백설공주가 새로운 대리 가족을 이루어 일곱 난쟁이들에게 계모와는 사뭇 다른 바로 그 좋은 *엄마*가 되어주었을 때다. 백설공주는 일곱 난쟁이들을 위해 요리를 하고 청소를 하고 그들을 돌본다. 백설공주의 미덕이 드러나는 것은 계모에게는 부재했던 바로 그 모성본능을 통해서다.

　　우리에게 익숙한 『백설공주』 속에서 사악한 계모의 존재는 핵심적이기에, 나는 더 오래된 판본에서는 애초에 계모가 등장하지 않는다는 사실을 알고 놀랐다. 이 판본에서 백설공주에게는 죽은 어머니가 아니라 딸의 죽음을 바라는 살아 있는 어머니만 존재한다. 이는 그림 형제의 전형적인 수정패턴이다. 그림 형제는 1812년 출판한 초판본과 1857년 출판한 최종 판본 사이에서 여러 어머니를 계모로 변신시켰다. 계모라는 인물은 모성에 담긴 정서적 측면 중 어머니에게 직접 부여하기에는 지나치게 추한 것들(양가감정, 질투, 원망), 그리고 어머니에 대한 아이의 경험 중 생물학적 부모 자식 역학관계에 그대로 집어넣기에는 지나치게 어려운 것들(잔혹함, 공격성, 거부)을 담아내는 효과적인 수단이 되었다. 깡마르고 각지고 가혹한 계모의 생김새는 이상적 모성이라는 건강한 신체를 보호하기 위해 알려지지 않은 상처로부터 뽑아낸 뱀독 같은 것이었다.

　　베텔하임은 "이는 실제 어머니가 언제나 좋기만 한 것이 아닐 때 내면의 '언제나 좋은 어머니'를 보존하는 수단일 뿐 아니라, 진짜 어머니를 계모로부터 분리함으로써 진짜 어머니의 선의가 위협받지 않는 채로 나쁜 계모에게 분노를 돌릴 수 있게 해준다."라고 주장한다. 정신과의사 D. W. 위니컷(D. W. Winnicott)은 이를 한층 간단하게 표현한다. "죽은 생모와 계모라는 두 어머니가 있을 때, 한 명은 완벽하고 한 명은 사악하다고 구분 지음으로써 아이가 얼마나 쉽게 긴장에서 놓여나는지 알겠는가?" 즉 동화 속 계모라는 그림자 같은 인물은 모든 어머니에게 있는 어떤 특성을 반영하는 악독한 원형이다. 그 특성이란 엄마가 자신의 아이에게 느끼는, 또 아이가 엄마에게 느끼는 복잡한 감정들이다.

비록 릴리는 어머니라는 존재를 완벽한 부재와 사악한 존재로 분리하지 않았지만 나는 그렇게 했다. 바로 그 정신적인 분업을 두 어머니에게 할당한 것이다. 릴리의 생물학적 어머니라면 내가 매사에 끌어내지는 못하는 참을성, 기쁨, 공감 같은 것들을 모두 줄 수 있었으리라 상상했다. 그 사람은 릴리가 분노발작을 일으킬 때면, 우리가 심리치료사로부터 다소 모호하게 받은 조언대로 그 애와 *함께* 있어주었으리라. 릴리의 진짜 엄마는 어처구니가 없는 양의 플라스틱 장난감으로 아이의 환심을 사지 않았을 것이다. 아이를 재우는 데 한 시간 반이 걸려도 좌절하지 않았을 것이다. 좌절했다 해도 그 사람의 좌절에는 내가 아직도 찾지 못하는 조건 없는 사랑이라는 균형추가 있었을 것이다. 이런 식의 자책이 말도 안 된다는 것을 나도 알았다. "진짜" 부모도 완벽하지 않다. 그러나 자책을 하고 있으면 자기비하가 주는 익숙한 안도감이 찾아왔다. 위니컷은 다른 여성의 아이에게 엄마 노릇을 하

는 여성은 "자신의 상상력 때문에 스스로를 요정 대모보다는 마
녀의 자리로 밀어 넣기 쉽다."라고 했다.

　"독이 든 사과"라는 제목의 연구에서 심리학자이자 계모인
엘리자베스 처치(Elizabeth Church)는 104명의 계모를 인터뷰한
뒤 이를 "이 여성들은 자신이 도맡게 된 사악한 계모의 원형을 어
떻게 생각하는가?"라는 하나의 특정한 질문을 렌즈 삼아 분석했
다. 그의 주장에 따르면 "이들의 경험은 동화 속 계모와는 정반대
였음에도, 동화 속에서 계모들이 엄청난 힘을 행사하는 바로 그
상황에서 무력감을 느낀다." 그들은 여전히 "자신을 사악한 계모
의 이미지와 동일시하는 경향이 있다." 처치는 그것이 "계모의 독
사과"라고 한다. 원망이나 질투의 감정을 경험할 때 그들은 "사악
한" 사람이 된 기분이 되고, 자신의 "사악함"을 두려워한 나머지
이런 감정들을 감추게 되며, 결국 이 때문에 애초 그런 감정을 느
낀다는 데 더 큰 수치심을 느끼게 된다는 것이다.

동화는 종종 계모를 전통적인 문화적 각본에 저항하는 어두운
모성의 마스코트로 활용하지만, 미국에서 계모의 역사는 복잡
하다. 역사학자 레슬리 린든아워(Leslie Lindenauer)가 『나는 그
를 어머니라 부를 수 없었다: 1750년에서 1960년까지 미국 대중
문화에 나타난 계모(*I Could Not Call Her Mother: The Stepmother
in American Popular Culture, 1750–1960*)』라는 책에서 주장했듯,
미국 계모의 근원은 마녀. 린든아워는 18세기 대중의 상상력

은 청교도가 마녀에게 부여했던 부정적 특성(악의, 이기심, 냉정함, 결여된 모성본능)을 고스란히 가져와 계모에게 할당했음을 상정한다. "둘 다 덕 있는 어머니라면 가장 먼저 갖춰야 할 품성이 뒤틀린, 하느님과 자연을 거스르는 여성들의 예시였다. 그뿐만 아니라 마녀와 계모 둘 다 *다른* 여성의 아이를 해친다는 이유로 가장 크게 비난받았다."

계모는 일종의 희생양, 오랫동안 위협적이었던 여성성의 어떤 측면들을 부여할 새로운 보고였다. 여성의 주체성, 여성의 창조성, 여성의 쉼 없음, 모성적 양가감정이라는 측면들이다. 18세기 후반이 되자 계모는 교과서에도 등장할 정도로 익숙하고 전형적인 악역이 되었다. 한 소년은 *무덤에 묻혀 있는* 계모 때문에 다치기도 했는데 계모 묘비 기둥이 쓰러지며 소년의 머리를 내리친 탓이었다. 계모 특유의 악행(보살핌으로 가장한 학대라는 표리부동)은 1774년의 어느 글에 등장하듯 영국의 지배를 "계모의 가혹행위"에 비교하는 식민주의적 수사법을 가능하게 했다. 1773년 《레이디스 매거진》에 실린 글에서, 미국 혁명이 일어나기 전날 밤 한 소녀는 계모의 손에 달린 자신의 운명을 탄식한다. "부드러운 어머니의 정이 아니라 …… 불만족스럽고 심술궂으며 뻔뻔하기 이를 데 없는 권위 말고 내게 무엇이 있는가?" 계모는 교활하게도 헌신으로 가장한 구속을 행하는 존재다.

그러나 미국의 대중적 상상력이 매순간 계모를 사악한 여성으로 본 것만은 아니다. 18세기에 계모가 돈을 노리고 접근하는 여자, 당대의 마녀였다면 19세기 중반에는 타고난 모성의 분출에 기쁘게 복종하는 성녀였다. 진보의 시대에 계모는 좋은 어머니란 성녀다운 본능보다는 논리, 성찰, 이성적인 자기계발의 결과라는 주장의 증거였다. 생물학적 연관성도, 심지어 내재된 돌봄의 충동이 없더라도 그저 *전념하면* 되었다.

내가 이 연구에 대해 린든아워와 인터뷰를 했을 때, 그는 이런 태세 전환을 알고 놀랐다고 했다. 특히 수십 년 전 계모를 악역 취급 했던 바로 그런 여성잡지에 덕성 높은 계모가 등장하는 사실에 놀랐다. 그러다 린든아워는 한 가지 패턴을 감지했다. 남북전쟁 직후의 후유증이나, 20세기 초반 이혼이 사회현상이 되었을 때처럼 핵가족이 위기에 처할 때마다 계모가 구원자의 역할을 한다는 것이다. 계모는 일종의 "폭풍우 속 요새"가 되었다고 린든아워는 말했다. "계모가 있는 쪽이 어머니가 아예 없는 것보다 나은 거죠."

미국 계모의 원형에 있어 그 미덕이 정점에 오른 황금시대는 19세기 후반, 남북전쟁 시기에서 그 이후에 이르기까지 감상소설과 여성잡지가 제 품에 굴러 들어온 엄마 잃은 아이를 열렬히 보살피는 성녀 같은 계모 이야기를 앞 다투어 다루었을 때다. 샬럿 욘지가 1862년 발표한 장편소설 『어린 계모: 실수의 연대기(*The Young Step-Mother; or, A Chronicle of Mistakes*)』에서 주인공 앨비니어는 넘치는 호의를 가지고 자신에게 과도한 선의를 요구할 정도로 깊은 필요(라고 쓰고 슬픔이라고 읽는다.)로 가득한 사람들을 기다리는 여성이다. 앨비니어가 아내를 잃고 아이를 키우는 남자와 결혼하자 형제자매는 그가 그 집에서 하녀 노릇을 하게 될까 걱정하지만, 소설은 "기운찬 정신과 아이에 대한 사랑으로 생기를 얻은 그는 이런 선택에 따르는 일거리를 기꺼이 받아들였다."라며 독자를 안심시킨다. 남편은 앨비니어를 집으로 데려 온 뒤 자신이 요구하는 것에 관해 미안함을 표한다. "당신을, 그 리고 당신을 데려온 이 집을 바라보고 있노라면 내가 이기적인 행동을 한 기분이 들어요." 그러나 앨비니어는 그가 사과하지 못 하게 한다. "저는 늘 일손을 보태고 싶었답니다, 그렇게 당신의 슬 픔과 걱정을 조금이라도 덜어줄 수 있다면요." 앨비니어는 아이 들에게 입바른 소리를 하는 데 지나지 않고 온갖 바람직한 감정 을 진정으로 *느낀다*. 친어머니의 역할을 자신이 대신하는 것이 안타깝다. 아이들이 자신을 "어머니"라고 불러도 좋지만 꼭 그러 지는 않아도 된다. 이 소설의 부제는 "실수의 연대기"이지만 앨비 니어는 그리 많은 실수를 하는 것 같지 않다.

이 소설의 서두에 붙은 "실패하라, 그럼에도 기뻐하라."라는 문구는 내게 거짓말인 동시에 불가능한 명령 같았다. 사실은 성 녀 같은 계모의 목소리 전부가 겸손한 척 공들여 제 자랑을 하는 것처럼 느껴졌다. 그는 자신이 언제나 두 번째, 또는 세 번째! 다 섯 번째! 열 번째일 거라는 사실을 알면서도 개의치 않는다. 조금 도. 그는 그저 쓸모를 다하고 싶어 한다. 나는 내가 이런 덕성 높 은 계모의 존재들을 알게 되면 흐뭇할 줄 알았는데, 오히려 이들 을 받아들이는 건 거의 불가능하며 동화 속 사악한 계모보다 더 참아주기 힘들었다. 나에게 독이 든 사과란 사악한 계모가 아니 라 그 원형의 정반대인 성녀였고, 그의 타고난 덕성은 세상에 존 재할 수 있는 가장 가혹한 거울 같았다. 이 거울은 앞으로도 나 를 실제 나보다 이타적인 사람으로 보여줄 것이다. 이런 이야기들 은 우리의 유대관계에서 구조적으로 곤혹스러운 지점을 모조리

망각하거나, 덕성을 통해 모든 걸 극복할 수 있다고 우겼다. 감상 소설보다 동화가 너그러운 것은 이 때문이다. 동화는 어둠을 액자 속에 집어넣는다. 다른 이야기 속에서 어둠을 발견하는 것은 이 어둠이 오로지 나만의 것일까 봐 두려워하는 것보다는 훨씬 덜 외로운 일이다.

나는 참을성을 잃었을 때, 물건으로 아이의 환심을 샀을 때, 도망치고 싶었을 때 자책했다. 매일 밤 우리 침대, 정확히는 침대라기보다는 거실로 꺼내놓은 접이식 매트리스에 들어오는 릴리에게 화가 날 때마다 자책했다. 그 어떤 감정이 들더라도, *진짜 엄마라면 이런 감정을 느꼈을까?* 하는 의문이 생겼다. 고통스러운 건 진짜 엄마라면 *그러지 않았을 것*이라는 확실성이 아니라 그 불확실성 자체였다. 내가 무슨 수로 알 수 있겠는가?

처음에 나는 딱히 나를 새어머니라고 여길 이유가 없는 낯선 사람들 속에 있을 때 아마 가장 "실제" 엄마 같은 기분이 들 거라고 짐작했다. 그러나 내가 가장 가짜처럼 느껴지는 순간은 대개 낯선 사람 사이에 있을 때였다. 가족이 되고 얼마 지나지 않았던 시절, 릴리와 나는 뉴욕 전역에 지뢰처럼 포진하는 아이스크림 트럭 중 하나인 '미스터 소프티'에 갔다. 먹고 싶은 걸 고르라고 하자 아이는 제일 큰 사이즈인 소프트아이스크림 더블콘에 레인보우 스프링클이 뿌려진 것을 가리켰다. 나는 "좋아!"라고 대답했다. 나는 아직도 디즈니 스토어에서 썰매 세트를 찾고 흥분한 상태, 어머니로 패싱하기 위해 필요한 어떤 수단이건, 필요한 어떤 순록이건, 필요한 어떤 소프트아이스크림이건 동원할 준비가 된 상태였다.

더블콘은 릴리가 들고 있기 어려울 정도로 컸다. 두 손으로 *들어야지.* 몇 달 뒤였다면 나는 그렇게 말했을 테지만 그때는 몰랐다. 내 뒤에 줄을 서 있는 어떤 여자가 친구에게 말하는 소리가 언뜻 들렸다. "도대체 어떤 부모가 애한테 저렇게 큰 아이스크림을 사줘?" 부끄러워서 얼굴이 달아올랐다. 이 부모는 그러니까, 부모가 전혀 아니라는 거다. 뒤를 돌아보는 게 두려운 동시에 당장 돌아보고 싶었다. 그 낯선 사람이 부끄러워지도록, 그 여자가 대표하는 모성의 슈퍼에고에 반박하고 싶었다. "어떤 엄마냐고요? 죽은 엄마를 대신하는 엄마죠." 그러나 그러는 대신 나는 냅킨을 한 움큼 챙겨서 우리 테이블로 돌아가는 길에 릴리가 아이스크림을 떨어뜨리지 않도록 들어주었다.

의붓부모인 나는 때로 사기꾼이 된 기분이다. 아니면 가장 익숙한 가족 줄거리의 경계 바깥에 살아간다는 특수한 고독을 느낀다. 나는 임신한 적도, 출산한 적도, 애착 호르몬으로 몸이 부어오르는 걸 느껴본 적도 없다. 아침에 눈을 뜨면 나를 엄마라고 부르면서도 제 엄마를 그리워하는 딸이 있다. 릴리가 좋아하는 인형은 보라색으로 부분염색을 하고 허리에는 장식 열쇠를 찬 스펙트라 본더가이스트라는 이름의 호러 캐릭터인데, 상자에는 "유령의 딸"이라는 광고 문구가 적혀 있었다.

나는 종종 우리의 상황을 "특이한" 것이라고 불렀다. 그러나 대개의 특이함이 그렇듯이 이는 다만 양날의 검(고독과 자부심을 동시에 불러오는 원천)에 지나지 않는 게 아니라 착각이기도 하다. 엄마가 "의붓부모인 사람은 많단다." 한 적이 있었는데, 당연히 엄마 말이 맞았다. 최근 퓨 리서치센터의 조사 결과 미국인 열 명 중 네 명은 한 번 이상 의붓부모가 된 경험을 한 적 있었다. 여성 중 12퍼센트가 계모였다. 나는 그 여성 대부분이 때때로 사기꾼이나 실패작이 된 기분을 느낀 적 있으리라고 장담한다.

위니컷은 양부모를 다룬 글에서 "실패한 이야기"에 가치가 있다고 주장한다. 심지어 "실패한 의붓부모"가 한 공간에 모일 때 생기는 이점을 상상하기도 한다. "이런 모임은 유익할 것이다. 모임은 평범한 남성과 여성으로 이루어져 있을 것이다." 이 부분을 읽는 순간 나는 갈망에 사로잡혀 얼어붙고 말았다. 평범한 남성과 여성으로 이루어진 이 모임에 가서, 아이스크림으로 환심을 산 이야기, 매일의 조바심, 낙담, 협잡, 그 사람들의 절박한 썰매 이야기를 듣고 싶었다.

엘리자베스 처치는 「독이 든 사과」 연구 방법론을 설명하는 부분에서 연구대상자와의 인터뷰에 임하기 전 자신 역시 계모라는 사실을 알렸음을 밝히고 있다. 인터뷰가 끝난 뒤 처치가 자신의 경험을 설명한 적도 있었다. 연구대상자 중 다수가 인터뷰 도중에 여태 그 누구에게도 하지 못한 이야기를 털어놓았다고 고백했다. 또 다른 계모가 한 자리에 있었던 덕분에 그들이 발언을 허락받은 기분이었으리라는 걸 나는 이해한다. 그건 상상 속 실패한 의붓부모의 모임 같은 것이었으리라. 교회 지하에서 열리는 익명의 알코올중독자 모임에서처럼, 피로 이어지지는 않았지만 어떤 의미에서는 친척인 동류의 사소한 승리와 잦은 실패를 통해 정당한 위로를 얻는 기분이 들었으리라.

*
**

계모가 나오는 이야기에서는 아이가 계모를 어머니라고 부르겠
다는 결정 또는 어머니라고 부르지 *않겠다*는 결정이 종종 극적인
전환을 일으킨다. 이 결정은 이야기 속에서 수용이나 거부가 이
루어지는 클라이맥스의 순간으로 기능한다. 1870년 《디케이터
리퍼블리컨》에 실린 「나의 계모」라는 단편소설에 나오는 어린 소
녀는 계모를 회의적인 눈길로 바라본다. 아이로부터 믿음과 사
랑을 받고 싶었던 계모가 피아노 연주를 해달라고 부탁하자 아
이는 「나는 내 어머니 무덤 앞에 앉아 눈물 흘리네」라는 곡을 연
주한다. 그런데 저런! 계모는 단념하지 않는다. 감동적인 연주를
칭찬할 뿐 아니라, 자신 *또한* 어린 시절 엄마를 잃었다고, 자신 *또
한* 이 노래를 좋아했다고 말한다. 이 이야기는 아이가 드디어 계
모를 어머니라고 부르며 이루어지는 역방향의 세례(아이가 부모
에게 이름을 지어주는 것)를 통해 두 사람 사이에서 "한층 완벽
해진 신뢰"가 강화되는 승리로 끝을 맺는다.

　릴리의 경우, 나를 어머니라 부르는 것은 그 무엇의 결말도 아
니었다. 라스베이거스에서 찰스와 결혼하고 돌아오자마자 그 애
는 나를 엄마라고 불러도 되는지 물었다. 아이는 이 질문을 하는
순간을 별렀던 것이 분명했고, 그 애의 욕망에 나는 감동을 받았
다. 우리가 영화가 끝나고 사운드트랙이 고조되는 가운데 내려
오기 시작하는 엔딩크레디트에 도달한 기분이었다.

그러나 우리가 있는 곳은 엔딩크레디트가 아니었다. 이제 고작 시작이었던 것이다. 나는 겁에 질렸다. 앞으로 무슨 일이 일어날까? 곧 이런 일이 일어났다. 세븐일레븐에 과자를 사러 갔는데, 릴리가 내 소매를 붙잡더니 친구 생일 파티에 가서 "어른 음료수"를 마셨는데 속이 안 좋다고 했다. 그러면서 아빠한테는 말하지 말라고 했다. 우주가 나를 상대로 첫 엄마 시험을 제시한 기분이었다. 릴리가 술을 마신 걸까? 어쩌면 좋지? 엄마라는 이름에 값하려면 생일 파티에서 한 레이저 태그 게임*에서 있었던 사고를 해결할 준비가 되어 있어야 했다. 결국은 찰스가 릴리가 마신 건 고작 아이스티 몇 모금이었다는 사실을 추론해냈다.

나에게 *어머니*라는 자격은 수많은 감상적인 이야기 속에서 올바른 행동을 하고 낡은 원형을 거부한 보상으로 주어지는 것처럼 "얻어낸" 것이라기보다는, 어린 소녀의 동경 속에서 이미 만들어진 종이인형 속으로 걸어 들어간 기분이었다. 마치 1900년 발표된 「엄마 만들기」라는 단편소설 속에 도착한 기분이었다. 이 소설에서 여섯 살 서맨사는 재봉사의 마네킹에 낡은 천을 입혀 직접 엄마 대용품을 만든다. 릴리는 나에게 (내가 얻은 것이 아니라 필요에서 탄생한) 깊고 즉각적인 믿음을 선사했으며, 이제 나는 그 믿음을 배반하지 않고 그 속에서 살아가는 방법을 알아내야 했다.

---

* 센서가 달린 조끼를 입고 레이저 총으로 서로를 맞추어 점수를 얻는 게임.

*
**

닳고 닳은 문화적 원형을 걸친 뒤부터, 나는 다른 사람이 내 삶에 대한 가설을 펼쳐대는 것을 듣는 데 익숙해졌다. 우리 가족에 대해 아무것도 모르면서 다들 우리 가족을 판단했다. 지독한 전처가 살아 있어서 경쟁상대가 되는 것보다는 지금 내 상황이 낫다고 말하는 여자도 있었다. 또 다른 여자는 내가 평생 릴리가 가진 완벽한 친어머니에 대한 기억과 싸워야 할 거라고 했다. 여행잡지에 가족 여행에 관한 글을 보냈을 때, 편집자는 내 이야기에서 한층 깊은 정념을 끌어내고자 했다. "힘들었나요?" 편집자는 내 원고 여백에 써놓았다. "이 여행에서 무엇을 기대했습니까? 가족의 유대감이 끈끈해지는 것? 슬픔을 몰아내는 것? 아니면……? 독자의 심금을 더 울려보세요." 편집자의 상상 속 우리 가족은 슬픔에 젖어 있거나 슬픔과 싸우고 있다. 그중에서 나는 "아니면……?"이라는 말이 마음에 들었다. 진실한 울림을 가졌으니까. 다른 사람들이 말하는 우리 가족에 대한 가설이 모조리 틀렸다는 뜻이 아니다. 오히려 이런 가설 중 대부분은 맞다는, 적어도 어느 정도는 진실이라는 느낌이 들었다. 낯선 사람한테도 이렇게까지 쉽게 들여다보인다는 사실에 겁이 날 정도였다.

하지만 한편으로는 모든 가설이 불완전하게 느껴지기도 했다. 가설을 둘러싼 다른 진실들도 너무 많고, 그런 가설과는 반대에 가까운 것들 역시 진실하게 느껴졌다. 내가 "아뇨, 전혀 그렇지 않아요." 말하고 싶을 때는 드물었다. 보통은 "맞아요, 정말 그래요. 또 이렇기도 하고, 이렇기도 하고, 이렇기도 해요."라고 말하고 싶었다. 때로는 우리가 마주하는 모든 사람들 안에 이런 추측이 소용돌이친다는 사실 자체가 계모로 산다는 것이 낯선 사람으로 가득 찬 수술실 속에서 누군가를 사랑하는 것처럼 느끼게끔 했다. 내가 어머니로서의 내 역할을 얼마나 완전하게 또는 정답게 해나가는지 끊임없이 해부당하고 있다는 확신이 들었다.

*

결국 내가 찾은 착한 계모가 등장하는 동화는 단 두 편이었다. 둘 다 아이슬란드 민담이었다. 한 이야기에서 히민뷔요르그라는 여성은 어머니를 잃고 슬퍼하는 의붓아들을 도와 죽은 어머니가 꿈에서 전해주는 예언을 이루게 한다. 공주를 괴물로 만든 저주를 풀게 되리라는 예언이었다. 의붓아들은 임무를 성공적으로 완수하고 승리감에 젖어 돌아왔지만, 왕실 사람들은 의붓아들이 사라진 것이 계모의 탓이라 생각하고 히민뷔요르그를 화형하려는 찰나였다. 나는 히민뷔요르그의 이타심에 감동했다. 의붓아들이 자유를 좇도록 돕고자 끔찍한 인간으로 보이기를 감수했으니까. 반면 나는 내가 좋은 계모라는 걸 증명하는 데 지나치게 집착했다. 동시에 좋은 계모로 *보이*고 싶은 마음이 좋은 계모가 *되*는 데 방해가 될지 모른다는 걱정도 했다. 어쩌면 나는 어머니 노릇을 하고 싶은 마음보다 어머니 노릇을 한다는 공을 인정받고 싶은 마음이 컸는지도 모른다. 나와는 달리 히민뷔요르그는 의붓아들이 저주를 풀 수 있도록 자처해서 마녀가 되었다.

그다음 이야기는 힐두르 이야기다. 첫 아내를 잃은 왕은 딸이 학대를 당할까 두려웠던 나머지 영영 재혼하지 않겠다고 맹세했다. 그러면서 동생에게 "모든 계모들은 사악하다. 나는 잉기뷔요르그를 다치게 하고 싶지 않다."라고 말한다. 그는 동화 속 지혜를 이미 체득한 동화 속 왕이다. 계모들이 어떤 존재인지 잘 알고 있다. 그럼에도 그는 힐두르와 사랑에 빠진다. 하지만 힐두르는 결혼 전 딸과 단둘이서 3년을 보내겠다는 조건을 건다. 두 사람이 결혼할 수 있었던 것은, 힐두르가 왕과는 별개로 존재하는 딸과의 관계에 공을 들이고자 하는 의지가 있었기에 가능했다.

릴리와 내가 가진 것 중 아이슬란드의 성과 가장 비슷한 것이라 해보았자 맨해튼 다운타운 곳곳에 있는 화장실들이 다였다. 화장실은 우리 둘만 있을 수 있는 공간이었다. 벽지 삼아 오래된 신문지를 더덕더덕 붙여놓은 화장실, 릴리가 "쿨하고 심플하다."라며 마음에 들어 했던 콘크리트 세면대가 있던 지하철 화장실.

화장실은 우리 둘의 공간이었다. 학교 수업을 마친 릴리를 경찰들이 가득한 3번가 던킨 도너츠로 데려갔다가, 발레 수업을 하는 곳에 데리고 가서 큐빅이 잔뜩 달린 레오타드를 입힌 뒤 타이츠를 신은 아이 앞에 무릎을 꿇어앉아 아이의 머리를 틀어 올려 핀으로 고정해주던 수요일도 우리 둘의 날이었다. 처음에 나는 발레 수업에 단 2분 늦은 내가 올림픽 메달리스트라도 될 줄 알았다. 나중에야 내 주변을 가득 메운 학부모들은 다들 내가 했던 그 일을, 심지어 2분 빨리 해냈으며, 아이의 머리도 더 야무지게 묶어준 사람들이라는 사실을 알게 됐다. 나한테 로켓 공학처럼 어려워 보였던 일은 보통 부모들이 매주 해내는 일상이었다.

그럼에도 이런 오후들은 중요했다. 나와 릴리의 시간이었으니까. 릴리와 찰스, 그리고 내가 함께 임대한 첫 아파트로 이사하기 몇 달 전, 소호의 어느 컵케이크 가게 화장실에서 릴리가 벽을 가리켰다. 레이스 문양으로 장식된 분홍색과 갈색 벽이었다. 그러면서 우리의 새 방이 이런 모습이었으면 좋겠다고 말했다. 우리의 방. 릴리는 다 계획이 있던 거다. 새집으로 이사를 가서는 아빠가 방 하나를 쓰고, 우리 둘이 같은 방을 쓸 거라고 했다. 우리의 방은 앙증맞을 거라고 했다. 남자가 들어와도 되는 방으로 할지 아직 못 정했다고 했다. 힐두르가 알고 있었던 사실이 바로 이것이었다. 우리에게는 오로지 우리 둘만의 무언가가 필요하다는 것 말이다.

몇 달 뒤, 이사한 아파트에서 릴리에게 닥터 수스가 쓴『알을 부화시킨 호튼(Horton Hatches the Egg)』을 읽어주던 중 목이 콱 메어왔다. 변덕스러운 새 메이지가 팜비치로 휴가를 간 동안 호튼은 메이지 대신 알을 품어주기로 한다. 메이지는 돌아오지 않지만, 호튼은 포기하지 않고 모르는 새의 알을 며칠이나, 몇 주나, 그러다 몇 달이나 품어준다. "난 약속을 꼭 지켜. 내가 한 약속을 반드시 지킨다고." 호튼은 자꾸만 되뇐다. "코끼리는 100퍼센트 믿을 만하니까!"

부화한 알에서는 코끼리새가 태어났다. 동그랗게 말린 코와 끝부분이 빨간 날개, 반짝이는 눈을 가진 아기였다. 코끼리새의 조그만 코를 보자 꼭 나처럼 요란하고 투박한 릴리의 손짓이 떠올랐고, 릴리가 나처럼 할 일 목록을 만들기 시작했으며, 나처럼 끝마친 일은 가위표를 그려 지운다는 사실도 떠올랐다. 하지만 릴리의 방에는 행성 포스터도 붙어 있었다. 그 애 엄마가 우주를 좋아했기 때문이었고, 그 애는 할머니가 자기 엄마를 가리켜 썼던 표현처럼 자신도 "늘 책에 코를 박고 지낸다"는 사실을 자랑스러워했다.

　나에게 계모로 살아간다는 것은 통계적 타당성 때문이 아니라(*미국 여성 중 10퍼센트를 조금 넘는 수가 공감하리라!*) 사랑의 속성, 그리고 가족의 경계가 무엇인지를 묻게 만들기에 중요하다. 사랑은 노력이고 열망이다. 수월하고 즉각적인 애착을 다룬 감상적인 줄거리가 아니라, 여러 삶이 합쳐지며 이루어지는 복잡한 황홀이다. 「마이 리틀 포니」 도시락에 담은 햄과 과카몰레 샌드위치, 자정의 피로와 토사물로 뒤덮인 자동차 좌석이다. 사랑은 필요할 때 그 자리에 존재하는 나날이다. 우리가 물려받는 트렁크, 우리가 걸어 들어가는 이야기, 그것들은 자궁에 의해, 껍데기에 의해, 존재에 의해, 순전한 의지력에 의해 우리에게 다가온다. 하지만 그렇게 알이 부화하면 그 안에서 태어나는 것이 우리의 예상처럼 모습을 드러내는 아이, 타고난 부모인 경우는 거의 없다. 어머니는 성녀가 아니다. 그렇다고 마녀도 아니다. 어머니는 그저 평범한 여성이다. 어느 날 그는 남아 있던 재고가 다 떨어졌다는 말을 듣고 나서 썰매를 발견한다. 이야기는 그렇게 시작된다.

실연 박물관

Museum of Broken Heart

실연 박물관은 일상의 사물을 벽에 걸고, 유리 아래 진열하고, 배경조명으로 비추어놓은 곳이다. 토스트기, 어린이용 페달 자동차, 직접 만든 모뎀. 화장지 디스펜서. 양성반응이 뜬 임신 테스트기. 양성반응이 뜬 약물 테스트기. 삭은 도끼. 그것들은 타이베이에서, 슬로베니아에서, 콜로라도에서, 마닐라에서 온 것들이다. 전부 기증된 것들로 하나하나에 이야기가 붙어 있다. *그가 휴가를 가 있던 14일 동안 나는 그의 가구를 하루에 하나씩 도끼로 박살냈다.*

이 박물관 기념품점에서 가장 잘 팔리는 상품은 다양한 색상으로 나온 진짜 지우개인 "나쁜 기억 지우개"다. 하지만 실제 이 박물관은 지우개와는 심리적으로 정반대에 가깝다. 이곳의 전시물은 무엇을 없애기보다는 그것이 *존재했다*고 주장하는 것들이기 때문이다. 이 박물관에 소장품을 기증하는 건 항복인 동시에 영원을 허락하는 행위다. 사물을 집에서 치워버리는 동시에 그것을 불멸하게 만드는 행위다. *그가 지역 식품 도매업을 했기 때문에*

나는 맛있는 샘플을 먹을 수 있었다. 메이플 시럽과 바닷소금을 가미한 팝콘 상자 옆에 적힌 설명이다. *그가, 그의 개가, 샘플들이 그립고, 이 고급스러운 전자레인지용 팝콘을 도저히 우리 집에 둘 수가 없다.* 기증자는 그 팝콘 상자를 도저히 간직할 수 없었지만, 차마 버리지도 못했다. 그래서 그는 팝콘 상자를 진열대에 올려 놓고 끝나버린 시대의 유물로 기리고자 했다.

헤어질 때 우리는 정화, 해방, 엑소시즘이라는 특정한 지배적인 서사에 매달린다. 우리가 기억을 우리 안에서 끄집어내고 기억의 손아귀에서 자유로워고자 한다는 서사다. 그러나 이 박물관은 우리가 불화와 배신마저도 포함하는 과거와 맺은 관계는 그보다 혼란스럽다는 걸, 이는 인력과 척력을 동시에 띤다는 걸 잊지 않는다.

전시품 1: 조개껍질 목걸이
이탈리아 플로렌스
이것은 검은 가죽 줄에다가 갈색 줄무늬 진 작은 조개껍질이 달린 간소한 목걸이다. 조개껍질은 이탈리아의 한 해변에서 주운 것으로 치과용 드릴로 구멍 두 개를 뚫어 줄에 연결했다. 나에게 이 목걸이를 만들어준 사람은 당시 플로렌스에서 치의학을 공부하는 학생이었다. 그는 크라운을 만드는 법을 가르치는 강의 시간에 몰래 이 목걸이를 만들었다. 나는 매일 이 목걸이를 하고 다니다가 더는 하지 않게 되었다.

크로아티아 자그레브, 어퍼타운 구석진 곳에 있는 귀족적인 바로크 양식의 건물인 이 박물관을 찾았을 때, 나는 대부분 커플인 다른 방문객들과는 달리 혼자였다. 전시물을 더 오래 관람하는 아내며 여자친구를 기다리는 남자들이 로비를 가득 메우고 있었다. 나는 커플들 모두가 저마다의 샤덴프로이데와 공포에 젖어 있겠거니 짐작했다. *우리한텐 이런 일이 없을 거야. 우리는 절대 이렇게 되지 않을 거야.* 나는 방명록 속에 누군가가 다만 이렇게만 써둔 것을 보았다. "그 사람과 끝내야 하겠지만, 아마 그러지 못하겠지." 그 글을 읽으면서 나는 증거를 찾듯, 위안을 얻으려는 듯 내 결혼반지를 만지작거렸지만, 이 반지도 또 하나의 전시품이 되는 상상을 멈출 수가 없었다.

자그레브를 향하기 전 친구들에게 *너라면 이 박물관에 뭘 기증할래?* 물었을 때 그 대답으로 들은 것은 내가 상상하지도 못한 사물들이었다. 치의학과 학생이 드릴로 구멍을 뚫은 조개껍질, 금속제 기타 슬라이드, 쇼핑 목록, 검정 드레스 네 벌, 사람 털 한 가닥, 망고 캔들, 페니스 모양의 조롱박, 라흐마니노프 피아노 협주곡 3번 악보. 한 친구는 헤어진 애인이 어릴 때 좋아했던 그림책에 실린 한 장면을 이야기했다. 한 줄로 나란히 선 회색 쥐들 머리 위로 마치 쥐들이 모두 같은 꿈을 꾸고 있다는 듯 똑같은 색깔로 칠해진 생각 구름이 떠 있는 그림이었다. 친구들이 설명한 사물들은 모두 이미 지나간 과거 시제를 향하고 있었다. *우리가 같은 꿈을 꾸던 시절.* 사물들은 그 꿈이 남긴 유물이다. 박물관 전시물들이 낯선 사람들의 꿈이 남긴, 아직 그 꿈이 완전히 사라진 것은 아니라 주장하는 유물이듯이.

박물관을 돌아다니는 것은 관음보다는 협력처럼 느껴졌다. 낯선 사람들은 자신의 삶이 목격되기를 바랐고, 또 다른 낯선 사람들은 그들의 삶을 목격하기를 바랐다. 큐레이터의 글에는 롤랑 바르트가 인용되어 있었다. "모든 열정에는 궁극적으로 관객이 있다. ······ 최후의 극장 없는 다정한 봉헌은 없다." 나는 이상하게도 내가 그곳에 필요한 존재라는 느낌이 들었다. 내가 보이는 관심이 이 사물들을 기증한 낯선 이들에게 그들의 좌절된 사랑이 주목받을 가치가 있다는 증거를 제시하는 것 같아서였다. 이 박물관에는 민주적인 분위기가 감돌았다. 누구의 이야기건 말할 가치, 들을 가치가 있다는 것이 이곳의 전제조건이었다. 기증자들과 관람자들 사이에는 유의미한 차이가 없었다. 실연을 당했고, 화장지 디스펜서를 가진 사람이라면 누구나 물건을 기증하고 작가가 될 수 있었다.

조그만 여행용 컨디셔너병 옆에 적힌 설명에는 데이브라는 남자의 이야기가 등장했다. 데이브는 미스터 W와 미시즈 W의 개방 결혼에 "합류"했다. 미시즈 W가 데이브의 집에서 주말을 보낸 뒤 이 컨디셔너를 두고 갔는데, W 부부가 교통사고로 사망하자 데이브에게는 *애도할 수 있는 공개적 장소*가 없었다. "당신은 데이브에게 공개적으로 애도할 장소를 주고 있습니다."라는 설명은 마치 내게 직접 말을 거는 것만 같았다.

전시물 2: 쇼핑 목록
뉴저지 프린스턴
20대 첫 7년간 긴 연애를 했으나 스물일곱 살에 실연당한 뒤로 다시는 연애하지 않았다. 싱글로 지낸 10년째이며, 마지막 실연 이후로 네 번 이사했고, 박사학위와 직업이 생겼고, 체중이 18킬로그램 늘었다. 조그매진 오래된 여름옷이 들어 있는 상자를 뒤지다 엉덩이를 겨우 가리는 데님 반바지 뒷주머니에 손을 넣었는데, 종이가 만져져 꺼내보니 나에게 실연을 안겨준 옛 애인이 손글씨로 적은 쇼핑 목록이었다. "건전지, 검은색 쓰레기봉투. 대, (소형) 타이드 표백제 대체품, 양파." 문득 마침표를 빈번히 쓰던 그의 버릇이 기억났다. 특이하게도 그는 자기 이름을 적을 때도, 이메일주소나 글자를 쓸 때도 언제나 종결을 알리는 마침표를 찍었다.

실연 박물관은 한 커플의 이별로 시작되었다. 2003년, 올린카 비슈티차와 드라젠 그루비시치는 헤어지고 난 뒤 공동의 소유물을 어떻게 나눌 것인가를 두고 여러 번의 힘겨운 대화를 나누던 중이었다. 올린카가 표현한 대로라면 "우리에게 남은 나눌 만한 것이라고는 …… 상실감이 전부였다." 어느 날 밤, 두 사람은 부엌 식탁에 마주 앉은 채로 자신들의 연애와 마찬가지로 끝나버린 연애가 남긴 잔해로 이루어진 전시를 상상했다. 3년 뒤 결국 두 사람이 이 전시를 열었을 때, 첫 번째 전시물로 등장한 것은 두 사람이 동거하던 집에 있던, 두 사람이 허니 버니라는 이름을 붙였던 기계태엽 토끼 장난감이었다.

그로부터 10년이 조금 지난 지금에 와서, 두 사람의 이별은 이 박물관의 창조신화가 되었다. 어느 날 아침 올린카는 나와 함께 커피를 마시면서 이야기해주었다. "정말 이상한 일이 있었어요. 박물관 앞에 차를 세운 다음 내리는데, 어느 투어 가이드가 관광객들한테 토끼에 얽힌 사연을 들려주더라고요. 그러면서 그는 '전부 농담 삼아 시작된 일이었지요!'라고 말했어요." 올린카는 그 투어 가이드에게 그건 절대 농담이 아니었다고, 처음에 두 사람이 나누었던 대화는 고통스럽기 그지없었다고 말하고 싶었지만, 그 순간 자신의 실연이 이제는 타인의 다시 말하기와 해석에 종속된 대중의 소유물이 되었음을 깨달았다고 했다. 사람들은 이로부터 자신이 보고 싶은 것들을 꺼내 갔다.

동거가 끝나고 따로 살게 되고 2년 뒤, 드라젠이 올린카에게 연락해 실연을 주제로 한 두 사람의 설치작품을 자그레브 지역 예술제에 출품하자고 제안했다. 첫 해에는 탈락했으나 다음 해에는 선정되었는데, 설치를 준비할 시간은 2주뿐이었고 갤러리 내부 전시공간도 따내지 못했다. 그래서 두 사람은 아드리아해의 항구도시 리예카에서 온 운송용 컨테이너를 구한 뒤 2주 동안 이 컨테이너를 채울 물건들을 수집했다. 처음에는 전시품 개수가 부족할지 몰라 걱정했지만, 두 사람의 아이디어를 들은 사람마다 "나한테도 기증할 만한 게 있을지도 몰라."라고 말했다.

올린카는 반엘라치치 광장 시계탑 아래에서 남편과 함께 찾아온 여자를 만나 옛 연인의 이름으로 가득한 낡은 일기장을 받았다. 어느 바에서는 늙은 상이용사를 만났는데, 그는 쇼핑백에 담아온 의족을 꺼낸 뒤 1990년대 발칸전쟁 당시 제재로 인해 인공기관을 구하기 거의 불가능하던 시기에 이 의족 구하는 걸 도와주었던 어느 사회복지사 이야기를 해주었다. 두 사람의 관계가 끝나고 난 뒤에도 의족은 오래 버텼고, 노인은 의족이 "더 견고한 물질로 만들어져서"라고 했다.

첫 번째 전시를 하고 4년이 지난 뒤, 올린카와 드라젠은 드디어 이 전시물을 영구히 보전할 만한 공간을 찾아냈지만 상태는 엉망이었다. 박물관이 될 건물은 케이블카를 타고 꼭대기까지 올라가야 있는 18세기 궁전의 1층이었는데 전혀 보수되지 않은 곳이었다. 올린카는 "그때 우린 약간 미쳐 있었어요. 시야가 극도로 좁아져 있었죠. 꼭 사랑에 빠질 때처럼요."라고 말했다. 드라젠은 손수 바닥 마감공사를 하고 벽에 페인트칠을 했으며 무너진 벽돌 아치도 재건했다. 공사를 얼마나 깔끔하게 끝냈는지 사람들이 올린카한테 "이런 남자랑 헤어질 작정이에요?"라고 물을 정도였단다.

이 박물관의 전제에 담긴 유쾌한 아이러니가 바로 그것이다. 올린카와 드라젠은 이별을 박물관으로 만드는 과정에서 결국 지속적인 파트너십을 형성해냈다. 박물관의 마스코트이자 수호성인인 두 사람의 토끼 장난감은 박물관 커피숍에 있는 유리 전시장에 진열되어 있다. "사람들은 우리의 이별을 상징하는 사물이 이 토끼라고들 생각해요. 하지만 사실 우리의 사물은 이 박물관이에요. 이 박물관이 오늘날 갖게 된 의미 전부요."라는 게 올린카의 말이다.

전시품 3. 헨리 데이비드 소로의 『월든』
루마니아 부카레스트
R과 나는 연애 초기에 각자 『월든』을 읽기 시작했다. 월든

을 좋아하게 되기까지는 어느 정도의 고독이 필요했고 우
리의 연애는 우리가 각자의 고독을 물과 기름처럼 분리할
수 있는 매개였다. 우리는 한집에 살면서도 다른 방에서
잤고, 둘 다 자기 전 『월든』을 읽었다. 그것이 우리를 대
리했다. 우리의 몸은 두 개의 방 사이를 가로막는 벽으로
분리되어 있지만 우리의 정신은 하나의 사유를 향해 합쳐
지고 있었다. 우리 둘 다 헤어질 때까지 『월든』을 끝까지
읽지 못했다. 그럼에도 우리는 계속해서 이 책을 읽었다.

이 박물관에 있는 전시물 설명들은 전부 내 시야가 가진 한계
에 가르침을 주었다. 우노 카드처럼 보이는 것도 단순한 우노 카
드가 아니었다. 그건 한 미군 병사가 장거리 연애 중인 여자친구
(군인 남편과 사별한 뒤 어린 두 아이를 기르던, 자신 역시 군인이
었던 오스트레일리아 여자)에게 주려던 우노 카드였지만, 파병기
간이 끝나고 아프가니스탄에서 돌아온 그가 마침내 오스트레일
리아 땅을 밟자, 여자친구는 아직 누군가에게 사랑을 맹세할 준
비가 되지 않았다고 했다. 세월이 흐른 뒤 우연히 헤어진 연인이
남긴 잔해로 가득한 이 박물관에 오게 된 그는 두 사람이 한 번
도 하지 못한 우노 카드를 이곳에 기증하기로 마음먹었다. 여태
까지 쭉 지니고 다녔던 것이다.
　　장대한 역사 드라마를 담고 있는 전시품들도 있는데, 그중 하
나가 1992년 화염에 휩싸인 사라예보를 탈출한 열세 살 소년이
쓴 편지다. 같은 수송대의 바로 옆 열차에 탄 엘마라는 소녀에게
썼지만 용기가 없어서 건네지 못한 편지다. 그래서 소년은 들을

만한 음악을 챙겨오지 못한 엘마에게 편지 대신 제일 좋아하던 너바나 카세트테이프를 주었다.

하지만 내가 가장 큰 감동을 느낀 것들은 평범한 사물들이었다. 그 평범함이 모든 사랑 이야기는 심지어 가장 익숙하고 뻔하며 드라마틱한 구석이라도 없는 것이라 해도 박물관에 자리할 가치가 있음을 시사했기 때문이다. 이 박물관의 예전 관리자였던 이바나 드루제티치는 박물관이 호기심의 방*을 계승한다고 보았다. "가장 사소한 것을 발견하고, 가장 멀리 있는 것에 다가가기 시작하면서, 이제 극단을 강구하는 것이 아니라 양극단 사이에 있는 모든 것을 포착하려 시도하는 것으로 기준이 변화했지요."

평범한 사물은 이별이 강력한 힘을 지니는 것은 그것이 연애 자체와 마찬가지로 일상의 범속함으로 포화 상태이기 때문임을 이해하고 있다. 매일 하는 잡다한 일, 아침마다 울려대는 짜증 나는 알람, 밤마다 흠뻑 빠져 시청하던 넷플릭스 같은 것들이다. 사랑은 끝나고 나면 모든 곳에서 사라지고 만다. 일상에 스며 있던 사랑이라는 유령은 부재할 때도 똑같이 강력하다. 한 남자는 당신의 일상 속에 특유의 습관과 불필요한 마침표, 신랄하리만치 구체적인 쇼핑 목록을 온통 흩어두고 떠난다. 커다란 *검은색 쓰레기봉투*는 쓰레기봉투가 너무 작았던 때를 떠올리게 하고, *양파*는 어느 특정한 무더운 여름밤 만들었던 특정한 생선 스튜를 떠올리게 한다. 이곳의 전시물은 모두 내가 영영 이해하지 못할 사적인 공통 언어에서 끌어온 어휘들(찌그러진 냄비, 플라

---

* 16세기 유럽에서 진귀한 물건을 수집해 놓았던 작은 방 분더카머를 말한다.

스틱통), 또는 더는 존재하지 않는 두 사람으로 이루어진 문명의 유적이다.

과거의 유적보다는 맞이하지 못한 미래의 유물처럼 보이는 사물도 있다. 부스러져가는 생강쿠키는 시카고에서 열린 옥토버페스트, 술기운에 아찔하던 오후, 다음 날 "당신이 너무 좋은 여자라서 이런 말을 하기가 참 힘들지만…… 곤란해지기만 할 테니 전화도 문자도 하지 말아줘."라는 문자 메시지가 오기 전까지 약혼한 남자와 벌인 하루짜리 연애놀음에 바치는 케케묵은 찬사로 남아 있다. 우연한 만남, 거절을 담은 문자 메시지는 결코 불멸을 기대할 수 없는 하찮은 것들처럼 보인다. 그럼에도 생강쿠키는 이 박물관에 남았다. 단 하루의 옥토버페스트가 한 여자에게는 생강쿠키의 설탕옷이 허연 딱지처럼 말라붙을 때까지 몇 년이나 간직할 만큼 중요했으며, 그렇게 말라붙은 설탕옷이야말로 이 박물관 자체의 핵심을 담는다. "하루짜리 사랑"을 향한 애매한 슬픔을 향해, 영영 기념할 가치가 없어 보이는 애착을 향해, 일어난 적 없는 일에 대한 애도를 향해 헌신하는 것 말이다. 이는 모든 이별의 일부다. 이루어지지 못한 오랜 연애, 잘될 수도 있었을 가설로서의 연애를 애도한다. 어느 군인의 모직 양말에는 20년간 그의 곁에 있었던 연인이 쓴 설명이 달려 있다.

나는 그와의 사이에서 두 아이를 낳았지만 단 한 번도 진짜 대화를 한 적이 없다. 늘, 어느 날에는 대화가 시작될 거라고 기대했다.

박물관에 전시된 사물 중에는 연인이 양극성장애삽화를 겪는 동안 한 여자가 쓴 일기장이 있는데, 이 일기장은 만트라처럼 되풀이되는 구절투성이다. *내 마음은 열려 있다, 나는 현재를 살고 있다*는 말이 수도 없이 쓰여 있다. 내 마음을 움직인 것은 이런 구절들에 담긴 진부함이다. 참신한 문장들이 아니다. 그저 필요에서 쓰였을 뿐이다.

전시품 4. 머리카락 한 가닥이 붙은 봉투

체코 카르비나

1993년 나는 대학을 졸업하고 폴란드와 체코 국경지대의 탄광 마을에서 영어를 가르쳤다. 그 우울하고 오염된 공산주의 도시에서 나는 전무후무한 고독을 경험했다. 그곳으로 떠나기 전 여름, 솔즈버리 파크에서 관람차를 운영하던 콜린이라는 스코틀랜드 출신 남자를 만났다. 그 여름이 지난 뒤 우리는 편지를 주고받았고, 때로는 그에게서 온 편지 하나로 온종일을 버텼다. 나는 그의 적갈색 곱슬머리를 무척 좋아했는데, 한번은 눈에 익은 푸른색 항공우편 봉투가 우편함에 도착했을 때 나는 그가 봉투를 테이프로 봉했다는 사실을, 그리고 그의 곱슬머리 한 가닥이 테이프에 붙어 있다는 사실을 알았다. 그의 신체 일부, 그의 DNA, 언젠가 우리의 아이들에게 공유될 그의 DNA. 편지 쓰기를 그만두는 상당히 비겁하고 간단한 방식으로 그가 나를 차버린 뒤에도 나는 매일같이 우편함을 확인하며 울었고, 나의 우울한 공산주의 아파트로 돌

아와서 울었으며, 그의 곱슬머리 한 가닥이 붙어 있는 봉
투를 보고 조금 더 울었다.

"박물관은 언제나 우리보다 두 발짝 앞서 있었어요." 올린카
는 처음부터 박물관은 자신과 드라젠의 의도 너머 존재하려는
의지와 충동을 지니고 있었다고 설명했다. 이 모든 이야기들이
공기 중의 습기처럼, 비를 내릴 준비를 마친 하늘처럼 두 사람을
둘러싸고 이미 존재하는 것 같았다. 화물 컨테이너에서 전시를
열자마자 일본의 어느 퀴즈쇼에서 이 박물관을 촬영하고 싶다며
올린카와 드라젠에게 연락을 해왔다. 하지만 박물관은 존재하지
도 않았다. 처음부터 이런 식이었다. 사람들은 무언가가 존재하
기 전부터 그것을 믿고, 그것을 *원했다.*

화물 컨테이너에 처음 전시가 열린 뒤로 10년 사이 이 박물
관은 여러 형태를 띠었다. 자그레브와 로스앤젤레스의 영구 설치
작품으로, 수천 가지 사진과 이야기로 이루어진 디지털 박물관
으로, 또 부에노스아이레스에서 보이시*, 싱가포르에서 이스탄
불, 케이프타운에서 한국, 암스테르담 홍등가의 아우더케르크**
에서 브뤼셀의 유럽의회에 이르기까지, 전 세계 곳곳에서 마치
재료들을 모두 현지에서 조달하는 장인정신을 가진 식료품업자
처럼 그 지역의 실연들을 한데 모아 보여준 마흔여섯 차례의 팝
업 형태를 취하기도 했다.

올린카는 그중 몇몇 전시에서 생긴 일화를 들려주었다. 멕시

---

* 미국 아이다호의 주도.

** Oude Kerk, 암스테르담의 구교회.

코시티에서 전시가 열렸을 때는 첫 24시간 동안 200개 이상의 기증품이 쏟아져 들어왔다. 한국에서 열린 전시는 세월호 사고로 희생된 고등학생들의 소지품으로 가득했다. 프랑스 기증자들은 기증품 설명을 3인칭으로 쓰는 경우가 많았지만 미국인들은 그야말로 미국적인 "나"라는 1인칭을 내세우는 경우가 많았다. 미국의 큐레이터들 역시 전시 이야기를 할 때 1인칭을 쓰곤 했다. *내 수집품. 내가 모은 기증품들* 하는 식으로 말이다. 올린카와 드라젠은 그런 식의 표현을 쓰지 않으려고 애썼다. 두 사람은 자신들의 이별이라는 뒷이야기를 이 박물관이 가진 공공의 서사에 담는 데조차도 몇 년이 걸렸던 것이다. 그들은 언제나 이 프로젝트는 두 사람의 사적인 고통보다 더 큰 어떤 것에 속한다고 믿었다.

사물들은 개인사를 공적인 이야기로 만들지만, 한편으로는 과거에 어떤 완결성을 불어넣기도 한다. 기억은 과거를 만들어낼 때마다 결국 과거를 덧씌운다. 떠나간 연인의 자리를 기억과 재구성, 신화와 정당화가 채운다. 그러나 사물은 그렇게 왜곡될 수 없다. 사물은 그저 팝콘 상자나 토스터, 1997년의 어느 밤 소나기를 맞고 흠뻑 젖은 후드셔츠다.

같은 주에 자그레브에서 나는 1991년 두브로브니크에서 일어난 세르비아–몬테네그로 폭격을 다룬 또 다른 전시를 보았고, 여기서 가장 강렬한 것은 사물이었다. 연기를 내며 폭발하는 새하얀 돌 요새를 찍은 초대형 사진 작품이 아니라, 검은색 미니어처 파인애플처럼 생긴 조그만 수류탄, 그리고 한 가족이 자신들의 집을 무너뜨리고 폭발한 포탄 조각으로 만든 엉성한 십자가. 어느 군인이 소유했던 분홍색 손전등이 파편 한 조각과 그의 피로 물든 네모난 거즈, 그리고 한 눈은 붕대로 감고 벌거벗은 가슴에는 묵주를 올려둔 채 병원 침상에 누워 있는 그의 사진 옆에 놓여 있었다. 군인의 이름은 안테 풀지즈였다. 이 단어는 내게 어떤 의미도 없었다. 그러나 이 파편은 한때 그의 몸속에 들어 있던 것이다.

전시품 5. 검은 드레스 네 벌
뉴욕 브루클린

나는 내 옷장 속 네 벌의 검은 드레스를 이 박물관에 기증하고 싶다. 셔츠웨이스트 드레스 한 벌, 선드레스 한 벌, 골지 터틀넥 드레스 한 벌, 그리고 생견 소재의 에이라인 드레스 한 벌. 그중 두 벌은 옛 애인이 선물한 것이고, 두 벌은 내가 직접 샀지만, 네 벌 모두 내가 유니폼은 입기만 하면 원하는 사람이 될 수 있다고 상상하던 시절 입던 옷들이다. 나는, 우리는, 내가 여성적이지 못한 것, 옷에 관심이 없는 것, 전반적으로 힙하지 않은 것 따위의 문제는 늘 검은 옷을 입고 신랄한 의견을 내놓고 베스트셀러를 쓰는 문학계 파티 단골 인사가 되면 해결될 거라 생각했다. 헤어지기 두 달 전 그 남자가 내게 말했다. "난 당신이 유명해지는 날이 올까 해서 기다리는 것뿐이야. 그 뒤엔 내가 당신을 사랑할 수 있을지도 모르니까." 끔찍한 말이었고, 솔직한 만큼 세련되지 못했으나, 나는 어떤 면에서 그것이 바로 내가 그에게 약속했던, 우리가 함께 구축하던 공적인 자아의 환상임을 알 수 있었다. 나는 이 드레스

네 벌을 박물관에 기증하고 싶지만, 여전히 그 옷들을 입
는다. 늘 입는다. 그저 보라색, 꽃무늬, 기하학 디자인, 분
홍색의 다른 드레스도 입을 뿐이다.

어린 시절, 부모님이 헤어지기 전에, 나는 이혼도 결혼과 마
찬가지로 기념식이지만 순서가 거꾸로일 거라고 믿었다. 부부가
손을 잡고 교회 통로를 걸어오다가 제단 앞에 도달하면 깍지 낀
손을 풀고 서로에게서 멀어져 걸어가는 것이라고 말이다. 가족과
알고 지내는 부부의 결혼생활이 끝났을 때 나는 그분에게 "이혼
은 잘하셨어요?" 물었다. 나는 그게 예의라고 생각했다. 이별 역
시 의식이 필요할 정도로 중요하다고 생각했다.

　퍼포먼스 아티스트 마리나 아브라모비치와 그의 파트너 울
라이는 12년간의 사랑을 끝맺으면서 둘의 이별을 함께 만리장성
을 완주하는 것으로 마무리했다. 아브라모비치는 "사람들은 연
애를 시작할 때는 엄청난 노력을 기울이면서 끝낼 때는 거의 노
력하지 않는다."라고 말했다. 1988년 3월 30일, 아브라모비치는
만리장성의 동쪽 끝인 황해의 보하이만에서 출발했고 울라이는
서쪽 끝 고비사막에서 출발했다. 그들은 90일간 2400킬로미터
에 달하는 거리를 각자 걸어 만리장성 중간에서 만난 다음 작별
인사로 악수를 나누었다. 30년 가까운 세월이 흐른 뒤 열린 아브
라모비치의 회고전에는 두 개의 스크린이 각각의 여정을 담은 장
면을 비추었다. 한 스크린에서는 눈 덮인 단단한 흙길 위 낙타들
을 지나치며 걷는 아브라모비치를 보여주었고, 다른 스크린에서
는 울라이가 지팡이를 들고 초록 언덕을 오르는 모습을 보여주었

다. 이 테이프들은 끊어지지 않고 연속재생되었는데, 헤어진 지 수십 년이 지난 지금 화면 속 두 연인이 여전히 서로를 향해 계속해서 걸어가는 모습이 아름다웠다.

모든 연애가 두 사람이 힘을 합쳐 상대와 함께일 때의 자아를 창조해나가는 일종의 협업이라면, 이 작업은 때로 자아에 특정한 형태를 강요하는 횡포처럼 느껴질 수도 있고, 때로는 가능한 새로운 자아를 창조하는 출산처럼 느껴질 수도 있다. 때로 연애가 남긴 혜성의 꼬리(당신이 입었던 드레스, 당신이 발랐던 립스틱, 당신이 샀지만 결국 읽지 않았던 책, 당신이 좋아하는 척했던 밴드)는 부서진 족쇄처럼 느껴질 테지만, 때로는 그럼에도 아름답다. 드레스는 한때 다른 사람으로 가장하기 위한 것이었지만, 이제는 토요일 밤 외출을 위한 특별한 복장이 되었다.

솔직히 말하면 나는 연애라는 것을 해보기 전부터 이별에 집착했다. 나는 이혼과 재혼이 차고 넘치는 집에서 자랐다. 양가 조부모는 모두 이혼했으며 외조부모는 두 번 이혼했다. 부모 두 분다 세 번 결혼했다. 큰오빠는 마흔에 이혼했다. 나에게 이혼이란 일탈이라기보다는 그 어떤 사랑의 생애주기에서건 피할 수 없는 단계로 보였다.

그러나 우리 집에서 예전 배우자의 유령은 앙심이나 적의를 품는 경우가 거의 없었다. 엄마의 첫 남편은 키가 껑충하고 친절한 눈빛을 가진 히피였고 나한테 드림캐처를 선물했다. 사랑하는 이모의 첫 남편은 바닷가에서 마른 야자수 잎을 주워 모아 가면을 만드는 예술가였다. 이런 남자들에게 내가 매혹된 건, 그들은 내가 알기 전의 엄마나 이모의 잔해뿐 아니라 두 분에게 가능했을 가능성의 스펙트럼을 의미했기 때문이기도 했다. 내 부모님은 이혼한 지 17년이 지난 지금은 사이가 무척 가까워서, 성공회 부제인 엄마가 아빠의 세 번째 결혼식을 맡았다.

그러니까 나는 관계란 아마도 끝이 있는 것이라고 믿으며 자라났지만, 또한 하나의 관계가 끝이 난 뒤에도 이 관계는 여전히 우리의 일부이며 끝이 반드시 나쁜 것만은 아니라는 굳건한 믿음을 지니고 자라났다. 엄마라면 이 박물관에 어떤 사물을 기증하겠느냐고 묻자, 엄마는 내가 태어나기 한참 전, 내 아빠를 만나기 전 사랑했던 여자와 함께 샌프란시스코에서 샀던 셔츠를 골랐다.

나는 끝난 관계는 끝보다 더 큰 무엇이라는 감각을 지니고 자랐다. 끝이 났다고 해서 끝나기 전 일어난 모든 일이 무효가 되지 않는다. 그 관계에서 남은 기억들, 그 관계에 담겼던 특별한 기쁨과 마찰, 그 관계가 허용한 특별한 자아의 구현은 사라지지 않지만, 세상이 언제나 이 기억을 위한 공간을 남겨주는 것은 아니다. 헤어진 연인에 대해 너무 많이 이야기하는 것은 병리적 징후로 취급된다. 1 대 1의 관계를 연속으로 여러 번 맺다 보면 모든 연애는 불완전한 테스트 동작이며 오로지 마지막 연애를 위한 준비에 불과한 것이라고 믿게 될 수도 있다. 이런 모형에서 보면 이혼으로 가득한 가족은 실패로 가득한 가족이다. 그러나 나는 자라면서 이 가족을 그것과는 다른 것으로 보았고, 모든 자아는 마치 그 안에 모든 연애들을 담은 러시아 인형 같은 사랑의 누적이라 여겼다.

전시품 6. 페이즐리 셔츠
캘리포니아 샌프란시스코

1967년 언젠가였다. 우리는 헤이트애시버리의 한 좌판에서 페이즐리 셔츠를 한 벌씩 샀다. 연애 초기 흥분에 들떠 있던 시절, 나는 첫 레즈비언 연애였기에 더더욱 취해 있었다. 우리 두 사람의 셔츠는 비슷했지만 똑같지 않았다. 내 것은 사이키델릭한 분홍색이었고 그의 것은 보라색이었다. 우리가 이 셔츠를 처음 입은 것은 제퍼슨 에어플레인 콘서트에서였지만, 이 셔츠에는 한 번도 입고 가본 적 없는 공간들의 기억이 담겨 있다. 유럽에서 배낭여행을 하며 농사일을 했던, 프로방스에서 올리브 수확인 파업을 주도하기도 했던 1년, 한쪽 지평선에서 해가 지고 반대쪽 지평선에서 달이 뜨는 모습을 지켜보던 데스밸리로의 캠핑 여행. 모든 순간이 기분 좋고, 제대로 된 것 같았고, 희망으로 가득했지만, 어느 순간 그렇지 않아졌다. 나는 우리가 헤어진 이유를 전혀 몰랐지만 아마 내가 아이를 원했다는 사실이 영향을 미쳤을 것이다. 그를 마지막으로 본 것은 1975년 워싱턴 D.C.에서 열린 게이프라이드에서였다. 아주 오래전 일이지만 이 페이즐리 셔츠만은 내게 남았다. 한때 내가 어떤 사람이었는가를 떠올리게 만드는 옷이다.

어린 시절 나는 『그로버와 드넓은 온 세상 박물관의 모든 것 (*Grover and the Everything in the Whole Wide World Museum*)』이라

는 책을 좋아했다. 드넓은 온 세상 박물관에 간 그로버는 "하늘에 있는 것", 그리고 "글씨를 쓸 수 있는 길고 가느다란 것들"로 가득 찬 전시관에 가본다. 길고 가느다란 것들 사이에 실수인 듯 당근이 하나 섞여 있어서, 그로버는 텅 비어 있는 "당근 전시장"의 우아한 대리석 진열대 위에 당근을 도로 가져다놓는다. 전시물을 거의 다 보았을 무렵 그로버는 생각한다. '다른 건 다 어디 있지?' 그때 "다른 모든 것"이라고 쓰인 나무문이 나타난다. 문을 열자, 당연히 그곳은 출구다.

　실연 박물관을 나서자 자그레브의 거리에 있는 모든 것이 전시물이 되어도 좋을 것들, 어떤 연애가 남기거나 언젠가 그렇게 될 만한 것들로 보였다. 레이스 커튼 앞에서 씩 웃고 있는 정원용 난쟁이 요정 조각상, 창턱에 놓여 있는, 보라색 점토로 만들어놓은 들쑥날쑥한 공들, 케이블카 철로 꼭대기 근처에 놓인 오렌지색 플라스틱 재떨이들, 스트로스마트레의 길거리 번철에서 익어가는 소시지에 꽂힌 이쑤시개 하나하나, 헤브란고바 울리차의 꽉 막힌 배수로 철망에 낀 담배꽁초 하나하나. 허리를 꼭 끌어안은 늙은 여인 앞자리에서 오토바이를 운전해 달려가는 늙은 남자의 드러난 정강이 위 사과만 한 상처에 앉은 딱지. 어쩌면 언젠가 그 여자는 남자를 기억할 수 있도록 저 딱지를 보관해둘걸 하고 생각할지도 모른다. 구름 한 점 없는 자그레브의 대낮은 멀리서 째깍거리는 시한폭탄처럼 실연의 가능성을 안고 있었다.

　즈린예바치 공원에서 팝콘 한 봉지를 나누어 먹는 남자와 여자를 보면서, 나는 언젠가 모든 게 무너진 뒤 이 날 여자의 선글라스와 남자의 운동화 같은 액세서리를 토양 샘플처럼 기념하게 되려나 생각했다. 인도 위에 흩어진 팝콘을 스포트라이트가 비추고, 다른 여자의, 다른 남자의, 어쩌면 그저 이 무성한 사랑이 흐릿한 일과가 되어버린 다른 해의 이야기로 "팝콘 한 봉지. 크로아티아 자그레브"라는 설명이 붙는 장면을 상상했다.

나 역시 내 끝난 사랑들을 유령 같은 사물들로 이루어진 무한한 카탈로그 형태로 소환해낼 수 있다. 팔라펠 가게 위층에 깔린 접이식 매트리스 위에서 먹었던 초콜릿 아이스크림 500그램. 링컨앤드피코의 토미스에서 먹은 눅눅한 칠리 프라이. 충혈된 눈에 넣는 플라스틱 안약병, 스무 가지의 각기 다른 티셔츠 냄새. 거무죽죽한 세면대 위 찻잎처럼 흩어진 턱수염, 결혼할 거라 생각한 남자와 함께 쓰던 식료품저장실에 쑤셔 넣었던 바퀴 세 개 달린 식기세척기. 그러나 아마도 더 심오한 질문은 카탈로그에 속한 사물 자체가 아니라 내가 어째서 그것들을 카탈로그에 넣고 싶어하는가이리라. 내가 즐기는 아픔, 옛사랑을 기억하며 새겨진 홈, 노스탤지어의 핏줄이 왜 중요할까?

대학교 신입생이던 시절, 나는 미국 반대편에 있는 또 다른 대학교의 역시 신입생이던 첫 남자친구와 헤어지자 이별의 슬픔에 묘한 애착을 가졌다. 격식을 갖춘 전화 통화를 하며 앉아 있는 대신, 얼어붙을 듯 차가운 보스턴의 밤공기 속에서 담배를 피우면서 로스앤젤레스에서 사랑에 빠졌던 때를 그리워할 수 있었다. 바닷가에서 보낸 따스한 저녁, 수상인명 구조원석에 올라가서 나누던 키스. 그 슬픔은 우리 유대감의 정수처럼 느껴졌고, 그와 함께 있었던 때보다 그를 그리워할 때 더 그에게 연결되어 있는 것 같았다. 그러나 그것으로 끝이 아니었다. 슬픔 그 자체가 내가 그를 필요로 했던 것보다 더 필요로 하는 일종의 닻이 되었던 것이다.

전시품 7. 금속제 기타 슬라이드

웨스트버지니아 페이엣빌

내가 가진 물건들 중 연애의 기억을 가장 많이 담은 것이 1920년대에 만들어진 이 낡은 금속제 기타 슬라이드다. 이 물건은 바 슬라이드 또는 톤 바라고 불리는 크롬 가공을 한 쇠 또는 동 조각으로 원래 새겨져 있던 제조사 스탬프는 오랜 기간 사용하는 바람에 마모되어 없어졌다. 뛰어난 음악적 재능, 그리고 흔치 않을 만큼 파괴적인 행동양식을 겸비한 전 연인이 (아마도 후자의 상황에서 충동적으로) 내게 준 것이다. 아마 이것은 그가 가장 소중하게 여기는 물건이었을 테고, 그는 많은 물건을 소유하는 사람이 아니었다. 우리는 6년간 사귀었는데, 내가 아주 어릴 때였고, 모든 게 끝났을 때 나는 폭력 피해 여성 쉼터에 들어갔다. 그럼에도 좀처럼 이 톤 바를 버릴 수가 없었고, 당연히 오랜 세월 이것이 불러일으킨 슬픔을 기억했다. 그의 애수, 그리고 그를 통해 이루어진 나의 애수. 여전히 이 물건은 내 것이라기보다는 그의 것처럼 느껴지기에(내 손가락은 이 슬라이드 모서리의 홈에 맞지도 않았다.) 그가 돌려달라고 한다면 기꺼이 돌려주고 싶다.

올린카는 "멜랑콜리는 공공장소에서 부당하게 추방되었다."

라며 그것이 페이스북 상태 업데이트라는 소름 끼치는 낙관주의
에 밀려 게토로 몰려나갔다는 사실을 애석해했다. 기타 슬라이
드는 애수를 담을 수 있고("그의 애수, 그리고 그를 통해 이루어
진 나의 애수") 한 박물관 역시 애수를 담을 수 있기에, 우리에게
는 그것들을 위한 공간이 필요하다고 주장했다. 올린카는 늘 자
신의 박물관을 "멜랑콜리가 존재할 권리가 있는 시민사원"이라
상상했다. 슬픔이 다른 것으로 대체해야 하는 감정 이상의 무언
가로 이해받는 곳이다. 사람들이 이 박물관에 "치유의 가치"가
있다는 말로 칭찬하는 것이 기쁘지 않다고 했다. 그 말의 속뜻은
슬픔에 치유가 필요하다는 주장이므로.

　　첫 이별을 겪은 뒤 최근의 이별을 하기까지 15년 동안, 나는
슬픔이란 감정의 희석이라는 믿음과는 거의 정반대인 믿음을 고
수했다. 슬픔이란 가장 강렬하고 순수한 버전의 나를 불러내는
정서적인 증류라는 믿음 말이다. 그러나 그주, 결혼한 지 2년 반
이 된 임신 2개월의 몸으로 자그레브를 걸을 때 나는 필터 없는
유럽 담배를 물고 내 속내를 긁어내듯 토해내며 외로워할 자리
를 찾지 않았다. 갑작스레 찾아온 압도적인 열망을 충족시킬 신
선한 과일을 찾았다. 노천시장에서 종이봉투에 담아 파는 체리,
무르익디 무르익어서 이가 껍질에 파고들자마자 옷에 즙이 뚝뚝
떨어지는 납작복숭아.

　　나는 늘 연애가 처음의 자유분방한 사랑과 구속 없는 열정
을 잃어버리는 순간부터 괴로워하곤 했다. 연애는 처음의 광채를
잃고 나면 흐릿하고 타협적인 것이 되었다. 그러나 결혼은 또 다
른 종류의 아름다움에 헌신한다는 의미였다. 사랑에 세월의 겹

을 더하고 아찔함만큼이나 곤혹을 갖춘 친밀함 앞에 세우며, 찢어진 조각들을 재봉사처럼 이어붙이고 *다른 면도 있어*라고 말할 정도로 기나긴 무언가에 담기는, 지속이라는 줄무늬가 아로새겨진 아름다움이다.

자그레브의 호텔 방으로 다시 돌아왔을 때, 휴대폰이 울리더니 콜로라도 공항에서 사랑하는 남자의 착륙을 기다리고 있는 친구의 메시지가 도착했고, 이어 다른 친구의 메시지도 도착했다. "방금 차였어. 너 근처에 있어? 주말 내내 혼자 있고 싶지 않아서."

세상은 언제나 시작하고 동시에 끝난다. 이카루스가 하늘에서 떨어질 때 누군가는 틴더에서 화면을 오른쪽으로 스와이프한다.

아이다호 보이시에서 열린 실연 박물관 팝업 전시에 한 남자는 자동응답기를 기증했다. 그를 개자식이라고 부르는 전 연인의 메시지 다음에 날씨 같은 평범한 이야기가 담긴 아버지의 메시지가 녹음되어 있었다. 실연이란 그런 것이다. 당신의 가슴속에 어마어마한 균열이 생겨도 세상의 나머지 사람들은 오늘 드문드문 소나기가 내리는지 확인한다. 당신의 전 연인은 세상에 당신이 존재한다는 사실에도 치를 떠는데, 동시에 당신의 형제는 어젯밤 뉴욕 닉스 농구팀 경기를 보았느냐고 묻는다. 이 박물관이 지닌 매력은 또 있다. 동료를 원하는 것, 혼자가 된 경험을 무언가 사회적인 것으로 바꾸고 싶어 하는 마음. *방금 차였어. 너 근처에 있어? 주말 내내 혼자 있고 싶지 않아서.*

프랑스의 개념미술가 소피 칼(Sophie Calle)은 2007년의 설치 작품 「스스로를 잘 보살펴」의 의도를 다음과 같이 설명한다.
"헤어지자는 이메일을 받고, 뭐라고 답해야 할지 알 수 없었다.
…… 이메일은 '스스로를 잘 보살펴.'라는 말로 끝났다. 그래서
나는 그렇게 했다." 칼에게 스스로를 보살핀다는 것은 107명의
여성들에게 그의 메시지를 해석해달라고 요청한 것이었다. "이
메시지를 분석하고, 의견을 덧붙이고, 춤추고, 노래하고, 해부하
고, 소진하고, 나를 대신해 이해해달라고." 전시는 그렇게 얻은
반응들로 구성된 코러스다. "언어 빈도수 연구자"는 이별 편지의
문법에서 행위자가 부재한다고 지적했다. 교정자는 반복되는 곳
에 하이라이트 표시를 했다. 변호사는 헤어진 연인에게 기망의
죄가 있다고 했다. 범죄학자는 그를 "오만하며, 나르시시즘과 에
고이즘에 사로잡혀 있다."라고 진단했다.

　살면서 나는 깊은 우정을 맺을 때마다 상대의 이별을 목격하
고 또 내 이별을 목격해달라고 부탁했다. 이는 면밀한 독자로서,
예언자로서, 찻잎으로 점을 치는 점술가로서, 대안서사를 만드는
이로서 이루는 협업이다. 한번은 친구가 헤어진 남자의 이메일을
전달하며 "있잖아, 이거 한번 읽어봐줄래?" 덧붙였다. "내가 히스
테리를 부리고 있는 게 아니라는 확신이 없네…… 다른 사람이
우리 메시지를 읽어봐야 제대로 끝냈다는 기분이 들 것 같아. 미
치도록 고맙다." 사회적 경험으로서의 이별은 폭로라기보다는 이
야기의 마지막을 마주하는 순간, 혼자이고 싶지 않은 욕망이다.
등장인물의 지위를 박탈당한 당신은 독자가 되어 그 잔해를 분석
한다. 혼자서 읽는 것이 아닐 때 기분은 훨씬 나아진다.

전시품 8. 피스타치오가 담긴 비닐봉지
아이오와시티
데이브와 나는 4년간 함께했다. 우리는 미국 반대편으로
이사했다가 돌아왔다. 폭풍우 속에서 이사차량을 몰고 펜
실베이니아를 가로질렀다가 2년 뒤 이번에는 반대쪽을 향
해 같은 일을 반복했다. 펜실베이니아가 너무 커서 놀랐
다. 왠지는 모르겠지만 그 크기에 두 번이나 놀랐다. 나는
젖은 행주를 비틀어 짜듯 온 힘을 다해 데이브를 사랑했
다. 우리가 처음 함께 살았던 아파트에서(관계가 악화되
고 우리가 자주 싸우게 된 뒤) 회색 나방들이 차츰 나타
나 부엌을 엉성하게 날아다녔다. 벽에 붙은 나방을 쳐 죽
이면 터진 내장이 흐릿한 페인트 벽에 기다란 은색 자취
를 남겼다. 우리는 자꾸 나방을 죽이고, 자꾸 싸우고, 나
방을 다 죽이고 나면, 싸울 만큼 싸우고 나면, 나방도 싸
움도 언젠가는 영영 사라질 거라는 바람을 버리지 않았
다. 몇 달 뒤 우리는 나방이 어디서 오는지 알게 됐다. 식
품보관실에 놓인 오래된 피스타치오 봉지 안이 나방이 까
놓은 새하얀 알로 가득했다. 우리는 피스타치오 봉지를 버
렸다. 나는 언젠가 우리가 그 봉지와 상응하는 무언가(우
리 싸움의 핵심이자, 그 근원)를 발견하기를 바랐다. 내다
버릴 수 있도록.

20대가 끝날 무렵 겪은 데이브와의 이별은 지금까지 겪은 그
어떤 이별보다도 중요했고, 상실감도 상실감이 남긴 여파도 오래

지속되었다. 데이브와 나는 연애가 제대로 기능할지를 확인하는 데 연애 기간 대부분을 소모했고, 난 헤어지면 우리가 이 밀고 당기기에서 자유로워질 거라 생각했다. 그런데 아니었다. 우리는 헤어졌다가 다시 만나고, 또 헤어지고, 그다음에는 결혼을 이야기했다. 데이브가 내 파트너인 것처럼 우리의 결별도 내 파트너가 되었다. 나에게는 그의 모습을 띤 부재가 있었고 그 부재는 어딜 가든 나를 따라다녔다.

사람들은 종종 유령을 우리에게 속삭이는 목소리로 묘사하지만, 나는 데이브를 내가 자꾸만 속삭이고 싶은 유령의 귀라고 느꼈다. 헤어진 뒤 몇 년이 지나도록 내가 했던 모든 생각은 일부분 그를 위해 구성된 것이었다. 심지어 그에게 하고 싶지만 할 수 없는 말들을 목록으로 써보기도 했다. 대개가 바보 같을 정도로 일상적인 것들이었다. 눈보라가 몰아치는 바람에 내창과 외창 사이에 쌓인 눈. 폭풍이 지나간 뒤 차를 꺼내자 두 명의 변호사가 내가 자기들 자리에 주차했다고 소리 지른 일. 동네 간이식당에 가서 설탕을 묻혀 그을린 자몽 구이를, 자몽을 좋아하는 그 없이 먹었던 일. 그가 없는 동안 내가 만난, 또는 만날까 생각했던 모든 남자들. "나를 만져줄 남자가 필요해." 나는 썼다. "이 목록을 내려놓고 더는 당신에게 글을 쓰지 않을 수 있게."

기억은 폭풍우를 뚫고 펜실베이니아를 가로지르는 것처럼 찾아왔다. 데이브가 다 끝났다고, 다 지나왔다고 생각할 때마다 아직 끝이 아니었다. 아무리 멀리 가도 그를 향한 상실감은 여전했다. 나는 괜찮아 보였다. 친구들에게 늘 그렇게 말했으니까. 그리고 마치 내 감정을 어딘가에 집어넣어 문을 잠근 다음 스스로를 보호하기 위해 열쇠를 버리기라도 한 것처럼, 정말 그렇게 느껴지기도 했다. 그러나 때로 혼자 있는 밤이면 나는 잠에서 깨어 절박하게 열쇠를 찾았다. 잠긴 문을 열고 들어가고 싶어서. 어쩌면 그가 그곳에서 나를 기다릴지 몰라서.

햇빛에 심한 화상을 입어서 피부 껍질이 돌돌 말려 벗겨지는 바람에 손가락 사이에 말라붙은 마스킹테이프처럼 뭉쳐졌을 때 나는 생각했다. '이게 그가 만졌던 피부야.' 말도 안 되는 애석함이었다. 논리적이지도 않았다. 피부는 파쇄지처럼 벗겨져 가루가 되어 내 옷과 내 작은 도요타를 뒤덮었다. 그의 가루들이 어디에나 있었다.

공항에서 줄을 서 있다가 파란 눈의 부부가 서로 다정하게 장난치는 모습을 보았다. 누가 먼저 여권을 교체하게 될까? 너야. 아니 너야. 남자가 푹신한 목 베개로 여자를 탁 쳤다. 두 사람은 똑같이 생긴 가죽 테두리의 바퀴 달린 더플백에 똑같이 생긴 은판 모양 태그를 달고 있었다. 그 시절, 나는 커플을 볼 때마다 단서를 찾아야 할 범죄 현장, 또는 훔쳐야 할 레시피처럼 바라보았다. 어떻게 두 사람은 커플 여행가방을 고른 걸까, 어떻게 다투지 않고 줄을 서 있는 걸까, 은판에 같은 성을 아로새기면 어떤 기분일까? 나는 내가 그들에게 투사하는 얄팍한 삶보다 우월해진 기분을 느끼고 싶었지만 이런 빈약한 위로는 곧 의문에 밀려났다. *이 사람들에겐 우리가 가지지 못한 무엇이 있던 걸까? 우리가 하지 못한 일을 이 사람들은 어떻게 해낸 걸까?*

"어쩌면 연인을 잃을 때 가장 힘든 일은 / 한 해가 하루하루를 되풀이되는 모습을 보는 것. 마치 내가 시간에 // 손을 담가 / 1

년 전 다른 나라의 / 푸른색과 녹색의 마름모꼴 4월의 햇빛을 / 떠낼 수 있을 것 같다."라고 앤 카슨은 썼다. 손바닥을 둥글게 오므려 데이브와 함께한 과거에 담그면 기억 속 모든 순간이 실제보다 더 깨끗하고 순수하게 행복했던 기억으로 굳었다. 노스텔지어는 기억의 공간 배치를 바꾼다. 침대를 정리하고 서랍장 위에는 꽃병을 올려놓고 커튼을 열어 햇빛을 들인다. *그곳에 사는 건 고통스러웠어*라고 말하기가 갈수록 어려워진다. *고통스러웠다니까.* 그렇게 우기는 목소리는 점점 희미해진다. 왜냐하면 우리는 그곳을 그리워하니까. 우리는 그때의 고통을 그리워한다. 그 모든 것을 그리워한다.

데이브와 처음 키스했던 날 밤 나는 이렇게 말했다. "여태 살아 있는 기분이 아니었어. 그런데 지금은 살아 있는 것 같아."

전시품 9. 크리스털 펩시병

뉴욕 퀸스

결혼할 거라 생각한 남자와 헤어진 뒤, 퀸스에 사는 말도 안 되게 괜찮은 변호사를 만났다. 그는 아스토리아의 동네 바에서 열리는 '퀴즈의 밤'에 나를 데려갔다. 그가 재직하는 타임스스퀘어 인근 법률사무소에서 열리는 크리스마스 파티에도 데려갔다. 업스테이트에 있는 고향집 근처 '블레이저 펍'에도 데려갔고, 그곳에서 우리는 버거를 먹고 미니 볼링을 했다. 나는 그가 "운명의 상대"가 아니란 걸 알았지만, 내가 더 이상 "운명의 상대"의 존재를 믿지 않는다는 생각을 했다. 운명의 상대를 만나본 적 없어서가 아니라, 만났시만 우리 관계는 끝이 났으니까. 그 변호사는 나를 웃게 했다. 편안한 기분이 들게 했다. 우리는 추억이 깃든 음식을 먹었다. 주말 아침마다 함께 라즈베리와 화이트 초콜릿 칩을 곁들인 팬케이크를 만들고 영화를 봤다. 그는 어린 시절 우리 둘 다 좋아했던 바보 같은 게임 쇼 「숨겨진 사원의 전설」의 다시 보기를 찾아냈고, 인터넷에서 10년 된 크리스털 펩시병을 구해서는 내게 주었다. 어린 내가 가장 좋아한, 생산이 중단된 지 오래인 탄산음료였다. 그는 특별한 남자였지만 나는 그를, 어쩌면 그 사실을 제대로 보지 못했다. 내가 우리 두 사람의 관계를 믿지 못했기 때문이다. 우리 사이엔 그 어떤 난관도 없었다. 그의 헌신은 일종의 폐소공포를 주기 시작했다. 마치 아무런 어려움 없이 사랑 안에서 살아가는 것을, 무엇을 사랑이라 이해하는 것을 내가 얼마나 힘겨워하는지 알게 된 것 같았다.

데이브와 헤어진 지 9개월 뒤, 나는 데이브와 정반대로 느껴지는 남자를 만나기 시작한 것이다. 적어도 그게 내가 나 자신에게 해준 이야기다. 그는 시인이 아니라 변호사, 맨해튼 중심에 있는 직장에 다니는 남자였다. 우리가 폭발적으로 싸우는 일은 없었는데, 아마 그건 내가 내 심장을 그의 손에, 그의 받은편지함에, 그의 이사차량에, 그의 식품저장실에 넣어두지 않고 안전하게 지켜서일 것이다. 그러나 답이 없는 연애를 하면서 그 연애를 이어가기 위해 수년간 애쓴 끝에 만난 우리의 관계는 지속 가능한 웃음과 순전한 기쁨, 배 속에서 느껴지는 파닥거리는 감각을 내게 선사했다. 이는 내가 언제나 파트너로부터 바랐던 자질인 카리스마와 신비로움이 반드시 내게 가장 필요한 것은 아니라는 사실을 암시했다.

여러모로 우리의 연애는 데이브와 함께한 끝나지 않은 이야기의 또 다른 챕터, 그 에필로그의 일부였다. 변호사와 헤어졌을 때 느낀 것은 새로운 슬픔이라기보다는 이미 그 자리에 있던 슬픔의 귀환이었고, 지금까지 쭉 그리워한 사람에 대한 지속적인 그리움이었다. 몇 달 뒤 나는 결혼하게 될 남자를 만났다.

크로아티아를 향하기 전 나는 그 변호사가 준 크리스털 펩시 병을 챙겨 와서 이 박물관에 결혼 전 마지막 이별의 기념물로 기증할까 했다. 하지만 나는 그것을 가방에 넣지 않았다. 왜 그 병을 우리 집, 내 책장에 간직하고 싶었던 걸까? 이 물건을 내게 준 남자를 향한 고마운 마음 때문이었던 것 같다. 함께이던 시절 그가 해준 일들을 내가 충분히 인정하지 않았으므로, 마지막 선물을 간직함으로써 뒤늦게라도 그렇게 할 수 있을 터였다.

실연 박물관을 돌아다니는 내내 나는 기증되지 않은 온갖 사물들, 사람들이 도저히 헤어질 수 없었던 온갖 사물이 이곳에 기증된 수천 개의 사물들(3000개가 넘었다.) 뒤에 유령 컬렉션처럼 도사린 상상을 했다. 친구들이 말했던 온갖 사물이 떠올랐다. 조개 목걸이, 쇼핑 목록, 봉투에 붙은 머리카락 한 개, 네 벌의 검정 드레스, 그리고 금속 기타 슬라이드……. 어떤 것은 잃어버리고, 어떤 것은 처박히고, 어떤 것은 새로운 삶의 일부가 되어 다른 쓸모를 얻었을 것이다.

정직하게 털어놓자면 크리스털 펩시병을 간직하는 것은 그것을 내게 준 남자 또는 우리가 나눈 시간을 기리기 위해서만은 아니다. 이별이라는 순수하고도 흥미진진한 감정을 상기시키는 무언가를 지니면서 슬픔과 이별을 언뜻 일별하고 싶은 마음이 있다. 요즘 나의 삶은 혼자만의 고독이나 산산조각 난 실연 같은 숭고한 상태라기보다는 아침마다 눈을 떠 해야 할 일을 충실히 해내는지 확인하는 데 가깝다. 자그레브에서 보내는 나날은 남편과 스카이프로 영상통화를 하고 의붓딸에게는 이메일로 잘 잤느냐는 영상편지를 보내는 일로 구성된다. 내 안에 있는 태아를 먹여 살리는 것으로 구성된다. 송로버섯을 가미한 이스트리아식 퍼지, 진한 크림 누들, 아티초크를 곁들인 도미, 도메스틱 파이라고 불리는 무언가. 비타민 샐러드라고 불리는 무언가.

지금의 내 삶은 문턱을 넘어가는 짜릿함보다는 지속하기, 돌아오기, 헤쳐나가기로 이루어져 있다. 끝이라는 장대한 드라마가 아니라 버티고 살아남는 매일의 일과다. 나는 시작과 끝의 주기로 이루어진, 각각의 주기가 자기발견과 재발명과 변화하는 감정들을 얻을 기회이던 15년 세월이 남긴 기념물로써 크리스털 펩시병을 간직한다. 내가 실현할 수 있었을 수많은 자아들 속에서 무한하다는 기분을 느끼기 위해. 나는 화산처럼 변덕스럽던, 때로는 환희를, 때로는 눈물을 터뜨리던 그때의 자아를 떠올리게 할 물건으로서 크리스털 펩시병을 간직한다. 내가 살지 못한, 살 수 있었던 수많은 삶들의 증거를 간직하고 싶어서.

태동

The Quickening

네가 양귀비 씨앗만 했을 때, 나는 보스턴의 어느 호텔 방 화장실에 앉아 펜웨이파크 근처, 늙은 남자가 운영하는 약국에서 산 임신테스트기에 오줌을 눴어. 플라스틱 테스트기를 차가운 타일 위에 올려놓은 채로, 네가 존재하는지 확인하려 기다렸어. 나는 네가 존재하기를 간절히 바랐어. 임신 앱이 전날 밤 섹스를 했는지 발랄한 어투로 묻는 이메일을 보내오던 1년, 일터에서, 집에서, 모로베이 북쪽 싸늘한 바닷가의 모래투성이 화장실에서도, 피가 비치는 걸 볼 때마다 심장이 내려앉던 1년이 지나간 무렵이었지. 붉은 얼룩이 나타날 때마다 나는 지난 몇 주간 상상하던 이야기를 빼앗겼어. *이달*은 내가 아기를 가진 걸 알게 되는 달이 될 거라는 이야기 말이야. 내 몸은 이야기를 통제하는 게 자신이라고 자꾸만 내게 알려줬어. 하지만 그때, 네가 생겨난 거야.

일주일 뒤, 나는 영화관에 앉아 우주선 식당 안 인간 숙주들의 몸에서 외계생명체가 태어나는 장면을 봤어. 번들거리는 시커먼 몸이 갈비뼈를 부수고 피부를 찢으며 터져 나왔어. 외계생명체가 생존할 수 있게 조력하는 사악한 로봇이 있었어. "네가 믿는 것은 무엇인가?" 함장이 묻자 로봇은 그저 대답했어. "창조." 다음 순간 함장의 가슴이 찢겨나가며 그에게 기생하던 아기가 태어났어. 무시무시하고 딱정벌레처럼 시커먼 신생아였지.

첫 산전 진료일, 간호사가 나더러 체중계에 올라가라고 했을 때, 난 몇 년 만에 처음으로 체중을 쟀어. 체중을 재지 않는 건 내가 강박적으로 체중을 재던 나날을 떠나보내기 위해서 쓴 조치였어. 체중계에 올라간 뒤 내 체중이 정말로 늘었다는 사실을 확인하고 *싶어지다니*, 난 새로운 버전의 내가 된 거야. 아이를 가지면 새로운 자신으로 바뀐다는 이야기는 어머니가 되는 일에 관해 내가 들었던 오래된 각본이었지만, 이 약속의 이행이 너무 수월해서 믿을 수 없었지. 난 그보다는 우리가 어디로 가건 변하는 것은 없다는 말을 언제나 더 충실히 믿어왔어.

내가 대학교 신입생이었을 때, 나는 매일 아침 기숙사 방 벽장 안에 들어가 그곳에 숨겨둔 체중계에 올라갔어. 쫄쫄 굶는 내가 부끄러웠던 나는 남들 눈에 띄지 않는 깜깜한 곳, 곰팡내 나는 겨울 코트들 사이에 숨어 체중을 재는 의식을 치렀지. 열세 살 때 급성장을 겪은 뒤로 난 언제나 다른 사람들 위로 우뚝 솟아 있는 기분이었어. 키가 크면 자신감이 생긴다고들 하지만, 난 그저 과잉된 기분이었어. 나는 언제나 과했어, 항상, 그리고 늘 어색하고 조용해서 내 몸이 차지할 공간조차 얻어내지 못했어.

　그런 제약의 시절, "내가 이만큼 많은 공간을 차지하면 안 될 것 같다는 기분이 들어요." 하고 내 기분을 표현하면 상대방은 이 말을 완전히 이해하거나 아예 이해하지 못하거나라는 사실을 알게 됐어. 그리고 내 말을 완전히 이해하는 사람은 대개 여성이 라는 사실을.

　굶주림의 나날은 다이어트 콜라와 담배, 냅스터로 듣는 토치 송*으로 채워졌어. 하루에 먹는 것이라고는 사과 한 개와 크래커 조금. 얼어붙는 겨울밤에 한참을 걸어 체육관으로 갔다가 되돌아왔어. 시야의 언저리에 검은 얼룩들이 모여들어 앞이 잘 보이지 않았어. 손발은 늘 차가웠지. 피부는 늘 창백했고. 피가 온몸을 순환할 만큼 충분하지 않은 것 같았어.

　15년이 지나자 임신 기간 내내 잇몸에서 자꾸 피가 났어. 의사 말로는 아주 작은 새로운 장기들에 필요한 만큼 내 몸을 순환하는 피가 2리터 늘어서래. 여분의 피가 나를 부풀렸어. 체온을 높였어. 내 핏줄은 뜨거운 빨간 시럽이 필요한 만큼 넘쳐흐르는 뜨거운 고속도로였지.

네가 렌틸콩만 했을 때, 나는 잡지 기사를 의뢰받아 자그레브를 향했어. 우리가 탄 비행기가 그린란드 위를 지날 때 나는 큰 봉지에 든 치즈잇을 먹으면서 이번 주에는 네 뇌가 만들어지고 있을

---

*　감성적인 짝사랑 노래.

지, 네 심장이 만들어지고 있을지 가늠해봤어. 치즈잇으로 된 심
장이 내 안에서, 네 안에서 고동치는 상상을 했어. 첫 3개월은 대
체로 경이와 공포 속에서 지나갔어. 내 몸 안에서 작디작은 생물
체가 만들어진다는 사실이 놀라우면서도, 혹시라도 너를 잃을
세라 겁에 질렸어. 네가 죽었는데 내가 그 사실을 모르면 어떻게
되는 거지? 나는 "비출혈 유산"을 강박적으로 검색했어. 네가 잘
있는지 확인하려 늘 배에 한 손을 올리고 지냈어. 너는 내 세포의
다발, 무언가가 창조되는 부드러운 구덩이였어. 네가 딸이라는
사실을 알았을 때 난 울었지. 갑자기 너에게 선명한 초점이 맞춰
지는 것만 같았어. 그(she)라는 대명사가 너를 둘러싸고 형성된
신체였어. 내가 너를 둘러싸고 형성된 몸이었어.

　　크로아티아로 간다고 했을 때, 엄마는 안 가는 걸 고려해보
라고 했어. 무리하지 말라고 하셨지. 하지만 그러면서도 엄마는
첫째 오빠를 임신한 지 5개월째였을 때 바리의 어느 해안을 따라
장거리 수영을 했다는 이야기, 그때 어느 이탈리아 노신사가 걱
정스러운 나머지 노 젓는 배를 타고 줄곧 엄마를 따라왔다는 이
야기를 해줬어.

　　자그레브로 가는 비행기 안, 우리 앞쪽에서 아기가 울었고,
나중에는 뒤편에서도 아기 울음소리가 들렸어. 난 너에게 말하
고 싶었어. *저 우는 아이들이 너랑 같은 사람이라는 걸 알아.* 네
게 말해주고 싶었어. *세상은 이야기로 가득하단다.* 여성 승객 옆
자리엔 앉을 수 없다며 이륙을 한 시간이나 지연시킨 손뜨개 야
물커*를 쓴 남자 노인들. 통로 건너편 좌석, 네모난 알루미늄 포일
그릇에 담긴 굴라시를 먹자마자 혈당 주사를 몸에 찔러 넣던, 대

서양을 표시한 탁한 푸른색 스크린 위로 느릿느릿 지나가는 우리가 탄 비행기 아이콘을 주시하던 남자. 그 사람이 어떤 꿈을 꾸는지 그 누가 알겠니? 그가 어느 사랑하는 이의 품을 향해 가고 있는지? 네게 말해주고 싶었어, *아가, 이 삶은 너무나 놀라운 일들로 가득하단다.* 넌 아직 아기가 아니었지. 너는 가능성이었어. 하지만 네가 앞으로 만나게 될 모든 사람들은 무한한 세계를 품고 있다고 말해주고 싶었어. 그게 내가 해줄 수 있는 유일한 도덕적 약속 하나였어.

굶던 시절 나에게는 일기장이 두 권 있었어. 한 권은 내가 매일 소비한 칼로리를 기록하는 일기였어. 다른 한 권은 내가 먹고 싶은 음식들을 기록하는 일기였지. 내가 한 일로 가득한 한 권, 내가 하고 싶은 일로 가득한 다른 한 권. 포식의 상상은 레스토랑 메뉴로 이루어진 콜라주이자 간절함이 이루어낸 세세한 관심으로 흠뻑 젖어 있었어. 그냥 맥앤치즈가 아니라 *네 가지 치즈가 들어간* 맥앤치즈. 그냥 햄버거가 아니라 녹인 체더치즈와 달걀 프라이가 들어간 햄버거. 찐득한 중심부에 아이스크림이 고여 있는 녹진한 초콜릿 라바케이크. 식이제한은 오로지 먹기만 하는 삶의 가능성을 꿈꾸게 했어. 나는 평범한 식사를 원하지 않았어. 끊임없이 먹고 싶었지. 식사를 마치는 것이 겁났어. 사실

---

* 유대인 남자들이 쓰는 작고 테두리 없는 모자.

은 만족하지 못했다는 사실을 직면해야 할 것 같았거든.

그 시절, 나는 내 입을 열기와 연기와 공허한 단맛으로 채웠어. 블랙커피, 담배, 민트 껌. 내 간절한 식욕이 부끄러웠어. 욕망이란 공간을 차지하는 한 방식이었으나, 너무 많이 가지기는 수치스러웠어. 나 자신이 너무 많은 것이, 또는 나를 원하지 않는 남자를 원하는 것이 수치스러웠던 것처럼. 무언가를 갈망하는 것은 내가 그것에 접근하지 않으면 살짝 덜 수치스러웠기에, 나는 만족 없는 열망의 상태가 편해졌어. 먹는 것보다 굶는 것이, 일상적인 사랑보다 어마어마한 갈망이 더 좋아졌어.

그러나 세월이 흐른 뒤 임신을 하게 되자 예의 뼈만 남은 소녀의 유령은 뱀 허물처럼 사라졌어. 나는 역대급으로 커다란 초콜릿 칩 머핀에 손을 뻗었어. 집 근처 커피숍에서는 아몬드 크루아상을 먹고 손가락까지 쪽쪽 빨아먹으면서 한 바리스타가 다른 바리스타에게 묻는 소리를 들어. "브루노랑 사귀는 여자 알지?" 그는 휴대폰을 슬쩍 보더니 말을 이어. "임신한 건 알지만…… 도대체 뭘 그렇게 먹는 거야? 말 한 마릴 통째로 먹나?"

5~6개월이 되었을 무렵에야 눈에 띄게 배가 나오기 시작했어. 그 전까지는 사람들이 말했지. "임신한 티가 *하나*도 안 나요." 칭찬으로 한 말이었어. 여성의 몸은 늘 정당한 확장조차 감지하기 어렵도록 경계 안에 머무를 때 칭찬받으니까.

*
**

네가 블루베리만 했을 때, 나는 자그레브를 돌아다니며 계속 먹었어. 노천 시장에서 산 조그만 딸기들을 한 줌씩 먹고, 호텔로 돌아가서는 룸서비스로 엄청나게 큰 초콜릿 케이크를 한 조각 주문한 다음, 케이크가 올 때까지 기다리기에 너무 배가 고팠던 나머지 스니커즈 바를 흡입했지. 늘 손이 끈끈했어. 야생의 존재가 된 기분이었어. 내 굶주림은 지금까지 살았던 곳과는 다른 땅이었어.

네가 라임만 하다가 아보카도만 해졌을 무렵, 나는 피클을 끝도 없이 먹었어. 이로 베어 무는 짭짤한 맛이 좋았거든. 녹은 아이스크림을 그릇째로 마셨어. 그건 부재를 암시하지 않는 갈망이었어. 나에게 속한 갈망이었어. 갈망(longing)이라는 말의 어원 자체가 임신에서 비롯되었지. 1899년에 나온 어느 사전에서는 갈망을 "임신한 여성이 겪는 특정하고 종종 변덕스러운 욕망의 하나"라고 정의하고 있어.

네가 망고만 했을 때, 나는 강연을 하러 루이빌로 갔어. 아침마다 먹던 양만큼의 오트밀을 다 먹고 나서도 배가 고파서 브런치를 먹으러 걸어가기로 했고, 브런치를 먹으러 걸어가는 길에 허기가 심해져서 길거리 간식을 사 먹었어. 종이봉투를 기름기로 둥그렇게 물들이는, 얇은 반죽으로 된 스파나코 피타 한 조각이었어. 브런치 파는 곳에 도착했을 때는 너무 배가 고파서 비스킷을 곁들인 스크램블드에그를 먹을지 번들거리는 소시지를 먹을지 겹겹이 쌓아 설탕가루를 뿌린 레몬 팬케이크를 먹을지 도저히 고르지 못하고, 전부 다 먹기로 했어.

이렇게 끝도 없는 허락은 예언의 실현인 것만 같았어. 열일곱 살 때 강박적으로 베껴 쓰던 상상의 메뉴 모두. 내가 아닌 다른 누군가를 위한 것이기에 무엇을 먹든 모두 허락할 수 있었어. 난 평생 너를 위해 먹은 것만큼 많이 먹어본 적이 없어.

*
* *

내가 크래커와 사과 조각을 먹으며 연명하던 시절, 몇 년이나 생리가 끊겼어. 그 사실이 자랑스러웠지. 내 안에 깃든 부재가 마치 비밀스러운 트로피 같았어. 나한테서 배어나오는 피조차 또 다른 종류의 과잉처럼 보였거든. 출혈이 없다는 것은 매혹적인 형태의 절제였어. 어쩌면 말 그대로, 풍요의 반대였어. 몸을 마르게 하는 것은 내 육체적인 자아를 극복하는 것만 같았어. 굶는 건 내가 느끼는 외로움이, 자기혐오가, 세상에 대해 느끼는 거리감과 절망적일 정도의 가까움이, 즉 지나친 동시에 부족한 존재라는 감각이 얼마나 강렬한지를 증명했어.

스물네 살, 생리를 다시 시작한 지 몇 년 뒤에 임신했을 때, 임신테스트기 결과를 본 순간 나는 상상했던 공포나 경계심이 아닌 경이감에 휩싸였어. 내가 이토록 작디작은 생명의 가능성을 품고 있던 거야. 임신중단수술을 해야 한다는 것을 머리로는 알았지만, 그럼에도 날카로운 경외감이 내 안에서 솟구쳤어. 그 경이감이 내 안 어딘가에 무언가를, 끈 하나를 깊이 심어놓았어. 그 끈이 말했지. *언젠가 넌 다시 돌아올 거야.*

길을 걸을 때 아기들이 눈에 들어오기 시작한 건 임신중단수술을 한 뒤였어. 유아차 속에서 나를 올려다보는 작은 얼굴들. 그 얼굴들은 내 마음을 알고 있었어. 후회가 아니었어. 기대였어. 난

자석에 이끌린 것 같았어. 나는 다른 사람의 아기를 안아보고 싶지 않았어. 그저 언젠가는 내가 내 아이를 안고, 그 아이가 내 앞에서, 나와 떨어진 곳에서, 내 너머에서 의식체로 피어나는 것을 보고 싶었어. 내 안에서 나왔지만 내가 *아닌* 생명 앞에서 놀라움과 신비를 느끼고 싶었어.

임신중단수술을 하고 10년 뒤, 내가 임신을 하려고 애쓰던 나날, 친구 레이철로부터 갓 태어난 아들이 열경련을 겪었다는 이야기를 들었어. 레이철이 아기를 지켜보면서 느낀 두려움을 전해 들은 나는 겸허해졌어. 그건 내가 차마 완전히 이해할 수 있는 감정이 아니었어. 난 육아에는 여태까지 살면서 느낀 그 어떤 사랑보다도 깊은 사랑이 필요하다는 개념에 언제나 거부감을 느꼈고, 사실 오로지 그 믿음에 반기를 들기 위해, *이 사랑은 더 깊은 게 아니라 그저 다를 뿐이라*고 말하기 위해 아이를 낳고 싶은 생각까지 있었어. 그러면서도 한편으로는 내가 그저 *세상에 이보다 더 깊은 사랑은 존재하지 않는다*고 말하는 또 하나의 목소리가 될 가능성도 알았지.

마침내 임신을 하자 내가 느끼는 감사한 마음은 출산을 기다리는 동안 더욱더 선명해졌어. 내 몸은 장기들로 이루어진 작은 주머니를 내게 주지 않을 수 있었음에도 주기로 했던 거야. 두 번째 심장박동은 그저 당연한 것처럼 받아들일 수 있는 게 아니었어. 첫 초음파검사를 받고 돌아오는 길, 지하철에 올라 승객 한 명 한 명을 바라보며 이런 생각을 했어, *당신 역시 한때 다른 누군가의 몸속에 웅크리고 있었구나.*

*
**

네가 순무만 했다가 자몽만 했다가 컬리플라워만 해지는 동안, 나는 네가 기쁨으로 만들어진 아이가 되기를 바랐어. 여름날의 폭풍과 왁자지껄한 웃음소리로, 끝도 없이 대화를 나누는 여자들의 목소리로. 나는 친구 카일과 함께 한밤중 발가벗고 수영장에 들어가서는 뜨거운 바람에 가지를 흔드는 유칼립투스나무들 아래에서 헤엄쳤고, 너는 내 살갗 아래서 파도처럼 더 거칠게 발차기를 했어. 콜린과는 차를 몰고 우체국 위 언덕에 자리 잡은 오두막, 나뭇가지가 창문을 톡톡 두들겨대는 곳까지 갔어. 우리는 램프빛에 의지해 노른자가 샛노란 달걀을 먹었지. 우리 둘 다 실연한 뒤 함께 살던 시절처럼, 콜린은 달걀껍질을 개수대에 내버려두었지.

로스앤젤레스에 사는 네 외할머니는 카메룬 출신 난민을 집에 머물게 하고 있었어. 내가 무슨 말을 할 수 있었겠니? 조금도 놀라운 일이 아니었어. 나는 너와 네 외할머니가 이 세상에서 천년, 천년에서 단 하루도 모자라지 않은 시간을 살게 하고 싶다는 갈망에 차 주먹을 꽉 쥐었어. 임신기간에 내가 어머니를 향해 느낀 갈망은 과일을 향한, 두 개째 스니커즈 바를 위한, 스크램블드에그, 줄줄이 소시지, 레몬 팬케이크를 향한 갈망과 다를 바가 없었어. 엄마는 내가 딸일 거라는 이야기를 들은 날, 진료실 창밖 나뭇가지에 쌓인 눈을 바라본 게 아직도 기억난다고 했어. 마치 엄마의 갈망이 전부 그 가지 위에 모여든 것처럼, 말도 안 되게 아름다우면서도 참 평범했다고.

나는 네 아빠를 향한 나의 사랑 중에서도 제일 좋은 것만 골라 네게 주고 싶었어. 너를 가진 그 여름, 우리가 코네티컷 북부의 작은 마을에 집을 빌리고, 커다란 하얀 침대에 누워 기차가 지나가는 굉음에, 시냇물 위로 똑똑 떨어지는 빗방울 소리에 귀를 기울이며 길 건너편 핫도그 노점을 덮은 푸른 방수포 위로 빗방울이 떨어지는 모습을 상상하던 기억을. 우리는 길가 간이식당에서 햄버거를 먹고 크림힐레이크에서 수영을 했는데, 10대 청소년들로 이루어진 수상인명 구조요원들은 회원이 아닌 우리를 쫓아냈지. 그 깊고 푸른 물, 울창한 나무로 뒤덮인 호반, 햇빛이 어룽더룽한 나무 부표를 얻을 자격이 우리에겐 없었어. 우리는 낮은 소리로 서로에게 분노를 쏟아내기도 했고 밤이면 싸우기도 했어. 그러나 나는 네가 그곳에서의 우리 모습을 그려보았으면 해. 농담을 주고받는 우리 목소리, 서로 뒤엉키는 우리의 웃음. 미디엄레어로 익힌 고기와 늦은 오후의 볕 속에서 네가 만들어졌다는 걸 알았으면 해.

마침내 심리치료를 받게 되었을 때, 의료 서류에 적힌 *식이장애*라는 병명을 슬쩍 보는 순간 순전한 짜릿함이 밀려왔어. 내가 느끼고 있던, 충분하지 않고 제자리에 있지 않다는 감각에 마치 드디어 공식 명칭이 생겨서, 상처로부터 피어오르던 감지하기 어려운 연기 신호를 감싸준 것 같았어. 난 강해진 기분이었어.

날 진단한 정신과 의사는 내가 강해지는 데는 관심이 없었지.

난 의사에게 외롭다고 말했는데, 물론 의사에게 그 말을 한 대학생이 내가 처음은 아니었을 테지만, 그는 대답했어. "그래요. 하지만 굶는다고 그 문제가 *해결*되겠어요?" 의사 말이 맞았어. 물론 난 굶어서 문제를 해결하려던 게 아니라 그저 표현하고, 어쩌면 부풀렸지. 하지만 이런 자멸적 충동을 어떻게 하면 이성적 행위자의 언어로 번역할 수 있을까? 결석을 한 뒤 부모님의 해명문을 지어내지 못하는 것처럼, 나는 식이장애를 정당한 이유로 합리화하는 데 실패한 거야.

그날의 진료 이후 나는 15년간 자꾸만 그 해명문을 찾아다녔어. 자꾸만 의사에게 스스로를 설명하려 애썼고, 식이장애의 원인을 나열해서 수치심을 해소하려 애썼어. 나의 외로움, 우울, 통제욕. 이 이유들은 전부 진짜였어. 그중 어떤 것도 충분하지는 않았고. 세월이 흐른 뒤에 음주 습관에 대해 같은 말을 하게 된 나는 인간 행동이 가진 동기를 폭넓게 이해하게 됐어. 우리가 오로지 한 가지 이유로만 무슨 일을 하지는 않는다는 거야.

의사를 만나고 6년 뒤, 처음 내 식이장애에 대해 글을 썼을 때, 나는 식이장애를 이기적이고 세속적이며 방종한 것이라는 프레임에 넣을 수 있다면 이러한 자기이해를 통해 구원받을 수 있다고 생각했어. 죄를 용서받으려 성모송을 반복해서 외는 셈이었지. 난 여전히 식이장애가 용서받아야 할 무엇이라고 생각한 거지.

이 어수선한 초기 시도를 글쓰기 워크숍에 제출했을 때, 다른 대학원생 하나가 토론 시간에 손을 들더니 세상에 지나친 솔직함이라는 것도 존재하느냐고 질문했어. "이 에세이의 화자를 좋아하기는 엄청나게 힘들군요." 그는 말했지. *이 에세이의 화자를 좋아하기는 엄청나게 힘들군요.* 화자가 가십의 대상인 낯선 사람이라도 되는 것 같은 표현이 재미있었어. 그건 내가 처음 들은 논픽션 수업이었고, 나는 작품뿐 아니라 타인의 삶까지 비판하고 있는 게 아닌 것처럼 구는 거리 두기 약속에 익숙하지 않았어. 수업이 끝난 다음, 내 글의 화자를 좋아하기 힘들다던 그 남자가 나한테 한잔하러 가자고 청했어. 나는 머릿속으로는 *좆 까*라고 생각했지만 입으로는 "좋네요." 그랬어. 상대가 나를 싫어하면 할수록, 난 더더욱 상대가 날 좋아하기를 바랐거든.

임신을 하면서 처음으로 "이 에세이의 화자"(자기고통에 몰입한 좋아하기 힘든 병든 여자애)를 나의 한층 더 고귀한 버전의 나로 드디어 바꿀 수 있는 것 같았어. 자기 몸을 파괴하는 대신, 자신이 돌보게 될 다른 몸을 만드는 데 자기 몸을 쓰는 여자 말이야. 내 내면의 완고한 목소리는 여전히 식이장애는 전부 "나"에 집중하는 일, 내 몸을 가느다란 난간처럼 깎아내는 일이라고 말했어. 그런데 임신은 이제 새로운 중력의 원천을 약속했던 거야. 바로 "너." 길을 걷고 있으면 낯선 사람들이 자주 나를 보며 웃어줬어.

내가 다니는 산부인과에서는 환자가 임신을 하면 2층으로 올라가게 됐어. 이제 나는 1층에 있는 일반 부인과 진료실에는 가지 않아. 임질 검사와 피임약 처방 따위를 뒤에 남겨두고, 초음파와 산전 비타민이 예정된 내부계단을 올라갔지. 마치 비디오게임에서 다음 레벨로 올라가는 것처럼, 다음 생으로 가는 티켓을 얻어낸 것처럼.

*
**

네가 코코넛만 했을 때, 난 지하철역 계단을 오를 때마다 헉헉 소리를 냈어. 내 배는 어디를 가든 가지고 다녀야 하는 9킬로그램 무게의 짐이었지. 인대가 늘어나고 끊어지는 아픔에 순간적으로 비명이 나오곤 했어. 밤이면 두 다리가 가만히 있지 못해 미칠 것 같았는데 의사 말로는 "하지불안증후군"이었어. 어느 날 밤 영화를 보는데, 도저히 다리를 가만히 둘 수 없어 꼬았다 다시 풀기를 강박적으로 반복하던 나는 결국 영화관을 나와 화장실 칸 안에 10분 동안 앉아 있었어. 두 다리는 마치 다른 누군가가 조종하는 것처럼, 내 안에 있는 작디작은 존재가 이미 주도권을 가져간 것처럼 들썩거리다가 펴지기를 반복했어.

감기가 좀처럼 낫지 않던 석 달 동안, 어머니는 내가 삶의 속도를 늦추려 들지 않는다며 꾸짖었어. "네가 계획을 무너뜨리는 걸 싫어한다는 건 알지만, 선택의 여지가 없는 순간이 올 거야. 넌 출산을 하게 될 테고, 그러면 네 계획은 무너질 거야." 무너지는 것, 내가 가장 두려운 게 그것이었어. 동시에 내가 그 무엇보다도 갈망하는 것이기도 했어.

어떻게 보면 나는 임신 3기에 접어들었을 때 찾아온 육체적 고난이 다행으로 느껴졌어. 내가 할 일을 하고 있다는 느낌이 들었거든. 입덧이 없던 첫 몇 달은 꼭 장례식에 참석했는데 눈물이 나지 않는 기분이었어. 임신 때문에 경계가 침해받는 기분이 들어야 하는 것 아닌가? 아파야 하는 거 아닌가? 그게 이브의 원죄

라며? 내가 너에게 임신하는 고통을 크게 더할 것이니, 너는 고통 을 겪으며 자식을 낳을 것이다. *

나는 내심 내가 이미 좋은 어머니고, 오랜 고통을 이겨냈다 는 증거가 되어줄 고통을 갈망하면서도, 다른 한편으로는 단 하 나 가능한 헌신의 증거인 고난을 거부하고 싶었어. 나는 의미라 는 것과 고통이라는 것을 동일선상에 두던 예전의 나를 무너뜨 리고 완전히 다른 사람, 체중계의 숫자가 커지는 것을 기쁘게 바 라보고, 자기 자신한테 잘해주며, 아기에게 집중하고, 무절제한 칼로리와 덕망 높은 감사에 스스로를 완전히 바치는 그런 여자 가 될 수 있다고 약속하는 전환서사로서의 임신을 사랑하고 싶 은 마음이 간절했어.

그러나 알고 보니 임신은 예전 자아로부터의 해방이라기보 다는 예전의 내 모습들 모두를 한꺼번에 담은 그릇에 가까웠어. 나의 유령들을 완전히 벗어던질 수는 없었어. "임신한 티가 *하나 도 안 나요.*" 하는 사람들의 말에 눈을 굴리는 것은 쉬웠지만, 그 말을 듣는 순간 내가 느낀 자부심을 인정하기는 어려웠어. 한 달 에 (1.8킬로그램이 아니라) 2.3킬로그램 체중이 늘었다는 의사의 잔소리를 어처구니없어할 순 있었지만 그 말을 듣는 순간 내심 부끄러움을 느꼈다는 걸 인정하기 어려웠어. 의사가 "배 크기가 작다"고 걱정할 때마다 남몰래 흥분감을 느꼈다고 인정하기는. 이 자부심이야말로 내가 간절히 떠나보내고 싶었던 그것이야. 나 는 이 마음이 네 성장을 늦출까 봐 걱정했지만, 그건 그저 내가

* 「창세기」 3장 16절.

내 몸과 맺는 망가진 관계를 너에게 전염시킬지도 모른다는, 나쁜 유전처럼 너도 이 병에 걸릴지도 모른다는 깊은 두려움을 증류한 결과였을 뿐이야.

*
**

네가 파인애플만 했을 때, 나는 출산계획을 작성했어. 그건 출산교실에서 했던 일의 일환이었지만 일종의 예언이기도 했어. 실제 일어나지 않은 출산의 이야기를 들려주는 것.

출산교실 선생님은 플라스틱으로 만든 골반 모양을 위풍당당하게 가리키며 말했어. "사람들은 아기의 머리가 통과할 만한 공간이 없다고들 생각하죠. 하지만 사실은 *많은* 공간이 있답니다." 나는 눈을 가늘게 뜨고 골반 모형을 보았어. 공간이 *그렇게* 많지는 않더라.

어떻게 보면 우리는 모두 고통을 목적지로 삼아 살아갔어. 고통만을 위해서가 아니라, 고통을 향해 살아갔지. 고통을 겪어내기 전에는 그 고통을 결코 이해할 수 없어. 그 불투명성이 나를 압도했지. *너는 고통을 겪으며 자식을 낳을 것이다.* 고통은 선악과를 먹은 데 대한, 앎을 얻고자 했던 데 대한 벌이었어. 그런데 이제는 그 고통 자체가 앎이 된 거지. 난 조만간 출산 이야기를 지닌 사람이 될 예정이었어. 다만 그 이야기가 어떤 이야기가 될지 아직은 알 수 없었어. 물론 아무것도 보장할 수 없다는 사실은 알았어. 제왕절개를 할 가능성은 누구에게나 있었지. 그 가능성이 모든 것에 그림자를 드리웠어. 제왕절개는 사람들이 피해야 하는 것이야. 분만은 힘을 쥐야(산고) 진짜가 되거든. 그것이 내가 흡수한 암묵적인 등식이었어.

　　출산계획을 작성할 때 나는 가장 강력한 언어를 골든아워를 위해 남겨놓았어. 출산 후 첫 한 시간, 새로 태어난 네 몸이 내 몸에 기대어 쉴 때를 골든아워라고 한대. 그 표현 자체가 경쾌한 차임벨 같았지. 듣기로는 골든아워를 보내려면 내가 그러겠다고 요구해야 하더라. *출산 직후 누구의 방해도 받지 않고 첫 수유를 끝마칠 때까지 내 아기와 살과 살을 맞대고 싶다고* 나는 출산계획에 썼어. 주문을 외는 것 같았지. 내가 널 세상으로 데려올 거야. 넌 내 살에 기대어 살 거야. 넌 먹을 거야.

네가 허니듀멜론보다 크고 수박보다 작았을 때, 새해와 함께 눈보라가 몰아쳤어. 출산예정일 사흘 전이었어. 의사는 네가 너무 작다고 걱정하며 성장 스캔을 한 번 더 잡았어. 나는 옷을 껴입어 코트가 잠기지 않는 둥그런 배를 양팔로 감싼 채로 쌓인 눈을 터벅터벅 밟으며 맨해튼의 진료실에 가는 내내 "내 아기, 내 아기, 내 아기." 했어. 나의 소유의식이 온 사방에 날리는 얼음 같은 눈발 때문에 더 예리해졌어. 원시적이었어.

　　진료실에서 의사는 눈보라에 대해 재미있는 이야기를 했어. 어떤 사람들은 눈보라가 몰아치면 양수가 터질 가능성이 높다고 믿는대. 대기압이 내려가는 것과 관련이 있다고 했어. 마치 하늘에 구름이 잔뜩 끼는 날이면 헛간에서 산파들이 서로 속삭이는 이야기 같았지만, 꼭 동화처럼 그날 밤 진짜 그렇게 됐어. 새벽 3시에 눈을 떠서 침대에서 내려왔을 때 내 몸에서 뜨거운 열기가 밀려나왔어. 엄마의 첫 출산, 내 큰오빠를 낳을 때도 똑같았대. 성경에 나올 법한 일이라고 나는 혼자 생각했지. *그 어머니에 그 딸이라는 속담을 말할 것이다.** 대칭이 기분 좋게 느껴졌어. 기분 좋은 대칭이었어.

출산교실 선생님은 한밤중에 양수가 터진다면 휴식이 필요하니 다시 자는 게 좋다고 했었어. 나는 다시 잠들지 않았어. 다시 잠을 자는 버전의 내가 상상조차 되지 않았어. 그뿐만 아니라 여전히 양수가 새고 있었어. 변기에 앉아 무릎에 노트북을 올리고 앉아서 여성의 분노에 대한 에세이를 수정하는 동안 양수가 내 몸에서 빠져나가는 게 느껴졌어. 편집자에게 에세이를 전송하면서 덧붙였지. "추신. 저 출산 중이에요." 다음 날 오후 우리가 병원을 향하는 택시에 오른 뒤, 부두와 농구장 코트와 물 위로 솟아 있는 빛나는 고층건물들이 도열해 있는 이스트 리버 옆, 쭉 뻗은 고속도로를 달리는 동안 내 온몸은 몇 분에 한 번씩 고통으로 죄어들었어.

고통은 내 몸이 너를 이곳에 데려오기 위해 무엇을 해야 하는지 안다는 의미였어. 그리고 난 내 몸이 그걸 안다는 사실이 감사했어. 내 정신은 아무것도 몰랐거든. 이제 정신은 몸의 겸손한 종이 되어 가장 조야하고 진실한 말로 빌고 있었어. *제발 해내줘. 지금까지 살면서 원한 그 무엇보다도 더 간절히 원해.*

---

* 「에스겔」 16장 44절.

병원에 도착한 뒤 나는 초저녁부터 밤까지 진통했어. 침대 위에 달린 모니터에는 선이 두 개 나타났지. 내 진통, 그리고 네 심장박동. 첫 번째 선이 솟아오를 때마다 두 번째 선이 곤두박질치는 바람에 의사는 걱정하기 시작했어. 그런 일은 있어서는 안 되었거든. 네 심장박동은 매번 다시 돌아온다고 의사는 말했어. 하지만 이제는 심장박동이 떨어져서는 안 된다고 했어. 160에서 110 사이에 머물러 있어야 한다고 했어. *떨어지지 마*. 나는 온 힘을 다해 그래프를 향해 빌었어. *떨어지지 마*. 나는 모니터를 빈틈없이 감시했어. 꼭 오로지 의지력만으로 네 심장박동수가 아슬아슬한 아래로 떨어지지 않게 붙잡고 있으려 애쓰는 기분이었어. 의지에 대한 나의 믿음은 또 하나의 익숙한 유령이자 굶던 나날의 신조였어.

네 심장박동이 안정되고 나자 마치 우리가, 너와 내가 함께 출산을 하는 것 같았어. 마치 네가 내 부름을 들은 것처럼, 마치 네가 괜찮을 거라는 내 고집이 단단한 바닥처럼 너를 받쳐주리라는 걸 네가 느끼기라도 한 것처럼. 진통은 내가 임신중단수술을 한 뒤 며칠 밤 동안 느낀 뜨겁고 꼬이는 것 같던 경련의 폭발적인 버전이었어. 그런데 사실 고통은 다른 사람들이 묘사한 것과 완전히 같았어. 즉 묘사가 불가능했어. 어떤 사람은 나에게 바닷가 모래톱에 누워 있는 모습을 상상하라고, 진통이 내 몸을 뒤덮는 고통의 파도처럼 찾아오는 사이사이에 내가 태양의 온기를 최대한 흠뻑 흡수해야 한다고 했어. 그런데 분만실에서 파도라든지 모래라든지 태양 같은 건 거의 느껴지지 않았어. 난 무통주사를 놔달라고 했지. 나를 이 해변에서 아예 데리고 나가줄 헬리콥터를. "무통주사를 맞고 싶어요."라고 말했을 때부터 무통주사를 맞기까지 대략 1만 분이 지나갔어.

임신 초기, 남편은 내게 첫 아내는 자연분만을 꼭 하기로 마음먹었다고 했지. "하지만 당신의 경우엔 그보다는 *있는 약이란 약은 다 놔주세요* 할 것 같은데." 나는 분했지만 반박할 수 없었어. 반드시 자연분만을 하겠다고 마음먹은 여자의 이야기는 당장 온갖 약을 놔달라고 하는 여자의 이야기보다 고귀하게 느껴졌어. 임신한 여성의 이야기가 쫄쫄 굶는 여자의 이야기보다 고귀하게 느껴지듯이. 너무 많은 통제를 요하고, 신체의 크기나 불편을 거부하는 건 쩨쩨하고, 이기적이고, 겁쟁이 같으니까.

양수가 터진 지 24시간 가까이 지났고, 무통주사에 뒤따르는 달콤한 아지랑이 속에서 몇 시간을 보낸 뒤인 새벽 2시, 모르는 간호사가 들어왔어. "태아의 심장박동에 문제가 있어 보이네요." 마치 내가 여태 그 사실을 감춰오기라도 했다는 듯 꾸짖는 투였어.

"아기의 심장박동수가 어떤데요?" 내가 물었어. 난 너와 내가 간신히 심장박동을 올려놓았다고 생각했어. 하지만 모니터를 보니 수치가 110보다 살짝 낮았고 계속 떨어지고 있었어.

또 다른 간호사가 들어왔어. "일손 필요하세요?" 그러자 앞서의 간호사가 말했어. "당연히 더 필요하죠." 나는 *어째서 그렇게 일손이 많이 필요한 건데요?* 묻고 싶었지만, 그 손들이 해야 할 일

을 방해하고 싶지 않았어. 더 많은 간호사가 들어왔어. 네 심장박
동을 더 잘 측정해야 한대. 그러더니 내 몸에 검사봉을 집어넣었
어. 나를 한쪽으로 돌려 눕혔다가, 다시 반대쪽으로 돌려 눕혔어.
그러더니 검사봉을 또다시 집어넣었어. 그다음에는 나에게 네 발
로 엎드린 자세를 해보라더라.

"못 찾겠는데요." 간호사 목소리가 아까보다 긴박했어. 나는
묻고 싶었어. *아기가 없다는 거예요, 소리가 안 들린다는 거예요?*
그 순간 내게는 그 질문이 세상 무엇보다도 중요했어.

그때 의사가 들어왔어. 그러더니 보고 싶지 않았던 무언가가
보인다고 말했지. "아기의 심장박동수가 계속 떨어져서 다시 올
라오지 않아요."

그 뒤로는 모든 게 무척이나 빠르게 진행되었어. 방 안으로
열 사람, 열다섯 사람, 수많은 사람들이 들어와서는 아직도 무통
주사에 다리가 마비되어 있는 나를 환자이송용 침대에 실었어.
네 아빠는 내 손을 잡았지. 누군가 외쳤어. "60대로 떨어졌어요!"
다른 목소리, "50대예요!" 네 심장 이야기라는 걸 알고 있었어. 그
러더니 사람들이 나를 실은 침대를 밀며 복도를 달려갔어. 달리
는 동안에 간호사가 의사 머리에 수술모를 씌웠어.

수술실에서 한 남자가 내 복부를 꼬집더니 꼬집는 게 느껴
지냐고 했어. 느껴진다고 대답했어. 남자는 짜증이 난 것 같았
어. 나는 상관없으니 그냥 절개하라고 했어. 남자가 링거 안에 뭔
가를 집어넣고 나서 또 한 번 꼬집자 아무 감각도 느껴지지 않았
어. 의사는 고통이 아닌 압력만 느껴질 거라고 했어. 모든 과정
은 내 몸의 나머지 부분이 있는 푸른 커튼 너머에서 진행될 거라

고 했어.

남편은 푸른 수술모를 쓴 채 걱정스러운 표정으로 수술대 옆 스툴에 앉아 있었고, 나는 그의 얼굴을 거울처럼 바라보며 네 운명을 읽으려고 했어. "안녕, 예쁜 아가야." 하는 의사의 목소리를 듣고서야 나는 그들이 내 몸을 열고 태어나려 기다리는 너를 발견했다는 걸 알았어.

모든 출산 이야기는 두 개의 출산 이야기야. 아기가 태어나고, 엄마 역시 태어나. 그가 어떻게 아기를 세상에 내보냈는가 하는 이야기로 구성되고, 출산으로 형성되고, 또다시 그 이야기를 함으로서 한 번 더 형성되는 거야. 내 출산계획은 병원에 챙겨온 더플백 안에 접힌 채 그대로 들어 있었어. 그것은 결코 일어나지 않은 일에 관한 이야기야.

그 대신 한 팀의 의사들이 푸른 방수 천으로 내 정신을 내 자궁과 분리해놓았지. 다른 여자의 손이 들어와 너를 꺼냈어. 내 몸은 협력자가 아니라 적이 됐어. 내 몸은 더는 산고를 치르고 있지 않았어. 몸은 실패했어. 칼로 째서 열어야 했어. 그 과정을 내가 해낼 수 없었기에 타인이 해주어야 했어. 이게 제왕절개의 진실이라는 뜻은 아니야. 그저 내가 느낀 진실이 그랬다는 거지. 난 배신감을 느꼈어.

사람들은 출산을 말할 때 승리감을 느꼈다고들 하지만, 너를 낳는 과정은 극도의 수치심을 배우는 과정이었어. 내 이야기는 무너졌어. 내 몸도 무너졌고. 그렇게 세상에 도착한 너는 고통이 최고의 선생인 게 아니라는 사실을 알려주었지. 너는 세상으로 나와 내가 단 한 번도 통제된 적 없다는 사실을 알려주었어. 너를 낳는 건 내 몸이 고통을 느껴서, 내 몸이 충분히 아파서 중요했던 게 아니야. 그 일이 중요했던 건 네가 번들거리고 혼란스럽고 완벽한 모습으로 내 앞에 나타났기 때문이야. 넌 여전히 내 일부였어. 넌 나를 넘어선 존재였고.

굶는 일이 벽장처럼 작고 답답했다면, 출산이라는 일은 하늘처럼 널찍했어. 내 몸이 가능하게 한 어떤 몸에서 펼쳐지게 될 삶의 모든 미지의 가능성으로 활짝 열린 공간이었어.

네가 태어난 직후 한 시간을 나는 여전히 이송용 침대에 누운 채로 너를 안을 수 있느냐고 물으면서 보냈어. 네 아빠는 내가 아직 수술 중이라고 일깨워주었지. 그 말대로였어. 내 배는 아직도 활짝 열려 있었거든. 내 몸은 처음에는 제대로 되다가 나중에는 제대로 되지 않은 그 일을 하는 동안 투여한 마취약 때문에 아직도 덜덜 떨리고 있었어.

나는 이 떨림이 그 뒤로 몇 시간이나 가시지 않으리란 걸 몰랐어. 내가 알 수 있었던 건 네 아빠가 방 한구석, 사람들이 포대기에 싼 덩어리를 인큐베이터로 옮기는 모습을 가리키고 있다는 게 다였어. 꽁꽁 싸맨 포대기에서 말도 안 되게 작은 다리 하나가 튀어나와 있었지. 내 온몸이 너를 안고 싶어서 진동했어. 나는 자꾸만 되풀이했지. "아기는 괜찮아요? 아기는 괜찮아요?" 의사들의 손은 내 배 속에서 내 장기들을 다시 짜 맞추는 중이었고(고통이 아닌 압력, 고통이 아닌 압력) 다음 순간 너의 울음이 방 안

을 가득 채웠어. 힘차게 울려 퍼지는 그 소리에, 내 목소리도 왈칵
터져 나왔어. "아, 세상에."

네가 거기 있었어. 도착, 울음, 새로운 세계의 시작.

비명 지르게 하라, 불타오르게 하라

갈망, 관찰, 거주의 글쓰기

1판 1쇄 찍음 2023년 2월 10일
1판 1쇄 펴냄 2023년 2월 17일

지은이   레슬리 제이미슨
옮긴이   송섬별

편집   최예원 ┃ 조은 ┃ 최고은
미술   김낙훈 ┃ 한나은 ┃ 이민지
전자책   이미화
마케팅   정대용 ┃ 허진호 ┃ 김채훈 ┃ 홍수현 ┃ 이지원 ┃ 이지혜 ┃ 이호정
홍보   이시윤 ┃ 윤영우
저작권   남유선 ┃ 김다정 ┃ 송지영
제작   임지헌 ┃ 김한수 ┃ 임수아
관리   박경희 ┃ 김도희 ┃ 김지현
펴낸이   박상준
펴낸곳   반비

출판등록 1997. 3. 24.(제16-1444호)
(06027) 서울시 강남구 도산대로1길 62 강남출판문화센터
대표전화 515-2000, 팩시밀리 515-2007
편집부 517-4263, 팩시밀리 514-2329
한국어판 © (주)사이언스북스, 2023. Printed in Seoul, Korea.

ISBN 979-11-92107-98-1 (03840)

반비는 민음사출판그룹의 인문·교양 브랜드입니다.

만든 사람들
책임편집 김미래(쪽프레스)
디자인   정해리(수퍼샐러드스터프)
조판   강준선